CHAMPAGNERTOD

Guido Buettgen, geboren 1967, war nach dem Studium der Visuellen Kommunikation in renommierten Werbeagenturen tätig und erhielt für seine Kampagnen zahlreiche nationale und internationale Auszeichnungen. 2010 legte er eine werbliche Pause ein, begab sich auf eine mehrmonatige Weltreise und verdiente sein Geld als Boxtrainer. Inzwischen ist er wieder in die Marketingbranche zurückgekehrt und arbeitet als Geschäftsführer einer Münchner Werbeagentur. Guido Buettgen lebt mit seiner Familie am Starnberger See.

GUIDO BUETTGEN

CHAMPAGNERTOD

Oberbayern Krimi

emons:

Bibliografische Information der Deutschen Nationalbibliothek
Die Deutsche Nationalbibliothek verzeichnet diese Publikation
in der Deutschen Nationalbibliografie; detaillierte bibliografische
Daten sind im Internet über http://dnb.d-nb.de abrufbar.

© Emons Verlag GmbH
Alle Rechte vorbehalten
Umschlagmotiv: Jan Greune/Lookphotos
Umschlaggestaltung: Nina Schäfer, nach einem Konzept
von Leonardo Magrelli und Nina Schäfer
Umsetzung: Tobias Doetsch
Gestaltung Innenteil: César Satz & Grafik GmbH, Köln
Lektorat: Carlos Westerkamp
Druck und Bindung: CPI – Clausen & Bosse, Leck
Printed in Germany 2018
ISBN 978-3-7408-0314-8
Oberbayern Krimi
Originalausgabe

Unser Newsletter informiert Sie
regelmäßig über Neues von emons:
Kostenlos bestellen unter
www.emons-verlag.de

Dieser Roman wurde vermittelt durch die
Literaturagentur Beate Riess, Freiburg.

Für Nicole, Kim und Paul.
Ohne euch wäre all dies nicht möglich.

Ohne John Pemberton übrigens auch nicht.

Ich bin schon lange nicht mehr nur auf den Friedhöfen und in den Mausoleen, nicht in den Sterbestationen und Altenheimen. Ich habe die Pest- und Choleraenklaven hinter mir gelassen und den alten Schlachtfeldern den Rücken gekehrt. Ich bin das Raunen und Rauschen im Netz. Ich bin die Eins zwischen den Nullen, der Anhang, der Download, die Datei. Ich bin der Tod 3.0.

Andreas Winkelmann, »Deathbook«

Prolog

Die Angst war das Schlimmste. Den Hunger, der an ihren Eingeweiden nagte wie ein Hund an einem Knochen, vermochte sie zu verdrängen. Auch die Kälte, die durch ihre geschundenen Glieder kroch, ließ sich irgendwie ignorieren, und selbst der brennende Schmerz, der in ihren Schläfen tobte und ihre Augen tränen ließ, war nicht ansatzweise so schwer zu ertragen wie die Angst.

Sie hatte in irgendeiner Zeitschrift einmal etwas über Phobophobie gelesen, die Angst vor der Angst. Damals hatte sie darüber gelacht, doch die letzten Stunden hatten sie gelehrt, dass Angst wie ein Gift war, das den Körper langsam und unaufhörlich von innen zersetzte.

Angst verleihe ungeahnte Kräfte, hieß es.

Was für ein Schwachsinn!

Genau das Gegenteil war der Fall.

Angst lähmte.

Ihre Glieder erschienen schwer wie Blei, jede Bewegung erforderte unermessliche Anstrengung, und das Atmen fiel ihr so schwer, als hätte sie den Gipfel eines Achttausenders erklommen. Apathisch wanderte ihr Blick von einer Raumecke in die andere, über den nackten Betonboden und den Eimer mit ihren Exkrementen hinweg, bevor er schließlich an den roten Schlieren hängen blieb, die die steingraue Monotonie der Wände unterbrachen.

Sie ahnte, dass es Blut war, vielleicht sogar ihr eigenes, und der abgerissene Fingernagel, den sie im schummrigen Licht der von der Decke baumelnden Glühlampe gefunden hatte, ließ darauf schließen, dass sie nicht die Erste war, die in diesem kargen, kalten Raum dem Willen ihres Peinigers ausgeliefert war.

Voller Verzweiflung stieß sie einen durchdringenden Schrei

aus, und das Echo, das von den Wänden widerhallte, klang wie höhnisches Gelächter.

Sie hatte nicht die geringste Ahnung, warum ausgerechnet sie von ihm ausgewählt worden war, und es war ihr völlig unklar, was genau er mit ihr vorhatte.

Es gab nur eine einzige Sache, die sie mit Sicherheit wusste.

Wenn sich die graue Stahltür öffnete, war sie tot.

EINS

»Das ist doch alles gequirlte Kinderkacke!« Genervt wischte sich der Obergefreite Kisteneich das Wasser aus dem mit Tarnfarbe bemalten Gesicht. Es regnete in Strömen, und ein scharfer Wind trieb die morgendliche Kälte erbarmungslos durch die schlammverschmierte Uniform. »Wenn ich so 'nen Quatsch schon höre: ›Feind Rot plant einen Angriff aus östlicher Richtung.‹ Als wenn die Russen heut noch zu Fuß durch die Pampa rennen würden. Das geht doch inzwischen alles per Computer. Ein Knopfdruck, und ganz Deutschland ist nur noch ein Häufchen radioaktive Asche. Und was tun wir? Wir liegen hier im Matsch rum und spielen Cowboy und Indianer! Das ist doch Schwachsinn! Und außerdem ist mein Körper einfach nicht für diesen Scheiß gemacht!«

Der Obergefreite Thiele, der neben Kisteneich durch das Dickicht robbte, grinste verstohlen. In der Tat sah es fast schon mitleiderregend aus, wie der Kamerad versuchte, seinen massigen Körper durch das dichte Unterholz zu bewegen, ohne sich dabei Dornen oder Äste ins Gesicht zu bohren. Aber Befehl war nun einmal Befehl, und der bestand in ihrem Fall darin, ein Waldstück nahe der General-Fellgiebel-Kaserne zu sichern – wenngleich es den beiden Rekruten höchst unwahrscheinlich erschien, dass irgendeine Armee dieser Welt ausgerechnet an diesem verregneten Spätsommermorgen das strategische Bedürfnis verspüren sollte, eine kleine Ausbildungskaserne südlich von Starnberg anzugreifen.

»So, mir reicht's! Ich hab die Faxen dicke!«, verkündete Kisteneich plötzlich entschlossen und sprang auf.

»Sag mal, hast du sie noch alle?« Thiele blickte ihn erschrocken an. »Wenn jetzt der Hauptfeld kommt, dann reißt er uns den Kopf ab.«

»Mach dir mal nicht ins Hemd, Kollege!«, erwiderte Kisteneich ungerührt. »Ich will ja nicht desertieren – ich muss nur mal kurz für kleine Panzergrenadiere. Also, wenn du den Feind siehst, dann sag ihm, ich wäre ihm sehr dankbar, wenn er mit dem Angriff warten würde, bis ich fertig gepinkelt hab!«

Mit diesen Worten schulterte Kisteneich sein Gewehr und stampfte tiefer in den Wald hinein, um dort im Schutze des Dickichts ungestört seine Notdurft zu verrichten.

Thiele blickte ihm wütend nach. Sosehr er den mitunter zynischen Humor Kisteneichs auch schätzte, ärgerte er sich dennoch immer wieder über dessen Renitenz, die in regelmäßigen Abständen schmerzhafte Disziplinarmaßnahmen zur Folge hatte. Ähnliches durfte auch dieses Mal wieder zu erwarten sein, und so fluchte Thiele missmutig vor sich hin, während er auf das vor ihm liegende Feld starrte, dessen frisch gepflügte Oberfläche hier und da von ein paar stoppeligen Getreideresten unterbrochen wurde.

Plötzlich ertönte hinter ihm ein entsetzter Aufschrei.

Erschrocken fuhr er herum, und im selben Augenblick stürzte Kisteneich aus dem Gebüsch wie eine schwäbische Hausfrau durch die Wühltischware bei KiK.

»Spinnst du jetzt völlig, du Idiot?«, fuhr Thiele seinen Partner wütend an. »Setz dir doch gleich ein Blaulicht auf den Helm, damit der Hauptfeld auch wirklich sieht, dass du hier rumrennst wie ein Gestörter, anstatt Wache zu halten!«

Doch Kisteneich antwortete nicht.

Stattdessen stammelte er nur einige unverständliche Worte und deutete hektisch über seine Schulter.

»Was zum Teufel ist denn los mit dir? Hast du 'nen Geist gesehn, oder was? Nun red schon, Kerl! Was ist passiert?«

Kisteneich wischte sich den Schweiß von der Stirn und schnappte nach Luft. »Da … da liegt eine! Dahinten im Wald.«

Thiele blickte ihn verständnislos an. »Wie, da liegt eine? Eine was? Eine Kuh? Eine Schatztruhe? Eine Portion Gyros?«

»Nein, du Schwachkopf! Eine Tote! Dahinten. Halb vergraben. Verdammt, ich hab fast auf sie draufgepisst!«

Thiele starrte ihn ungläubig an. »Wie bitte? Da liegt eine Tote? Das ist doch wohl hoffentlich ein Scherz, oder?«

Doch der wirre Blick des Hünen und seine aschfahle Gesichtsfarbe ließen sämtliche Alarmglocken in Thieles Kopf schrillen. Seinen derangierten Kameraden kommentarlos zurücklassend, begab er sich vorsichtig in die Richtung, aus der Kisteneich wenige Augenblicke vorher so schockiert gekommen war. Das Waldstück war dicht bewachsen, spitze, kahle Äste ragten aus dem Nadelgehölz, und der Boden war mit Wurzeln und wild wuchernden Pflanzen übersät, sodass er behutsam einen Fuß vor den anderen setzen musste, um nicht zu stolpern. Ein paar Meter vor ihm standen die Stämme etwas weniger dicht – eine kleine, natürliche Lichtung, die auch Thiele instinktiv zum Austreten aufgesucht hätte. Er kniff die Augen zusammen und sah, dass zwischen den Wurzeln zweier gewaltiger Tannen etwas golden Schimmerndes lag.

Zaghaft trat Thiele näher.

Sein Gewehr hielt er dabei krampfhaft umklammert.

Allerdings sollte sich das als naiv erweisen.

Denn gegen den Anblick, der sich ihm kurz darauf bot, half dem jungen Soldaten keine Waffe dieser Welt.

✳✳✳

Die meisten Menschen pflegten den Starnberger See bei gutem Wetter zu besuchen – zeigte sich das Gewässer sowie das umliegende Bergland doch bei Sonnenschein in seinen strahlendsten, freundlichsten Farben. Was die wenigsten jedoch wussten, war, dass der fünftgrößte See Deutschlands auch bei schlechtem Wetter ein wahres Juwel darstellte. Mit beeindruckender Kraft schlugen dann die Wellen an die steinige Uferböschung, Gischtkronen verzierten die tiefblaue Wasseroberfläche wie weiße Pinseltupfer eines Malers, und die Gipfel der Werdenfelser Alpen wirkten im nebligen Dunst fast noch majestätischer als im gleißenden Sonnenschein. Einer der größten Vorteile schlechten Wetters bestand jedoch darin, dass selbst so beliebte Grünanlagen wie das »Possenhofer Paradies« menschenleer waren, und während an sonnigen Tagen Tausende von auswärtigen Sommerfrischlern durch Mutters oberbayrische Natur mäanderten, gehörte der See bei Regen allein jenen, die der Nässe mit geeigneter Kleidung und entsprechender Einstellung entgegentraten.

So wie an jenem Septembermorgen Kriminalrat Mads Madsen und seine Begleiterin, die attraktive Starnberger Immobilienmaklerin Lissy Berghammer.

Die beiden hatten sich vor rund einem halben Jahr zufällig in Starnberg kennengelernt, und nachdem der seinerzeit frisch aus Hamburg zugezogene Kriminalpolizist im Rahmen seines ersten Falles mehrfach auf Lissy Berghammers profunde Kenntnisse der bayerischen Lebensart sowie der Starnberger Hautevolee zurückgegriffen hatte, hatte sich zwischen den beiden eine enge Beziehung entwickelt.

Allerdings sah sich Lissy Berghammer auch bei genauerer Betrachtung außerstande, den exakten Status dieser Verbindung zu definieren. Zweifellos fühlte sie sich zu Madsen hingezogen – schließlich sah der Leiter der Starnberger Polizeiinspektion glänzend aus: sportlich, kernig, mit einem gepflegten Dreitagebart und kurzem dunkelblondem Haar. Außerdem war er nicht ansatzweise so spießig, wie man das bei einem Staatsbeamten vermuten mochte. Stattdessen trug er lässige Zivilkleidung, fuhr mit seiner chromblitzenden Harley-Davidson Fat Boy statt mit dem Streifenwagen zu den Einsätzen und besaß einen wunderbaren, tiefschwarzen Humor.

Und da auch Madsens Verhalten unschwer darauf schließen ließ, dass er mehr als Sympathie für Lissy empfand, sprach im Grunde also alles für eine Beziehung, die über freundschaftliches Miteinander hinausging. Doch aus unerklärlichen Gründen hatte bisher noch keiner den entscheidenden Schritt gewagt und dem anderen seine wahren Gefühle offenbart, und so glich ihrer beider Verhalten weiterhin dem eines Menschen, der auf dem Zehn-Meter-Brett stand und das unbändige Verlangen spürte, sich ins kühle Nass zu stürzen – aber dann nicht den Mut zum Sprung aufbrachte.

»Alles okay bei dir?« Madsen unterbrach Lissy Berghammers Gedankengang mit einem provokanten Lächeln. Die beiden pflegten zweimal die Woche zusammen am See Frühsport zu betreiben, und obgleich das morgendliche Joggen ihrer körperlichen Konstitution zuträglich war, bestand der Hauptgrund dieser Aktivität darin, ihre knapp bemessene Freizeit miteinander zu verbringen. »Wie wär's mit 'nem kleinen Wettrennen bis zur Roseninsel?«

Lissy zuckte bedauernd mit den Schultern. »Grundsätzlich gerne, Mads, aber ich muss zeitig ins Büro. Um acht sind schon die ersten Klienten da. Schade, ich glaube, heute hätt ich dich so richtig abgezogen.«

»Träum weiter, Goldlöckchen«, feixte Madsen und nahm Lissy lachend in den Arm. Es war nur eine kurze Berührung, trotzdem jagte ihr ein wohliger Schauer durch den gesamten Körper. »Aber kein Problem, verschieben wir es eben aufs nächste Mal und schauen, dass wir jetzt zurück zum Parkplatz kommen. Denkst du bitte nur dran, dass ich dir bei Gelegenheit meinen Laptop vorbeibringen wollte? Du hattest doch irgendeinen Spezialisten an der Hand, der das Ding für kleines Geld wieder zum Laufen bringen kann.«

Lissy hob warnend den Finger, während sie beide im gleichmäßigen Trab das imposante Possenhofener Schloss mit seiner weitläufigen, fast schon steril gepflegten Gartenanlage passierten.

»Achtung, lieber Mads. Wie teuer die Reparatur wird, kann ich nicht abschätzen – ich weiß ja noch nicht mal, was dem Rechner fehlt. Aber ich kann dir eins versichern: Der gute Hannes wird dich garantiert nicht über den Tisch ziehen.«

Während Lissys Gesicht gerötet und das Schnaufen zwischen ihren Worten unüberhörbar war, atmete Madsen völlig ruhig und entspannt. Dass seine anschließende Frage dennoch ein wenig gepresst klang, lag einzig und alleine an dem Anflug von Eifersucht, der ihn bei Lissys Antwort überkommen hatte.

»Soso, Hannes! Wer ist denn dieser Hannes?«

»Niemand, wegen dem du dir Gedanken machen müsstest«, winkte Lissy ab, während sie sich insgeheim über Madsens Reaktion freute.

Nicht, dass sie Eifersucht an einem Mann schätzte. Im Gegenteil, so etwas konnte außerordentlich enervierend sein. Aber im aktuellen undefinierten Status ihrer Beziehung ließ Madsens Frage darauf schließen, dass er durchaus ernst zu nehmende Gefühle für sie hegte. Eine Erkenntnis, die sie dermaßen beflügelte, dass sie spontan zu einem fulminanten Schlussspurt ansetzte, bei dem der überraschte Madsen nur mit Mühe Schritt halten konnte.

»Hannes Bokholt ist ein alter Schulfreund von mir«, rief sie ihm keuchend über die Schulter zu. »Ich glaub, früher war er mal verknallt in mich. Außerdem haben sowohl er als auch sein bester Freund in Feldafing eine Hütte am See, in denen wir als Schüler oft Partys veranstaltet haben. Das Highlight war immer das nächtliche Nacktschwimmen. Apropos Nacktschwimmen ...«, Lissy warf Madsen einen koketten Blick zu, »... was hältst du davon, wenn wir da vorne am Steg auch mal kurz in den See springen? Glaub mir: Es gibt nichts Belebenderes als frühmorgens ein Bad im Starnberger See!«

Madsen schluckte. Es gehörte nicht allzu viel Phantasie dazu, um zu erahnen, dass es Lissy keineswegs alleine um das Schwimmen ging. Sich gegenseitig nackt zu sehen bedeutete einen weiteren Schritt Richtung Intimität.

Allerdings einen entscheidenden.

In diesem Augenblick ertönte plötzlich der Klingelton seines Handys, und die brachialen Gitarrenriffs von Rammsteins »Engel« zerstörten die sinnliche Atmosphäre des Augenblicks. Madsen griff nach seinem Telefon und nahm das Gespräch mit einer entschuldigenden Geste an. Dabei registrierte er für den

Bruchteil einer Sekunde tiefe Enttäuschung in Lissys Blick, doch keinen Wimpernschlag später hatte sie ihre Mimik wieder vollkommen im Griff.

Als er fertig war, deutete sie auf sein Handy. »Ein Notfall?«

Madsen nickte ernst. »Ja. Ein Leichenfund. An der General-Fellgiebel-Kaserne. Sieht nach Mord aus.«

Er zögerte kurz.

Dann trat er plötzlich auf Lissy zu, umarmte sie fest und drückte ihr einen zärtlichen Kuss auf die Wange.

Anschließend spurtete er – ohne sich noch einmal umzudrehen – zu seiner Harley.

***

Der holprige, von tiefen Pfützen übersäte Feldweg war laut Beschilderung ausschließlich Traktoren vorbehalten – eine Direktive, deren Sinn sich Madsen in dem Augenblick erschloss, in dem er von der Bundesstraße 2 auf den unbefestigten Pfad abbog und auf seinem schweren Motorrad hin- und hergeschleudert wurde wie ein Cowboy auf einem bockenden Hengst. Begleitet vom Ächzen der Stoßdämpfer und dem Zischen der Regentropfen auf den heißen Auspuffrohren bemühte er sich bereits während der Fahrt, die Situation vor Ort zu erfassen.

Linker Hand thronte, strategisch geschickt auf einer kleinen Anhöhe platziert, die General-Fellgiebel-Kaserne. Der schmucklose, trutzig anmutende Gebäudekomplex wirkte wie ein riesiger Fremdkörper in dem landwirtschaftlichen Areal, und in Kombination mit der massiven Umzäunung erinnerte das militärische Anwesen Madsen spontan an einen russischen Gulag. In Fahrtrichtung vor ihm befand sich ein etwa fünfhundert Meter breites Waldstück, an dem hektische Betriebsamkeit herrschte. Kleine Gruppen von Uniformierten steckten ihre Köpfe zusammen, Männer und Frauen in weißen Overalls liefen mit Koffern bewaffnet zwischen den Bäumen umher, und trotz der frühen Morgenstunden hatten sich bereits die ersten Gaffer vor den rot-weißen Absperrbändern versammelt. Illuminiert wurde die Szenerie vom zuckenden Blaulicht der Polizei- und Militärfahrzeuge, das sich in den Regentropfen tausendfach reflektierte und den Eindruck eines gigantischen Stroboskops vermittelte.

Madsen stoppte seine Harley schwungvoll neben einem etwa dreißigjährigen, untersetzt wirkenden Beamten mit kurzen schwarzen Locken. Polizeikommissar Maximilian von Werdenfels war Madsens Partner, der älteste junge Mensch, den Madsen je getroffen hatte, und in jederlei Hinsicht das exakte Gegenteil des Kriminalrats. Er hielt sich penibel an jede Dienstvorschrift, pflegte Äußerungen und Tätigkeiten stets gründlich abzuwägen und schaffte es selbst auf dem schlammigen Feldweg, in seiner perfekt gebügelten Uniform wie aus dem Ei gepellt auszusehen.

Mit einem kurzen Gruß und ohne auf Madsens befremdliche Kombination von Sportkleidung und Motorradjacke einzugehen, reichte von Werdenfels seinem Vorgesetzten Plastiküberzüge für die Schuhe sowie ein Paar Latexhandschuhe. Anschließend gab er mit ernster Stimme den aktuellen Erkenntnisstand wieder.

»Zwei Soldaten von der Bundeswehrkaserne dort drüben haben vor knapp zwei Stunden bei einer Manöverübung eine Frauenleiche gefunden. Die Tote wurde vergraben, aber der heftige Regen und die Tiere haben den Körper teilweise wieder freigelegt. Bertram und seine Kollegen sind schon da und sichern Spuren.«

Madsen nickte zufrieden. »Ausgezeichnet! Dann schlage ich vor, wir statten dem guten Bertram jetzt mal einen Besuch ab. Der ganze Bundeswehrtrupp kann zurück in die Kaserne. Wir werden uns dann später mit ihnen unterhalten. Es macht ja keinen Sinn, dass jetzt alle hier im Regen rumstehen und sich erkälten. Schließlich brauchen wir die Jungs noch, um unser Land zu verteidigen.«

Die kleine Lichtung war durch das geschäftige Treiben der Kriminaltechniker ihrer natürlichen Idylle gänzlich beraubt. Überall im Waldboden steckten Metalltafeln mit Spurennummern, über der Leiche war zum Schutz vor dem Regen ein weißer Faltpavillon errichtet worden, und zahlreiche Scheinwerfer tauchten die Szenerie in ein grelles, kaltes Licht.

Als Madsen und von Werdenfels näher traten, streckte Stefan Bertram den Kopf aus dem Pavillon. Bertram war der Leiter der Münchner Spurensicherung und angesichts seiner langjährigen Polizeikarriere im Besitz eines Erfahrungsschatzes, auf den die Insassen eines ländlichen Altersheims nicht einmal gemeinsam kämen. Darüber hinaus pflegte er sich stets völlig unverblümt zu äußern, und während manch einen dieses offensichtliche Fehlen jeglicher Diplomatie irritierte, war Madsen die direkte Art Bertrams überaus sympathisch. Außerdem musste er jemanden, der einen Nierenstein seiner Gattin als Talisman bei sich trug, schon alleine wegen seiner Skurrilität mögen.

»Einen wunderschönen guten Morgen, meine Herren!«, empfing Bertram die Ankömmlinge und deutete amüsiert auf Madsens Jogginghose. »Interessante Dienstkleidung! Dazu noch ein Oberteil aus durchsichtigem Netzstoff, und du wärst der Held in jeder Dorfdisco.«

»Für jemanden, der die Operationsabfälle seiner Frau als Kettenanhänger spazieren trägt, lehnst du dich ganz schon weit aus dem Fenster«, konterte Madsen und hielt sich den Arm vor die Nase, um den penetranten Gestank abzuschwächen. Die Gesichtsfarbe des deutlich empfindsameren von Werdenfels hatte indes einen Weißton angenommen, der sich irgendwo zwischen frisch gefallenem Schnee und den Betttüchern aus der Ariel-Werbung bewegte. »Und außerdem: Wenn du einen Morgen, an dem man eine Leiche findet, als wunderschön bezeichnest, dann möchte ich nicht wissen, was du unter einem schlechten verstehst.«

Bertram verzichtete generös auf eine Antwort. Stattdessen

wies er auf das Zeltinnere und ratterte die bis dato vorliegenden Fakten herunter.

»Weibliche Person, Anfang, Mitte vierzig, blond, weibliche Figur. Unbekleidet und vermutlich vergewaltigt. Dazu eine Kopfverletzung, die für mich auf den ersten Blick aber nicht tödlich aussieht. Außerdem hat die Frau irgendwelche seltsamen Abdrücke im Halsbereich, die ich nicht deuten kann. Möglicherweise handelt es sich um Würgemale, aber verlässlich kann das erst in der Obduktion geklärt werden. Ich schätze, die Leiche liegt noch nicht allzu lange hier, vielleicht zwei oder drei Nächte. Papiere haben wir keine gefunden, aber wo sollte die gute Frau die ohne Kleidung auch hinstecken?«

Madsen blickte sein Gegenüber konsterniert an. »Weißt du was, Bertram? Manchmal bist du echt ein gefühlloses Arschloch!«

»Nun werd aber mal nicht sentimental, mein Freund – das passt nämlich nicht zu einem Zyniker wie dir«, erwiderte der Spurensicherer ungerührt. »Und außerdem bin ich ziemlich genervt, dass ich wieder mal die Arbeit von Professor Polt übernehmen muss. Aber der Kerl verlässt seine Katakomben ja nur, wenn die Welt untergeht. Und selbst dann wäre ich mir nicht ganz sicher!«

Ungeachtet der an sich wenig erheiternden Gesamtsituation musste Madsen grinsen. Der Münchner Rechtsmediziner Professor Polt war eine Koryphäe auf seinem Fachgebiet. Allerdings wies er in der Tat eremitische Züge auf und pflegte sein Laboratorium so gut wie nie zu verlassen. Vor die Wahl gestellt, ihm deshalb zu kündigen oder aber die erste Leichenschau am Tatort ohne ihn durchführen und die Toten dann später für eine genauere Untersuchung ins Institut der Rechtsmedizin transportieren zu lassen, hatte sich die Staatsanwaltschaft angesichts von Polts unbestrittener Kompetenz für Letzteres entschieden. Somit oblag die erste Sichtung der Leiche allen juristischen Vorgaben zum Trotz dem Spurensicherer Bertram, der zwar über eine langjährige kriminalistische Erfahrung, aber keinerlei fachmedizinische Ausbildung verfügte.

»Also gut, Bertram«, brummte Madsen und rieb sich tatendurstig die Hände. »Ich würde sagen, du hast jetzt genug Onkel Doktor gespielt. Am besten, du fährst wieder zurück in dein Büro und tust das, was du wirklich kannst. Kopieren, stempeln, abheften und so weiter. Und wir zwei Profis ...«, er deutete auf von Werdenfels und sich, »... wir machen jetzt mal richtige Polizeiarbeit.«

Die Leiche war im Bereich der unteren Extremitäten mit Erde, Blättern und Tannennadeln bedeckt, Oberkörper und Kopf lagen größtenteils frei. Obwohl sich die Frau nach Bertrams Schätzung noch nicht allzu lange dort befunden hatte, war die beginnende Fäulnis unübersehbar. Scharen von Schmeißfliegen hatten sich der sterblichen Überreste bemächtigt, und auch Füchse, Marder, Mäuse und andere Waldtiere hatten ihr zerstörerisches Werk bereits in Angriff genommen und sich an Augen, Nase und Lippen der Toten verlustiert. Während von Werdenfels entsetzt auf den entstellten Leichnam starrte, kniete Madsen nieder und bewegte den Kopf der Leiche vorsichtig hin und her, worauf der leblose Körper schmatzende Geräusche von sich gab – so als protestiere er gegen die Störung seiner Totenruhe.

»Siehst du diese seltsamen Abdrücke?« Stefan Bertram war hinter Madsen getreten und deutete auf den Hals der Frau. »Sie sind wegen der Fäulnis schwer zu erkennen, aber solche punktuellen Druckspuren habe ich bisher noch nie gesehen. Bin gespannt, ob Professor Polt damit was anfangen kann.«

»Wenn überhaupt jemand, dann wohl er«, brummte Madsen. »Bei der Wunde am Kopf bin ich übrigens deiner Meinung – eine üble Platzwunde, aber mit ziemlicher Sicherheit nicht tödlich. Du sprachst außerdem von einer Vergewaltigung?«

Er richtete sich mit knackenden Kniegelenken auf. Natürlich hätte er auch selbst einen genaueren Blick auf den Unterleib werfen können, doch obwohl die Frau tot war, verspürte Madsen Hemmungen, ihr die Beine zu spreizen und ihren Genitalbereich zu untersuchen.

»Ja, ich bin mir ziemlich sicher, dass sie missbraucht wurde«, bestätigte Bertram. »Zumindest lassen die Blutspuren darauf schließen. Für mich sieht alles danach aus, als hätte hier ein Psychopath seinen Gelüsten freien Lauf gelassen.«

»Tja, ein normaler Mord ist das auf jeden Fall nicht. So, wie das Opfer zugerichtet wurde, steckt garantiert mehr dahinter.« Madsen warf einen langen Blick auf die Leiche und seufzte deprimiert. »Wisst ihr, welche Frage mich angesichts solcher Taten zunehmend quält? Warum zum Teufel ist die Mutter aller Arschlöcher eigentlich permanent schwanger?«

Er bekam keine Antwort.

Stattdessen ertönten Schritte vor dem Zelt, dann steckte Polizeimeister Zirngibl seinen Kopf durch den Öffnungsschlitz. Zirngibl war ein junger, engagierter Beamter, der eine gewisse Ähnlichkeit mit Jan Böhmermann aufwies, ansonsten aber ein netter Kerl war.

»Entschuldigen Sie, Herr Kriminalrat, ich wollte nur fragen …«

Er verstummte schlagartig, als sein Blick auf die Tote fiel.

»Was ist denn los, Zirngibl?«, fragte Madsen irritiert. »Das wird doch wohl nicht die erste Leiche sein, die Sie in Ihrem Leben sehen, oder?«

»Nein, das nicht«, stammelte Zirngibl leichenblass. »Aber ich kenne die Frau! Das ist Barbara Heidemann. Die ist mit mir im Starnberger Museumsverein. Diese Frau kann doch nicht tot sein! Niemand würde Barbara ermorden. Das ist unmöglich!«

»Tja, offensichtlich nicht«, brummte Madsen leise und legte Zirngibl die Hand auf die Schulter. »Hören Sie, Zirngibl, jeder von uns könnte ermordet werden. Ich, Sie, Bertram oder von Werdenfels. Warum also nicht auch diese Barbara?«

Zirngibl starrte ihn mit tränennassen Augen an. »Weil Barbara anders war als wir.« Der junge Streifenpolizist zögerte kurz, dann senkte er die Lider und sagte mit erstickter Stimme: »Ich weiß, es klingt verrückt, aber … Barbara war ein Engel!«

***

»Das gefällt mir überhaupt nicht«, murmelte Oberstaatsanwalt Dr. Nikolas Efstáthios Agasiotis und fuhr sich mit der Hand durch sein akkurat gescheiteltes schneeweißes Haar. »Das, was Sie hier gerade schildern, klingt definitiv nicht nach einem spontanen Sexualdelikt mit anschließendem Totschlag. Auch wenn ich hoffe, unrecht zu haben, wette ich meinen neuen Panamahut, dass der Typ das nicht zum ersten Mal gemacht hat. Oder zum letzten Mal.«

Kriminalrat Madsen nickte. Zum einen, weil er insgeheim dieselben Befürchtungen wie der Oberstaatsanwalt hegte, und zum anderen, weil Widerspruch bei Dr. Agasiotis fast schon dem Tatbestand der Blasphemie gleichkam. In Polizeikreisen kursierte die Redewendung »Es ist nicht wichtig, dass Gott auf deiner Seite ist. Dr. Agasiotis reicht«, und damit war dessen Stellung innerhalb der Ermittlungsbehörde auch durchaus treffend definiert. Der groß gewachsene ehemalige griechische Olympiaschwimmer genoss einen hervorragenden Ruf, denn er galt als absolut integer, behandelte jeden Streifenbeamten mit demselben Respekt wie den Polizeipräsidenten höchstpersönlich und zeichnete sich außerdem durch eine fast schon gandhieske Ruhe und Gelassenheit aus. Dass er darüber hinaus zu jeder Tages- und Nachtzeit topfit zu sein schien und sein äußeres Erscheinungsbild selbst während der Teilnahme an SEK-Einsätzen an Eleganz kaum zu überbieten war, trug zu einer gewissen Legendenbildung sowie ehrfürchtiger Distanzhaltung der meisten Polizeibeamten bei.

»Ich gebe Dr. Agasiotis absolut recht: Es besteht der dringende Verdacht, dass unser Täter ein ähnliches Verbrechen schon einmal begangen hat.« Madsen deutete auf einen mittelgescheitelten Streifenbeamten, der zusammen mit Dr. Agasiotis, Kommissar von Werdenfels und zahlreichen anderen Beamten im schmucklosen Besprechungsraum der Polizeiinspektion Starnberg saß. »Hollmann, Sie setzen sich bitte mit dem LKA in Verbindung. Die Kollegen sollen ihre Datenbanken nach ähnlichen Fällen durchsuchen. Art der Verletzung, Art der Leichenentsorgung und vor allem diese ominösen Abdrücke am Hals. Vielleicht haben wir Glück und finden eine Parallele.«

Wachtmeister Hollmann nickte eifrig und kritzelte hektisch auf einem kleinen Block herum. Die Nervosität des jungen Polizisten war unübersehbar, denn während im Rest der Republik das wahre kriminelle Leben tobte, ähnelte der Dienst im beschaulichen Starnberg üblicherweise dem unter einer Glaskuppel. Und genau diese hatte mit dem Mord an Barbara Heidemann nun plötzlich einen hässlichen Riss bekommen.

»Der zweite Punkt, an dem wir schnellstmöglich angreifen sollten, ist das Opfer«, fuhr Madsen fort. »Bisher wissen wir noch sehr wenig über die Frau. Sie heißt Barbara Heidemann, wohnhaft in Starnberg, vierundvierzig Jahre alt, verheiratet, ein Sohn. Außerdem wissen wir, dass sie in der Starnberger Kulturförderung aktiv war. Der Kollege Zirngibl kannte sie von dort und hat sie als extrem hilfsbereit, sozial engagiert und liebenswürdig beschrieben. Jeder, der sie kannte, mochte sie offensichtlich.«

»Na ja, bis auf einen. Der hat sie schließlich umgebracht!«, unterbrach von Werdenfels trocken. »Was wieder einmal beweist: Gegen den Tod ist kein Kraut gewickelt.«

Madsen starrte seinen Partner kopfschüttelnd an. Von Werdenfels war zweifelsohne ein ebenso talentierter wie engagierter Polizist. Absolut gewöhnungsbedürftig hingegen waren seine verbalen Amokläufe. Von Werdenfels liebte es, bei jeder passenden – und häufig auch unpassenden – Gelegenheit, Redewendungen zu gebrauchen, die er, ohne es zu wollen, auf obskure Art und Weise durcheinandermischte. Das Faszinierende daran war, dass die neu entstandenen Wortschöpfungen bei genauerer Betrachtung tatsächlich eine gewisse Logik besaßen, und so waren von Werdenfels' Neologismen üblicherweise allgemeiner Quell der Erheiterung. Die Tatsache, dass diesmal keiner seiner Kollegen lachte, zeigte deutlich, wie angespannt die Atmosphäre unter den Anwesenden war.

»Egal, ob gewickelt oder gewachsen – Fakt ist, dass wir schnellstmöglich klären müssen, warum ausgerechnet eine so beliebte Person wie Barbara Heidemann ermordet wurde«, erklärte Madsen, während er auf dem Flipchart den Namen des Opfers notierte. »Deswegen ist es extrem wichtig, in Erfahrung zu bringen, wo sie sich in den Tagen und Stunden vor ihrem Tod aufgehalten hat. Aus diesem Grunde werden wir beide …«, er deutete auf von Werdenfels und sich, »… dem Ehemann einen Besuch abstatten.«

»Und was machen wir?«, erkundigte sich ein Beamter, dessen muskulöser Körperbau darauf schließen ließ, dass er in seinem Freundeskreis immer dann besonders gefragt sein durfte, wenn ein Umzug ins Haus stand. »Wir können doch jetzt nicht einfach so tatenlos rumsitzen, während irgendwo in Starnberg ein perverser Vergewaltiger und Mörder rumläuft.«

»Sie haben völlig recht«, meldete sich Dr. Agasiotis zu Wort und erhob sich von seinem Platz. »Vergessen Sie bei allem Einsatz aber bitte nicht: Blinder Aktivismus hilft niemandem – uns nicht und dem Opfer auch nicht! Sobald Kriminalrat Madsen und Kommissar von Werdenfels nach ihrem Gespräch mit dem Ehemann mehr Informationen über das persönliche Umfeld der Frau haben, wird es für Sie alle genug zu tun geben.«

Die Augen sämtlicher Anwesenden waren auf Dr. Agasiotis gerichtet. Den Mann umgab eine natürliche Aura der Autorität, und so, wie er mit Anzug, Fliege und farblich passendem Einstecktuch durch den Konferenzraum wanderte, hätte man ihn ohne weiteres Styling auch für eine John-Grisham-Verfilmung casten können.

»Als Erstes muss geklärt werden, ob die Frau ihr Handy dabeihatte – in der Nähe der Leiche wurde nämlich keins gefunden. Falls ja, hat die Suche nach dem Handy oberste Priorität. Funkzellenabfrage, stille SMS, Bewegungsprofil – das ganze Programm. Machen Sie sich um die entsprechenden richterlichen Genehmigungen keine Sorgen, darum kümmere ich mich. Wie Kriminalrat Madsen bereits sagte: Nur, wenn es uns gelingt, herauszufinden, wo sich das Opfer vor seinem Tod aufgehalten hat, können wir den Tathergang erfolgreich rekonstru–«

Die auffliegende Tür unterbrach Dr. Agasiotis' Satz. Verärgert musterte er die junge Beamtin, die mit hochrotem Kopf im Türrahmen stand und unsicher zwischen dem Oberstaatsanwalt, Madsen und von Werdenfels hin- und herblickte.

»Wir hatten uns doch ausdrücklich jede Störung verbeten!«, sagte Dr. Agasiotis tadelnd. »Oder gibt es neue Erkenntnisse vom Fundort?«

Die Polizistin verneinte.

»Dann seien Sie bitte zukünftig so freundlich, sich an unsere Anweisungen zu halten und hier nicht einfach so reinzuplatzen. Was auch immer Sie uns sagen wollten: Das hat sicherlich Zeit bis nach unserer Besprechung, nicht wahr?«

»Das weiß ich nicht, ich bin nämlich keine Ärztin«, erwiderte die Polizistin und wandte sich mit mitfühlendem Blick an Maximilian von Werdenfels. »Ich kann nur weitergeben, was die Dame aus dem Klinikum mir mitgeteilt hat. Es geht um deinen Vater, Max. Er hatte einen Herzinfarkt.«

ZWEI

Wer seine Tagungen im exklusiven Hotel »La Villa« am Ufer des Starnberger Sees abhielt, konnte von sich behaupten, die Spitze der Nahrungskette erreicht zu haben – oder aber er versuchte zumindest, gegenüber seinen Klienten diesen Eindruck zu erwecken. Dass dieses Ansinnen im Fall von Dr. Gerhard Heidemann Erfolg zu haben schien, war den beeindruckten Mienen der Konferenzteilnehmer zu entnehmen, die auf der kleinen Aussichtsterrasse zwischen toskanischem Haupthaus und Gartenpavillon standen und bei einem Glas Champagner sowohl das Ende des Regens als auch die atemberaubende Aussicht über das Anwesen und den See genossen.

»Der große Herr dort vorne ist Dr. Heidemann«, erklärte die freundliche Hotelangestellte, die Madsen und von Werdenfels an der Rezeption in Empfang genommen und auf die Freifläche begleitet hatte. Sie deutete auf einen dunkelhaarigen Mittvierziger, dessen Erscheinungsbild allen Klischees des neureichen Emporkömmlings entsprach. Die Haut war zu braun, das Hemd zu rosa und die Hose zu weiß. Dazu trug er die unvermeidlichen Tod's Loafers und als Insignien seines sozialen Status irgendwelche VIP-Armbändchen von Automobil- oder Yachtevents. Dr. Heidemann war in ein angeregtes Gespräch mit einem älteren Herrn vertieft, der den Haarschnitt von James Last auftrug und bei dessen lachsfarbenem Jackett man zwischen Ernst und Verkleidung schlecht unterscheiden konnte.

»Vielen Dank, den Rest des Weges finden wir alleine!«, erwiderte Madsen und wandte sich an seinen Kollegen: »Bist du wirklich sicher, dass du mitkommen möchtest, Max? Ich kann das Gespräch auch ohne dich führen, wenn du ins Klinikum zu deinem Vater fahren willst.«

Von Werdenfels schüttelte den Kopf. »Danke, das ist nett

von dir, Mads. Aber solange Papa noch nicht aus der Narkose erwacht ist, macht das wenig Sinn. Mama ist bei ihm und gibt mir sofort Bescheid, wenn er wach wird. Dann würde ich allerdings gerne gleich aufbrechen.«

»Na klar! Sag es einfach, wenn du losmusst. Und bis dahin wäre ich dir dankbar, wenn du dem Witwer die traurige Nachricht überbringen würdest. Erstens kannst du so was viel besser als ich, und zweitens ist mir der Typ schon unsympathisch, bevor ich auch nur ein Wort mit ihm gesprochen habe.«

Von Werdenfels nickte schmunzelnd. Es bedurfte nicht allzu viel Phantasie, um zu erahnen, dass Madsens Aversion nicht nur dem Auftreten des Unternehmers geschuldet war, sondern auch dem Gespräch, das sie wenige Minuten zuvor in Heidemanns Versicherungsagentur geführt hatten. Dort hatte sie eine blasierte Sekretärin mit missbilligendem Blick auf Madsens abgewetzte Lederjacke darüber informiert, dass ihr Vorgesetzter Gastgeber einer wichtigen Veranstaltung und daher für niemanden zu sprechen sei. Auch nicht für die Polizei. Erst als Madsen ihr mit einem strahlenden Lächeln erklärt hatte, dass er seinen glatt rasierten Arsch darauf verwetten würde, dass Dr. Heidemann sehr wohl für sie zu sprechen sei, wenn er den Grund ihres Besuches erführe, hatte der weibliche Abfangjäger pikiert das Hotel »La Villa« genannt.

Anschließend war die Sekretärin hektisch aus dem Vorzimmer gestürzt. Von Werdenfels schätzte, dass sie sich angesichts von Madsens Wortwahl auf der Bürotoilette erbrochen hatte.

»Meine Herren, Sie haben einen sehr unpassenden Zeitpunkt für Ihren Besuch gewählt«, eröffnete Dr. Heidemann kurz darauf im etwas abseits gelegenen Gartenpavillon das Gespräch und blickte dabei demonstrativ auf seinen goldenen Chronografen, dessen Größe bei jedem IOC-Funktionär Pawlow'schen Speichelfluss ausgelöst hätte. »Wie Sie vielleicht bemerkt haben, befinde ich mich gerade mitten in wichtigen Networking-Gesprächen – da ist die Anwesenheit von Polizeibeamten nur bedingt förderlich. Um was geht es denn? Vielleicht können Sie die Sache ja auch mit meiner Sekretärin regeln.«

»Das denke ich nicht«, beeilte sich von Werdenfels zu sagen, bevor Madsen Gelegenheit zu einer despektierlichen Antwort bekam. »Es tut uns leid, Ihnen mitteilen zu müssen, dass Ihre Frau verstorben ist. Man hat heute Morgen ihre Leiche gefunden.«

Der Unternehmer antwortete nicht.

Stattdessen ergriff er eines der auf dem Bartresen bereitstehenden Weingläser, ging damit quer durch den Raum zu der komplett verglasten Stirnseite und ließ seinen Blick über den sanft abfallenden parkähnlichen Garten und das hölzerne Bootshaus schweifen.

Nach einer gefühlten Ewigkeit des Schweigens drehte er sich schließlich um und erkundigte sich mit zitternder Stimme: »Und Sie sind ganz sicher, dass es sich um meine Frau handelt? Jeder Irrtum ausgeschlossen?«

»Ich fürchte ja. Einer unserer Kollegen, der Ihre Frau aus dem Museumsverein kannte, hat sie eindeutig identifiziert.«

Dr. Heidemann nahm gedankenverloren einen Schluck Wein, bevor er sich mit der Stirn gegen das Glas der Panoramascheibe lehnte und einen karotinbraunen Abdruck hinterließ.

»Wie ist sie denn ...? Ich meine, wo haben Sie sie denn ...?«

»In einem kleinen Waldstück südlich von Starnberg, nahe der General-Fellgiebel-Kaserne. Herr Dr. Heidemann, so ungern ich es auch sage: Ihre Frau ist offensichtlich ermordet worden. Aus diesem Grunde benötigen wir jetzt auch dringend Ihre Hilfe. Wir müssen wissen, wo sie sich in den letzten Stunden und Tagen vor ihrem Tod aufgehalten hat. Und wann Sie sie zum letzten Mal gesehen haben.«

»Am Freitag«, antwortete der Unternehmer, ohne zu zögern.

»Am Freitag? Das ist vier Tage her. Wo waren Sie denn die ganze Zeit?«

Der Unternehmer errötete. »Nun, die Frage müsste vielmehr heißen: Wo war meine Frau die ganze Zeit? Ich war das Wochenende über zu Hause, aber Barbara war irgendwo unterwegs. Wir hatten am Freitag ... mhmm, wie soll ich es nennen ... eine kleine Meinungsverschiedenheit.«

Madsen beugte sich interessiert nach vorne und fixierte den Unternehmer mit festem Blick. »Und diese ›kleine Meinungsverschiedenheit‹ war so intensiv, dass Ihre Frau anschließend für mehrere Tage das Haus verlassen hat? Darf man denn fragen, um was es bei Ihrer Auseinandersetzung ging?«

Dr. Heidemann schlug die Hände vors Gesicht und schluchzte – für Madsens Geschmack allerdings etwas zu laut, um glaubwürdig zu sein.

»Eigentlich war es nur eine Lappalie. Es ging um unser nächstes Urlaubsziel. Barbara wollte nach Tirol, ich in die Karibik. Zuerst war das Ganze noch irgendwie komisch, denn gegensätzlicher können zwei Vorstellungen ja kaum sein. Aber irgendwann haben wir beide dann auf stur geschaltet, und die Diskussion wurde immer lauter und heftiger, bis Barbara schließlich in ihr Zimmer gestürzt und kurz darauf weggefahren ist. Ich konnte doch nicht ahnen ...«

Seine Stimme erstarb, und ein heftiges Zittern überfiel seinen Körper.

»Herr Dr. Heidemann, Ihre Frau ist seit Freitagabend weg, Sie wissen nicht, wo sie ist – und Sie machen sich überhaupt keine Gedanken? Warum sind Sie denn nicht zur Polizei gegangen?«

»Weil Barbara häufiger für ein paar Tage wegfährt, auch ohne Streit. Sie setzt sich dann einfach ins Auto und fährt in die Berge in irgendein Wellnesshotel. Das ist ihre Art, den Kopf freizukriegen. Ich dachte, so was in der Art ist es auch diesmal wieder. Ihre Ausflüge dauern manchmal eine ganze Woche, deshalb habe ich mir auch keine Sorgen gemacht. Ich war wirklich fest davon überzeugt, dass Barbara sich früher oder später melden und wieder nach Hause kommen würde.«

Von Werdenfels betrachtete den Mann prüfend und zückte

sein Smartphone. Während Madsen – sofern er sich überhaupt etwas notierte – herkömmliche Schreibblöcke bevorzugte, pflegte der deutlich technikaffinere Kommissar in digitaler Form zu protokollieren, und so tippte er auch diesmal ein paar Stichworte ins Notizprogramm, bevor er sich wieder an den Unternehmer wandte.

»Wir bräuchten dann bitte noch das Kennzeichen Ihrer Frau, eine Fahrzeugbeschreibung und die Handynummer. Wissen Sie, ob sie ihre Hotelaufenthalte mit Kreditkarte bezahlt hat?«

Dr. Heidemann hob bedauernd die Hände. »Ich fürchte, ich kann Ihnen nur im Hinblick auf das Auto dienen. Es ist ein rotes 2er-BMW-Cabrio. Ich habe im Büro Fahrzeugbrief und Fotos des Wagens, weil er auf meine Firma läuft. Ich lasse Ihnen das komplette Material umgehend von meiner Sekretärin ins Revier schicken. Bei Handy und Kreditkarte kann ich Ihnen allerdings nicht helfen. Wissen Sie, Barbara war in ihrer Einstellung mitunter sehr konservativ. Sie hatte gar kein Handy, und bezahlt hat sie grundsätzlich in bar.«

»Wie bitte?« Von Werdenfels hob überrascht den Kopf und warf Madsen einen zweifelnden Blick zu. »Ihre Frau hatte kein Handy? Das hat doch heute selbst jeder Zehnjährige.«

»Das mag ja durchaus sein, aber eben nicht meine Gattin«, widersprach der Unternehmer entschieden. »Barbara hatte wahnsinnige Angst davor, ständig überwacht zu werden. Ihr ist diese ganze Internet-of-Things-Geschichte höchst suspekt gewesen. Deshalb hatte sie auch keinen Mailaccount und keine Kundenkarten für irgendwelche Supermärkte. Wie gesagt: In der Hinsicht war sie sehr altmodisch.«

»Und ich dachte schon, ich wär ein Neandertaler«, brummte Madsen kopfschüttelnd. »Sagen Sie, Herr Dr. Heidemann: Sie haben doch ein Kind, richtig?«

»Ja, einen siebzehnjährigen Sohn. Jan-Hendrik ist aber seit vorletztem Schuljahr in Ettal auf dem Internat und kommt nur in den Schulferien nach Hause. Oh Gott, wie soll ich ihm das bloß beibringen? Und vor allem, wann? Ich kann hier unmöglich weg, sonst geht mir ein Megadeal durch die Lappen.«

Der Mann wanderte unruhig zwischen den Tischen hin und her. Madsen konnte sich des Gefühls nicht erwehren, dass bei dem Unternehmer der Verlust eines lukrativen Geschäfts dem der Gattin in puncto emotionaler Tragweite gleichkam.

»Eine letzte Frage noch, Herr Dr. Heidemann, dann können Sie sich wieder Ihrem Millionendeal widmen: Hatte Ihre Frau irgendwelche Busenfreundinnen, mit denen sie sich ganz offen ausgetauscht hat?«

»Warum fragen Sie das? Glauben Sie mir etwa nicht?«, zischte Heidemann mit zusammengekniffenen Augen, bevor er den irritierten Blick der beiden Beamten bemerkte und sich umgehend wieder fasste. »Ich meine, ich habe Ihnen doch schon alles gesagt. Und ich glaube nicht, dass Barbara einer Freundin mehr erzählt hätte als mir. Aber natürlich können Sie gerne selbst nachfragen. Ihre einzige engere Freundin ist Helena. Helena Berger aus Tutzing. Die Adresse habe ich nicht, aber die werden Sie ja sicherlich selbst rausfinden.«

»Natürlich. Vielen Dank für Ihre Hilfe, Herr Dr. Heidemann«, sagte Madsen und verabschiedete sich von dem Unternehmer per Handschlag. Dass er dabei etwas stärker zudrückte, als es den üblichen Gepflogenheiten entsprach, lag an der großen Antipathie, die er nach wie vor gegenüber dem durchgekernerten Unternehmer und seinesgleichen empfand.

***

Hauptmann Felix von Steinäcker war eine beeindruckende Erscheinung. Nicht nur seine athletische Statur, sondern auch die akkurat geschnittene Frisur, das markante Gesicht und der stechende Blick verliehen ihm eine Distinguiertheit, die von der perfekt sitzenden Uniform mit den drei silbernen Sternen auf den Schulterklappen zusätzlich betont wurde. Seine Bewegungen wirkten geschmeidig und kraftvoll, und sein selbstsicheres Auftreten zeugte von jahrelanger Kommandotätigkeit.

»Kommen Sie doch bitte herein! Gefreiter Ötzel, zwei Kaffee für die Herren von der Kriminalpolizei!«

Bevor Madsen und von Werdenfels Gelegenheit hatten, das Getränk abzulehnen, stürmte der dienstbeflissene Adjutant bereits im Laufschritt aus dem Vorzimmer.

Madsen sah ihm fassungslos nach. »Donnerwetter! Was hat der denn vor? Will der in zehn Jahren Verteidigungsminister werden?«

Der Kompaniechef grinste anerkennend. »Sie liegen tatsächlich gar nicht so schlecht mit ihrer Vermutung. Der alte Herr dieses Rekruten ist General Ötzel, Inspekteur des Heeres, und seine Mutter ist Stabsärztin im Bundeswehrkrankenhaus in Koblenz. Übrigens – aber das bleibt bitte unter uns – ein furchtbarer Drache. Sie können sich also vorstellen, dass ein gewisser familiärer Druck auf den schmächtigen Schultern dieses jungen Mannes lastet – daher auch der gelegentliche Übereifer.«

Madsen warf einen kurzen Blick zu von Werdenfels und registrierte dessen mitfühlende Mimik. Was elterliche Erwartungshaltung anging, konnte sein junger Partner nicht nur ein Liedchen, sondern ganze Opern singen.

Die beiden Polizisten hatten inzwischen auf Stühlen mit olivfarbenem Kunstlederbezug Platz genommen. Madsen nutzte die Gelegenheit, die Unmenge von Zertifikaten, Diplomen und militärischen Auszeichnungen, die nahezu die gesamte Stirnwand des Büros zierten, zu begutachten. Konnte man Schützenschnüre, Sporturkunden und Fortbildungsnachweise bei einem Soldaten seines Dienstgrades noch als selbstverständlich voraussetzen, zeugten die zahlreichen internationalen Belobigungen, Ehrenmedaillen sowie die handschriftlichen Grüße und Glückwünsche mehrerer hoher politischer Würdenträger nachweislich von einer nicht alltäglichen Soldatenlaufbahn.

»Eine beeindruckende Galerie«, bemerkte Madsen und deutete auf ein Foto, das von Steinäcker auf einer KTM 400 LS-E Military zeigte. »Und eine coole Maschine! Vermutlich etwas geländegängiger als meine Fat Boy.«

Hauptmann von Steinäcker lachte kurz auf, und während er und Madsen sich über die eingeschränkte Tauglichkeit von Harley-Davidsons für den Truppeneinsatz austauschten, servierte der Gefreite Ötzel mit hochrotem Gesicht Kaffee und Gebäck. Angesichts seines Eifers hätte es Madsen nicht gewundert, wenn er anschließend Männchen gemacht und sein Vorgesetzter ihm zur Belohnung ein Leckerchen zugeworfen hätte. Doch stattdessen erteilte ihm von Steinäcker den Befehl, umgehend die beiden Rekruten herbeizuzitieren, die am Morgen die Leiche gefunden hatten.

Keine zwei Minuten später betraten die zwei jungen Männer das Büro, begleitet von einem älteren Soldaten, den die Anwesenheit von so viel Obrigkeit merklich einzuschüchtern schien. Nervös nestelte er an seinem korallenroten Barett und blickte unruhig zwischen den Anwesenden hin und her.

»Das ist Hauptfeldwebel Martens«, stellte von Steinäcker die Neuankömmlinge vor. »Er ist der Zugführer der beiden Soldaten und hatte heute die Leitung der Operation. Der Obergefreite Kisteneich zu seiner Linken hat die Leiche entdeckt. Anschließend ist der Obergefreite Thiele nochmals zum Fundort gegangen, um sich zu vergewissern, dass der Obergefreite Kisteneich sich nicht geirrt hat.«

Madsen betrachtete die beiden jungen Männer prüfend. Im Gegensatz zum frühen Morgen hatte sich das Erscheinungsbild der Soldaten grundlegend verändert. Sie trugen frisch gewaschene und gebügelte Uniformen, die Stiefel glänzten wie dereinst die Lackschuhe von Peter Alexander, und selbst die Hände der beiden wirkten, als hätten sie eine Maniküre genossen. Es war nur allzu offensichtlich, dass die Kompanieführung sich ihres untadeligen Auftretens in aller Gründlichkeit angenommen hatte.

Madsen wandte sich an den Dunkelhaarigen. »War ein ganz schöner Schock heut Morgen, oder? Schließlich findet man nicht alle Tage eine Tote.«

Der Obergefreite Kisteneich nickte eifrig. »Darauf können Sie einen lassen, Herr Kommissar! Ich hab mich echt bekotzt vor Ekel.«

Hauptmann von Steinäcker räusperte sich missbilligend. »Erstens ist Ihr Gegenüber kein Kommissar, sondern Kriminalrat. Und zweitens wäre ich Ihnen sehr dankbar, wenn Sie sich etwas gewählter ausdrücken würden.«

Thiele kicherte, verstummte aber umgehend, als er den strafenden Blick seines Kompaniechefs bemerkte. Madsen fuhr indes mit seiner Befragung fort.

»Herr Kisteneich, als Sie den leblosen Körper gesehen haben, sind Sie da sofort zurück auf den Weg gelaufen, oder haben Sie sich erst noch genauer umgesehen?«

Der Obergefreite schien abermals eine flapsige Bemerkung auf der Zunge zu haben, besann sich aber dann eines Besseren und antwortete in betont akzentuierter Sprechweise: »Nein, Herr Kriminalrat, um ehrlich zu sein, hat mein Magen sofort rebelliert. Ich habe mich auf der Stelle umgedreht und bin zurück zum Kameraden Thiele. Der ist dann noch mal dorthin gegangen ...«

»... und hat was gesehen?«, mischte sich von Werdenfels ein und blickte fragend zu dem zweiten Soldaten.

»Na ja, die Tote halt! Oder zumindest das, was noch von ihr übrig war. Allerdings habe ich jetzt auch nicht so genau geguckt, sondern gleich den Zugführer verständigt.«

In dem Moment, in dem sein Titel erwähnt wurde, zuckte der Hauptfeldwebel erschrocken zusammen und nahm intuitiv Haltung an.

»Ich hab dann sofort die Übung abbrechen lassen«, erklärte er eifrig, »den Kompaniechef verständigt und den gesamten Zug mit Ausnahme der beiden hier anwesenden Soldaten in die Kaserne abrücken lassen. Zusammen mit dem Herrn Hauptmann haben wir die Fundstelle abgesichert und auf die Polizei gewartet.«

»Die allerdings erst verständigt wurde, nachdem die Feldjäger vor Ort waren«, murmelte Madsen leise vor sich hin.

Der Hauptmann hatte den Kommentar dennoch vernommen und blickte den Kriminalrat vorwurfsvoll an.

»Herr Madsen, auch wir haben Dienstvorschriften, die es zu befolgen gilt. Das sollten doch gerade Sie als Polizist verstehen. Parallel zu Ihren eigenen Ermittlungen wird diese Angelegenheit selbstverständlich auch innerhalb der Bundeswehr weiterverfolgt. Schließlich wurde die Leiche von unseren Soldaten und vor unserer Kaserne gefunden. Das heißt, die Feldjäger werden einen ausführlichen Bericht schreiben, das Ganze geht dann über den Bataillonskommandeur an den Führungsstab des Heeres und von dort an das Büro des Generalinspekteurs. Da man damit rechnen muss, dass die Zeitungen in den nächsten Tagen voll mit Berichten über den Leichenfund sein werden, sollte die Bundeswehr im Rahmen ihrer Öffentlichkeitsarbeit dann natürlich auch Stellung beziehen. Oder zumindest so umfassend informiert sein, dass sie es bei Bedarf umgehend könnte.«

Madsen hob beschwichtigend die Hände. »Völlig verständlich, Herr Hauptmann! Das Ganze wird seinen diplomatischen Weg nehmen, um den wir uns zum Glück nicht weiter kümmern müssen. Wir haben ja …«, er lächelte müde, um die Ironie seiner Worte zu unterstreichen, »… lediglich die Aufgabe, den Mörder zu finden und zu überführen.«

Er wandte sich abermals an die beiden jungen Soldaten. »Sie sind ausbildungsbedingt doch sicher öfter hier im Gelände unterwegs, vielleicht auch in den letzten zwei, drei Tagen. Ist Ihnen dabei irgendwas aufgefallen? Fahrzeuge, die dort nicht hingehörten, oder Personen, die Ihrer Ansicht nach möglicherweise was mit der Tat zu tun haben könnten? Irgendjemand, der Ihnen – zumindest im Nachhinein – verdächtig erschien?«

Die Rekruten schauten sich gegenseitig an und schüttelten

dann die Köpfe. »Nee, uns ist nix aufgefallen«, sagte Thiele. »Allerdings scheucht uns Hauptfeldwebel Martens auch immer so durch die Botanik, dass wir so gut wie nichts von unserer Umgebung mitkriegen.«

Der Zugführer öffnete den Mund, um sich zu verteidigen, doch von Steinäcker winkte generös ab. »Lassen Sie's gut sein, Martens, das ist völlig in Ordnung. Schließlich ist das hier ja kein Feriencamp! Meine Herren, haben Sie noch weitere Fragen an unsere beiden Obergefreiten? Ansonsten würde ich sie gerne abtreten lassen, damit sie wieder zurück zu ihrem Zug kommen.«

Madsen und von Werdenfels erhoben sich nahezu synchron von ihren Sitzen.

»Kein Problem, Herr von Steinäcker«, sagte Madsen. »Wir sind so weit durch. Wenn uns noch was einfällt, melden wir uns bei Ihnen. Ach ja, doch noch was: Uns ist aufgefallen, dass die Kaserne außerordentlich gut abgesichert ist. Hohe Zäune, Natodraht, Hundestaffel – Sie haben nicht zufällig auch eine Überwachungskamera am Tor, die in Richtung des Feldes filmt?«

Von Steinäcker dachte kurz nach und verzog dann bedauernd das Gesicht. »Die Torkamera filmt zwar in die besagte Richtung, hat aber nur einen kleinen Radius. Das Tor und die ersten zehn, maximal zwölf Meter der Kaserneneinfahrt. Alles andere hätte auch keinen Sinn, weil die Qualität der Kamera nicht ausreichen würde.«

Madsen zuckte resigniert mit den Schultern. »Schade, war nur so 'ne Idee.«

»Und gar keine schlechte«, erwiderte von Steinäcker und blickte zur Uhr. »Apropos keine schlechte Idee: Was halten Sie davon, wenn ich Sie zu einem verspäteten Mittagessen einlade? Sie sind doch jetzt auch schon seit einigen Stunden auf den Beinen.«

Madsen lächelte. »Nehmen Sie es mir bitte nicht übel, Herr von Steinäcker, aber erstens haben wir auf dem Weg schon eine

Kleinigkeit gegessen, und zweitens war Kantinenessen noch nie mein Ding. Mich erinnern die riesigen silbernen Kübel irgendwie immer an Masttierhaltung.«

»Ach was, von wegen Kantinenessen.« Von Steinäcker setzte sich schwungvoll sein Barett auf den Kopf. »Ich spreche vom Offizierskasino. Da gibt es Essen à la carte! Wobei ich ausdrücklich betonen möchte, dass sich auch unsere Kantine durchaus sehen lassen kann. Vielleicht können wir Sie ja irgendwann mal davon überzeugen, Ihre Aversion über Bord zu werfen.«

»Im Leben nicht«, brummte Madsen, diesmal allerdings so leise, dass selbst der Offizier mit seinem guten Gehör es nicht vernahm. »Bevor ich in einer Kantine esse, zieht Bill Gates in ein Reihenmittelhaus!«

＊＊＊

»Wird er … ich meine … kann er jemals wieder …?« Maria von Werdenfels schluchzte kurz auf und tupfte sich mit einem spitzenbesetzten Taschentuch eine Träne aus dem Augenwinkel.

Ihre Frage erschien durchaus berechtigt, denn der Anblick ihres Gatten war wahrlich beängstigend. Notdürftig mit einem mintgrünen OP-Leibchen bedeckt, war nahezu jeder freie Quadratzentimeter von Karl von Werdenfels' Körper aufwendig verkabelt oder mit Sensoren beklebt. Darüber hinaus steckte in seiner Halsvene ein neonfarbener Katheter, durch den dem Körper Schmerz- und Beruhigungsmittel zugeführt wurden, während andere Schläuche aus dem Brustkorb Blut und Wundsekret in einen Auffangbeutel leiteten. Die Augen des Mannes waren geschlossen, sein Atem ging stoßweise und wurde übertönt vom monotonen Brummen der Beatmungsmaschine sowie vom gleichmäßigen Piepen eines EKG-Monitors.

»Es ist noch zu früh, um eine verlässliche Aussage zu machen«, sagte der Arzt, ein kleiner, kugelförmiger Mann, der seine weiße Hose so weit über den Bauch gezogen hatte, dass der Gürtel ihn in der Mitte zu teilen schien. »Hätten wir einen Stent setzen können, wäre die ganze Geschichte relativ schnell zu regeln gewesen. Leider waren bei Ihrem Mann aber insgesamt drei Kranzgefäße betroffen. Uns blieb also nichts anderes übrig, als eine Bypass-Operation durchzuführen und die verstopften Herzgefäße mit körpereigenen Adern zu überbrücken.«

»Und dafür mussten Sie …?« Maria von Werdenfels deutete fragend auf das große weiße Pflaster, das senkrecht über die Brust geklebt war.

Der Arzt nickte. »Ja, dafür mussten wir leider das Brustbein spalten und den Brustkorb öffnen. Aber machen Sie sich keine Sorgen, Frau von Werdenfels. Wir haben diese Operation schon tausendmal durchgeführt. Irgendwann muss sie ja mal klappen!« Er kicherte über seinen eigenen Witz, bis er den fassungslosen Blick seiner Gesprächspartnerin bemerkte und errötete. »Oh, bitte verzeihen Sie, gnädige Frau. Ich hatte lediglich die Absicht, Sie ein wenig aufzuheitern.«

»Nun, wenn dem so ist, dann kann ich nur hoffen, dass Ihre medizinischen Fähigkeiten nicht Ihren humoristischen Talenten entsprechen«, entgegnete Maria von Werdenfels kalt. »Und jetzt kümmern Sie sich darum, dass Ihr Chefarzt hier erscheint. Und zwar augenblicklich. Professor Rubenstein ist ein guter Bekannter meines Mannes aus dem Rotary Club, und ich halte den Zeitpunkt für ausgesprochen angebracht, ihn an die großzügigen Spenden zu erinnern, die unsere Familie dem Klinikum regelmäßig zukommen lässt. Sie verstehen, was ich damit sagen will? Ich erwarte, dass meinem Gatten die bestmögliche Behandlung zuteilwird. Und zwar vom Chefarzt höchstpersönlich – und nicht von so einem Komiker wie Ihnen!«

»Das war große Klasse!«, bemerkte eine tiefe Stimme hinter Maria von Werdenfels, während der Mediziner aus dem Raum eilte, als sei ein Rudel Krankenkassen-Sachbearbeiter hinter ihm her. »Dr. Gerling ist ein guter Arzt, da kann ich Sie beruhigen. Aber was Empathie angeht, ist bei ihm noch eine Menge Luft nach oben.«

Mit diesen Worten trat eine korpulente Krankenschwester an das Bett des Patienten, richtete mit zwei, drei geübten Griffen den Sitz der Schläuche und streckte Maria von Werdenfels dann eine bettpfannengroße Hand entgegen.

»Ich bin Schwester Clara, und unabhängig davon, ob Ihr Mann Kohle bis zum Abwinken hat oder ein Obdachloser ist, werd ich mich bestens um ihn kümmern. In meinem Aufwachraum ist während meiner gesamten Krankenschwesterntätigkeit noch nie ein Patient gestorben, und ich hab verdammt noch mal keinen Bock drauf, dass Ihr Mann mir die Statistik versaut. Also, Gnädigste, atmen Sie locker durch die Hose – wir bekommen das schon wieder hin. Zwei, drei Monate und Ihr Göttergatte flitzt wieder über Ihre Ländereien wie ein Duracell-Häschen!«

Maria von Werdenfels bedachte die Frau mit einem irritierten Blick. Weder ihr burschikoses Auftreten noch ihre Wortwahl entsprachen auch nur ansatzweise ihrer eigenen Vorstellung von Anstand und Benimm, und auch die hennarot gefärbten Haare mit der blauen Strähne und die pinkfarbenen Crocs qualifizierten die OP-Schwester nur bedingt als Mitglied ihres Bridge-Ensembles. Dennoch war sie der Frau in diesem Augenblick unendlich dankbar für ihre zuversichtlichen Äußerungen.

Sie griff in ihre Handtasche, wühlte nach ihrem Lederportemonnaie und entnahm ihm einen großen grünen Schein. »Vielen Dank, Schwester Clara, dass Sie sich gut um meinen Mann kümmern werden. Darf ich Ihnen vielleicht eine kleine – sagen wir – Zusatzgratifikation zukommen lassen, um eine entsprechende Behandlungsqualität sicherzustellen?«

Sie hielt der Krankenschwester den Schein hin und trat überrascht zurück, als diese sich mit ihrer körpereigenen Medizinballabteilung drohend vor ihr aufbaute.

»Offensichtlich haben Sie mir gerade nicht zugehört, Frau von und zu! Ich sagte, es ist mir scheißegal, ob Sie Geld haben oder nicht. Mir geht es hier nur um eins – und zwar um den

Patienten! Ich werde ihm mit allen Mitteln, die mir zur Verfügung stehen, bei der Genesung helfen und ihm den Krankenhausaufenthalt so angenehm wie möglich machen. Das ist mein Job, und genau deshalb bin ich Krankenschwester geworden. Wenn Sie mir jetzt so pseudounauffällig Kohle zuschieben, bedeutet das für mich, dass Sie mich für bestechlich halten und dass Sie glauben, Sie könnten sich mit so ein paar beschissenen Euro eine bessere Behandlung für Ihren Mann kaufen. Und wenn dem so ist, gnädige Frau, dann sollten Sie hier schleunigst verschwinden, bevor ich Ihrem faltigen Hintern ein Klistier verpasse. Und dabei ist es mir scheißegal, ob Sie meinen Chef aus dem Rotier-Club kennen oder nicht!«

Maria von Werdenfels starrte die groß gewachsene Frau mit offenem Mund an.

»Bitte verzeihen Sie mir mein unüberlegtes Benehmen!«, sagte sie dann zerknirscht und blickte schuldbewusst zu Boden. »Es lag mir fern, Sie zu beleidigen. Ich bin nur der Meinung, dass gute Leistung auch honoriert werden sollte, und da ich weiß, dass die Bezahlung von Krankenschwestern allgemein mehr als unzureichend ist, wollte ich mich bei Ihnen lediglich für Ihre gute Arbeit erkenntlich zeigen.«

»Oh ja, da können Sie einen drauf lassen, dass unsere Bezahlung unzureichend ist!«, antwortete Schwester Clara, ging zu der gegenüberliegenden Wand und ergriff mit ihren großen Händen einen Besucherstuhl, als handelte es sich dabei um ein Spielzeugmöbel. »Wenn ich nicht nebenbei noch Zeitungen austragen würde, könnte ich meiner kleinen Tochter nicht mal ein Geburtstagsgeschenk kaufen. Wenn Sie uns Schwestern also wirklich was Gutes tun wollen, dürfen Sie gerne eine großzügige Spende in unsere Kaffeekasse werfen. In dem Fall profitieren dann auch alle meine Kolleginnen, und es hat nichts mit der Bevorzugung eines einzelnen Patienten zu tun. Ist das ein Deal?«

Maria von Werdenfels nickte, worauf die Schwester den Stuhl vor dem Bett ihres Mannes platzierte, eine Flasche Wasser samt Glas danebenstellte und zufrieden brummte: »Gut, dann wäre das also geklärt. Ich schlage vor, Sie setzen sich jetzt hier zu Ihrem Mann, halten ihm das Händchen und sorgen dafür, dass Sie das Erste sind, was er beim Aufwachen sieht. Wenn Sie außer dem Wasser noch irgendwas brauchen, winken Sie einfach. Ich sitze da vorne hinter der Glasscheibe und hab hier alles im Blick. Gibt's irgendjemanden aus Ihrer Familie, den ich noch verständigen soll?«

Maria von Werdenfels schüttelte den Kopf. »Nein, vielen Dank. Mein Sohn weiß schon Bescheid. Ich habe mit ihm vereinbart, dass er erst dann kommt, wenn mein Mann wach ist.« Sie ließ sich erschöpft auf den Stuhl neben dem Bett sinken. Erst jetzt spürte sie, wie sehr ihre Kräfte geschwunden waren, seit sie die Nachricht vom Herzinfarkt ihres Gatten erhalten hatte, und sie empfand angesichts ihrer einfühlenden Art plötzlich eine tiefe Zuneigung gegenüber der raubeinigen Krankenschwester. »Wissen Sie, Schwester Clara, mein Sohn ist Polizeikommissar. Selbst wenn er wollte, könnte er gar nicht sofort kommen. Ich weiß zwar nicht im Detail, um was es bei seiner aktuellen Ermittlung geht, aber eines kann ich Ihnen versichern: Er hat ganz schön an dem Fall zu knabbern!«

✳✳✳

»Ein Löffelchen Sahne?« Ohne eine Antwort abzuwarten, schaufelte Helena Berger einen solchen Berg Schlagrahm auf den Pflaumenkuchen, dass selbst ein Pottwal auf der Stelle einen diabetischen Schock erlitten hätte.

»Ja, gerne«, antwortete Maximilian von Werdenfels in Ermangelung an Alternativen und warf einen hilfesuchenden Blick zu seinem Vorgesetzten.

Doch Madsen grinste lediglich schadenfroh. Schließlich hatte sich von Werdenfels diese Situation selbst zuzuschreiben, denn dass Helena Berger, die Freundin des Mordopfers Barbara Heidemann, in puncto Häuslichkeit in eigenen Sphären schwebte, hatte sich bereits angedeutet, als sie das Grundstück betraten. Der Vorgarten war so gepflegt, dass eine Aufnahme in die Liste des UNESCO-Weltkulturerbes nur noch eine Frage der Zeit zu sein schien. Die Anzahl der Gartenzwerge und Märchenfiguren konnte mühelos mit jedem europäischen Freizeitpark konkurrieren, und spätestens als beim Betätigen der Türklingel das Volkslied »Horch, was kommt von draußen rein?« erklang, hätte von Werdenfels ahnen müssen, dass hier die personifizierte deutsche Gastlichkeit residierte – was sich dann folgerichtig auch in der Reichhaltigkeit des angebotenen Gebäcks widerspiegelte.

»Liebe Frau Berger«, wandte sich Madsen an die Hausherrin, während sich von Werdenfels durch die Sahne kämpfte wie Amundsen seinerzeit durch die Arktis. »Wir sind hier, weil –«

»Stößchen!«, unterbrach ihn die Gastgeberin. Sie hatte sich zur Feier des Tages, wie sie den unerwarteten Besuch der beiden Polizisten tituliert hatte, einen Sekt eingeschenkt und das Glas zum Prost erhoben. »Auf das Leben, meine Herren! Und Sie sind sicher, dass Sie nicht auch ein klitzekleines Schlückchen Blubberbrause möchten?«

Madsen winkte freundlich dankend ab, und auch von Werdenfels antwortete irgendetwas Ablehnendes, was aber aufgrund der Sahnemenge in seinen Backen eher klang wie der Brunftschrei eines Elches.

»Liebe Frau Berger«, wiederholte Madsen geduldig. »Wir sind hier, weil wir mit Ihnen über Barbara Heidemann sprechen möchten. Es tut uns sehr leid, Ihnen mitteilen zu müssen, dass Frau Heidemann tot ist. Sie wurde Opfer eines Gewaltverbrechens. Und um den Mörder schnellstmöglich zu finden, müssen wir mehr über Frau Heidemann erfahren. Was hat sie in ihrer Freizeit gemacht? Mit wem hat sie sich getroffen? Wo hat sie ihre Auszeiten verbracht und so weiter. Alles, was Sie uns sagen können, hilft uns. Vor allem alles, was die letzten Tage vor ihrem Tod betrifft.«

Helena Berger blickte die Polizisten verständnislos an. Die

Frau war zweifelsohne nett, sympathisch und gastfreundlich – aber was ihre intellektuellen Fähigkeiten anging, hatten die beiden Ermittler bereits bei den ersten Worten erkannt, dass »Helena« und »helle« definitiv nicht über denselben Wortstamm verfügten.

»Ich verstehe nicht ganz ...«, murmelte sie und zupfte sich abwesend eine nussbraune Strähne aus dem makellos geschminkten Gesicht. »Wieso sollte Barbara tot sein? So ein Unsinn. Wir haben doch am Freitagabend noch telefoniert.«

»Freitagabend?«, hakte Madsen nach. »Das ist interessant, denn zu diesem Zeitpunkt verliert sich die Spur von Frau Heidemann. Hat sie Ihnen vielleicht gesagt, wo sie sich während des Anrufes aufgehalten hat? Können Sie sich an die Nummer oder zumindest an die Vorwahl erinnern?«

»Nein, ich glaube, die Nummer war unterdrückt.«

»Verstehe. Wie war eigentlich das Verhältnis zwischen Frau und Herrn Heidemann? Gab es da öfter mal Auseinandersetzungen oder Streit?«

»Streit?« Helena Berger schüttelte entschlossen den Kopf. Den Tod ihrer Freundin schien die Frau gedanklich ebenso zu negieren wie jeden Zweifel an der Makellosigkeit der Heidemann'schen Ehe. »Die beiden sind ein absolutes Traumpaar. Sie führen eine echte Vorzeigeehe, voller Respekt, Liebe, Treue und Zuneigung. Alleine die Hochzeit auf dem Kirchplatz in Starnberg: mein Gott, diese wunderschöne Kutsche, Barbaras langes weißes Kleid, ein großer Kinderchor, weiße Tauben ... Ach, es war einfach herrlich. Die beiden sind wie füreinander geschaffen. Das perfekte Paar!«

Madsen warf von Werdenfels einen verstohlenen Blick zu. Wenn es irgendetwas gab, was die Alarmglocken von Mordermittlern schrillen ließ, dann war das der Begriff »perfektes Paar«. Es mochte zweifelsohne gute Ehen geben, harmonische, stimmige, glückliche – doch sobald irgendjemand eine Beziehung als »perfekt« bezeichnete, war allergrößte Skepsis angebracht. So etwas existierte vielleicht bei Rosamunde Pilcher oder in der Raffaello-Werbung, nicht aber im wirklichen Leben.

»Hören Sie, Frau Berger, ich möchte Ihnen ungern Ihre Illusionen rauben, aber auch in der Ehe der Heidemanns hat es gelegentlich Meinungsverschiedenheiten gegeben. Eine dieser Meinungsverschiedenheiten hat dazu geführt, dass Frau Heidemann am Freitag das Haus verlassen hat und weggefahren ist. Das Ziel dieser Fahrt ist für uns von größter Bedeutung, deshalb bitte ich Sie noch einmal, gründlich nachzudenken, ob Barbara irgendetwas über ihren Aufenthaltsort gesagt hat.«

»Oder über ihre Pläne für die kommenden Tage«, ergänzte von Werdenfels. Er hatte seinen Kuchenteller inzwischen bis auf den letzten Krümel geleert und den kurzen Augenblick, in dem Helena Berger ihr Sektglas hinter sich abgestellt hatte, genutzt, um den Gürtel seiner Uniformhose ein Loch weiter zu stellen. »Haben Sie eine Ahnung, wo sich Barbara nach ihrem Aufbruch aufgehalten haben könnte? Hatte sie noch andere Freundinnen, die sie vielleicht besucht hat? Gab es Hobbys, von denen ihr Mann nichts wusste?«

Helena Berger blickte von Werdenfels scharf an. »Ich habe doch gerade schon versucht, es Ihnen zu erklären, Herr Kommissar. Barbara und ihr Mann haben keine Geheimnisse voreinander. Sie sind das absolute Traumpaar, mit einem prächtigen Sohn, der sicherlich einmal in die Fußstapfen seines Vaters treten wird. Die beiden sind kulturell aktiv – von Museumsführungen über Konzertbesuche bis hin zu eigenen Ausstellungen. Sie haben ein herrliches Haus mit Blick über ganz Starnberg und immer schicke Autos in der Garage. Und wenn es in Starnberg irgendeine gesellschaftliche Veranstaltung gibt, dann können Sie sicher sein, dass das Ehepaar Heidemann als Erstes auf der Gästeliste steht. Also tun Sie mir einen Gefallen, Herr Kommissar, und hören Sie bitte auf, ständig von irgendwelchen Streitereien oder Geheimnistuereien zu sprechen. Barbara ist der wundervollste Mensch, den ich kenne, und sie hat das große Glück, den passenden Partner gefunden zu haben – auch wenn so eine perfekte Beziehung vielleicht nicht in Ihre Welt mit Mord und Totschlag passt. Und nun bitte ich Sie, mich zu entschuldigen.«

Sie warf einen Blick auf ihre Uhr und erhob sich. »Ich würde jetzt nämlich gerne ›Sturm der Liebe‹ schauen.«

»Und? Was meinst du? Sind wir auf dem Holzweg, oder ist die Gute so naiv, dass man ihr Kondome als Hamsterschlafsäcke verkaufen könnte?«, erkundigte sich Madsen und kramte in seiner Lederjacke nach der verbeulten American-Spirit-Blechdose, in der er seine Zigaretten aufzubewahren pflegte. Die beiden Beamten standen vor dem gartenzwerginvadierten Grundstück von Helena Berger und ließen das Gespräch Revue passieren. »Wenn man den Äußerungen von Frau Berger glauben darf, dann war nicht nur Frau Heidemann, sondern auch ihr Mann ein echter Engel.«

»Tja, um ganz ehrlich zu sein, hab ich vorhin ein paarmal gedacht: ›Mann, ist die blöd!‹ Aber vielleicht ist sie ja auch nur anders intelligent!«, sinnierte von Werdenfels und rieb sich dabei stöhnend die Hüften.

»Beschwer dich jetzt bloß nicht.« Madsen hob lachend den Zeigefinger. »Du wolltest ja unbedingt den frisch gebackenen Pflaumenkuchen essen. Also wundere dich nicht, wenn die Gemeinde dir demnächst zwei Postleitzahlen zuweist.«

Von Werdenfels wollte protestieren, als plötzlich sein Handy klingelte. Er nahm das Gespräch an und wechselte ein paar leise Worte mit dem Anrufer.

»Das war meine Mutter«, erklärte er anschließend. »Papa ist gerade aus der Narkose erwacht. Wäre es in Ordnung, wenn ich jetzt rasch ins Klinikum fahre? Ich bleibe nicht lange, aber ich möchte zumindest sehen, wie es ihm geht.«

»Na logisch. Mach, dass du verschwindest! Und bestell ihm unbekannterweise gute Besserung von mir.« Madsen nahm kurz Maß, dann warf er seine halb gerauchte Kippe exakt in die kleine rosafarbene Schubkarre eines der Gartenzwerge.

»Melde dich einfach, wenn du wieder einsatzbereit bist. Ich fahre jetzt noch mal zu dem Ehemann und erkundige mich nach den Adressen von Frau Heidemanns Friseur, Nagelstudio, Masseurin, Fitnessstudio und was mir sonst noch so einfällt. Ich kann einfach nicht glauben, dass unser Mordopfer so sauber war, wie alle sagen. Hat nicht jeder von uns irgendwo, ganz tief im Keller, eine Leiche liegen? Ich wette, dass auch unser Engel Barbara irgendein dunkles Geheimnis hat. Und genau das werde ich finden. Koste es, was es wolle!«

Mit diesen Worten zog Kriminalrat Madsen seinen Helm auf und bestieg seine Maschine. Hätte er in diesem Augenblick geahnt, welchen Preis er für seine Suche zahlen sollte, wäre sein Start vermutlich weniger schwungvoll gewesen.

Vielleicht wäre er auch gar nicht erst losgefahren.

✵✵✵

Am intensivsten war das olfaktorische Erlebnis, wenn man tief einatmete und einen Moment lang die Luft anhielt. Dann strich der frische Mentholduft die Bronchien entlang, strömte in die Lungenflügel und erfüllte den gesamten Körper mit einem belebenden Frischegefühl. Verstärkt wurde das wohlige Empfinden durch sanfte, meditative Klänge, und auch visuell war alles in dem Raum auf Entspannung und Wohlbefinden ausgerichtet. Fernöstliche Landschaftsaufnahmen im goldenen Sonnenlicht, asiatische Gräser in bambusummantelten Behältnissen sowie kleine buddhistische Steinstatuen luden Körper und Geist dazu ein, zur Ruhe zu kommen und mit allen Sinnen neue Kräfte zu sammeln.

Allerdings hatte Kriminalrat Mads Madsen das Massagestudio im Zentrum Starnbergs mitnichten aufgesucht, um sein Qi zu harmonisieren. Stattdessen gedachte er, sich mit der Besitzerin über Barbara Heidemann zu unterhalten – auch wenn seine Hoffnung, irgendetwas Neues über diese scheinbar untadelige Frau zu erfahren, zunehmend schwand.

Nachdem er den sichtlich pikierten Dr. Heidemann nach weiteren Personen und Institutionen gefragt hatte, zu denen seine Frau Kontakt gehabt hatte, hatte dieser ihm kurz angebunden Friseurin, Personal Trainerin und Masseurin seiner Gattin genannt. Die ersten beiden Damen hatte Madsen bereits besucht, und die Aussagen ähnelten der von Helena Berger: Sowohl Barbara Heidemann selbst als auch ihre Ehe schienen absolut makellos gewesen zu sein. Schenkte Madsen dem Gehörten Glauben, dann musste das Ehepaar Heidemann unmittelbar vor der Seligsprechung gestanden haben.

Insofern war Madsen auch wenig zuversichtlich, bei der Masseurin noch etwas Brauchbares zu erfahren, aber in Ermangelung anderer Ermittlungsansätze hatte er beschlossen, das Gespräch dennoch zu führen. Er konnte sich ja kurzfassen, die Masseurin war vermutlich ohnehin gebaut wie ein Türsteher, wortkarg und wenig auskunftswillig. Zumindest stellte sich Madsen sie so vor – schließlich bedurfte es erheblicher körperlicher Kraft, um täglich acht Stunden lang verspannte Muskulatur weich zu kneten.

Und in der Tat besaß die Dame, die kurz darauf aus dem Behandlungszimmer trat, die Physiognomie und die Gesichtsbehaarung einer russischen Kugelstoßerin. Madsen sprang auf, zog seinen Dienstausweis aus der Tasche seiner Lederjacke und stellte sich vor. Die Frau warf einen schnellen Blick auf den Ausweis, dann zuckte sie mit den Schultern, nahm eine zeltähnliche Windjacke vom Garderobenhaken und verließ ohne ein Wort das Studio.

Madsen starrte ihr verdattert hinterher.

»Mund zu, es zieht!«, feixte eine amüsierte Stimme hinter ihm.

Der Kriminalrat fuhr herum.

Im Türrahmen des Behandlungszimmers stand eine junge Frau, keine eins sechzig groß und maximal fünfzig Kilo schwer. Sie hatte ein apartes, natürlich gebräuntes Gesicht mit strahlend blauen Augen, kastanienbraunes Haar und trug eine weiße

Hose und ein weißes T-Shirt. Dass beide Textilien leicht transparent waren, tat ihrer Attraktivität dabei keinen Abbruch. Im Gegenteil – Madsen musste sich schwer zusammenreißen, um der Frau nicht wie ein wollüstiger Teenager auf die wohlgeformten Brüste zu starren.

»Ich nehme an, Sie möchten zu mir? Sie können gerne auch Frau Heise folgen, allerdings ist dann zu befürchten, dass Sie in diesem Fall nicht in den Genuss einer Massage kommen. Die Dame ist nämlich Fleischereifachverkäuferin.«

»Ja, klar. Ich meine, nein. Also, was ich sagen wollte ...«, stotterte Madsen, während er versuchte, sich zu sammeln, »... mein Name ist Kriminalrat Madsen, und ich würde Sie gerne zu einer Ihrer Kundinnen befragen. Oder sagt man Patientinnen?«

Der Blick der jungen Frau hatte sich bei Madsens letzten Worten schlagartig verfinstert. Abweisend die Arme vor der Brust verschränkt, musterte sie ihr Gegenüber und sagte dann wenig verbindlich: »Es ist völlig egal, wie man sie nennt, weil ich grundsätzlich keine Auskünfte über meine Klienten erteile. Ich habe zwar keine ärztliche Schweigepflicht oder so was, aber dafür Anstand. Und der verbietet es mir, aus dem Nähkästchen zu plaudern. Also, wenn Sie irgendwas über meine Kundinnen wissen wollen, dann fragen Sie sie gefälligst selbst!«

»Das würde ich liebend gerne«, erwiderte Madsen und versuchte, dem Inhalt seines nachfolgenden Satzes durch ein Lächeln die Tragik zu nehmen. »Es geht um Barbara Heidemann – und die kann ich leider nicht mehr persönlich befragen. Sie wurde ermordet.«

Nun war es die Masseurin, deren Kinnlade nach unten klappte. Mit Tränen in den Augen stammelte sie: »Das kann doch nicht sein. Nicht sie. Ausgerechnet Barbara.«

»Doch, leider ausgerechnet sie.« Madsen nickte mitfühlend. »Ich weiß, dass Barbara Heidemann eine unglaublich beliebte Person war, von der jeder nur in den höchsten Tönen schwärmt. Aber genau das ist es, was mich so irritiert, denn sie wurde schließlich umgebracht. Irgendetwas muss dem Mörder einen Grund für seine Tat gegeben haben. Niemand wird getötet, weil er so unglaublich nett ist. Ich hoffe, Sie verstehen also, warum ich mir von Ihnen Informationen erhoffe. Dass diese Auskünfte vertraulich behandelt werden, versteht sich dabei von selbst.«

Die junge Frau schien einen Moment lang mit sich zu kämpfen. Dann nickte sie entschlossen und deutete auf den Behandlungsraum. »Kommen Sie rein, Herr Madsen. Würden Sie sich bitte frei machen?«

»Wie bitte?« Madsen starrte die Masseurin perplex an. »Warum zum Teufel das denn?«

»Ich weiß, das klingt jetzt ein wenig verrückt«, druckste sie herum und errötete. »Aber wenn Sie vor mir stehen, dann hat das Ganze so was Offizielles. Das verunsichert mich. Wenn ich mich dagegen beim Massieren mit den Kunden unterhalte, dann ist das viel lockerer, viel entspannter. So wie ein Gespräch unter Freunden – und nicht wie ein Verhör.«

»Ich wollte Sie eigentlich nur befragen, nicht verhören«, korrigierte Madsen und blickte unsicher auf die mit weißen Handtüchern belegte Massagebank.

Die Situation entbehrte nicht einer gewissen Komik. Ein Kriminalrat, der unbekleidet, mit dem Gesicht in eine kreisrunde Öffnung gesteckt, auf einer Massagebank liegend eine Befragung durchführte – das hatte durchaus Potenzial für einen Münsteraner »Tatort«. Andererseits bestand seine Aufgabe darin, Informationen zu sammeln, und wenn sich auf diese Art die Chance erhöhte, etwas Brauchbares aus der Frau herauszubekommen, dann fiel das wohl unter »außergewöhnliche Ermittlungsmethoden«. Und wenn er genau darüber nachdachte, dann war sein Nacken tatsächlich seit Wochen verspannt. Warum also nicht das Nützliche mit dem Angenehmen verbinden?

»Also gut!«, sagte er und begann, sich seiner Oberbekleidung zu entledigen. »Wenn Ihnen das die Sache erleichtert, dann will ich mal mitspielen. Aber wehe, Ihre Informationen sind nicht so gut wie erhofft. In dem Fall werde ich mich bei der Massagekammer über Sie beschweren!«

Die junge Frau kicherte. »Das können Sie gerne versuchen. Viel Spaß bei der Suche nach dieser Behörde. Übrigens, ich habe mich noch gar nicht vorgestellt. Mein Name ist Gina, und ich duze mich grundsätzlich mit meinen Kunden. Ich hoffe, das ist in Ordnung für dich?«

»Da kommt's jetzt auch nicht mehr drauf an!« Madsen deutete grinsend auf seinen halb nackten Körper. »In diesem Stadium der Entkleidung sieze ich die Frauen sonst üblicherweise auch nicht mehr. Es sei denn, es handelt sich um eine Domina.«

Der letzte Satz war als Scherz gedacht, doch dass der im erzkatholischen Oberbayern gründlich missverstanden werden konnte, bemerkte er in dem Moment, in dem die junge Frau ihn pikiert anstarrte.

»Halt, halt! Das war nur ein Witz!«, fügte Madsen rasch hinzu. »Wissen Sie … ich meine: Weißt du, ich hab jahrelang auf der Reeperbahn Dienst geschoben – da kommen solche Gags immer super. Ich hab nur ganz vergessen, dass ich ja jetzt hier in Starnberg bin. Hier herrschen natürlich Zucht und Ordnung.«

»Wenn du dich da mal nicht täuschst«, erwiderte Gina und deckte Madsens Unterkörper mit einem vorgewärmten Handtuch ab. »Auch hier ist weiß Gott nicht alles so, wie es scheint – das wirst du spätestens dann merken, wenn ich dir erzähle, was ich über Barbara Heidemann weiß.«

»Donnerwetter, jetzt machst du mich aber neugierig!«, sagte Madsen und wollte sich zu der Masseurin wenden, doch diese drückte seinen Kopf mit sanfter Gewalt in die Öffnung der Massagebank.

»Du bleibst gefälligst liegen, verstanden? Wie soll ich dich denn sonst massieren?«

Madsen nickte gehorsam – soweit ihm das physikalisch möglich war – und streckte entspannt seine Glieder aus.

Eine Maßnahme, die sich als gute Idee erweisen sollte, denn

das, was Gina ihm erzählte, während sie mit öligen Fingern seine angespannte Nackenmuskulatur knetete, hätte ihm andernfalls die Beine weggezogen.

**

Dass der Begriff »Krankenhaus« für das Klinikum Starnberg nur bedingt zutreffend war, lag vor allem an der Größe des gesamten Gebäudekomplexes. Konnte man unterschiedlichste Fachabteilungen von Orthopädie über Neurologie und Urologie bis hin zur Frauenheilkunde in einer medizinischen Einrichtung dieser Art noch voraussetzen, zeugten ergänzende Angebote wie ambulante Operationszentren, Gesundheitsakademie, Gästehaus oder Kinderkrippe von der ökonomischen Weitsicht des Betreiberunternehmens. Nicht umsonst pflegten jährlich weit über zwanzigtausend stationär behandelte Patienten aus aller Welt das umfangreiche medizinische Serviceangebot in Anspruch zu nehmen, und die großflächigen Grünanlagen rund um den Haupttrakt in der Oßwaldstraße ähnelten in ihrer Besucherdichte an manchen Tagen der Uferpromenade am Starnberger See.

Allerdings vermochten weder die moderne Architektur noch die geschmackvolle Inneneinrichtung des Klinikums Maximilian von Werdenfels' grundsätzliche Abneigung gegen Krankenhäuser zu verdrängen. Er hasste die stickige Luft in den Krankenzimmern, das Quietschen der Gesundheitsschuhe auf dem blank polierten Linoleum und die Sitzecken mit den zerfledderten Zeitschriften, deren bloße Berührung ihm bereits das Gefühl vermittelten, sich jeden existierenden Krankenhauskeim eingefangen zu haben.

Aus diesem Grund atmete er auch befreit auf, als er aus dem gläsernen Foyer auf den Vorplatz der Klinik trat. Mit seinen akkurat gestutzten Sichtschutzhecken, der großzügigen Glasüberdachung sowie den metallenen Sitzbänken vermittelte das Rondell fast den Eindruck einer Naherholungsfläche – zumindest, bis ein älterer Herr von Werdenfels ansprach. Der Mann saß mit einem bordeauxfarbenen Frotteebademantel bekleidet in einem Rollstuhl, hatte einen Tropf neben sich hängen und schien erst vor Kurzem sein rechtes Bein amputiert bekommen zu haben. Zumindest deutete der frisch verbundene Stumpf mit der Drainage darauf hin.

»Zigarette?« Er streckte von Werdenfels eine Packung Roth-Händle ohne Filter entgegen, worauf dieser entgeistert die Augen aufriss.

»Sind Sie noch ganz bei Trost? Man hat Ihnen offensichtlich gerade erst ein Bein abgenommen, und Sie sitzen hier – noch mit Schlauch im Arm – und rauchen?«

»Ach, wissen Sie …« Der Mann inhalierte genüsslich und stieß anschließend eine Rauchwolke aus, die man angesichts ihrer Dichte vermutlich auf dem BR-Wetterradar erkennen konnte. »Ich sag immer: Besser Bein ab als arm dran!«

»Der ist gut. Den muss ich mir merken!«, murmelte von Werdenfels kopfschüttelnd und begab sich – begleitet vom heiseren Lachen des alten Mannes – zu einer etwas abgelegeneren Sitzbank. Dabei zückte er sein Handy und wählte Madsens Nummer, doch eine automatisierte Stimme informierte ihn darüber, dass sein Vorgesetzter zurzeit nicht erreichbar sei. Schulterzuckend wollte er das Telefon gerade wieder in die Tasche stecken, als es plötzlich klingelte und Madsens Nummer auf dem Display erschien.

»Das verstehe ich nicht. Ich habe dich doch gerade im Moment …«

»… angerufen. Ich weiß«, ergänzte Madsen den Satz. »Sorry, ich musste dich kurz wegdrücken, weil ich noch nicht ganz angezogen war und die Zeugin neben mir stand.«

»Wie bitte? Du warst nicht angezogen? Bei einer Zeugin? Jetzt kapier ich gar nix mehr!« Von Werdenfels runzelte irritiert die Stirn, während er einer hechelnden Frau auswich, deren ballonförmiger Bauch auf einen Zustand zwischen »hochschwanger« und »niederträchtig« hindeutete. »Wärst du bitte so freundlich, mir zu erklären, wieso du unbekleidet Befragungen durchführst? Oder waren das auf St. Pauli übliche Ermittlungsmethoden?«

Madsen lachte. »Das ist eine lange Geschichte, Max. Aber glaube mir: Die ist nicht halb so interessant wie das, was mir die Masseurin über Barbara Heidemann erzählt hat.«

»Jetzt machst du mich aber neugierig. Wenn das wirklich spannender sein sollte als eine polizeiliche Nacktbefragung, dann muss die Story ja ein echter Hammer sein.«

»Und ob sie das ist! Unsere gute Barbara und ihre Masseurin Gina sind im Laufe der Jahre nämlich Freundinnen geworden, und irgendwann hat Barbara Gina schließlich ihr Herz ausgeschüttet. Und glaube mir: Da gab es eine ganze Menge auszuschütten!«

Ein metallisches Klicken ertönte am anderen Ende der Leitung, dann hörte man einen tiefen Atemzug, begleitet von einem genussvollen Seufzen.

»Mann, Mads!«, schimpfte von Werdenfels, der seine Bemühungen, Madsen das Rauchen abzugewöhnen, trotz anhaltenden Misserfolgs immer noch nicht ganz eingestellt hatte. »Du sollst nicht so viel qualmen. Und vor allem sollst du jetzt endlich mal aufhören, immer nur anzudeuten! Du weißt doch: Wer gackert, muss auch fliegen. Also erzähl jetzt endlich, was für aufsehenerregende Informationen du bei der Masseuse erfahren hast!«

Madsen kicherte. Offensichtlich bereitete es ihm allergrößtes Vergnügen, von Werdenfels voller Neugier zappeln zu lassen.

»Fliegen kann ich leider nicht, mein lieber Max. Und außerdem ist Gina Masseurin, keine Masseuse. Da gibt es einen großen Unterschied, und der besteht nicht nur im Stundenlohn. Aber zurück zu unserem Fall. Also, das Wichtigste zuerst: Die Ehe von Barbara Heidemann war – wie wir uns das ja schon gedacht hatten – keineswegs perfekt. Im Gegenteil: Sie war eine echte Katastrophe. Und ihr Mann, dieser geleckte Schön-

emons: verlag Tel. 0221-56977-0 · info@emons-verlag.de

Bitte senden Sie mir das aktuelle Verlagsprogramm zu

Ich möchte den Newsletter von emons: per E-Mail erhalten

Ich habe Interesse an Krimis aus folgender Region:

f Besuchen Sie uns auch auf www.facebook.com/EmonsVerlag

emons: verlag
Cäcilienstraße 48

50667 Köln

Name

Straße

PLZ/Ort

E-Mail

MICHAELA KASTEL,
DER NEUE
SUPERSTAR
MICHAELA KASTEL
SO
DUNKEL
DER
WALD
emons: thriller
KASTEL
SO DUNKEL DER WALD
emons:
ISBN 978-3-7408-0293-6 · € D 18,00/€ A 18,50 · ET: 15.3.2018
»Ein Psychothriller, so ungewöhnlich wie intensiv, düster und verstörend. Leise steigert sich das unterschwellige Grauen zu einem schier unaushaltbaren Sog.«
Daria Gaberdan, Lektorat
GEFANGEN IM TIEFSTEN ALLER WÄLDER
GEFANGEN IN DER EIGENEN SEELE
emons:
www.emons-verlag.de

ling, ist das größte Arschloch westlich von Nowosibirsk. Ein Choleriker, ein Kontrollfreak, ein Tyrann. Gina sagte, dass sie mehr als einmal die Massage abbrechen musste, weil der feine Herr Dr. Heidemann seine Gattin so grün und blau geprügelt hatte, dass man sie kaum anfassen konnte.«

»Und warum hat Gina dann nicht die Polizei verständigt?«, erkundigte sich von Werdenfels, der angesichts der neuen Erkenntnisse erregt aufgesprungen war. »Dann hätte man den Ehemann doch wegen Körperverletzung drankriegen können!«

»Weil Barbara das nicht wollte. Gina musste ihr Stein und Bein schwören, dass sie niemandem ein Sterbenswörtchen sagen würde. Sie hat zwar mit Engelszungen auf Barbara eingeredet, sie solle von zu Hause abhauen, und Gina hätte sie sogar bei sich wohnen lassen, aber sie wollte nicht. Hatte vermutlich einfach zu viel Angst. Deswegen hat Gina auch den Mund gehalten. Zumindest bis heute. Aber nachdem Barbara nun tot ist, fühlte sie sich nicht mehr an ihren Schwur gebunden. Sie hat mir übrigens auch erzählt, dass unsere Tote noch ein paar andere Geheimnisse vor ihrem Mann hatte. Zum Beispiel, und jetzt halt dich fest: dass sie sehr wohl ein Handy besaß! Eins mit Prepaidkarte, sodass zu Hause keine Telefonrechnungen eintrudelten.«

»Mensch, das wird ja immer wilder!«, presste von Werdenfels aufgeregt hervor. »Das heißt, wir hätten eventuell doch eine Chance, Mobilfunkdaten auszuwerten und ein Bewegungsprofil zu erstellen. Das sind ja ganz neue Möglichkeiten, die sich plötzlich auftun.«

»Exakt! Als Erstes müssen die Kollegen jetzt das Handy orten. Ich hab von Gina die Nummer erhalten und werde in der Inspektion Bescheid geben. Darum können sich Zirngibl und Schmidthuber kümmern. Und du …« Madsen stockte plötzlich. »Verdammt! Entschuldige bitte! Jetzt habe ich in der Aufregung komplett vergessen zu fragen, wie es deinem Daddy geht. Ich hoffe, es ist alles okay?«

»Mhmmm …«, brummte von Werdenfels nach einem kurzen Moment des Schweigens abweisend. »Geht ihm besser. Zumindest ist er wach.«

»Maximilian Konstantin von Werdenfels, ich bin jetzt seit über fünfundzwanzig Jahren Polizist, und ich merke es sehr genau, wenn mir jemand was verschweigt. Außerdem sind wir Partner, schon vergessen? Also raus mit der Sprache: Was ist mit deinem Vater? Warum druckst du so rum wie meine erste Freundin, als ich sie nach dem Sex gefragt habe, ob sie die Pille nimmt?«

Von Werdenfels lächelte kurz, dann wurde sein Gesicht jedoch sofort wieder ernst. Sollte er seinen Vorgesetzten wirklich in die von Werdenfels'schen Familieninterna einweihen? Das war schließlich ein sehr intimes Thema. Auf der anderen Seite wusste Madsen sowieso bereits Dinge über sein Privatleben, die – würde irgendjemand anders davon erfahren – mit Sicherheit ein mittelschweres Erdbeben in der Polizeiinspektion Starnberg auslösen würden.

Denn Maximilian von Werdenfels war schwul.

Seinen Lebenspartner Yoel Goldenberg hatte von Werdenfels im Rahmen eines Israelaufenthalts kennen- und lieben gelernt, und nach einer anfänglichen Fernbeziehung hatte der junge jüdische Wissenschaftler schließlich seine Zelte in Haifa abgebrochen und war von Werdenfels an den Starnberger See gefolgt. Dort lebten die beiden seit einigen Jahren in einer kleinen, baufälligen Mietwohnung, und obwohl gleichgeschlechtliche Lebensgemeinschaften gesellschaftlich zunehmend akzeptiert wurden, gab es nach wie vor Institutionen, die dem Schwulsein mit einem gewissen Vorbehalt gegenüberstanden. Da dies insbesondere für männerdominierte Organisationen wie Bundeswehr oder Polizei galt, hielt es von Werdenfels für angebracht, seine sexuelle Ausrichtung im Kollegenkreis vertraulich zu behandeln. Der Einzige, der aufgrund eines Zufalls über seine Partnerschaft mit Yoel Goldenberg Bescheid wusste, war

Madsen – doch der kam von Werdenfels' Bitte nach Diskretion mit absoluter Verlässlichkeit nach.

Als wesentlich schwieriger hingegen erwies sich von Werdenfels' familiäre Situation, nachdem er seinen Lebenspartner im elterlichen Anwesen vorgestellt hatte. Während seine Mutter den jungen Israeli nach einem kurzen gedanklichen Neustart mit offenen Armen in der Familie willkommen geheißen hatte, bewegte sich der diesbezügliche Toleranzlevel seines Vaters irgendwo zwischen Drittem Reich und Mullah-Regime. Nachdem der alte Aristokrat sich bereits mit der aus seiner Sicht unstandesgemäßen Berufswahl seines Sohnes schwergetan hatte, war dessen Homosexualität für ihn absolut inakzeptabel, und so hatte er seinen Erst- und Einziggeborenen fortan mit völliger Missachtung gestraft. Die damit einhergehende Enterbung konnte der wenig materialistisch eingestellte Maximilian von Werdenfels problemlos verkraften, doch der fehlende Kontakt zu seinen Eltern war ein Zustand, unter dem er außerordentlich litt.

»Es ist zum Heulen, Mads!«, sagte von Werdenfels seufzend und fingerte sich mit der freien Hand ein Kaugummi aus der Jackentasche. »Mein Vater hatte einen schweren Herzinfarkt, man hat ihm in einer aufwendigen Operation drei Bypässe gelegt, er war stundenlang in Narkose, liegt auf der Intensivstation – und was ist das Erste, was er macht, als er mich sieht? Er dreht sich weg! Ist das nicht unglaublich? Sein einziger Sohn sitzt voller Sorge an seinem Krankenbett, und der alte Sturkopf dreht sich zur Wand und sagt keinen einzigen Ton. Und meine arme Mutter steht daneben und weiß nicht, wie sie sich verhalten soll.«

Madsen, sonst selten um einen flapsigen Spruch verlegen, schwieg. Vermutlich hatte Max gehofft, sein Vater würde angesichts der dramatischen Nahtoderfahrung seine intolerante Einstellung überdenken, doch offensichtlich war dessen Herz zwar wieder besser durchblutet, aber durch den Infarkt keinen Deut weicher geworden.

»Sag mal, möchtest du nicht einfach heute mal früher Feierabend machen, Max? Ich wollte sowieso in die Rechtsmedizin zu Professor Polt, um mich zu erkundigen, ob die Obduktion irgendwas Neues ergeben hat. Dafür brauche ich dich nicht unbedingt.«

»Lieb von dir, dass du mir das anbietest, Mads. Aber ich glaube, mir hilft es eher, wenn ich mich mit Arbeit ablenke«, erwiderte von Werdenfels. »Ich fahre jetzt zurück aufs Revier und stürze mich auf den PC. Nachdem der Ehemann des Mordopfers nun plötzlich in einem ganz anderen Licht erscheint, gibt es ja vielleicht noch weitere Geheimnisse, die wir entdecken, wenn ich ihn mir mal gründlich vorknöpfe. Schließlich hat er seine Frau regelmäßig verprügelt. Vielleicht war ein Schlag zu fest? Oder sie ist durch eine seiner Attacken tödlich gestürzt. Er entsorgt die Leiche und erfindet dann die Geschichte von der mit unbekanntem Ziel verreisten Ehefrau. Hätten die Soldaten die Leiche nicht gefunden, wäre er vielleicht in ein paar Tagen zu uns aufs Revier gekommen und hätte sie voller Theatralik als vermisst gemeldet. Dem Typen traue ich angesichts der neuen Erkenntnisse jede Schandtat zu!«

»Sehe ich genauso«, bestätigte Madsen, der offensichtlich bereits seine Harley bestiegen hatte, denn im selben Moment ertönte ein sattes Motorengeräusch. »Insofern wäre ich dir tatsächlich sehr dankbar, wenn du die digitale Recherche durchführen würdest – immerhin bist du ja unser Crack am Rechner. Und ruf mich bitte sofort an, wenn du was Interessantes findest.«

»Alles klar. Ich melde mich, wenn's was Neues gibt!« Angesichts des aufheulenden Motors von Madsens Maschine erinnerte sich von Werdenfels plötzlich wieder an den Spruch des alten Mannes im Bademantel. »Ach ja, Mads, was ich dir noch sagen wollte: Bitte fahr vorsichtig. Und denk beim Motorradfahren immer daran: lieber Arm ab als Bein dran!«

DREI

Professor Polt war klein, hager, grauhaarig – und egozentrisch. Auf die Gesellschaft von Menschen legte er keinerlei Wert, inhaltsloses Geschwätz regte ihn auf, und Informationen über unregelmäßige Darmtätigkeiten oder familienübergreifende Beischlafaktivitäten seiner Mitbürger interessierten ihn ebenso wenig wie die schulischen, sportlichen oder künstlerischen Erfolge ihrer doppelnamigen Kinder. Aus diesen Gründen hatte sich für ihn auch die Auswahl potenzieller Berufswege auf ein Minimum reduziert, und da ihm Polarforschung als zu kalt erschien und die Anzahl freier Leuchtturmwärterstellen ausgesprochen überschaubar war, hatte er sich nach reiflicher Überlegung für ein Medizinstudium mit Fachrichtung Pathologie entschieden.

Ein weiser Entschluss, wie er zum wiederholten Male konstatierte, während er den weiß gefliesten Sektionssaal des Münchner Instituts für Rechtsmedizin betrat. Der Raum war als Arbeitsplatz geradezu prädestiniert für einen Misanthropen, wogegen jeden halbwegs normalen Menschen angesichts der Ausstattung eine Spontandepression befallen hätte. Rolltische mit Scheren, Messern, Klemmen und Zangen standen zwischen silbernen Seziertischen aus Edelstahl, und in einer hell erleuchteten Raumecke befand sich eine mannshohe Bandsäge, die das Etikett eines Großhandels für Fleischereibedarf und Metzgereiausstattungen trug. In der Luft lag ein Odeur aus zitrusbasierten Reinigungsmitteln und Tod, und die spiegelnden Bodenfliesen waren so glänzend poliert, dass es für Frauen in kurzen Röcken ratsam schien, keine allzu großen Schritte darauf zu machen.

Professor Polt zog die cyanfarbenen Einweghandschuhe über seine fast schon zierlich wirkenden Hände und begutachtete gerade eine männliche Leiche, die vor ihm auf dem

Seziertisch lag, als die Tür des Sektionssaals schwungvoll aufgeschoben wurde und Kriminalrat Madsen den Raum betrat. Mit seiner Jeans, den schweren Bikerstiefeln und seiner abgewetzten Lederjacke wirkte er in dem klinisch sterilen Raum in etwa so passend wie Cher auf einem Symposium für natürliche Schönheit.

»Oh, wie erfreulich. Besuch!«, begrüßte Professor Polt seinen Gast mit der Glaubwürdigkeit eines Teleshopping-Verkäufers. »Herr Madsen, was kann ich für Sie tun?«

»Schönen guten Tag«, antwortete Madsen und ertappte sich gleichzeitig bei dem Gedanken, dass der Mann auf dem Seziertisch das vermutlich komplett anders sehen würde. »Ich wollte nachfragen, ob sich bei der Obduktion der Leiche von Barbara Heidemann neue Erkenntnisse ergeben haben.«

»Sie wissen aber schon, dass es so etwas wie Obduktionsberichte gibt?«, brummte Polt abweisend. »Der müsste spätestens morgen Mittag auf Ihrem Schreibtisch liegen.«

Mit diesen Worten wandte er sich der Leiche zu und schien die Anwesenheit seines Besuchers bereits wieder vergessen zu haben, doch Madsen hatte den langen Weg in die Münchner Innenstadt nicht zurückgelegt, um sich so leicht abwimmeln zu lassen.

»Ich weiß, dass Sie viel zu tun haben, Herr Professor«, hakte er entschlossen nach. »Und ich weiß auch, dass sowohl Ihr Kollege als auch Ihr Präparator wegen Krankheit ausgefallen sind. Trotzdem brauche ich die wichtigsten Inhalte des Obduktionsberichts leider noch heute. Was halten Sie davon: Sie sezieren jetzt den Toten hier und berichten mir währenddessen von Barbara Heidemann. Wenn Sie wollen, assistiere ich Ihnen auch ein bisschen – das ist ja im Grunde nichts anderes als Doktor Bibber. Nur mit Blut.«

Der Blick des Mediziners bewegte sich irgendwo zwischen Entsetzen und Fassungslosigkeit, und erst als Madsen laut auflachte, zuckte Professor Polt resigniert mit den Schultern.

»Ich werde Ihren seltsamen Humor wohl nie verstehen,

Herr Madsen.« Er deutete auf einen kleinen Hocker, der unter dem Nebentisch stand. »Na los, dann setzen Sie sich schon hin. Es ist zwar nicht normal, eine Obduktion durchzuführen und gleichzeitig über einen anderen Fall zu sprechen, aber ich werde Sie ja vermutlich eh nicht los, bevor Sie Ihre Informationen haben. Ich muss Sie allerdings warnen: Ich werde in der Zwischenzeit diese Leiche hier öffnen – und das dürfte kein angenehmer Anblick werden.«

»Nur zu!« Madsen zog entspannt seine Lederjacke aus. »Ich habe drei Folgen ›Adam sucht Eva‹ geschaut. Glauben Sie mir: Es gibt nichts Ekliges, was ich nicht schon mal gesehen hätte!«

Der Rechtsmediziner begann seine Untersuchungen mit der äußeren Leichenschau, indem er die erkennbaren Verletzungen des Toten mit der über dem Tisch installierten Digitalkamera akribisch dokumentierte. Während er eine Aufnahme nach der anderen schoss, anschließend den kompletten Körper des Toten abtastete und das Ergebnis seiner haptischen Untersuchung mit den vorliegenden Röntgen- und CT-Aufnahmen abglich, informierte er den Kriminalrat in Kurzform über seine Befunde aus der Obduktion von Barbara Heidemann.

»Frau Heidemann wurde definitiv erwürgt. Das lässt sich trotz der fortgeschrittenen Fäulnis an den Druckspuren auf dem Hals erkennen. Die Gewalteinwirkung war dabei übrigens so stark, dass die Leiche neben Halsweichteilblutungen auch Kehlkopf- und Zungenbeinfrakturen aufwies. Die Kopfplatzwunde sah zwar auf den ersten Blick schlimm aus, und es gab zweifelsohne auch eine massive Gewalteinwirkung mit einem stumpfen Gegenstand, aber diese hatte keine Verletzung der Schädeldecke zur Folge. Insofern dürfte der Schlag allenfalls eine Gehirnerschütterung oder starke Kopfschmerzen verursacht haben. Apropos Kopf: Ich würde jetzt mit der Leichenöffnung beginnen – und zwar mit dem Kopf. Immer noch kein Problem für Sie?«

Madsen verneinte lächelnd. Er wusste, dass die Examination der inneren Organe eine Tätigkeit war, bei der Polizeischüler regelmäßig ohnmächtig zu werden pflegten. Für ihn hingegen war das Öffnen eines Torsos keineswegs abstoßend. Im Gegenteil. Ihn faszinierte diese Tätigkeit – gab doch der Tote damit seine letzten, im wahrsten Sinne des Wortes innersten Geheimnisse preis. Und außerdem, so pflegte er seinen jungen Kollegen mit dem ihm eigenen Sarkasmus zu verkünden, falle ja schließlich auch niemand von ihnen in Ohnmacht, wenn sie einen Truthahn tranchierten.

Interessiert beobachtete Madsen, wie Professor Polt die elektrische Säge mit einem kreischenden Geräusch durch den Schädelknochen führte. Anschließend klappte er die im Vorfeld partiell skalpierte Schädelkalotte nach hinten, durchtrennte Hirnhaut, Kleinhirnzelt und verlängertes Rückenmark und entnahm behutsam das Gehirn des Mannes.

Währenddessen setzte er völlig ungerührt seine verbalen Ausführung zu Barbara Heidemanns Obduktion fort. »Der Todeszeitpunkt Ihres Mordopfers, Herr Kriminalrat, war in der Nacht von Samstag auf Sonntag, ungefähr gegen Mitternacht. Die Frau ist kurz vor ihrem Tod mehrmals vergewaltigt worden, und zwar vaginal wie anal. Entsprechende Verletzungen waren zweifelsfrei nachzuweisen.«

»Spermaspuren?«, erkundigte sich Madsen.

»Negativ. Kein Sperma, kein Speichel, keine fremden Hautpartikel. Das ist außergewöhnlich, denn während sich Spermaspuren mit einem Kondom relativ gut verhindern lassen, erfordert es doch schon eine sehr gut geplante Tatdurchführung, wenn überhaupt keine anatomischen Rückstände des Täters an der Leiche zu finden sind. Vielleicht hat er einen Overall getragen, zum Beispiel so einen, wie ihn die Kollegen von der Spurensicherung verwenden.«

»Oder aber sämtliche Spuren sind durch den Transport und das Vergraben der Leiche verschwunden«, überlegte Madsen laut. »Immerhin hat der Körper eine Zeit lang im sandigen Boden gelegen. Dazu noch der Regen – da dürften nicht mehr allzu viele Spuren übrig geblieben sein.«

»Falsch, mein Lieber!«, korrigierte ihn der Professor. »Unterschätzen Sie niemals die Hartnäckigkeit kleinster Partikel. Sie können eine Leiche dampfstrahlen und werden dennoch minimalste physikalische Rückstände finden. Wenn Sie wirklich alle Spuren vernichten wollen, dann bleibt Ihnen nur das gute alte Säurebad. Aber da das bei unserer Leiche nicht der Fall war, bin ich letztendlich doch noch fündig geworden.«

»Aber Sie sagten doch gerade …«

»… dass ich keine fremden Hautpartikel gefunden habe. Das ist auch richtig.« Professor Polt griff zum Hautmesser, um die Bauchdecke mittels eines langen Schnitts vom Kinn bis zum Schambein zu öffnen. »Was ich aber sehr wohl gefunden habe, sind chemikalische Rückstände auf der Haut der Toten. Und außerdem noch ein Haar.«

»Ein Haar?«, wiederholte Madsen aufgeregt. »Dann haben wir ja eventuell die DNA des Mörders!«

»Ob das Haar tatsächlich vom Täter stammt, kann ich nicht beurteilen«, erwiderte Polt, der inzwischen behutsam ein Organ nach dem anderen aus dem Leichnam extrahierte, gründlich begutachtete und abschließend wog. »Über die Herkunft des Haars sowie der Chemikalie werden Ihnen die Kollegen vom LKA vermutlich spätestens morgen Mittag etwas sagen können – denen habe ich das Material nämlich zugeschickt, weil deren Labor für solche Dinge einfach besser ausgestattet ist. Wenn ich hier jetzt auch noch mit Gas-Chromatografen arbeiten müsste, dann hätte ich vermutlich überhaupt keine Freizeit mehr.«

Madsen betrachtete sein Gegenüber amüsiert. So, wie der Mediziner gerade vor ihm stand – mit einem blutverschmierten Skalpell in der rechten und einem Lungenlappen in der linken Hand –, fiel es ihm schwer, sich Professor Polt bei einer wie auch immer gearteten Freizeitbeschäftigung vorzustellen.

»Gut, dann muss ich mich wohl leider noch etwas in Geduld üben. Eine letzte Frage noch, Herr Professor, und dann sind Sie von meiner Anwesenheit erlöst: Was hat es mit den seltsamen punktuellen Abdrücken am Hals der Leiche auf sich? Für mich sah das so aus wie die Abdrücke einer Perlenkette.«

»Absolut korrekt«, bestätigte Polt, während er aus einer flachen Metallwanne eine chromblitzende Darmschere entnahm. »Die Frau ist zwar definitiv mit den Händen erwürgt worden, dennoch hat sie mit ziemlicher Sicherheit zum Zeitpunkt des Erwürgens eine Perlenkette getragen. Den Durchmesser der einzelnen Perlen schätze ich auf etwa sechs bis acht Millimeter. Die Gewalteinwirkung war dabei übrigens so groß, dass an zwei Stellen sogar die Haut aufgeplatzt ist und sich die Perlen in das Fleisch gedrückt haben. Hat die Spurensicherung denn irgendwo am Fundort blutige Perlen entdeckt?«

Madsen schüttelte bedauernd den Kopf. »Nein, die Kette hat der Täter offensichtlich mitgenommen. Dafür kann es eigentlich nur drei Gründe geben. Erstens: Er hat sie anderweitig entsorgt. Zweitens: Er wollte ein Souvenir haben. Oder drittens: Er hat die Kette behalten, weil er sie noch benötigt. Und zwar ...«

»... für weitere Morde«, komplettierte Professor Polt den Satz, bevor er die Spitze der Schere ansetzte und den Darm mit einem beherzten Schnitt öffnete. Als Madsen sah, was sich in diesem Augenblick in das silberne Auffangbecken ergoss, murmelte er ein kurzes Dankeschön und ergriff hastig die Flucht.

Denn Scheiße hatte er bei seinem Fall selbst genug.

✳✳✳

Ob die Kopfschmerzen von dem konzentrierten Starren auf den Monitor kamen oder der unerfreulichen Situation bezüglich seines Vaters zuzurechnen waren, war schwer zu beurteilen. Fakt war, dass Maximilian von Werdenfels der Schädel zu platzen drohte. Mit einem tiefen Seufzen trank er einen Schluck Cola und rollte sich anschließend das kalte, feuchte Glas der kleinen Flasche über die Stirn.

»Hey, Ernie! Was ist los? Gestern wieder zu viel gesoffen?«

Von Werdenfels verdrehte genervt die Augen. Während er zu den meisten seiner Kollegen ein ausgesprochen gutes Verhältnis hatte, war das zu Polizeihauptmeister Schmidthuber allenfalls als »semioptimal« zu bezeichnen. Schmidthuber war der dienstälteste Beamte in Starnberg und hatte bereits auf Deutschlands Straßen für Recht und Ordnung gesorgt, als Fußballschuhe noch schwarz waren und Schamhaar noch kein Stigma darstellte. Inzwischen stand der Polizeihauptmeister, dem man jedes seiner über sechzig Lebensjahre ansah und anhörte, kurz vor der Pensionierung – ein Umstand, der sich nicht nur im täglichen Alkoholkonsum, sondern auch in seinem mehr als überschaubaren Engagement bemerkbar machte.

Schmidthuber hatte seinen jungen Kollegen von Werdenfels bereits früher schon nicht sonderlich respektiert, doch seit Madsen zum neuen Leiter der PI Starnberg ernannt worden war und vornehmlich mit von Werdenfels zusammenarbeitete, war aus mangelndem Respekt offene Feindschaft geworden. Er war es auch, der Madsen und von Werdenfels den Spitznamen »Ernie und Bert« verpasst hatte – wenngleich er diese Titulierung natürlich nur dann verwendete, wenn Madsen nicht anwesend war.

»Wo ist denn dein siamesischer Zwilling? Ist er gar nicht mitgekommen?«, stichelte Schmidthuber mit leichtem Doppelkorn-Timbre in der Stimme. »Hast du denn keine Angst, so alleine?«

»Ach, hör schon auf damit«, mischte sich Polizeimeister Zirngibl ein. Er war Schmidthubers Partner, und im Gegensatz zu seinem betagten Kollegen fand er von Werdenfels durchaus sympathisch. Aus diesem Grunde war er auch stets bemüht, zwischen den beiden zu vermitteln, wenngleich ihm das nicht immer mit dem gewünschten Erfolg gelang. Auch diesmal ließ der alte Polizeihauptmeister nicht von dem Versuch ab, von Werdenfels aus der Reserve zu locken.

»Hey, Blaublütiger, bist du dir zu fein, um mit dem Pöbel zu sprechen? Ich habe dich was gefragt!«

»Jetzt hör mal gut zu, Schmidthuber«, erwiderte von Werdenfels und bedachte sein Gegenüber mit einem drohenden Blick. »Ich weiß, dass du älter und stärker bist. Und ich weiß, dass du etliche Dienstjahre mehr auf dem Buckel hast als ich. Aber all das berechtigt dich nicht dazu, hier dermaßen das Maul aufzureißen. Also halt jetzt einfach die letzten paar Wochen bis zu deiner Pensionierung die Schnauze – dann musst du uns nicht mehr ertragen und wir dich nicht mehr. Ich bin sicher, dann geht's uns allen besser. Meinst du, du bekommst das irgendwie hin?«

Schmidthuber brummte etwas Unverständliches. Nur allzu gerne hätte er dem jungen Schnösel im Keller der Inspektion einmal unter vier Augen demonstriert, wer in der Polizeiinspektion Starnberg die Schirmmütze aufhatte. So wie früher, wenn renitente Festgenommene auf dem Weg zur Vernehmung auf unerklärliche Weise im Treppenhaus ins Stolpern gekommen waren und sich dabei kurioserweise Verletzungen wie blaue Augen oder Nasenbeinbrüche zugezogen hatten.

Doch die Zeiten hatten sich zu Schmidthubers Leidwesen geändert.

Heute gehörte Political Correctness zum guten Ton, die Festgenommenen hatten mehr Rechte als die Polizisten, und Führungskräfte wie dieser neue Kriminalrat faselten etwas von »Teamgeist« und »Wertschätzung«. Wenn Madsens Interesse an Kameradschaft wirklich echt wäre, dann hätte er längst seinen Einstand gefeiert. Früher war ein rauschendes Besäufnis das Erste, was ein neuer Kollege auf dem Revier veranstaltet hatte – wie sonst konnte man sich schließlich besser kennenlernen als bei einer gemeinsam durchzechten Nacht? Aber entweder Kriminalrat Madsen hatte keine Lust, seine Freizeit mit den Kollegen zu verbringen, oder aber er war einfach nur zu geizig. So oder so – Schmidthuber fand Madsens Verhalten völlig inakzeptabel, und nur weil er kurz vor Dienstende seine Pension nicht aufs Spiel setzen wollte, pflegte er dem Kriminalrat höflich und devot gegenüberzutreten.

Gedanklich wünschte er ihm allerdings ein kapitales Darm-
furunkel an den Leib.

Von Werdenfels hatte sich derweil wieder seinem PC zuge-
wandt und seine Suche nach Hintergrundinformationen zu
Dr. Gerhard Heidemann fortgesetzt. Seit seiner Tätigkeit beim
israelischen National Institute of Oceanography während eines
postschulischen Auslandsaufenthaltes beherrschte er nicht nur
die gängigen Rechercheprogramme perfekt, sondern wusste
sich auch abseits der üblichen Suchmaschinen virtuos durchs
World Wide Web zu bewegen. Aufgrund dieser herausragen-
den Fähigkeit hatte er bereits häufig Informationen gefunden,
bei deren Beschaffung sich selbst die Spezialisten des LKA
schwergetan hatten.

Und auch diesmal war seine digitale Ausbeute beachtlich.

Begonnen hatte er seine Suche in den gängigen sozialen
Netzwerken. Auf Facebook war Heidemann ebenso vertreten wie auf berufsorientierten Plattformen wie Xing oder
LinkedIn. Dazu besaß er eine eigene Website, deren wenig
anspruchsvolle Gestaltung auf die Verwendung eines standar-
disierten Website-Generators schließen ließ.

Als deutlich imposanter erwies sich hingegen die Vita des
Unternehmers. Nach einem Wirtschafts- und Sozialwissen-
schaftsstudium an der exklusiven Universität Sankt Gallen und
diversen Gastsemestern an internationalen Fakultäten hatte er
sich bereits in jungen Jahren in München mit einer eigenen Versicherungsagentur für Großunternehmen selbstständig gemacht.
Die Auszüge aus seiner Referenzliste lasen sich wie das Who's
who der Wirtschaftsszene – kaum ein bekanntes deutsches Unternehmen, das er nicht in irgendeiner Form versichert hatte.

Was von Werdenfels allerdings stutzig gemacht hatte, war
die Tatsache, dass sich im gesamten Internet kein einziger Ar-
tikel über irgendwelche fundierten Geschäftsbeziehungen von
Dr. Heidemann finden ließ – und das, obwohl der doch zweifelsohne Selbstdarsteller genug war, um jede noch so kleine

Vertragsunterzeichnung für mediale Präsenz zu nutzen. Von Werdenfels hatte selbst einige erfolgreiche Versicherungsmakler im Bekanntenkreis, und er wusste, dass diese keine Gelegenheit ausließen, auch den kleinsten Vertragsabschluss in der Presse zu zelebrieren, als hätten sie Noah eine Bootshaftpflichtversicherung verkauft.

Von Dr. Heidemann hingegen gab es nichts. Kein Handshake-Foto mit Auftraggebern, keine Bilder von versicherten Objekten, nicht einmal eine Kurzmeldung über einen erfolgreichen Geschäftsabschluss. Es war, als existierte der Mann in der Wirtschaftspresse nicht.

Angesichts dieser Erkenntnis erschienen auch die Referenzen des Versicherungsmaklers plötzlich in einem anderen Licht. Wer wusste schon, welche Abschlüsse er mit den namhaften Unternehmen tatsächlich getätigt hatte – schließlich reichte auch die Versicherung eines unternehmensinternen Kindergartenfestes, um anschließend vollmundig »umfassende Versicherungstätigkeiten« für diesen Konzern in seinem Portfolio zu publizieren. Vielleicht hatte Kriminalrat Madsen ja recht, und Dr. Heidemann war tatsächlich nur einer jener unzähligen Schaumschläger, die sich im Dunstkreis großer Namen durch die Hautevolee manövrierten, ohne dabei selbst irgendeine nennenswerte Leistung erbracht zu haben – eine Spezies, die im Landkreis Starnberg häufiger vertreten war als Hühnerfleisch in einem Chicken McNugget.

Sein Ehrgeiz hatte von Werdenfels veranlasst, noch tiefer in die persönlichen Daten des Versicherungsmaklers einzutauchen – was ohne richterlichen Beschluss allerdings nur bedingt möglich war. Schließlich waren die Verdachtsmomente gegen den Ehemann des Opfers ausgesprochen dünn und bis dato in keiner Form beweisbar. Und nur, weil Dr. Heidemann unter Umständen ein wirtschaftlicher Blender war und seine Frau laut Zeugenaussage regelmäßig geschlagen hatte, rechtfertigte das aus juristischer Sicht noch keine Analyse seiner finanziellen Hintergründe oder seiner Kommunikationsdaten.

Gelöst worden war sein Problem schließlich durch einen Anruf bei Oberstaatsanwalt Dr. Agasiotis. Der hatte sich von Werdenfels' Schilderungen in aller Ruhe angehört, die Sache einen Moment lang überdacht und anschließend kurzerhand entschieden, dass ein – wenn auch sehr vager – Anfangsverdacht gegen den Unternehmer bestand. Immerhin hatte es zwischen Dr. Heidemann und seiner Frau kurz vor ihrem Tod eine heftige Auseinandersetzung gegeben, und wenn dem erfahrenen Kriminalrat Madsen mit all seiner kriminalistischen Routine und Intuition an dem Verhalten des Unternehmers etwas faul vorkam, dann hatte das zweifelsohne seinen Grund.

Außerdem schien Dr. Heidemann über ausreichend finanzielle Mittel und Verbindungen zu verfügen, um kurzfristig das Land verlassen zu können, und so hatte Dr. Agasiotis von Werdenfels nicht nur grünes Licht für weitere Recherchen gegeben, sondern angesichts des immensen Ermittlungszeitdrucks auch die sofortige Freigabe von Verbindungs- und Kontodaten angeordnet. Es war ein riskantes Spiel im juristischen Graubereich, das Dr. Agasiotis mit seiner couragierten Entscheidung betrieb, doch die Rechercheergebnisse, mit denen von Werdenfels kurz darauf aufwarten konnte, hatten die Richtigkeit des Entschlusses bestätigt und den Verdacht gegen den Ehemann des Mordopfers erhärtet.

Denn der kultivierte, angesehene Dr. Gerhard Heidemann war bei genauerer Betrachtung arm wie eine Kirchenmaus.

Jeder Cent, den der Versicherungsmakler ausgab, gehörte in Wirklichkeit seiner Gattin. Barbara Cathrin Heidemann war eine geborene Heinz, und obwohl nur sehr weitläufig mit der amerikanischen Ketchup-Dynastie verwandt, hatte sie dennoch ein beachtliches Vermögen mit in die Ehe gebracht. Allerdings pflegte ihr Mann einen Lebensstil, der an Dekadenz selbst von den Geissens kaum noch zu überbieten war. Egal, ob es sich um Immobilien, Autos, Kleidung oder Essen handelte – nur das Beste vom Besten war dem Versicherungsmakler gut genug, und so hatte sich seine Gattin im Laufe der Zeit gezwungen gesehen, ihr gesamtes Kapital darauf zu verwenden, die Liquidität ihres Mannes und seines Unternehmens sicherzustellen. Angesichts der Schilderungen der Masseurin über den Zustand der Heidemann'schen Ehe grauste es von Werdenfels bei der Vorstellung, zu welchen Mitteln Dr. Heidemann gegriffen haben musste, um seine Frau von der Notwendigkeit dieser Maßnahme zu überzeugen.

»Was für ein Arschloch!«, murmelte er und zog sein Smartphone aus der Tasche, um Madsen über seine neuesten Erkenntnisse zu unterrichten. Doch dann hielt er plötzlich inne. Bevor er seinen Vorgesetzten anrief, wollte er noch einmal einen Blick auf die Kommunikationsdaten des Versicherungsmaklers werfen. Vielleicht ergab deren Auswertung ja eine ähnliche Überraschung wie die der Finanzdaten.

Allerdings erwies sich die Analyse der Telefonverbindungen seiner Firma aus den letzten zwei Monaten als enttäuschend. Hauptsächlich geschäftliche Anrufe bei Münchner Unternehmen, die von Werdenfels mangels Relevanz fürs Erste nicht weiterverfolgte, dazu gelegentliche Anrufe bei einem Starnberger Pizzaservice. Auch die Verbindungen vom Heidemann'schen Privatanschluss boten keinerlei Auffälligkeiten. Das Telefon schien vornehmlich von Barbara Heidemann genutzt worden zu sein, denn hinter den meisten der angerufenen Nummern verbargen sich Dienstleister wie Blumengeschäfte, Autowerkstätten oder Wäschereien. Der Büroanschluss von Dr. Heidemann fand sich kaum auf dieser Nummernübersicht – verständlicherweise schien die Frau wenig Verlangen verspürt zu haben, außerhalb seiner häuslichen Anwesenheit Konversation mit ihrem Mann zu betreiben.

Zu guter Letzt checkte von Werdenfels noch die Handydaten des Versicherungsmaklers. Auch hier fanden sich zahlreiche Münchner Anschlüsse, die zu großen Teilen mit den vom Büro aus angerufenen Nummern übereinstimmten. Der Kommissar wunderte sich, dass Heidemann nie die Mobilnummer seiner Ehefrau angewählt hatte, bis ihm einfiel, dass Dr. Heidemann die Existenz ihres Mobiltelefons ja vollkommen unbekannt war.

Als von Werdenfels die Verbindungsübersicht bis zur letzten Zeile überflogen hatte und die Datei schließen wollte, stutzte er.

Die letzte Nummer kam ihm irgendwie bekannt vor.

Er scrollte noch einmal hoch. Tatsächlich! Er hatte sich nicht geirrt – sie erschien häufiger auf der Liste. In unregelmäßigen Abständen hatte Dr. Heidemann sie gewählt, mal vormittags, mal nachmittags, selten aber abends. Die Gespräche waren jedes Mal nur kurz, keine zwei Minuten. Interessiert prüfte von Werdenfels, ob es auch eingehende Verbindungen mit dieser Nummer gab, aber es war stets Dr. Heidemann, der den Anruf getätigt hatte.

Von Werdenfels gab die Nummer in die Maske der Rückwärtssuche ein. Der Name des Anschlussinhabers sagte ihm nichts, und so griff er kurz entschlossen zum Telefonhörer und tippte die Zahlen ein. Es klingelte exakt dreimal, bevor der Anrufbeantworter ansprang. Als von Werdenfels den Ansagetext hörte, ließ er verblüfft den Hörer sinken.

Anschließend wählte er hektisch Madsens Nummer.

***

Als Kriminalrat Madsen sah, dass die Tür mit dem handgemalten Schriftzug »Jennifer« nur angelehnt war, klopfte er an und trat ein, ohne eine entsprechende Aufforderung abzuwarten.

Das Apartment wurde dominiert von einem riesigen, mit rotem Satin bezogenen Bett in Herzform. Überall im Zimmer standen kleine gläserne Kerzenleuchter, und der Schmuck an den rosafarbenen Wänden bestand aus unterschiedlich großen Spiegeln, Aktfotos und einem Wandtattoo mit dem Text: »Wer ficken will, muss freundlich sein!« Es roch nach Sex, der schmutzigen Variante von Liebe, und die rote Beleuchtung ließ die vermeintlich romantische Szenerie billig und verkitscht wirken. Der Raum war ein schlechter Ort, um Erwartungen ans Leben zu haben.

Aber ein guter, um seinen Körper zu verkaufen.

Jennifer saß auf dem Bett und war nach Madsens Schätzung keine fünfundzwanzig Jahre alt. Dennoch strahlte ihr Blick eine Traurigkeit aus, für deren Intensität andere Menschen mindestens das Doppelte an Lebensjahren absolviert haben mussten. Das Mädchen hatte seine langen dunkelbraunen Haare zu einem Pferdeschwanz zusammengebunden, trug eine Jeans mit großen Rissen und war am Oberkörper lediglich mit einem mintfarbenen transparenten Büstenhalter bekleidet. Offensichtlich war sie gerade damit beschäftigt, ihre Fußnägel zu lackieren, denn sie hielt ein Fläschchen mit rotem Nagellack in der Hand und hatte kleine weiße Wattebäusche zwischen ihren Zehen stecken.

»Ach du Scheiße! Hatten wir etwa einen Termin?« Entsetzt blickte sie zu einem herzförmigen Wecker mit roter LED-Anzeige.

»Nein, nein, ganz ruhig!«, entgegnete Madsen und lächelte ihr freundlich zu. »Ich bin nicht beruflich hier. Das heißt schon, aber nicht wegen deines Berufes. Also, ich meine, wegen meinem.«

Sie runzelte verwirrt die Augenbrauen, und Madsen spürte, wie er errötete. Er deutete auf ihren nahezu unbekleideten Oberkörper. »Könntest du dir vielleicht was überziehen? Es fällt mir sonst schwer, mich zu konzentrieren.«

Jennifer blickte ihn ungläubig an, dann brach sie in schallendes Gelächter aus. »Soll das ein Witz sein? Du gehst zu einer Hure und verlierst die Fassung, wenn du sie im BH siehst? Kann es sein, dass du schon lange keinen Sex mehr gehabt hast, mein Süßer?«

Madsen verkniff sich eine Erwiderung – zum einen aus Gründen der Höflichkeit, zum anderen weil ihn die wahrheitsgetreue Antwort vermutlich selbst deprimiert hätte. Stattdessen deutete er auf den zierlichen Stuhl vor einem kleinen Kosmetiktisch.

»Darf ich mich setzen?«

Sie nickte, warf ihm einen koketten Blick zu und bewegte sich lasziv auf ihn zu. »Sag mal, ist es meinem starken Bären nicht zu warm? Was hältst du davon, wenn du deine Jacke ausziehst und ich dir ein bisschen das Fell kraule?«

Madsen winkte ungehalten ab. »Komm, Jennifer, hör auf mit dem Quatsch! Ich bin von der Kriminalpolizei, und ich hab dich gerade gebeten, dir was überzuziehen. Also mach das gefälligst auch.«

Das Mädchen verharrte wie vom Donner gerührt. Dann griff es wie in Trance nach der roten Satinbettdecke und hüllte sich darin ein, ohne Madsen auch nur einen Moment aus den Augen zu lassen.

»Kriminalpolizei? Was wollen Sie denn von mir?«, fragte sie unsicher und nestelte nervös an ihren Lippen herum.

Madsen empfand plötzlich Mitleid mit ihr. Es war nur allzu offensichtlich, dass sich hinter der Fassade der jungen, selbstbewussten Hure in Wirklichkeit die verletzliche Seele eines verängstigten Mädchens verbarg.

»Mach dir keine Sorgen, Jennifer, es ist alles in Ordnung. Ich brauche lediglich ein paar Informationen über einen deiner Kunden.«

Sie zuckte erschrocken zusammen und hob abwehrend die Hände. »Oh nein, das geht auf keinen Fall! Diskretion ist das A und O in meinem Job. Wenn sich rumspricht, dass ich Auskünfte über meine Freier gebe, kann ich hier in Starnberg einpacken. Dann kommt kein Mann mehr zu mir.«

Madsen nickte verständnisvoll. »Das ist mir völlig klar. Aber es geht um eine mordswichtige Ermittlung – und das meine ich in dem Fall wörtlich, wenn du verstehst, was ich sagen will. Wir müssen unbedingt mehr über einen bestimmten Mann wissen. Da draußen läuft ein Mörder frei herum und kann weiter unschuldige Frauen umbringen. Willst du das?«

Jennifer schüttelte den Kopf, dass ihr der Zopf um die Ohren flog, worauf Madsen sich vorbeugte und verschwörerisch die Stimme senkte. »Ich gebe dir mein Ehrenwort, Jennifer: Wenn das, was du mir zu sagen hast, nicht zur Ermittlung des Mörders beiträgt, dann hat dieses Gespräch niemals stattgefunden. Ist das ein Deal, mit dem du leben kannst?«

Jennifer nickte, und ihre Anspannung ließ schlagartig nach. Sie zupfte sich die Watte aus ihren Zehen und setzte sich im Schneidersitz auf das Bett. »Schießen Sie los! Um wen geht's?«

»Um Gerhard Heidemann. Wir haben in seinen Mobilfunkdaten deine Nummer gefunden – und zwar ziemlich häufig. Kann es sein, dass er regelmäßig deine Dienste in Anspruch genommen hat?«

Jennifer nickte zustimmend, dann weiteten sich plötzlich ihre Augen, und sie starrte Madsen erschrocken an. »Aber Gerry ist nicht tot, oder? Sagen Sie jetzt bitte nicht, dass er das Mordopfer ist!«

Madsen hob beschwichtigend die Hände und verneinte, worauf Jennifer sich sofort wieder beruhigte und so unbekümmert drauflosplapperte, als berichtete sie von einem Klassenausflug ins Schullandheim.

»Ja, Gerry kommt regelmäßig zu mir. Ein ganz netter Mann. Immer pünktlich, immer höflich und immer sehr, sehr großzügig.«

»Das wundert mich nicht, ist ja schließlich auch nicht seine Kohle«, brummte Madsen leise, während er einen saftig grünen Apfel aus seiner Jackentasche fischte. »Willst du auch einen? Ich hab noch zwei dabei. Sind von dem Obstladen hier um die Ecke.«

Das Mädchen lehnte dankend ab, worauf Madsen herzhaft in den Apfel biss und mit vollem Mund fragte: »Sag mal, Jennifer, kannst du mir ein bisschen mehr über diesen Gerry erzählen? Worüber ihr gesprochen habt, wie er so tickt, warum er hier war und so weiter. Schließlich seid ihr euch ja ziemlich nahegekommen. Zumindest physisch.«

Sie stutzte kurz, dann blickte sie ihn stirnrunzelnd an. »Was soll denn jetzt dieser ironische Unterton? Haben Sie ein Problem mit meiner Tätigkeit? Kommt jetzt die Wenn-du-meine-Tochter-wärst-Nummer?«

»Eigentlich hatte ich das gar nicht gemeint. Aber wenn du es unbedingt wissen willst: Wenn ich eine Tochter hätte, dann hätte ich sehr wohl ein Problem damit, wenn sie für jeden Dahergelaufenen die Beine breit machen würde!«

Er deutete auf die rosa gestrichenen Wände, die Plüschtiere am Kopfende des Bettes und die Reihe verschiedenförmiger Vibratoren auf dem Schminktisch.

»Glaubst du wirklich, du könntest dich auf diese Weise in ein besseres Leben kopulieren? Schau dich doch mal hier um! Du bist vielleicht gerade mal fünfundzwanzig, und dein Leben ist wie das eines Proktologen – jede Stunde ein neues Arschloch! Verklemmte Typen, die an dir rumfuhrwerken wie an einem Erlenmeyerkolben, und verlogene Familienväter, die zwanzig Jahre Ehe aufs Spiel setzen, nur weil sie zu feige sind, ihrer Frau mal ganz offen zu sagen, dass sie's gerne ein bisschen schmutziger hätten. Ich weiß, ich weiß, jetzt kommen die üblichen Sprüche ›Das ist doch nur mein Job!‹ und ›Ich kann Beruf und Privatleben problemlos trennen‹. Aber weißt du was? Einen verdammten Scheiß kannst du!«

Er schlug mit der Faust so heftig auf den kleinen Tisch, dass ein großer fleischfarbener Vibrator herunterfiel und brummend auf dem Boden umherzuckte.

»Weißt du, wie viele ehemalige Nutten ich im Laufe meines Lebens schon auf dem Revier hatte, die alles dafür gegeben hätten, ihre Vergangenheit ungeschehen zu machen? Also, Mädel, wenn ich dir einen guten Rat geben darf: Hör auf, so schnell es geht, und such dir 'ne vernünftige Arbeit!«

»Jawohl, Papa«, erwiderte Jennifer höhnisch. »Sonst noch irgendwelche guten Ratschläge? Vielleicht, dass ich nicht so viel Süßes essen soll? Oder dass ich abends nicht so lange fernsehen soll?«

Madsen wollte etwas erwidern, winkte dann aber resigniert ab. »Komm, lass gut sein! Ihr Kids wisst ja sowieso immer alles besser. Von mir aus lass dich weiter von jedem Durchgeknallten vögeln. Ist ja nicht mein Problem.«

Doch Jennifer schien keineswegs gewillt zu sein, die Diskussion so kampflos zu beenden. Mit bitterbösem Blick fuhr sie Madsen an: »Was bilden Sie sich eigentlich ein, so unverschämt über meine Freier zu reden? Das sind völlig normale Männer, die einfach nur ein Bedürfnis nach körperlicher Nähe haben, weil sie die von ihren Frauen zu Hause nicht kriegen. So wie Gerry zum Beispiel. Das ist ein ganz netter und einfühlsamer Mensch!«

»Einfühlsam?«, zischte Madsen zurück. »Dass ich nicht lache! Der Kerl hat seine Frau zu Hause regelmäßig so verdroschen, dass ihr gesamter Körper grün und blau war. Und du willst mir erzählen, dass dieser Wichser ein netter Typ ist?«

Jennifer schwieg schockiert und starrte Madsen ungläubig an. Dann, eine gefühlte Ewigkeit später, hauchte sie: »Gerry hat seine Frau verprügelt? Ist das wirklich wahr?«

Madsen bejahte mit ernstem Gesicht, worauf sie in lautloses Schluchzen ausbrach. Verlegen reichte ihr Madsen ein Stück Papier von der großen Rolle auf dem Nachttisch und wartete, bis sie sich etwas beruhigt hatte. Dann fragte er deutlich behutsamer: »Wie war er denn bei dir so? Hast du nie bemerkt, dass in ihm eine gewalttätige Ader schlummert?«

Jennifer schniefte vernehmlich, wischte sich ihre Tränen ab und nickte unsicher. »Na ja, wie gesagt: Er war zu mir immer sehr höflich und nett. Manchmal hat er mir sogar einen Blumenstrauß mitgebracht. Allerdings mochte er es beim Sex schon etwas härter. Aber seit diesem dämlichen ›Shades of Grey‹ meint ja sowieso jeder Mann, er müsse jetzt zum SM-Profi mutieren!«

»Ich nicht«, widersprach Madsen trocken. »Wenn ich Kabelbinder benutze, dann, um Kabel zu binden. Aber wie auch immer – der gute Gerry stand also auf Sadomaso-Praktiken. Was genau wollte er denn da so machen? Hat er dich geschlagen?«

Jennifer nickte. Es war nur allzu offensichtlich, dass in ihrem hübschen Kopf gerade langsam, aber sicher eine Welt zusammenbrach.

»Ja, schon. Aber nie wirklich fest. Ein paar Klatscher auf den Hintern, ein bisschen Neunschwänzige auf die Titten – halt das klassische SM-light-Programm. Allerdings hat er total darauf gestanden, mich beim Orgasmus zu würgen.«

Madsen zuckte zusammen. »Er hat dich gewürgt? Am Hals?«

»Nee, am Oberschenkel«, antwortete Jennifer spöttisch. »Natürlich am Hals! Wo soll man denn sonst jemand würgen?«

»Und wollte er vielleicht auch, dass du eine Kette dabei trägst? Eine mit Perlen?«

Jennifer bedachte Madsen mit einem irritierten Blick. »Sagen Sie mal, was stellen Sie eigentlich für seltsame Fragen? Wieso sollte ich denn eine Kette dabei tragen? So 'n Schwachsinn! Das Einzige, was ich beim Sex mit meinen Kunden trage, ist ein Lächeln.«

Madsen hob entschuldigend die Hände und warf einen versteckten Blick auf seine Uhr. »Vergiss es einfach, war nur so 'ne Frage. Übrigens: Es tut mir leid, dass ich eben so barsch zu dir war. Aber ich bin sicher, wenn du – so wie ich – häufiger mit misshandelten Frauen zu tun hättest, würdest du meine heftige Reaktion verstehen. Und meine Äußerungen über deinen Job waren vielleicht auch etwas unpassend. Du bist alt und vernünftig genug, deine eigenen Entscheidungen zu treffen, und ich hab kein Recht, dich deshalb anzugreifen. Aber vielleicht, nur ganz vielleicht denkst du ja in einer stillen Minute mal über das nach, was ich dir eben erzählt hab. Unter Umständen gibt es ja doch noch die eine oder andere Alternative zu dieser Tätigkeit.«

Er riss einen Zettel von einem rosafarbenen, nach Patschuli duftenden Block auf dem Nachttisch und zückte einen Kugelschreiber. »Gib mir bitte mal deine Handynummer, damit ich dich anrufen kann, wenn ich noch Fragen hab.«

Jennifer nickte versöhnlich und diktierte ihm ihre Nummer. Madsen bedankte sich und stand auf. Dabei fiel sein Blick auf eine kleine Silberschale, die auf dem Nachttisch stand und mit verschiedenfarbigen Kondomen gefüllt war. Er ergriff sie und kippte den Inhalt auf den Boden. Anschließend langte er in seine Jackentasche, entnahm ihr die zwei Äpfel und legte sie in die Schale.

»Hier, ich glaube, du kannst Vitamine besser brauchen als ich. Sind ganz frisch und schon gewaschen – bessere bekommst du höchstens beim Dallmayr!«

Dann drehte er sich verlegen lächelnd um, und ehe das verdutzte Mädchen ihm danken konnte, hatte er das Zimmer schnellen Schrittes verlassen.

✳✳✳

Unterzog man das Haus einer genaueren Betrachtung, lag der Verdacht nahe, dass die Eigentümerin des Anwesens ein Abonnement der Zeitschrift »Schöner wohnen« besaß. Sämtliche Räume waren mit mahagonifarbenem Tafelparkett versehen, die Wände bestanden aus hellem Naturstein, und die außergewöhnlich breiten Türen bestachen durch dunkel eingefärbte Rauchglasscheiben. Geschmack und wirtschaftlicher Wohlstand waren omnipräsent, wobei das architektonische Highlight aus einem mitten im Wohnzimmer befindlichen Glaspavillon bestand, der einen freien Blick auf den Swimmingpool im Untergeschoss ermöglichte.

Einen Pool, den die Besitzerin des Hauses regelmäßig nutzte.

Denn Lissy Berghammer war eine sehr disziplinierte Person.

Ihr Morgen begann – bis auf die beiden Tage, an denen sie mit Kriminalrat Madsen joggen ging – exakt um fünf Uhr in der Früh mit einer Stunde Schwimmen, gefolgt von einem ausgiebigen Frühstück und gründlicher Zeitungslektüre. Anschließend fuhr sie in das Büro der alteingesessenen Immobilienagentur, die sie von ihrem Vater übernommen und zwischenzeitlich erheblich vergrößert hatte. Ihr Arbeitstag hatte selten weniger als zwölf Stunden, und häufig standen anschließend noch gesellschaftliche Verpflichtungen an, denen eine Starnberger Geschäftsfrau tunlichst nachzukommen hatte – zumindest dann, wenn ihr wirtschaftlicher Erfolg zu großen Teilen auf einer perfekten Vernetzung mit allen wichtigen Bürgern Starnbergs basierte.

Und mit denen, die sich selbst dafür hielten.

Lissy warf einen Blick auf ihr iPhone und stöhnte genervt auf. Ein Anruf in Abwesenheit, vier Mails auf ihrem geschäftlichen und zwei auf ihrem privaten Account. Dazu eine Sprachnachricht – vermutlich wegen des verpassten Anrufs – sowie drei WhatsApp- und zwei Facebook-Messenger-Meldungen. Dieser kapitalistische Kommunikationszwang, verbunden mit dem paradoxen Bedürfnis, kontinuierlich über sämtliche Geschehnisse in ihrem Umfeld informiert zu sein, entwickelte sich zu einem echten Alptraum. Selbst wenn sie des Nachts austreten musste, pflegte sie mit verschlafenen Augen einen Blick auf ihr Handy zu werfen, um ein kurzes Existenz-Update ihrer Facebook-Kontakte zu erhalten. Dass sich dessen Relevanz in der Regel irgendwo zwischen einem just konsumierten Eisbecher, einer Joggingrunde von exakt 4,36 Kilometern oder einem Heimspielsieg des TSV Unterpfaffenhofen-Germering bewegte, spielte dabei keine Rolle. Im Gegenteil: Inhaltsschwerere Dinge hätte sie nachts um drei auf der Toilette eh nicht verarbeiten können.

Gleichwohl war ihr die Perversion dieser digitalen Informationsflut durchaus bewusst, und selbst wenn sie trotz ihres Alters nahezu als Digital Native zu bezeichnen war, bewunderte sie Kriminalrat Madsen für dessen kritische Betrachtung sämtlicher Online-Aktivitäten. Sicher, in Bezug auf seinen Job mochte das unter Umständen negative Auswirkungen haben. Aber nachdem Madsen inzwischen zumindest per Mail kommunizierte, immer häufiger im Internet surfte und für alles andere mit Maximilian von Werdenfels einen kongenialen

Partner an seiner Seite hatte, ließen sich seine Ermittlertätigkeit und seine Abneigung gegenüber der virtuellen Welt relativ problemlos vereinbaren.

Apropos digitale Welt …, dachte Lissy und schaute zur Uhr. Sie musste Mads ja noch wegen seines Laptops Bescheid geben.

Bei dem Gedanken an Madsen schlich sich ein Lächeln in ihr Gesicht. Der Hamburger Ermittler war seit langer Zeit der erste Mann, der ihr das Gefühl vermittelte, dass eine Beziehung vielleicht doch eine Option für ihre persönliche Lebensgestaltung darstellte. Noch bis vor Kurzem wären solcherlei Gedanken völlig illusorisch gewesen. Keiner der zahlreichen Männer, die ihr angesichts ihres attraktiven Äußeren oder ihres ebenso attraktiven Kontostandes den Hof gemacht hatten, konnte auch nur ansatzweise ihren hohen Ansprüchen an einen potenziellen Partner gerecht werden.

Die meisten waren wegen ihres mangelnden Anstands nicht mal des Ignorierens wert, andere konnten sich – wenn es gut lief – gerade einmal mit imperativischen Hauptsätzen artikulieren, und wieder andere trugen zu weißen Poloshirts knallrote Hosen, waren geschmacklich also zu vernachlässigen. Dazu kamen die in Starnberg unvermeidlichen Föhnlinge, deren Tagwerk sich auf den Espresso-Konsum an einem zur Kaffeebar umgebauten Piaggio auf dem Kirchplatz beschränkte, sowie all die, die es meisterhaft verstanden, ihre gedankliche Leere durch ein hohes sprachliches Niveau zu kaschieren. Kurzum, der Mann, der Lissy Berghammers Erwartungen entsprach, war weit und breit nicht zu entdecken.

Zumindest, bis Mads Madsen von Hamburg nach Starnberg versetzt worden war, denn der Hanseat hatte alles, was Lissy an einem Mann schätze: Selbstvertrauen, Intelligenz, Charme, Humor sowie eine gewisse Unangepasstheit. Dass er darüber hinaus auch noch einen formidablen Körper und ein unwiderstehliches Lächeln besaß, rundete das maskuline Ausstattungspaket stimmig ab und sorgte bei Lissy jedes Mal für wohlige Gefühle, wenn sich die beiden persönlich gegenüberstanden.

Erwartungsvoll betätigte sie eine Kurzwahltaste, und als kurz darauf Madsens Stimme aus dem Telefon erklang, lächelte sie.

»Hallo, Mads! Ich bin's, Lissy!«

»Hey, Lissy, schön, dass du anrufst. Was gibt's?«

»Och, ich wollte nur mal hören, wie's dir geht. Du warst heute Morgen so plötzlich verschwunden, da hatte ich gar keine Gelegenheit mehr, mich richtig von dir zu verabschieden. Außerdem wollte ich dir sagen, dass du mir deinen Laptop morgen Mittag ins Büro bringen kannst. Davor und danach habe ich die ganze Zeit Kundentermine.« Lissy hatte sich inzwischen in die Küche begeben und entkorkte mit zwischen Wange und Schulter geklemmtem Telefon eine Flasche neunundachtziger Tignanello aus der Toskana. »Und, wie war dein Tag? Gab es tatsächlich einen Toten? Steckst du jetzt wieder in einer Mordermittlung?«

»Leider ja«, bestätigte Madsen. Seine Stimme hallte etwas nach, so als befände er sich in einem Treppenhaus oder einem langen Flur. »Und du kannst dir ja sicherlich vorstellen, dass die Stadtoberen gerade Amok laufen. Hauptsaison am Starnberger See und ein brutaler Mord – das ist keine gute Kombination.«

»Ich würde sagen, alles mit Mord ist keine gute Kombination«, erwiderte Lissy und nippte mit einem lustvollen Seufzen an dem trockenen Rotwein. »Sag mal, Mads, deine Stimme klingt so hohl. Wo treibst du dich denn gerade rum?«

»Ich war bei einer Prostituierten.«

Lissy prustete den Schluck Wein, den sie gerade genüsslich entlang des Gaumens hatte zirkulieren lassen, in hohem Bogen über ihre weiße Designerküche.

»Du … du … du warst bitte wo?«

»Bei einer Prostituierten«, wiederholte Madsen mit einer Selbstverständlichkeit, als spräche er über einen Besuch beim Bäcker. »Ein sehr hübsches junges Ding namens Jennifer.«

Lissy starrte wie betäubt auf ihr Telefon. Sollte sie sich mit ihrer Einschätzung so geirrt haben? Und das, wo sie gerade zu der Überzeugung gelangt war, mit Madsen endlich einen untadeligen, integren Kerl kennengelernt zu haben?

Wellen der Enttäuschung fluteten ihre Gedanken. Gleichzeitig meldete sich aber auch sofort wieder die ihr eigene Rationalität. Madsen war ein erwachsener, ungebundener Mann, der zweifelsohne körperliche Bedürfnisse verspürte. Warum sollte er also nicht die Dienste einer Prostituierten in Anspruch nehmen? Schließlich war das eine völlig legitime Dienstleistung. Sex gegen Bezahlung – ein klarer, zeitlich begrenzter Akt ohne weiterführende Gefühle oder Verpflichtungen. Und damit zweifelsohne besser, als wenn er sich in eine andere Frau verliebt hätte.

Trotzdem – der Schmerz war da.

Und seine Intensität überraschte Lissy.

»Nun, Mads, es steht mir nicht zu, dein Tun zu beurteilen.« Ihre Stimme klang kalt. »Ich hoffe, der Hunderter hat sich wenigstens gelohnt. Oder wie hoch ist der Preis für eine Nummer? Ich hab da leider keine Erfahrung.«

Nun war es Madsen, der auf der anderen Seite der Leitung prustete. Allerdings nicht vor Entsetzen, sondern vor Erheiterung.

»Ach Lissy, mein Goldstück, du hast doch jetzt hoffentlich nicht wirklich geglaubt, ich würde dir so völlig entspannt vom Sex mit einer Nutte erzählen? Die junge Frau ist eine Zeugin, und ich habe sie dienstlich befragt. Und jetzt mache ich mich auf den Weg nach München, um noch 'ne Runde im Boxwerk zu trainieren. Ich muss ganz dringend mal wieder was für meinen Körper tun. Meine Glieder sind schon ganz eingerostet! Ach, und übrigens, meine Liebe …«, fügte Madsen mit einem Lächeln in der Stimme hinzu, »… bevor du jetzt wieder was Falsches denkst: Ich hab beim letzten Satz ganz bewusst im Plural gesprochen.«

✳✳✳

Das Training begann wie so oft mit Seilspringen. Für viele lediglich eine lästige Pflichtübung, war es für Madsen eine seiner liebsten Disziplinen. Ungeachtet dessen, dass die Arbeit mit dem Seil aus sportmedizinischer Sicht als eine der vielseitigsten und effektivsten galt, genoss er das gleichmäßige Springen als eine Art meditative Bewegung. Sie kostete ihn keine große Anstrengung, sodass er Geschwindigkeit und Stil nach Belieben variieren konnte, während er sich in aller Ruhe umschaute.

Das Boxwerk war eine Sportstätte, von der jeder Boxer träumte.

In einer alten Industriehalle in Münchens Maxvorstadt gelegen, versprühte es den Charme eines amerikanischen Hinterhof-Gyms, und die geflickten Ledersandsäcke, die abgegriffenen Hanteln, die vergilbten Kampfplakate und der große Lkw-Reifen mit dem Vorschlaghammer demonstrierten eindrucksvoll, dass hier Blut, Schweiß und Tränen das Training dominierten – und nicht die aktuelle Sportmode oder nach Lavendel duftende Frotteehandtücher.

Es war ein Ort, an dem ehrliche Arbeit, Fleiß und gegenseitiger Respekt zählten.

Und genau aus diesem Grund fühlte Madsen sich hier zu Hause.

Darüber hinaus war es aber auch der Besitzer des Gyms, Nick Trachte, der den Kriminalrat immer wieder gerne nach München zum Training fahren ließ. Nick war von Madsen seinerzeit im Rahmen seines ersten in Bayern zu klärenden Falles als Zeuge befragt worden. Dabei hatte sich schnell herausgestellt, dass beide nicht nur die Liebe zum Faustkampf teilten, sondern auch charakterlich auf einer Wellenlänge lagen.

»Hey, Mads, schön, dich zu sehen!« Nick begrüßte Madsen mit einer herzlichen Umarmung. Er war weder besonders groß noch besonders breit, doch unter seinem verwaschenen Hoodie verbarg sich eine austrainierte Muskulatur. Nick war ein ebenso erfahrener wie erfolgreicher Kämpfer, geschult auf der großen Universität der Straße sowie in der Schwüle thailändischer Kampfsportschulen. »Du hast Glück! Der große Ring ist gerade frei. Bock auf 'n bisschen Pratzenarbeit?«

»Na klar! Gerne!« Erfreut stülpte sich Madsen ein Paar abgewetzte Everlast-Boxhandschuhe über und ließ sich von dem Trainer die Schnürung verschließen. Anschließend lockerte er seine Schultern, kreiste ein paarmal mit den Armen und dehnte seine Hüftmuskulatur. Währenddessen war Nick mit den Händen in die Pratzen geschlüpft und klatschte die beiden Lederkissen auffordernd aneinander.

»Also, Mads, wie immer: kurze, schnelle Schläge. Nicht fest, aber mit hoher Geschwindigkeit. Denk dran: Jeder Schlag beginnt in den Füßen und setzt sich dann über Hüfte und Schulter fort. Die Faust ist nur der letzte Kontakt – Kraft und Geschwindigkeit kommen allein aus der Körperspannung. Also los! Lass mal sehen, was du draufhast!«

Und Madsen hatte eine Menge drauf. Es dauerte nicht lange, und seine Fäuste flogen wie Geschosse auf die Pratzen. Rechts, links, als Dublette, als Dreierkombination, aufwärts, gerade, als seitlicher Haken – Madsen schlug dermaßen dynamisch und präzise, dass die umstehenden Boxer während ihrer eigenen Übungen immer wieder bewundernd in den Ring blickten.

»Mannomann, du hast ja heute wieder 'nen Schlag wie ein Pferd!«, konstatierte Nick grinsend und rieb sich den Schweiß von der Stirn. Angesichts der extremen Leichtfüßigkeit, mit der er sich durchs Seilgeviert bewegte, war unschwer zu erkennen, woher sein Kampfname »Quick Nick« stammte, wenngleich die Titulierung »Smart Nick« genauso passend gewesen wäre, denn der Coach verfügte über eine ausgesprochen sympathische Art, die im Umfeld sonstiger Kampfsportschulen mit leichter Affinität zur Unterwelt zweifelsohne eines der Geheimnisse seines Geschäftserfolges darstellte.

Nach einer weiteren Drei-Minuten-Runde mit höchster Schlagfrequenz zog Nick die Pratzen aus, legte Madsen die Hand auf die Schulter und deutete auf einen blonden Boxer, der für sich alleine an einer Maisbirne trainierte.

»Siehst du den da, Mads? Das ist William. Er kommt aus England und trainiert seit ein paar Wochen bei uns. Guter Mann! Hat schon eine ganze Reihe von Amateurkämpfen im Cruisergewicht hinter sich. Er sucht noch einen Sparringspartner. Wie wär's? Hättest du Lust, ein paar Runden mit ihm im Ring zu absolvieren?«

Schlagartig versteifte Madsens Körper, und seine Miene war finster, als er abwehrend die Hände hob. »Nick, verdammt, du weißt doch, dass ich nicht mehr kämpfe. Training ist okay, aber ich werde nie wieder in meinem Leben die Fäuste gegen einen anderen Menschen erheben. Ich will nicht – und ich kann nicht!«

Nick errötete. Gerade er hätte diese Frage niemals stellen dürfen – schließlich war er einer der wenigen Menschen, die über Madsens Vergangenheit Bescheid wussten. Denen der Kriminalrat Einblick in seine Seele gewährt hatte und die wussten, dass Madsen eine unerträglich schwere Last mit sich herumtrug.

Eine Last, wegen der er nicht nur lange in psychologischer Behandlung gewesen war, sondern wegen der er auch einen kompletten Neuanfang hatte machen müssen.

Weit weg von dem Ort und der Begebenheit, die sein Leben für immer verändert hatte.

Es war das Kultlokal »Zur Ritze« auf der Hamburger Reeperbahn, in dessen berühmt-berüchtigtem Boxkeller Madsen seinerzeit trainiert und dabei auch zahlreiche Gefechte gegen Typen ausgetragen hatte, deren rhetorische Fähigkeit sich auf den Gebrauch von Vokalen beschränkte, wogegen sie in puncto nonverbaler Kommunikation durchaus grimmepreisverdächtige Kompetenzen aufwiesen.

Der junge Mann, der Madsen an jenem schicksalhaften Abend zum Sparring herausgefordert hatte, passte nicht ansatzweise in dieses Schema. Vermutlich war es die paradoxe Faszination der Unterwelt, die den blassen Wohlstandsjüngling in die »Ritze« geführt hatte, und von Beginn des Kampfes an war klar, dass er den kämpferischen Fähigkeiten Madsens nicht viel entgegenzusetzen hatte außer Mut, Entschlossenheit und jugendlicher Naivität. Sich seiner deutlichen Überlegenheit bewusst, hatte Madsen seinen Kontrahenten geschont, Schläge nur angedeutet und es bei gelegentlichen Scheinangriffen belassen.

Einen unterlegenen Gegner vorzuführen entsprach weder seinem Naturell noch dem boxerischen Ethos, und so wäre der Sparringskampf vermutlich völlig ereignislos zu Ende gegangen, wenn der junge Mann – angespornt durch die Zurufe der umstehenden Unterweltgrößen – nicht zu einem völlig unüberlegten Angriff übergegangen wäre. Madsen gedachte auch diesmal nur mit gebremster Kraft zu kontern, aber durch den großen Schwung, den der junge Schlaks in seinen Schlag gelegt hatte, war Madsens Faust viel härter in das Gesicht seines Gegners geprallt als geplant. Es hatte ein kurzes, hässliches Geräusch gegeben, dann war der Kopf des Jungen nach hinten geflogen und ungebremst auf dem Boden des Rings aufgeschlagen.

Es hatte nur wenige Minuten gedauert, bis der Notarzt vor Ort gewesen war, doch selbst diese wenigen Minuten waren bereits zu viel gewesen. Der junge blasse Mann, der noch sein gesamtes Leben vor sich gehabt hatte, war kurz darauf im Ring verstorben – im Schein einer bunten Lichterkette auf einer abgewetzten, blutbefleckten Segeltuchplane.

Niemand hatte Madsen seinerzeit einen Vorwurf gemacht, nicht einmal die Familie des Toten. Es war ein Unfall gewesen, eine schicksalhafte Verkettung unglücklicher Umstände.

Dennoch war Madsens Leben von diesem Moment an nicht mehr das gleiche wie früher.

Und er selbst auch nicht.

»Alles klar, Mads? Ich wollte nicht … Ich meine …« Der Boxtrainer stand verlegen vor Madsen und fühlte sich sichtlich unwohl in seiner Haut.

»Schon gut, Nick. Nicht deine Schuld. Ich hatte nur gerade wieder diese Bilder im Kopf. Du weißt schon …« Madsen schüttelte sich wie ein nasser Hund, doch im Gegensatz zu Wasser ließen sich Schuldgefühle leider nicht so einfach loswerden. »Komm, lass uns noch 'ne Runde an den Pratzen trainieren, und dann mache ich Schluss für heute. Ich muss noch arbeiten – wir haben gerade einen ziemlich unschönen Fall auf dem Tisch. Weißt du eigentlich, was ich im Gegensatz zu dem schmierigen Typen, mit dem ich gerade im Rahmen meiner Ermittlungen zu tun habe, an den Jungs hier so schätze?« Er deutete auf die verschwitzten Sportler, die sich verbissen im Infight duellierten.

»Keine Ahnung«, erwiderte Nick. »Dass sie so streng riechen?«

»Blödsinn«, lachte Madsen. »Nein, dass sie sich mit Gegnern messen, die ihnen ebenbürtig sind. Ich finde, nichts ist so ehrenhaft wie ein Duell auf gleichem Niveau – und nichts ist befriedigender, als dieses Duell dann auch zu gewinnen. Und genau das …«, Madsen schlug so kraftvoll auf die Pratze, dass Nicks Oberarm nach hinten flog, »… werde ich auch bei meinem aktuellen Fall tun. Ich schwöre dir: Am Ende wird es heißen: ›Winner by knock-out: Mads Madsen‹!«

VIER

Der Anruf aus dem Landeskriminalamt war exakt um neun Uhr drei in der Inspektion Starnberg eingegangen. Da Madsen zu diesem Zeitpunkt aufgrund einer von Dr. Agasiotis anberaumten Pressekonferenz unabkömmlich war und von Werdenfels sich zu einer Kurzvisite bei seinem Vater befand, hatte Polizeimeister Zirngibl das Telefonat entgegengenommen und sich anschließend gemeinsam mit Polizeihauptmeister Schmidthuber auf den Weg gemacht.

»Kannst du mir jetzt endlich mal verraten, wo wir hinfahren?«, brummte Schmidthuber missmutig, als Zirngibl den Blinker des Streifenwagens setzte und die Autobahn A 95 in Richtung Garmisch an der Raststätte Höhenrain-West verließ. »Wenn du mal ungestört Pause machen willst, kann ich dir tausend andere Verstecke rund um Starnberg sagen, für die du nicht kilometerweit fahren musst.«

»Es geht doch nicht um eine heimliche Pause!«, erwiderte Zirngibl empört. »Wir sind hier, weil das laut Auswertung der Kollegen vom LKA die Stelle ist, an der das letzte Signal vom Handy des Mordopfers Barbara Heidemann registriert worden ist.«

Schmidtbauer starrte seinen jungen Kollegen fassungslos an, dann hob er warnend den Finger. »Du willst mir doch jetzt hoffentlich nicht sagen, dass du mich von meinem schönen heißen Kaffee weggelockt hast, um hier in der Walachei nach einem Handy zu suchen! Du weißt schon, dass man ein Mobiltelefon nicht punktgenau orten kann, sondern nur die Funkzelle, aus der das Signal gekommen ist? Das bedeutet, wir müssen jetzt im Umkreis von Hunderten von Metern dieses verkackte Handy suchen – und darauf habe ich echt keinen Bock! Warum überlassen wir das nicht Ernie und Bert? Die beiden können doch Hand in Hand durchs Grün spazieren und nach dem

Telefon schauen. Dann haben die ihren Spaß und wir unsere Ruhe.«

Zirngibl warf seinem Kollegen einen vernichtenden Blick zu. »Jetzt hör mir mal gut zu, Schmidthuber! Du weißt ganz genau, dass ich diese Lästerei über Madsen und von Werdenfels nicht mag. Wenn du mit den beiden ein Problem hast: deine Sache! Aber lass mich verdammt noch mal da raus. Erstens finde ich die zwei nicht übel, und zweitens muss ich im Gegensatz zu dir noch ein paar Jahre mit ihnen zusammenarbeiten. Ich wäre also blöd, wenn ich es mir mit denen verscherzen würde. Geht das jetzt ein für alle Mal in deine kahle Birne?«

Schmidthuber grunzte etwas Unverständliches in seinen buschigen Schnurrbart, was Zirngibl ganz pragmatisch als Zustimmung deutete.

»Und was deine Mobilfunk-Expertise angeht, bist du ziemlich schief gewickelt, mein Lieber! Du kennst dich in deinem Alter vielleicht mit Grammophonen oder Schellackplatten aus, aber die Handythemen solltest du lieber uns Jungen überlassen.«

Grinsend wich Zirngibl der scherzhaften Ohrfeige aus, die Schmidthuber trotz der Enge des Wagens auszuteilen versuchte. Dabei verriss er das Steuer und hätte um ein Haar einen Trucker touchiert, der in Jogginghose, Unterhemd und Adiletten neben seinem Dreißigtonner saß.

»Verdammt, das war knapp! Spinnst du eigentlich? Manchmal hast du echt 'ne Meise, Schmidthuber!«, stieß Zirngibl erschrocken aus, bevor er seinen Sicherheitsgurt wieder gerade zog und mehrmals tief durchatmete. »Also noch mal zum Thema Handyortung: Es gibt zwei Möglichkeiten, eine Handyposition relativ genau zu bestimmen. Das eine ist eine Kreuzpeilung, bei der festgestellt wird, bei welchem Funkmast das Handy eingeloggt ist, und gleichzeitig die Signalstärke gemessen wird. Anschließend werden zwei benachbarte Funkmasten genommen und auch da die Signalstärken gemessen. Aus diesen drei Werten kann man dann eine bestimmte Position ermitteln. Das Ganze ist aber überhaupt nicht nötig, wenn es sich bei der Ortung um eine UMTS-Femtozelle handelt – die hat nämlich nur einen Durchmesser von wenigen Metern. Und deswegen …«, er setzte schwungvoll in eine Parklücke vor dem Restaurant der Raststätte, »… weiß ich auch, dass wir genau hier richtig sind!«

Mit einem triumphierenden Blick deutete er auf das neben dem Streifenwagen stehende Auto.

Es war ein rotes 2er-BMW-Cabrio mit Starnberger Kennzeichen.

* * *

Kriminalrat Madsen traf nur wenige Minuten später als von Werdenfels an der Autobahnraststätte Höhenrain-West ein. Dafür allerdings wesentlich lauter, da er wie üblich auf die Benutzung eines Streifenwagens verzichtet und sich stattdessen auf seine Harley mit dem tinnitustauglichen Auspuffgeräusch geschwungen hatte.

Die beiden Streifenbeamten Zirngibl und Schmidthuber hatten den Bereich um das Auto von Barbara Heidemann inzwischen weiträumig abgesperrt, denn wie immer, wenn irgendwo zuckendes Blaulicht zu sehen war, scharten sich bereits nach kurzer Zeit etliche Gaffer rund um das gesicherte Areal. Mitten in der Menge der Zuschauer stand dabei ein Fernfahrer in Jogginghose und Unterhemd, der den Umstehenden wort- und gestenreich schilderte, wie ihn der Streifenwagen bei seiner Ankunft auf dem Parkplatz um ein Haar erfasst hätte. Dass der Übergang von wahrheitsgemäßer Darstellung zu hollywoodreifer Fiktion dabei fließend war, schien weder ihn noch die faszinierten Zuhörer zu stören.

»Und, wie war die Pressekonferenz?«, erkundigte sich von Werdenfels, während Madsen seinen Helm auf dem schwarz lackierten Tank seiner Maschine ablegte. »War es so schlimm wie erwartet?«

»Nein, war es nicht«, brummte Madsen und strich sich fahrig die Haare zurecht. »Es war noch viel schlimmer. Die Regionalreporter waren ganz okay, aber bei so einem Fall sind natürlich auch die großen Boulevardzeitungen dabei – und deren junge Möchtegern-Journalisten mit ihren pseudointellektuellen Kennedy-Brillen gehen mir dermaßen auf die Eier, das kann ich überhaupt keinem sagen! Ich möchte die mal sehen, wenn die selbst einen Mord aufklären müssten, anstatt respektlose Fragen zu stellen und bei einer Tasse Rooibostee ihre dämlichen Drei-Wort-Headlines zu dichten. Manchmal frag ich mich, warum solche Typen überhaupt zu einer PK kommen – die schreiben doch hinterher eh, was sie wollen. Übrigens, weißt du, wer auch da war? Hauptmann von Steinäcker! Das hat mich echt gewundert – er hätte ja auch einfach anrufen und sich nach dem Ermittlungsstand erkundigen können.«

»Vielleicht wollte er den berühmten Hamburger Kriminalrat Madsen einfach mal in Aktion erleben?«, mutmaßte von Werdenfels feixend, worauf Madsen ihm ungeachtet der umstehenden Passanten den Mittelfinger entgegenstreckte. Anschließend wandte er sich an die Beamten Zirngibl und Schmidthuber, die neben dem roten BMW standen wie Grenadier Guards vor dem Buckingham Palace.

»Moin zusammen! Die Leitstelle hat gemeldet, ihr hättet eine wichtige Entdeckung gemacht.«

Polizeimeister Zirngibl nickte dienstbeflissen, während die Mimik seines älteren Kollegen darauf schließen ließ, dass er sich lieber in seine eigene Bauchfalte zurückgezogen hätte, als seinen Vorgesetzten mit Informationen zu versorgen.

»Das LKA hat uns um drei Minuten nach neun das Ergebnis der Handyortung mitgeteilt«, deklarierte Zirngibl unter Zuhilfenahme seines Notizblockes. »Da wir weder Sie noch Kommissar von Werdenfels erreichen konnten, haben wir uns entschieden, selbst hierherzufahren. Ich hoffe, das war in Ordnung?«

Madsen schlug dem jungen Polizeimeister anerkennend auf die Schulter. »Absolut, Zirngibl! Mir ist ein proaktiver Kollege tausendmal lieber als jemand, der aus lauter Angst vor einem Fehler oder aus Bequemlichkeit gar nichts macht. Nicht wahr, Polizeihauptmeister Schmidthuber?«

Der Angesprochene blickte ihn finster an, enthielt sich jedoch jeden Kommentars. Währenddessen kniete sich Madsen neben der Fahrertür auf den Boden und begutachtete voller Interesse einen dunklen Fleck auf dem Asphalt, bevor er eine Fingerspitze mit Speichel benetzte und sie über die körnige Oberfläche rieb. Als er den Finger in die Luft hob, war dessen Spitze rot verfärbt.

»Blut. Vermutlich vom Opfer. Ist die Spurensicherung schon verständigt?«

Die beiden Beamten bejahten, worauf Madsen zufrieden nickte. »Und was ist mit dem Wagen? Habt ihr den schon geöffnet?«

Er drückte die Stirn gegen die Seitenscheibe, um einen Blick ins Innere des Fahrzeugs zu werfen. Für das Auto einer Frau kam Madsen der Innenraum überraschend ordentlich vor. Die Sportsitze waren mit schwarzem, blitzsauberem Leder bezogen, am Rückspiegel baumelte eine kleine Christophorus-Figur, und in der Ablage der Mittellehne befanden sich – akkurat aufgereiht – eine Packung Kaugummi, ein kleiner Notizblock mit Stift sowie ein farbloser Lippenstift. Lediglich die Handtasche, die halb geöffnet auf dem Boden vor dem Beifahrersitz lag, passte nicht in den aufgeräumt wirkenden Innenraum.

»Die Kollegen haben die Tür leider nicht aufbekommen«, meldete sich von Werdenfels zu Wort, der inzwischen zu Madsen getreten war. »Wir warten jetzt auf die Spurensicherung, dann lassen wir den Wagen abschleppen und ins Labor bringen. Dort können die Spezialisten ihn in aller Ruhe unter die Lupe nehmen.«

Madsen starrte nachdenklich auf den kleinen Türknopf, der auf der anderen Seite der Scheibe aus der Verkleidung ragte.

»Sag mal, Max: Du benutzt doch regelmäßig Zahnseide. Hast du zufällig welche dabei?«

Von Werdenfels nickte irritiert. Tatsächlich pflegte er nach jeder Mahlzeit gründlich seine Zähne zu putzen und dabei auch Zahnseide zu verwenden, wenngleich der Grund dieser Maßnahme weniger in der Auffrischung seiner Mundflora bestand als vielmehr in einer panischen Angst vor Zahnarztbesuchen.

»Hier, ist aber gewachst und mit Mintgeschmack«, sagte er, griff in seine Uniformtasche und reichte Madsen die kleine weiße Verpackung. »Reiner Zufall, dass ich sie dabeihabe. Normalerweise liegt die bei meiner Zahnbürste in der Schreibtischschublade. Wofür brauchst du die denn?«

Statt einer Antwort trennte Madsen ein etwa ein Meter langes Stück der dünnen, reißfesten Schnur ab und knotete eine kleine Schlaufe in die Mitte. Anschließend trat er an das Cabrio, spannte die Seide hinter die obere Ecke der Türgummierung und zog die Schnur auf beiden Seiten nach außen. Von Werdenfels hielt überrascht die Luft an, als Madsen den Seidenfaden auf der Innenseite der Scheibe behutsam nach unten bugsierte, bis sich die Schlaufe unmittelbar über dem Verriegelungsknopf befand.

»Das geht natürlich nur bei Autos, bei denen der Knopf eine Verdickung oder eine Ausbuchtung hat, an der die Schlinge Halt findet. Der hier hat das zum Glück«, erklärte Madsen, während er den Zug erhöhte, sodass sich die Schlaufe um den Verriegelungsknopf legte und langsam zuzog. Ein gefühlvoller Ruck nach oben, ein kurzes, klickendes Geräusch – und Madsen öffnete mit einem triumphierenden Grinsen die Autotür.

Als im selben Moment lauter Applaus der umstehenden Gaffer ertönte, zuckten Madsen und von Werdenfels erschrocken zusammen.

»Grandiose Leistung!«, lobte Polizeihauptmeister Schmidthuber seinen Vorgesetzten mit vor Sarkasmus triefender Stimme. »Jetzt weiß jeder, der hier gerade zugeschaut hat, wie man ein Auto knackt. Gratuliere, Herr Kriminalrat, ganz großes Kino!«

Madsen schoss schlagartig die Schamesröte ins Gesicht. Tatsächlich hatte er in seinem Bestreben, möglichst schnell an den Inhalt der Tasche im Inneren des Fahrzeugs zu gelangen, völlig außer Acht gelassen, dass sämtlich Gaffer Zeugen seiner kleinen – und nur bedingt gesetzeskonformen – Fingerfertigkeit waren. Schmidthuber hatte völlig recht: Bei der Anwartschaft auf die revierinterne Eselskappe hatte er sich mit dieser Aktion schwungvoll auf die Pole-Position katapultiert.

»Sie haben recht, wie kann man nur so blöd sein?«, schalt er sich selbst zerknirscht, während er ein Paar Gummihandschuhe überzog, durch die geöffnete Tür griff und die Handtasche aus dem Auto fischte. »Ich hoffe, die Aktion hat sich wenigstens gelohnt und wir finden jetzt nicht nur ein paar Tampons in der Tasche!«

Aber Madsens Sorge war unbegründet. Zwar fanden sich tatsächlich einige OBs in der Handtasche, aber der restliche Inhalt bestand aus einem gewaltigen Sammelsurium mehr oder weniger handtaschenadäquater Utensilien. Von der Taschenlampe über einen Eiskratzer, von alten Rechnungen über eingetrocknete Gummibärchen, von Haarbürsten über Parfümproben und von Einwegbesteck über Lederpflege – die Tasche war ein Füllhorn von Gegenständen, mit deren Menge man einen ländlichen Garagenflohmarkt problemlos hätte bestücken können. Dennoch strahlte Madsen wie ein Oscargewinner, als er sich zu von Werdenfels drehte und ihm – diesmal für die Gaffer uneinsehbar – voller Stolz zwei Gegenstände präsentierte.

»Et voilà! Das Handy von Frau Heidemann – und eine Packung Kondome.« Er packte beides in einen kleinen Klarsichtbeutel und platzierte es für die Spurensicherung auf dem Autositz. Anschließend zündete er sich eine Zigarette an und blickte von Werdenfels zufrieden ins Gesicht. »Weißt du was? Angesichts dieses Fundes fresse ich einen Besen – ach was: eine ganze Kehrmaschine, wenn Frau Heidemann neben dem Handy nicht noch ein paar weitere Geheimnisse vor ihrem Mann hatte. Und wenn wir diese Geheimnisse lüften können, dann schnappen wir auch unseren Mörder. Das, mein lieber Max, ist so sicher wie Bulimie bei der New York Fashion Week!«

✻ ✻ ✻

»Was zum Teufel macht eine Frau wie Barbara Heidemann in einer solchen Raststätte?«, brummte Madsen und blickte sich verwirrt um.

Während die meisten gastronomischen Betriebe auf Autobahnrastplätzen sich zumindest ansatzweise bemühten, ihrer Lauf- beziehungsweise Fahrkundschaft ein angenehmes Ambiente zu bieten, hatten sich die Betreiber der Raststätte Höhenrain in puncto Einrichtung für stilistischen Nihilismus entschieden. Billige Kantinentische, blassgrüne Stühle mit dünnen Beinen, einfache, pflegeleichte Steinfliesen und dazu hölzerne Stellwände, die die Rückseiten der Öfen und Fritteusen vor den Blicken der Gäste verstecken sollten.

Seitlich an den Restaurantbereich angeschlossen befand sich eine schmale Verkaufsfläche, in der neben den üblichen Fernfahrerutensilien wie Namensnummernschildern und Erotikmagazinen auch pseudobajuwarisches Kulturgut wie blauweiße Duftkerzen, Neuschwanstein-Schneekugeln sowie mehr oder weniger kreativ beschriftete Lebkuchenherzen angeboten wurden. Es roch nach kaltem Fett und warmem Diesel, und mit Ausnahme eines älteren Mannes, der lethargisch Münzen in einen Spielautomaten versenkte, war die gesamte Gaststätte menschenleer.

»Wir hätten vielleicht besser telefonisch einen Tisch reservieren sollen«, scherzte von Werdenfels. Er trat an die Theke, über der zwei Flachbildschirme kulinarische Höhepunkte versprachen, wenngleich die Speisen in der Auslage eher auf degustative Missionarsstellung hindeuteten. »Hallo, ist hier jemand?«

»Sekunde!«, erklang eine weibliche Stimme, und kurz darauf

trat eine rothaarige Frau aus der Küche. Sie war etwa Ende zwanzig, hatte zahlreiche Metallringe in Lippe, Nasenflügel und Augenbraue und lächelte die beiden Gäste kaugummikauend an. »Servus! Was darf's sein? Frühstück oder schon was Herzhaftes?«

»Für mich nur was zu trinken«, antwortete Madsen und entnahm dem Getränkeregal eine kleine Flasche Orangensaft, für deren Preis man in Südamerika bereits eine mittelgroße Plantage hätte erwerben können. »Mein Name ist Madsen. Kriminalrat Madsen. Und das ist Kommissar von Werdenfels. Wir sind hier, weil wir Sie zu einem Auto draußen befragen möchten.«

»Darf ich erst mal Ihre Ausweise sehen?«

Madsen und von Werdenfels blickten sich überrascht an, zogen dann ihre Dienstausweise aus den Taschen und hielten sie der jungen Frau entgegen. Die begutachtete die Papiere in aller Ruhe, musterte Madsen anschließend prüfend und bemerkte: »Sie sehen gar nicht aus wie 'n Bulle!«

»Wieso? Wie sehen Bullen denn aus?«

»Na, so wie der da!« Sie deutete auf von Werdenfels. »Nichts für ungut, Herr Kommissar. Sie sind sicher ein guter Polizist, aber ich finde, Ihr Kollege sieht deutlich cooler aus!«

Madsen grinste amüsiert, während von Werdenfels errötete.

»Wie gesagt, Frau …?«

»Hartberger. Stefanie Hartberger. Aber nennen Sie mich ruhig Steff.«

»Gut, Steff, draußen steht ein rotes BMW-Cabrio. Können Sie uns zu dem Wagen irgendwas sagen?«

Stefanie Hartberger zuckte bedauernd mit den Schultern. »Würd ich echt gerne, Herr Kriminalrat. Wirklich! Aber ich habe keinen Schimmer, von welchem Wagen Sie sprechen. Wenn Sie sich mal umdrehen, werden Sie sehen, dass man von hier drinnen nicht allzu viel vom Parkplatz sieht.«

Madsen wandte sich um. In der Tat versperrten Säulen, Geschirrwagen und ein glasbausteinummantelter Treppenabgang nahezu jeden Blick auf den Außenbereich. Erst wenn man bewusst an den Tischen vorbei ans Fenster trat, konnte man den Parkplatz sowie einen eingezäunten Spielplatz erkennen, der dermaßen lieblos gestaltet war, dass er allenfalls Kindern aus einer sächsischen Plattenbausiedlung ein Lächeln hätte entlocken können.

»Aber der Wagen steht vermutlich bereits seit ein paar Tagen dort. Ist er Ihnen denn überhaupt nicht aufgefallen? Zum Beispiel, als Sie zur Arbeit gekommen sind? Oder abends, wenn Sie Feierabend gemacht haben?«, erkundigte sich von Werdenfels, bemüht, sich seine immer noch andauernde Verärgerung nicht anmerken zu lassen.

»Nee, ich hab mein Auto hinterm Haus stehen. Die Parkplätze hier vorne sind nur für Gäste.«

»Was ja irgendwo auch logisch ist. Gibt es auf dem vorderen Parkplatz eigentlich eine Videoüberwachung?«

Stefanie Hartberger zuckte bedauernd mit den Schultern. »Nein, Kameras sind nur nebenan bei der Tankstelle. Was sollte man hier auch überwachen? Ob jemand ’ne Currywurst klaut? Aber was ist denn an diesem BMW eigentlich so wichtig? Hat er irgendwas mit einem Verbrechen zu tun?«

»Das müssen wir erst noch rausfinden«, antwortete Madsen ausweichend. Dabei zog er sein Handy aus der Jackentasche und zeigte der Angestellten das Foto von Barbara Heidemann. »Haben Sie diese Frau hier schon mal gesehen? Vielleicht letzten Freitag oder am Wochenende?«

Stefanie Hartberger warf einen langen Blick auf das Bild. Als sie wieder aufschaute, hatte sie zur Überraschung der Polizisten Tränen in den Augen. »Sie ist tot, oder? Das hier ist doch das Foto einer Leiche!«

Madsen nickte ernst. »Ja, Sie haben recht. Die Frau ist leider tot. Kannten Sie sie?«

Stefanie Hartberger schüttelte den Kopf. »Nein, persönlich kannte ich sie nicht. Aber ich habe sie schon mal gesehen. Sie war hier, und zwar letzten Freitagabend. Sie kam alleine – und ging mit einem Mann.«

Die beiden Polizisten starrten die junge Frau wie elektrisiert an, und während von Werdenfels hektisch sein Smartphone aus der Tasche zog, um sich Notizen zu machen, hakte Madsen nach: »Sind Sie sicher? Ich meine, wieso wissen Sie das noch so genau?«

Stefanie Hartberger breitete die Arme aus und blickte sich mit einem freudlosen Lächeln um. »Schauen Sie sich den Laden doch mal an! Sieht der so aus, als ginge es hier zu wie am Times Square? Außerhalb der Ferienzeiten könnte ich jeden Gast mit Handschlag begrüßen. Die Frau ist mir einfach aufgefallen. Sie wirkte extrem niveauvoll und gebildet, außerdem war sie sehr höflich und hat mir ein ordentliches Trinkgeld gegeben. Und dann trifft sie sich mit so einem schmierigen Typen!«

Madsen warf von Werdenfels einen vielsagenden Blick zu. »Frau Hartberger, das, was Sie jetzt sagen, ist ausgesprochen wichtig für uns. Dieser Mann ist vielleicht der Letzte, der die Frau lebend gesehen hat. Kannten Sie ihn? War er vielleicht früher schon mal hier? Können Sie ihn beschreiben?«

Stefanie Hartberger wollte gerade zu einer Antwort ansetzen, als eine vierköpfige Familie die Raststätte betrat. Mit schrillem Geschrei stürzten die beiden Kinder zur Theke und forderten lautstark Kuchen, während sich die Frau unwirsch nach der Toilette erkundigte und ihr Mann mit theatralischem Seufzen seine Herrenhandtasche auf einen der vorderen Tische warf.

»Tut mir leid, wir haben zurzeit geschlossen«, sagte Stefanie Hartberger und hob bedauernd die Hände.

»Geschlossen? Um kurz nach zehn? Wollen Sie mich verarschen?« Der Mann stemmte streitlustig seine Arme in die Hüften. »Wir sind jetzt seit über vier Stunden unterwegs und wollen frühstücken. Also sorgen Sie gefälligst dafür, dass wir die Speisekarten bekommen – und zwar zz. Ziemlich zügig! Was ist überhaupt da draußen los? Vor lauter Streifenwagen kann man ja kaum parken!«

»Ach, das ist nur wegen der Ratten!«, mischte sich Madsen

ein und bedeutete der Angestellten mit einem versteckten Handzeichen, zu schweigen. »Wir dachten eigentlich, wir hätten die Plage im Griff, aber nachdem heute Morgen das Kind gebissen wurde, mussten wir natürlich die Polizei informieren.«

»Keine Sorge, ich habe den Sachverhalt inzwischen aufgenommen und entsprechende Maßnahmen angeordnet«, ergänzte von Werdenfels, ohne eine Miene zu verziehen. »Aber wenn Sie tatsächlich so lange unterwegs sind und Hunger haben, findet sich sicherlich in den höheren Regalen noch irgendwas für Sie zu essen. Man muss eben nur prüfen, ob die Verpackung noch unbeschadet ist! Frau Hartberger, würden Sie vielleicht ...?«

Von Werdenfels musste den Satz nicht mehr beenden. Der Vater hatte mit entsetztem Blick nach Handtasche, Kindern und Frau gegriffen und stürmte aus der Raststätte, als sei der GEZ-Beauftragte hinter ihm her. Stefanie Hartberger wartete, bis die schwere Glastür hinter der Familie zugefallen war, dann brach sie in schallendes Gelächter aus.

»Ich muss echt sagen: So lässige Bullen wie Sie sind mir noch nie untergekommen!«, ächzte sie mit Tränen in den Augen. »Und bei Ihnen muss ich mich entschuldigen, Herr Kommissar: Auch wenn Sie nicht so aussehen – Sie sind ja tatsächlich eine coole Socke! Bringen Sie die Nummer öfter, oder ist Ihnen das jetzt spontan eingefallen?«

»Berufsgeheimnis«, grinste Madsen und schlug seinem Partner ob dessen Spontaneität anerkennend auf die Schultern. »Allerdings haben wir Ihnen gerade vier Kunden vergrault. Ich hoffe, Sie nehmen uns das nicht übel.«

»Ach was!« Stefanie Hartberger winkte generös ab. »Mit solchen Typen ist eh kein Umsatz zu machen. Die Schratzen bekommen zu zweit einen Kinderteller, während sich Herr und Frau Spießig ein kleines Kännchen Kaffee teilen. Der Verlust dürfte sich also stark in Grenzen halten.«

»Gut, dann können wir ja jetzt noch mal über diesen Mann

sprechen.« Von Werdenfels setzte sich an einen Tisch, um besser auf seinem Handy tippen zu können. »Wie sah er denn aus? Die Kollegen werden Sie gleich wegen einer Phantombilderstellung mit zur Inspektion nehmen, aber vielleicht können Sie uns schon mal vorab eine Beschreibung geben?«

»Klar! Um es kurz zu machen: Der Mann sah aus wie ein drittklassiger Callboy! Groß, etwa eins fünfundachtzig, insgesamt kräftige Statur, aber nicht trainiert. Straßenköterblondes Haar mit einem sehr hohen Ansatz, dazu dunkle Haut. Getragen hat er –«

»Moment«, unterbrach sie Madsen. »Was heißt ›dunkle Haut‹? War er negrid?«

»Negrid? Ach so, Sie meinen: ein Schwarzer? Ach was! Er war einfach nur viel zu braun. So ein bisschen gesunde Bräune ist ja schön – täte mir im Übrigen auch mal wieder gut. Aber der Typ sah aus, als wäre er auf der Sonnenbank eingeschlafen.«

Von Werdenfels war unterdessen aufgesprungen und hielt ihr ein Bild von Dr. Gerhard Heidemann entgegen. »War das hier vielleicht der Mann?«

Sie schaute nur kurz auf das Foto. »Nee, der scheint zwar ins gleiche Sonnenstudio zu gehen, aber der war es mit Sicherheit nicht. Allerdings gibt es tatsächlich ein paar Parallelen – zum Beispiel dieser Monaco-für-Arme-Kleidungsstil.«

Madsen kicherte. »›Monaco für Arme‹ ist gut! Was hatte der Mann hier in der Raststätte denn an?«

Die Antwort kam wie aus der Pistole geschossen. »Eine stahlblaue Hose, rote Mokassins, weißes Hemd und den Pulli so pseudolässig um die Schultern gebunden. Dazu eine Duftnote, als hätte er in Joop gebadet. Wie gesagt: Genauso stelle ich mir einen Discount-Gigolo vor. Für so jemanden würde ich keinen Cent bezahlen! Für Sie, Herr Kriminalrat …«, sie zwinkerte Madsen kokett zu, »… würde ich dagegen an mein Erspartes gehen!«

»Behalten Sie Ihre Kohle mal lieber, Steff!« Madsen winkte lachend ab, während er sich insgeheim über das Kompliment freute wie 1860 über einen Auswärtspunkt – schließlich waren Hartbergers Worte für einen Kerl mit beginnender Midlife-Crisis Balsam auf die gequälte Männerseele. »Sie wissen doch, dass wir Polizisten nicht käuflich sind. Aber trotzdem danke für das Angebot!«

»Hallo? Können wir jetzt vielleicht wieder zurück zu dem Gesuchten kommen?« Von Werdenfels verdrehte theatralisch die Augen. »Ich dachte eigentlich, ich wäre für eine Befragung hier und nicht als Trauzeuge.«

»Sorry, Herr Kommissar, tut mir sehr leid«, entschuldigte sich Stefanie Hartberger mit gesenktem Blick, wobei ihre Reue in etwa so glaubhaft war wie das Zigarrendementi von Bill Clinton. »Also, der Typ war nicht nur optisch schäbig wie die Nacht, sondern auch extrem unsympathisch. Da wir zu der Zeit keine anderen Gäste hatten, blieb mir gar nichts anderes übrig, als die beiden die ganze Zeit zu beobachten. Wenn Sie mich fragen, kannten die sich vorher noch nicht. Hatte irgendwas von einem Blind Date, und während sie eher zurückhaltend wirkte, war dieser narzisstische Kosmoprolet ganz offensichtlich sofort Feuer und Flamme.«

»Kein Wunder, Frau Heidemann war ja auch eine attraktive Frau«, brummte Madsen und stellte seine leere Orangensaftflasche auf einen Geschirrwagen. »Eine letzte Frage noch, Steff, dann dürfen Sie sich wieder den Gästemassen widmen: Wie lange sind die beiden denn geblieben? Und wie haben sie sich verhalten, als sie gegangen sind? Vertraut? Vielleicht sogar Hand in Hand oder Arm in Arm?«

»Im Gegenteil. Nachdem sie am Anfang noch sehr freundlich zu ihm war, sah sie beim Rausgehen ungefähr 'ne Viertelstunde später deutlich distanzierter aus. Und ich glaube, er hat das gemerkt. Auf jeden Fall hat er ziemlich angefressen geschaut.«

»Angefressen oder richtig wütend?«

»Na ja, ein bisschen wütend wirkte er schon. Immerhin schien sein Schmierlappen-Charme bei der Dame nicht zu ziehen. Und welcher Typ akzeptiert so was schon gerne? Aber ich schätze, das können Sie nicht beurteilen, Herr Kriminalrat – in dieser Situation waren Sie vermutlich noch nie, oder?«

»Wenn Sie sich da mal nicht täuschen, Steff«, lachte Madsen geschmeichelt. »Aber es ist nett, dass Sie das annehmen. Und sollte ich jemals ernsthafte Probleme mit meinem Ego bekommen, dann werde ich Ihnen noch mal einen Besuch abstatten. Das ist garantiert effektiver als jeder Termin beim Psychologen.« Mit diesen Worten warf er einen letzten Blick auf die Preisschilder an der Getränketheke und fügte feixend hinzu: »Wesentlich billiger ist es allerdings nicht!«

FÜNF

Dass der Ort Frohnloh hieß, hatte sie vom ersten Moment an als gutes Omen gedeutet. Und auch das Apartment im Hinterhaus eines großen, in die Jahre gekommenen Bauernhofs hatte sich als absoluter Glücksgriff entpuppt, wenngleich sich ihre Erwartungen, was die Ausstattung der Wohnung anging, sowieso stark in Grenzen gehalten hatten. Eine Dusche, eine Toilette, ein Computertisch sowie ein breites, belastbares Bett – damit besaß das Domizil alles, was sie für ihr persönliches Glück benötigte.

Deutlich kritischer hingegen war sie bei der Beurteilung des Umfeldes gewesen, doch auch hier hatte sich ihre Wahl als absolut perfekt erwiesen. Frohnloh war ein winziger Ort, keine fünfzig Häuser groß, und lag weit genug von Starnberg entfernt, um nicht zufällig auf Freunde oder Bekannte zu stoßen. Gleichzeitig war er aber auch nah genug, um innerhalb einer guten Viertelstunde mit dem Auto erreichbar zu sein. Der Bauernhof befand sich am nördlichen Ende der Siedlung, direkt neben einem weitläufigen Getreidefeld, und während das Haupthaus über eine große, frei liegende Hofeinfahrt verfügte, war der separate Eingang zu ihrem Apartment nur über einen kleinen, nahezu uneinsehbaren Schotterweg zu erreichen. Dass der Besitzer des Hauses alleine lebte und altersbedingt an multiplem Sinnesverlust litt, war ein weiteres Zuckerl, das ihr das Schicksal in den Schoß gelegt hatte.

Die Wohnung war einfach perfekt.

Perfekt für ihr Zweitleben.

Sie warf einen Blick in den Spiegel.

Was sie sah, erfüllte sie mit Zufriedenheit. Sicher, es gab schlankere Frauen. Und es gab jüngere Frauen. Aber alles in allem stimmte »das Gesamtpaket«, wie es einer ihrer früheren Besucher mit einem überschaubaren Maß an Empathie ausgedrückt hatte, und wenn sie ihre körperlichen Reize hie und da mit entsprechenden Hilfsmitteln in Szene setzte, dann war sie durchaus eine Frau, der das männliche Geschlecht mit einem gewissen Verlangen begegnete.

So wie der Mann, der just in diesem Moment im Schritttempo über den Schotterweg rollte. Er fuhr einen dunklen Kombi, fast doppelt so lang wie ihr französischer Kleinwagen, und nachdem er sein Auto gewendet und in Fahrtrichtung zur Straße hin geparkt hatte, tat sich erst einmal eine ganze Weile nichts. Vermutlich richtete er sich noch das Haar, prüfte die Sauberkeit seiner Fingernägel oder inhalierte Pfefferminzspray – was Mann eben so tat, bevor er einer Dame gegenübertrat.

Neugierig spähte sie zwischen Fensterrahmen und Vorhang hindurch und rief sich ins Gedächtnis, was sie von dem Besucher wusste. Laut eigener Aussage war er Sportlehrer an einem Münchner Gymnasium, unglücklich verheiratet und offen für alles, was Spaß machte. Seine schriftliche Ausdrucksweise war höflich, seine Orthografie vorbildlich, und auch wenn Humor nicht unbedingt zu seinen absoluten Stärken zu gehören schien, vermittelte er dennoch einen gewissen Grad an Sympathie. Sie war gespannt, ob sich dieser positive Eindruck auch in der Realität bestätigen würde.

Im selben Augenblick öffnete sich die Autotür, und der Mann stieg aus.

Er trug einen für die Jahreszeit viel zu dicken Parka und hatte den Kragen seines Anoraks hochgeschlagen, sodass sie von seinem Gesicht kaum etwas erkennen konnte. In der einen Hand hielt er einen großen Strauß rote Rosen, in der anderen eine längliche Geschenkpackung mit einer goldfarbenen Schleife.

Sie lächelte. Ein Gentleman der alten Schule. Wie angenehm! Voller Vorfreude eilte sie in den kleinen Eingangsflur, setzte ihr strahlendstes Lächeln auf und öffnete die Tür.

Als sie die Gesichtsfarbe des Mannes sah, erstarrte sie für einen winzigen Moment, doch dann fasste sie sich blitzschnell wieder, nahm die Blumen mit einem dankbaren Lächeln entgegen und küsste ihn auf beide Wangen.

»Herzlich willkommen! Schön, dich zu sehen«, hauchte sie und deutete über ihre Schulter. »Komm doch rein. Hast du gut aus München hierhergefunden? Sind ja doch ein paar Kilometer. Sei doch bitte so nett und geh einfach schon mal durch – ich stelle nur kurz die Blumen ins Wasser. Mein Gott, sind die schön. Und wie die duften! Das wäre doch wirklich nicht nötig gewesen!«

Sie wandte sich Richtung Flur und roch noch einmal genussvoll an den Blüten. Dabei nahm sie aus den Augenwinkeln wahr, wie der Schatten des Mannes den Arm mit der Geschenkpackung hob.

Dann explodierte ihr Kopf.

Das Letzte, was sie wahrnahm, bevor sie in ein unendlich tiefes schwarzes Loch stürzte, war der betörende Duft roter Rosen.

✳✳✳

Der Empfang durch die Sekretärin war bestenfalls als unterkühlt zu bezeichnen. Schweigend und mit blasierter Miene tippelte sie in ihrem dunkelblauen Bleistiftrock vor Madsen her, führte ihn in das Büro von Dr. Gerhard Heidemann und schloss anschließend geräuschvoll die Tür.

»Vielen Dank, ich möchte übrigens keinen Kaffee«, brummte Madsen amüsiert.

»Nanu, was ist denn mit Chantal los?«, wunderte sich Dr. Heidemann. »So unfreundlich kenne ich sie ja gar nicht. Bitte verzeihen Sie vielmals, Herr Kriminalrat. Selbstverständlich dulde ich ein solches Verhalten nicht, ich werde sie später entsprechend zurechtweisen.«

»Och, lassen Sie's mal gut sein!«, grinste Madsen. »Die gute Schantalle und ich sind eigentlich ganz dicke Kumpels – sie kann es nur manchmal nicht so zeigen. Darf ich?«

Ohne eine Antwort abzuwarten, nahm er auf einem der beiden Sessel Platz, die vor dem Schreibtisch standen und für deren Wert man zweifelsohne einen akzeptablen Gebrauchtwagen hätte erstehen können. Dr. Heidemann blickte verwirrt zwischen Tür und Besucher hin und her und kratzte sich am Kopf.

»Ja, sicher, bitte nehmen Sie Platz! Ich meine, schön, dass Sie schon Platz genommen haben. Herr Kriminalrat, was kann ich denn noch für Sie tun? Ich habe in ein paar Minuten eine Skype-Telco – es wäre mir also recht, wenn Sie schnell zur Sache kämen.«

»Sie haben eine was?«

»Eine Skype-Telco, also eine Telefonkonferenz per Skype. Sie wissen doch, was Skype ist, oder?«

»Natürlich weiß ich, was das ist!«, empörte sich Madsen, ohne einen blassen Schimmer davon zu haben. »Aber ein paar Minuten Ihrer wertvollen Zeit müssen Sie mir dennoch opfern. Es sei denn, Sie würden es bevorzugen, das Gespräch auf dem Revier zu führen.«

Dr. Heidemann hob beschwichtigend die Hände. »Ich bin ganz Ohr, Herr Kriminalrat.«

Madsen nickte zufrieden und lehnte sich entspannt zurück. Das Gespräch begann ihm Spaß zu machen. »Also gut, Herr Dr. Heidemann, dann lassen wir aufgrund Ihres Termins doch mal das höfliche Geplänkel weg und kommen gleich zum Eingemachten. Wir wissen nämlich inzwischen, dass Sie gegenüber Ihrer Frau gerne mal körperliche Gewalt angewendet haben.«

Dr. Heidemann wollte entrüstet protestieren, doch Madsen schnitt ihm mit einer energischen Geste das Wort ab. »Lassen Sie mich gefälligst ausreden. Sie, Herr Dr. Heidemann, haben Ihre Frau mehr als einmal grün und blau geschlagen, und wenn Sie mir eine persönliche Bemerkung gestatten: Ich finde Typen wie Sie zum Kotzen! Jeder Mann, der auch nur einen Funken Ehre und Anstand im Leib hat, sucht sich einen gleichwertigen Gegner – von mir aus auch irgendwelche Typen aus der nächsten Kneipe. Aber eine wehrlose Frau zu schlagen, das ist das Erbärmlichste, was es gibt.«

»Sie haben sie doch nicht mehr alle!«, stieß Dr. Heidemann erregt hervor und sprang auf. »Wissen Sie eigentlich, was Sie da gerade behaupten? Ich werde Sie anzeigen! Und zwar wegen Verleumdung und wegen Rufschädigung!«

»Halten Sie den Rand und setzen Sie sich hin«, befahl Madsen mit kalter Stimme. »Wir haben eine Zeugin. Eine, die bereit ist, all das unter Eid zu bestätigen. Also ersparen Sie uns beiden dieses alberne Getue und haben Sie wenigstens jetzt mal die Eier, zu Ihrem Verhalten zu stehen!«

»Also, das ist ja unerhört!« Dr. Heidemanns Gesichtsfarbe war zwischenzeitlich von Tiefbraun zu Karminrot gewechselt. »Meine Frau und ich haben eine absolut harmonische Beziehung geführt. Das kann Ihnen jeder bestätigen, auch die Freundin meiner Frau.«

»Meinen Sie Helena Berger? Ach kommen Sie, die Frau ist doch so naiv, dass man ihr die pfälzische Leberwurstkönigin als Queen Mum verkaufen könnte. Mit der hat Ihre Frau sicherlich nicht über ihr Martyrium gesprochen. Aber einer anderen guten Freundin hat sie sich anvertraut – und ihr dabei übrigens auch ihre Verletzungen gezeigt.« Madsen breitete die Arme aus. »Tja, mein lieber Herr Dr. Heidemann, es gibt offensichtlich doch so einiges, was Sie trotz Ihrer Kontrollsucht nicht von Ihrer Gattin wussten. Zum Beispiel, dass sie sehr wohl ein Handy hatte.«

Dr. Heidemann hatte sich trotzig zurückgelehnt und die Arme verschränkt. »Was für ein Unsinn! Wenn Barbara ein Handy gehabt hätte, dann wüsste ich mit Sicherheit davon. Wofür soll sie das denn gebraucht haben? Ich sagte Ihnen doch schon, dass Barbara in vielerlei Hinsicht sehr altmodisch war.«

Noch während er den Satz aussprach, öffnete sich die Bürotür einen Spalt, und seine Sekretärin steckte den Kopf herein. »Verzeihung, ich wollte Sie nur an Ihre Telco erinnern, Herr Dr. Heidemann. Die fängt in zwei Minuten an.«

»Jetzt nicht!«, bellten ihr Chef und Madsen gleichzeitig, worauf der Kopf der Frau zurückschnellte, als hätte sie eine Rechte von Klitschko getroffen.

»Wo waren wir stehen geblieben? Ach ja, das angebliche Handy meiner Frau.« Dr. Heidemann verschränkte die Arme vor der Brust. »Niemals! Vermutlich wollen Sie mir als Nächstes noch erzählen, dass Barbara ein Verhältnis gehabt hat.«

»Oh, gut, dass Sie es ansprechen«, sagte Madsen und genoss den entgeisterten Blick seines Gegenübers. »Kennen Sie vielleicht diesen Herrn?«

Er hielt Dr. Heidemann sein Smartphone entgegen, auf dessen Display das Phantombild des Mannes zu sehen war, den die Kellnerin der Raststätte Höhenrain beschrieben hatte.

Dr. Heidemann warf einen kurzen Blick auf das Konterfei und schüttelte den Kopf. »Nie gesehen! Wer bitte soll das sein?«

»Nun, das wissen wir leider noch nicht«, antwortete Madsen und steckte das Handy wieder in die Tasche seiner Lederjacke. »Mit diesem Herrn hat sich Ihre Gattin kurz vor ihrem Tod auf einem Autobahnparkplatz getroffen. Aber da Ihre Beziehung ja so unglaublich harmonisch war, ging es bei diesem Treffen sicherlich nur um die Prämierung zum Ehepaar des Jahres.«

»Ich glaube, Sie verlassen jetzt besser mein Büro!«, zischte Dr. Heidemann mit mühsam unterdrückter Wut. »Ihnen ist doch hoffentlich klar, dass dieses Gespräch Folgen haben wird. Ich werde mich bei der Staatsanwaltschaft über Sie beschweren! Das ist eine Unverschämtheit, was Sie über meine verstorbene Gattin behaupten. Sie sollten sich schämen!«

»Ach, wissen Sie ...«, erwiderte Madsen, während er betont langsam zur Tür schlenderte und sich dort noch einmal in aller Ruhe umdrehte, »... das Einzige, wofür ich mich wirklich schämen würde, wäre, wenn ich als reifer Mann eine fünfzwanzigjährige Prostituierte beim Sex schlagen und würgen würde. In diesem Sinne noch einen schönen Tag, Herr Dr. Heidemann. Und viel Erfolg bei Ihrem Skype-Dingens!«

**

Im Gegensatz zu Madsen betrat Maximilian von Werdenfels nur höchst ungern die Räume des Instituts für Rechtsmedizin, und da auch der misanthropische Professor Polt keinerlei Wert auf die Anwesenheit fremder Menschen legte, pflegten sich ihrer beider Zusammenkünfte in der Regel auf ein zeitliches Minimum zu beschränken. Umso erstaunter war von Werdenfels, als Professor Polt ihn diesmal in sein Büro bat und ihm darüber hinaus sogar einen Stuhl anbot.

Während der Rechtsmediziner sich kurz entschuldigte, um in einem Nebenraum seine blutverschmierten Unterarme zu reinigen, blickte sich von Werdenfels interessiert in dem ebenso großen wie ungemütlichen Raum um. Die weißen Wände waren bis auf diverse Leuchtkästen und Magnettafeln bar jeder Verzierung, der Boden war mit hellen Kacheln gefliest, und auf dem grauen Metall-Sideboard, das die gesamte rechte Wand des Raumes einnahm, standen große Glasbehälter, in denen sich trübe hellbraune Flüssigkeit sowie eine makabre Sammlung pathologischer Abnormitäten befand. Am befremdlichsten war dabei der missgestaltete Embryo, der in einem der Behältnisse schwamm und von Werdenfels permanent das Gefühl vermittelte, angestarrt zu werden.

»Wie zum Teufel kann man hier nur arbeiten?«, murmelte er kopfschüttelnd. »Ich würde hier unten nach zehn Minuten wahnsinnig werden.«

»Und mir würde es nach zehn Minuten in Ihrem Büro vermutlich ähnlich gehen«, entgegnete Professor Polt, der in diesem Moment den Raum betreten hatte. »Ich finde einen toten Embryo zum Beispiel wesentlich angenehmer als einen lebenden Tischnachbarn, der Kekse isst oder an einem Apfel rumkaut. So jemanden müsste man – wenn es nach mir ginge – ebenfalls sofort in Formalin ertränken.«

»Ein interessanter Gedanke!« Von Werdenfels lachte, bis ihm bewusst wurde, dass Professor Polt diesen Vorschlag offensichtlich nicht als Scherz gemeint hatte. »Nun ja, wie auch immer: Ich bin hier, weil ich mich erkundigen wollte, ob es schon Neuigkeiten zur Obduktion von Barbara Heidemann gibt. Wenn ich richtig informiert bin, stehen da noch Untersuchungsergebnisse Ihrer Kollegen vom LKA aus.«

»Falsch!« Professor Polt nahm an seinem Schreibtisch Platz, klappte seinen Laptop auf und öffnete eine Datei. »Die Untersuchungsergebnisse liegen bereits vor. Ich bin nur noch nicht dazu gekommen, sie in meinen Abschlussbericht zu integrieren. Aber da ich davon ausgehe, dass Sie ebenso penetrant sind wie Ihr neuer Vorgesetzter und dieses Büro erst dann verlassen, wenn Ihnen die gewünschten Informationen vorliegen, werde ich versuchen, zusammenzufassen, was die Kollegen herausgefunden haben. Der ausführliche Bericht folgt dann später.«

Von Werdenfels nickte zufrieden und zog sein Smartphone aus der Tasche, um sich Notizen zu machen.

»Also, im LKA wurden die chemischen Rückstände, die ich auf Haut und Kleidung der Toten gefunden habe, per Gas-Chromatografie untersucht. Dabei konnte man nachweisen, dass es sich bei den Partikeln um die Rückstände einer Farbe handelt. Und zwar einer Wandfarbe.«

Von Werdenfels runzelte enttäuscht die Stirn. »Eine Wandfarbe? Na toll! Ich hatte gehofft, Sie würden jetzt irgendeine ganz seltene Substanz nennen, mit der die Frau kurz vor ihrem Tod in Berührung gekommen ist und die die Suche nach dem Tatort extrem einschränkt. Die Tatsache, dass sie in einem Raum mit gestrichenen Wänden war, ist nicht wirklich eine Sensation. Dafür hätten Sie keinen Gas-Chromatografen gebraucht – das hätte ich vermutlich auch mit meiner alten Espressomaschine rausgefunden.«

»Nicht zu voreilig, junger Mann.« Der Professor bedachte ihn mit einem strengen Blick und drehte den Monitor seines Laptops, sodass von Werdenfels eine Grafik sehen konnte, die an die Darstellung eines Seismografen erinnerte. »Die Kollegen konnten nach Abgleich mit den entsprechenden Datenbanken des BKA sehr exakt bestimmen, um was für eine

Wandfarbe es sich handelt. Die ist in unserem Fall nämlich alles andere als gewöhnlich. Und zwar, weil es sie heute gar nicht mehr gibt!«

Von Werdenfels stutzte. »Wie, die gibt es heute nicht mehr? Was meinen Sie damit?«

»Nun, das ist eine Art von Farbe, wie sie vor fünfzig, sechzig Jahren verwendet wurde. Ich weiß: Es gibt Tausende von Häusern, die damals gebaut wurden. Aber was die ganze Sache in unserem Fall besonders macht, ist die Tatsache, dass in Kombination mit den Farbrückständen auf dem Körper der Toten nahezu keine Pilzsporen nachzuweisen sind. Das ist insofern verwunderlich, als so alte Räumlichkeiten meist von Schimmelpilzen befallen sind. Und ich rede hier nicht von Schimmel, den man mit bloßem Auge sieht, sondern von Mikroorganismen, die nur durch hochkomplexe chemische Untersuchungen nachzuweisen sind.«

»Und was bedeutet das genau?«, erkundigte sich von Werdenfels.

»Das bedeutet, dass der Raum, in dem sich das Mordopfer kurz vor oder nach seinem Tod befunden hat, relativ kühl und außergewöhnlich trocken gewesen sein muss. Auf jeden Fall ohne Fenster und extrem gut von der Außenwelt isoliert. Wenn Sie mich fragen: ein Raum mit einer künstlichen, stark gefilterten Luftversorgung.«

Von Werdenfels tippte grübelnd mit den Fingerspitzen auf den Tisch. »Gut isoliert, keine Fenster – das könnte bedeuten, dass unser Mörder einen speziellen Kellerraum für seine perfiden Gelüste nutzt. Und angesichts ihrer Verletzungen dürfte die arme Frau dort ein echtes Martyrium erlitten haben. Haben Sie eigentlich Knebelspuren bei ihr gefunden?«

Polt schüttelte den Kopf, worauf von Werdenfels den Kopf in den Nacken legte und mit geschlossenen Augen weiter sinnierte. »Wenn man davon ausgeht, dass Barbara Heidemann während der Vergewaltigung vor Schmerzen geschrien haben dürfte und nicht geknebelt war, spricht tatsächlich einiges für einen schallisolierten Kellerraum. Und wissen Sie, was das bedeutet, Herr Professor?«

»Nun, ich bin zwar nur Mediziner und kein Mordermittler …«, antwortete Polt, während er den Laptop zuklappte, »… aber für mich klingt das so, als hätte der Täter sich sehr viel Mühe mit der Suche oder dem Bau des Raumes gegeben. Und deshalb würde es mich auch sehr wundern, wenn er diesen ganzen Aufwand für eine einmalige Benutzung betrieben hätte. Mit anderen Worten: Wenn es Ihnen nicht schnellstens gelingt, den Täter zu fassen, dann habe ich hier unten mit ziemlicher Sicherheit bald wieder ein Kühlfach weniger frei.«

Die Worte des Professors hingen so unangenehm in der Luft wie schaler Alkoholgeruch nach einer Party. Maximilian von Werdenfels stand auf und rieb sich über die Arme. Ihn fröstelte – und das lag keineswegs nur an den niedrigen Temperaturen in den Institutsräumen.

»Kriminalrat Madsen erwähnte ein Haar, das Sie auf der Leiche gefunden haben. Können Sie mir hierzu auch schon etwas sagen?«

Professor Polt nickte. »Ja, das kann ich. Und hier ist die Sache wesentlich klarer als bei den Farbrückständen. Das Haar, das auf Barbara Heidemann gefunden wurde, stammt von einem Hund. Und zwar von einem Schäferhund.«

Von Werdenfels, der zwischenzeitlich wieder nach seinem Smartphone gegriffen hatte, hielt inne und warf dem Mediziner einen skeptischen Blick zu. »Ich weiß, dass man durch Haaranalyse eine Spezies bestimmen kann. Aber dass sich anhand eines Haars sogar eine spezielle Rasse definieren lässt, habe ich noch nie gehört. Wenn dem tatsächlich so wäre, hätte man damit ja gleich zwei Fliegen nach Athen getragen!«

»Wie bitte?« Professor Polt blickte sein Gegenüber ratlos an. »Das verstehe ich jetzt nicht. Ich sprach von einem Schäferhund, nicht von Fliegen. Und wieso Athen?«

Von Werdenfels schoss die Schamesröte ins Gesicht. »Ach, vergessen Sie's einfach«, erwiderte er rasch. »Was ich sagen wollte: Ist es tatsächlich möglich, eine konkrete Hunderasse aus einem einzelnen Haar zu bestimmen?«

»Absolut!«, erwiderte Professor Polt, und entgegen seiner sonstigen Distanzhaltung zu anderen Menschen schien es ihm diesmal sogar beinahe Vergnügen zu bereiten, von Werdenfels in die Geheimnisse der Forensik einzuweihen. »Man benutzt den Haarschaft, um mitochondriale DNA zu isolieren, und kann dann Spezies, Haartyp, Haarstatus sowie Rasse benennen. Was sich dagegen momentan noch als schwierig darstellt, ist, ein einzelnes Tierhaar einem ganz bestimmten Individuum zuzuordnen, aber ich bin mir sicher, dass es nicht mehr lange dauern wird, bis auch das zum forensischen Alltag gehört. Ein werter Kollege von mir, Professor Parson vom Institut für Gerichtliche Medizin in Innsbruck, forscht derzeit intensiv auf dem Gebiet des sogenannten ›Canine DNA Profiling‹ und erstellt gerade mit der Universität Zürich eine Datenbank von Hunde-DNA. Seltsamerweise hört man darüber sehr wenig in den Medien – dabei ist seine Arbeit ein echter Meilenstein in der Verbrechensaufklärung.«

»Faszinierend!«, bemerkte von Werdenfels mit einem Blick auf seine Armbanduhr. »Und wenn ich das Ganze jetzt einmal zusammenfasse und auf unseren Fall beziehe, dann bedeutet das, dass unser Opfer – vielleicht da, wo es gefangen gehalten wurde – in irgendeiner Form Kontakt zu einem Schäferhund gehabt hat. Richtig?«

»Nicht ganz!«, korrigierte ihn Professor Polt mit erhobenem Zeigefinger. »Es ist durchaus möglich, dass es einen sogenannten sekundären Transfer gab. Das bedeutet, es fand kein direkter Kontakt zwischen Hund und Opfer statt, sondern die Übertragung des Haares ist durch den Täter erfolgt – zum Beispiel, weil es an dessen Kleidung haftete. Wie es sich in Ihrem Fall tatsächlich zugetragen hat, müssen Sie leider selbst herausfinden, Herr Kommissar – hier stößt dann sogar die Forensik einmal an ihre Grenzen.«

Mit diesen Worten erhob sich der Gerichtsmediziner, nickte

grüßend mit dem Kopf und begab sich zurück in den Sektionssaal. Das Letzte, was Kommissar von Werdenfels hörte, als er das Institut verließ, war das Geräusch einer Bandsäge, die sich mit schrillem Kreischen durch einen menschlichen Knochen fraß.

✳✳✳

»Guten Morgen, Eva, schön, Sie zu sehen.« Kriminalrat Madsen hauchte der Sekretärin von Lissy Berghammer zur Begrüßung galant einen Kuss auf ihre faltige Hand. »Ist die Chefin in ihrem Büro?«

Eva Nolle nickte lächelnd. Die zierliche Seniorin war bereits Vorzimmerdame von Lissys Vater gewesen, und anstatt sich den angesichts ihres hohen Alters längst verdienten Ruhestand zu gönnen, unterstützte sie dessen Tochter nach wie vor nach besten Kräften. Das tat sie auch deshalb, weil ihr der von Arbeit und professioneller Selbstkasteiung dominierte Lebenswandel Lissys große Sorgen bereitete – mehr als einmal hatte sie die umtriebige junge Frau energisch darauf hingewiesen, dass es höchste Zeit sei, sich endlich einen Mann zu suchen, eine Familie zu gründen und sich etwas mehr Ruhe angedeihen zu lassen. Doch Lissy hatte stets nur laut gelacht, sich für ihre rührende Fürsorge bedankt und sich anschließend wieder wie ein Berserker auf ihren Schreibtisch gestürzt.

Zumindest bis zu jenem Tag, an dem sie diesen gut aussehenden Kriminalrat aus Hamburg kennengelernt hatte. Mads Madsen tat Lissy gut – das war unschwer zu erkennen. Sie lachte häufiger, wirkte entspannter, hatte strahlende Augen, wenn sie von ihm sprach, und sogar ihre quälende Migräne hatte nachgelassen.

Eva Nolle betrachtete diese Veränderungen mit großer Befriedigung – zum einen, weil ihr das Wohl der jungen Frau am Herzen lag, zum anderen aber auch aus ganz egoistischen Gründen. Schließlich hatte sie sich geschworen, ihre berufliche Tätigkeit erst dann aufzugeben, wenn sie Lissy in guten Händen wusste. Und selbst wenn die Beziehung zwischen ihrer Chefin und Madsen noch einem ganz kleinen, gerade erst aufkeimenden Pflänzchen glich, hegte Eva Nolle die Hoffnung, dass sich daraus deutlich mehr entwickeln konnte.

»Hallo, Herr Madsen, das ist ja eine freudige Überraschung! Lissy ist in ihrem Büro und hat gerade auch keine Klienten da. Gehen Sie einfach zu ihr rein.«

»Danke, Eva.« Madsen zwinkerte der silberhaarigen Dame schelmisch zu. »Übrigens ein sehr schönes Kleid. Macht eine tolle Figur. Wenn Sie ein paar Jahre jünger wären …«

»Sie alter Charmeur!« Die Sekretärin winkte geschmeichelt ab und deutete auf die Glastür hinter sich. »Nun sehen Sie schon zu, dass Sie zu Lissy reinkommen. Die Arme stirbt ja schon vor Vorfreude.«

»Für eine Sterbende siehst du verdammt gut aus«, grinste Madsen und umarmte Lissy, bevor er ihr einen gefühlvollen Kuss auf die Wange drückte.

In der Tat hätte man die Immobilienmaklerin ohne jede Veränderung auf den Set eines Modeshootings stellen können. Sie trug eine hautenge schwarze Hose mit Lederbesatz, ein grau-anthrazit gemustertes Strickcape und dazu als farblichen Akzent ein paar knallrote Wildlederpumps. Die blonden Haare hatte sie zu einem lässigen Pferdeschwanz zusammengebunden, und ihr Gesicht war wie immer stilvoll, aber dezent geschminkt.

»Wieso sollte ich eine Sterbende sein? Ach, hat Eva wieder was von ›Sterben vor Vorfreude‹ gesagt? Das ist ihr absoluter Lieblingsspruch – auch wenn er mir inzwischen fast schon aus den Ohren rauskommt. Aber sie hat natürlich recht: Ich freue mich sehr, dich zu sehen, Mads. Sollen wir eine Kleinigkeit essen gehen?«

Madsen schüttelte bedauernd den Kopf. »Würde ich liebend gerne, Lissy, ich hab nur leider gar keine Zeit. Du weißt schon: dieser verdammte Mordfall! Ich wollte dir nur kurz meinen

Laptop vorbeibringen. Aber ich verspreche dir, dass ich mich demnächst mittags mal freischaufele, damit wir in Ruhe zusammen essen können. Ist das okay für dich?«

Lissy nickte. So gerne sie auch den Mittag mit Madsen verbracht hätte – wenn irgendjemand Verständnis für berufliche Priorisierungen hatte, dann sie. »Gut, dann gib mal her, den Laptop! Was genau ist denn das Problem?«

»Am besten, dein Kumpel macht einen kompletten Rundum-Check. Die Programme stürzen immer wieder ab, der Kasten braucht ewig zum Hochfahren, und ich bin mir nicht sicher, ob ich mir nicht einen Virus eingefangen habe.«

»Tja, das klingt in der Tat etwas ernster«, brummte Lissy mit gerunzelter Stirn. »Aber Hannes bekommt das schon wieder hin. Wenn sich auf der Festplatte irgendwo ein Virus versteckt, dann wird er ihn auch finden. Spätestens wenn er anhand deines Verlaufes sieht, auf welchen Websites du warst. Werden ja keine Pornoseiten gewesen sein, oder?«

Madsen erblasste. »Ich ... äh, also nicht absichtlich ... ich meine, vielleicht ...«

Lissy lachte schallend auf. »Ganz ruhig, Mads, das war nur ein Scherz! Es geht mich doch überhaupt nichts an, welche Seiten du besuchst. Und ganz nebenbei gesagt: Wenn ich abends im Web unterwegs bin, lese ich auch nicht das Neue Testament!« Sie griff – immer noch amüsiert – nach ihrem Handy und öffnete die Kontakte. »Notier dir doch bitte mal Hannes' Telefonnummer. Dann kannst du ihn selbst anrufen und fragen, was deinem Laptop fehlt und wann du ihn wieder abholen kannst. Wir müssen ja hier nicht Stille Post spielen.«

Madsen nickte erleichtert und zog sein Smartphone aus der Tasche. Als er seine PIN eingab, erschien auf dem Display die Phantomzeichnung des Mannes von der Raststätte, die er zuvor Dr. Heidemann gezeigt hatte. Just in dem Moment, als er den Home-Button betätigen wollte, um zurück ins Hauptmenü zu gelangen, deutete Lissy auf das Bild.

»Was hast du denn mit Oswald zu tun?«

»Oswald? Was für ein Oswald?« Madsen runzelte irritiert die Stirn, doch einen Wimpernschlag später war der Groschen gefallen, und er streckte Lissy sein Telefon entgegen. »Sag bloß, du kennst diesen Typen?«

»Na klar! Das ist Konny Oswald. Die größte Schleimbeule in ganz Oberbayern. Ein Nepper vor dem Herrn. Ich glaube, es gibt außer mir kaum eine Frau im gesamten Fünf-Seen-Land, die er nicht schon um ein paar tausend Euro erleichtert hat.«

»Lissy, du weißt: Ich versuche Dienstliches und Privates nach Möglichkeit zu trennen«, sagte Madsen eindringlich und drückte sie mit sanfter Gewalt auf ihren Stuhl. »Und eigentlich darf ich dir solche internen Bilder auch überhaupt nicht zeigen. Aber wenn du weißt, wer das ist und wo wir ihn finden, dann würde uns das ungemein weiterhelfen.«

»Keine Sorge, Mads. Ich glaube nicht, dass ich dir ein großes Geheimnis verrate, wenn ich dir was über Oswald erzähle. Erstens ist der hier in Starnberg bekannt wie ein bunter Hund, und zweitens kannst du das alles auch bei Facebook nachlesen – der Typ postet bei jedem größeren Pups ein Selfie von sich.«

»Soso, ein unsympathischer Selbstdarsteller. Das passt genau zu der Aussage der Kellnerin«, murmelte Madsen. Er wollte sich vor lauter Aufregung eine Zigarette anzünden, als ihm plötzlich bewusst wurde, dass er sich in Lissys Büro befand.

»Tut mir leid, Mads«, grinste die und hob bedauernd die Hände. »Geraucht werden darf hier erst ab Immobilienverkäufen in achtstelliger Höhe – und dann auch nur Zigarre. Sollen wir kurz vor die Tür gehen? Ich sehe doch, wie es dich in den Fingern juckt!«

Madsen lächelte dankbar, und kurz darauf standen er und Lissy im Schatten der Stadtpfarrkirche St. Maria auf dem Starnberger Kirchplatz. Um sie herum herrschte angesichts der Mittagszeit sowie der strahlenden Sonne reges Treiben, und während sich die Starnberger Schülerschaft mit Fast Food und Energydrinks lautstark auf der hüfthohen Kirchenmauer breitmachte, flanierten elegant gekleidete Millionärsgattinnen die stilvoll dekorierten Schaufenster der Modegeschäfte entlang und überlegten krampfhaft, mit welcher Begründung sich der Erwerb eines weiteren Paars Schuhe überzeugend verargumentieren ließ. Komplettiert wurde das urbane Treiben von einer Gruppe Anglistikstudenten, die vor der Starnberger Eiswerkstatt saßen und im Schein der Mittagssonne Kaffee und Zigarette genossen, während zahlreiche ältere Passanten vor einem schwarz lackierten Foodtruck Schlange standen, in dem ein Herr aus Schwaben mit seiner Tochter landestypische Spezialitäten feilbot.

Während Madsen sich im Windschatten der Kirche eine American Spirit anzündete und anschließend genussvoll den würzigen Rauch inhalierte, berichtete Lissy Berghammer, was sie über Konny Oswald wusste.

»Der Kerl ist ein echter Lebenskünstler. Wenn man alle Stunden, die der in seinem Leben bisher gearbeitet hat, auf einem Reiskorn notieren würde, wäre da immer noch ausreichend Platz für den Einkaufszettel von Reiner Calmund. Deshalb hat Oswald auch keinen Cent Kohle und kriegt öfter Besuch vom Gerichtsvollzieher als vom Postboten. Aber anstatt dass er sich mal einen normalen Job sucht, bei dem er zumindest ein kleines regelmäßiges Einkommen hat, will er an die ganz große Kohle und versucht deshalb ständig, auf Provision das obskurste Zeug zu verticken. Mal ist es Schmuck, dann sind es Luxusvillen an der Côte d'Azur und dann wieder irgendwelche dubiosen Kämme und Bürsten, die angeblich auch von den Hollywoodstars benutzt werden. Der hat mir sogar mal orthopädische Strümpfe angeboten, weil die gut gegen Cellulite wären. Frechheit, oder? Aber weißt du, was das Allerschlimmste ist?«

Madsen schüttelte fragend den Kopf.

»Dass dieser Nichtsnutz und seine Mischpoke sich dann auch noch über die Leute lustig machen, die hart arbeiten. Ich bin über Facebook mit ihm verbunden – nur, weil ich mir abends das Vergnügen mache, zu schauen, was für einen Blödsinn er im Laufe des Tages wieder gepostet hat. Da kommen dann so Sprüche wie ›Nur Blöde arbeiten. Schlaue networken!‹. Oder ›Schee is am See!‹ – und dazu ein mittägliches Prosecco-Foto aus irgendeiner Seebar. Und das, während unsereins vierzehn Stunden am Tag rödelt! Verstehst du jetzt, warum ich diesen Typen so gefressen hab?«

»Liebe Lissy, so erregt kenne ich dich ja gar nicht«, amüsierte sich Madsen. »Du hast ja ganz rote Backen!«

»Wangen, mein lieber Mads, ich habe rote Wangen! Darüber, ob meine Backen rot sind, kannst du dir noch kein Urteil erlauben.«

Madsen verschluckte sich hustend. »Ich … äh … ja, das stimmt«, presste er errötend hervor. »Aber um bei dem Fall zu bleiben: Du sagtest eben, dass dieser Oswald offensichtlich auch ein Heiratsschwindler ist. Ich meine, das, was du mir bisher erzählt hast, belegt, dass er eine faule Sau und ein Sozialschmarotzer ist. Aber so was ist – wenn auch moralisch verwerflich – juristisch nicht strafbar. Anders sieht das aus, wenn er Frauen mit falschen Versprechungen um ihr Hab und Gut bringt. Damit macht er sich strafbar.«

»Vorausgesetzt, die Frauen zeigen ihn an«, korrigierte Lissy. »Aber aus irgendeinem mir unerklärlichen Grund machen sie das offensichtlich nicht. Keine Ahnung, warum!«

»Oh, dafür kann es viele Gründe geben«, erklärte Madsen, während er seine Kippe in einen Gully fallen ließ und sich ein Kaugummi in den Mund steckte. »Ich hatte früher auf dem Betrugsdezernat häufiger mit solchen Fällen zu tun. Viele Frauen schämen sich schlichtweg dafür, dass sie auf so jemanden reingefallen sind. Andere sind vielleicht trotz allem immer noch in ihn verliebt – auch wenn Außenstehenden das völlig unverständlich erscheint. Ja, und häufig erpressen solche Typen die Frauen auch, zum Beispiel mit Nacktfotos oder Chatnachrichten. Man sollte die Opfer also nicht pauschal dafür verurteilen, dass sie sich nicht stärker zu Wehr setzen.«

Lissy blickte Madsen zerknirscht an. »Da hast du natürlich

recht. Ich habe mal wieder etwas vorschnell geurteilt, weil ich diesen Kerl so widerlich finde.«

»Was ich auch durchaus nachvollziehen kann.« Madsen warf einen Blick auf seine Armbanduhr. »Sag mal, Lissy, könntest du mir die Adresse von Oswald geben und ein paar Ausdrucke von seinen Facebook-Fotos? Damit könnten wir natürlich viel mehr anfangen als mit diesem Phantombild.«

»Kein Problem. Aber Mads …«, Lissy hakte sich bei ihm unter und legte ihren Kopf auf seine Schulter, »… du solltest langsam mal schauen, dass du im digitalen Zeitalter ankommst. Ausdrucke sind so was von anno dazumal – heute verschickt man Bilder oder Screenshots digital. Und genau das werde ich jetzt auch machen! In ein paar Minuten hast du die Fotos in deinem Maileingang. Und wer weiß: Vielleicht findest du da ja zufällig auch eine Einladung zum Abendessen bei einer sehr sympathischen Starnberger Immobilienmaklerin.«

Madsen lächelte.

Dann nahm er Lissy Berghammers Kopf behutsam zwischen seine Hände, blickte ihr tief in die Augen und küsste sie leidenschaftlich auf den Mund. Dass im selben Augenblick die Kirchenglocken in ohrenbetäubender Lautstärke zu läuten begannen, bemerkte Lissy ebenso wenig wie die kühle Brise, die den frischen Geruch des Sees über den Platz wehte. Mit geschlossenen Augen und weichen Knien gab sie sich dem wohligen Schauer hin, den Madsens zärtliche Berührung bei ihr verursachte. Ihre Lippen brannten, ihr Gesicht glühte, und hätte ein Kardiologe in diesem Moment ihren Puls gemessen, wäre ihm vor Schreck vermutlich die Gleitsichtbrille aus dem Gesicht gefallen.

Eva Nolle, die das Paar durch das große Schaufenster beobachtet hatte, wandte sich lächelnd ab und ging zurück zu ihrem Schreibtisch.

Dann wählte sie die Nummer der Deutschen Rentenversicherung.

SECHS

Der Raum war quadratisch, jede Wand exakt acht große Schritte lang, und die Höhe betrug einmal ihre Körperlänge mit ausgestreckten Armen plus eine Eimerhöhe. Es gab zwei Steckdosen, ein über Putz liegendes Kabel, zwei nachlässig überstrichene Bohrlöcher an der Stirnwand sowie eine gitternetzverkleidete Abluftvorrichtung in der Mitte der Zimmerdecke. Jedweder Zweifel an diesen Fakten war ausgeschlossen, schließlich hatte sie sie in den letzten Stunden gefühlte hundertmal überprüft – eine an sich völlig sinnlose Tätigkeit, die sich aufgrund der Umstände plötzlich zu einer der wichtigsten Handlungen ihres Lebens entwickelt hatte.

Sie musste in Bewegung bleiben.

Irgendetwas tun, um dem Wahnsinn zu entfliehen – wenn sie es ihrer Zelle schon nicht vermochte.

Wobei »Zelle« im Grunde nicht der korrekte Terminus war. Der karge Raum erinnerte sie eher an einen Keller. Eine Art Luftschutzkeller. Vor einiger Zeit hatte sie im Rahmen eines Familienbesuchs im rheinischen Oberhausen das dortige Bunkermuseum besucht. Auch da war ihr die ungewöhnlich trockene, aber dennoch leicht muffig riechende Luft aufgefallen, und auch die Beschaffenheit der unverputzten Betonwände mit ihrer lieblos aufgetragenen hellgrauen Wandfarbe weckte Erinnerungen an das beklemmende Kriegsmahnmal. Sie wusste noch, dass sie seinerzeit nach Verlassen des Bunkers mit ausgebreiteten Armen auf dem Bürgersteig gestanden und den Sauerstoff wie eine Ertrinkende in ihre Lungen gesogen hatte.

Auch jetzt gierte sie nach frischer Luft.

Nach einem wärmenden Sonnenstrahl auf der Haut, dem Zwitschern eines Vogels, dem Knirschen von Schritten auf Kies oder dem Plätschern des Regens auf einem hölzernen Dach – alles Dinge, denen sie früher kaum Aufmerksamkeit gewidmet und die sie als selbstverständlich und naturgegeben vorausgesetzt hatte. Doch nun, da sie in diesem Kellerloch gefangen gehalten wurde und ahnte, dass sie das Tageslicht nie wiedersehen würde, wünschte sie sich nichts sehnlicher, als diese kleinen, profanen Dinge noch einmal bewusst genießen zu dürfen.

Ihr Blick fiel auf das braune Kunststofftablett, das vor der massiven Stahltür stand. Ihr Entführer musste es dort abgestellt haben, während sie noch bewusstlos gewesen war. Gleichzeitig mit der Erinnerung schoss auch der Schmerz wieder in ihren Schädel. Mit zitternden Fingern tastete sie ihren Kopf ab und zuckte stöhnend zusammen, als sie die offene Wunde berührte. Sie hatte keine Ahnung, wie lange sie ohne Bewusstsein auf dem kalten Boden gelegen hatte, aber als sie wach geworden war, hatte das Tablett bereits vor der Tür gestanden.

Vermutlich hatte der Kerl, der sie hier gefangen hielt, dafür noch nicht einmal den Raum betreten müssen, denn in der Tür befand sich eine kleine, rechteckige Metallklappe, ähnlich der, durch die man den Häftlingen in alten Gefängnissen das Essen in die Zellen gereicht hatte. Allerdings ließ die vom Teller gerutschte Brotscheibe und die kleine Wasserlache neben dem Plastikbecher darauf schließen, dass das Tablett angesichts seiner Größe nur mit Mühe durch die Türöffnung bugsiert werden konnte.

Sie ging zu der Vorrichtung und rüttelte an der Klappe.

Nichts.

Natürlich nicht.

Wer würde schon eine Luke in eine Stahltür bauen, die man von innen öffnen konnte? Sie begann, wirr zu kichern, und erschrak im selben Augenblick über sich selbst. Waren plötzliche Stimmungsschwankungen und angesichts der Situation völlig widersinnige Emotionen Zeichen von beginnendem Wahnsinn? Spielten ihre Nerven etwa jetzt schon verrückt?

Verzweifelt schlug sie die Hände vors Gesicht. Dann holte sie aus und trat mit voller Wucht gegen das Tablett. Brotteller und Plastikbecher flogen quer durch den Raum und prallten mit Gepolter gegen die Stirnwand. Als sie sah, wie das Wasser anschließend in langen Rinnsalen zu Boden lief, schrie sie gequält auf.

Denn es sah aus, als ob der Beton weinte.

***

»Wir sollten uns dringend mal nach einer alternativen Essgelegenheit umsehen!«, brummte Madsen und betrachtete missmutig den mehrlagigen Burger in seiner Hand. »Wenn wir weiterhin unsere Mittage hier verbringen, dann werde ich aufgehen wie ein Hefekloß!«

»Mhfffm …« Von Werdenfels murmelte etwas Unverständliches und deutete dabei entschuldigend auf seinen vollen Mund, in dem sich neben einem hühnereigroßen Chicken McNugget auch diverse Pommes frites samt Mayonnaise befanden.

»Ich weiß echt nicht, ob ich deine Kinderstube bewundern oder deine Fressgier beklagen soll«, grinste Madsen. »Von dem, was du da gerade im Mund hast, könnte man sämtliche Teilnehmerinnen von ›Germanys Next Topmodel‹ eine Woche lang ernähren! Aber wenigstens weißt du, dass man nicht mit vollem Mund spricht.«

»Keine Sorge, das hat mir mein Vater schon nachdrücklich eingetrichtert«, erwiderte von Werdenfels, nachdem er das Fast-Food-Konglomerat unter Zuhilfenahme eines großen Schlucks Cola light heruntergeschluckt hatte. »Wenn ich zu Hause am Tisch mit vollem Mund gesprochen hab, gab's ein paar mit dem Kochlöffel. Und glaub mir: Auf diese Art lernst du Tischmanieren sehr schnell.«

»Dazu sage ich jetzt besser nichts.« Madsen schüttelte unwillig den Kopf. »Wenn dein Daddy körperliche Gewalt als geeignete Methode empfand, um dich zu erziehen, finde ich das ziemlich beschämend. Apropos: Wie geht es ihm eigentlich? Was Neues aus dem Krankenhaus gehört?«

»Ich war heute Morgen kurz da.« Von Werdenfels' Gesichtsausdruck verfinsterte sich. »Es geht ihm den Umständen entsprechend gut. Allerdings redet der sture Sack nach wie vor nicht mit mir. Es ist echt wie im Kindergarten! Wenn ich was von ihm wissen will, schweigt er oder sagt es meiner Mutter, damit die mir dann antwortet. Und das, obwohl ich direkt danebenstehe!«

»Bei allem Respekt vor deinem Vater, lieber Max, aber das ist einfach bescheuert von ihm. Wenn ich du wäre –«

»Bist du aber nicht!«, unterbrach ihn von Werdenfels ungehalten. »Und ehrlich gesagt kotzt es mich an, dass mir jeder sagen will, wie ich mit meinem Vater umzugehen habe. Yoel meint auch, er müsse mich die ganze Zeit maßregeln. Wie ich das handhabe, ist meine Sache, verstanden? Also erspart mir bitte alle eure klugen Ratschläge!«

Madsen hob beschwichtigend die Hände. »Ich wollte doch nur –«

»Jaja, ich weiß! Alle wollen nur mein Bestes! Aber ob ihr's glaubt oder nicht: Ich bin alt genug, um selbst zu wissen, was für mich das Beste ist. Also können wir jetzt bitte das Thema wechseln?« Von Werdenfels schob verärgert sein Tablett zur Seite. »Wir könnten uns zum Beispiel über unseren Fall unterhalten – der ist ja auch nicht ganz unwichtig!«

Madsen nickte irritiert. Offensichtlich hatte er mit seiner Bemerkung einen wunden Punkt getroffen. Er nahm sich vor, dieses Thema in Zukunft nicht mehr – oder zumindest wesentlich subtiler – anzusprechen.

»Klar! Lass uns über den Fall reden«, sagte er und biss herzhaft in seinen Burger. »Ich habe noch mal mit Barbara Heidemanns Ehemann gesprochen. Ich finde nach wie vor, der Typ ist ein Arschloch, gefangen im Körper eines, na ja, Arschlochs. Auf jeden Fall streitet er weiterhin alles ab. Seine Ehe wäre harmonisch gewesen, das, was wir Streit nennen, war angeblich nur eine ganz kleine Meinungsverschiedenheit, geschlagen hätte er seine Frau natürlich nie, und den Verdacht, dass seine Gattin einen anderen Mann getroffen haben könnte, hält er für total absurd. Ach ja, und er will sich bei der Staatsanwaltschaft über mich beschweren.«

»Ist ihm bewusst, dass er sich dafür hinten anstellen muss?«, grinste von Werdenfels. Die Verstimmung über Madsens Bemerkung bezüglich seines Vaters schien er bereits wieder vergessen zu haben. »Aber was ist deine persönliche Meinung? Hältst du ihn für tatverdächtig?«

»Absolut!« Madsen nickte eifrig, so eifrig, dass ihm der Deckel von seinem Burger rutschte und auf seine Hose fiel. »Fuck! Jetzt muss ich die Jeans schon wieder waschen. Und ich hatte heute Morgen noch überlegt, ob ich meine Motorradlederhose anziehen soll, aber bei der Pressekonferenz erschien mir das unpassend. Wie auch immer: Also, ich halte Dr. Heidemann auf jeden Fall für verdächtig. Erstens aus statistischen Gründen – schließlich hatte rund ein Drittel aller Mordopfer eine persönliche oder verwandtschaftliche Beziehung zu dem Täter, und bei getöteten Frauen liegt diese Quote sogar bei rund fünfzig Prozent. Zweitens hat Dr. Heidemann kein Alibi – zumindest keines, das man überprüfen könnte –, und drittens hat der Kerl ein Motiv. Oder vielleicht sogar mehrere.«

»Du meinst, er wusste unter Umständen doch von dem Verhältnis?« Von Werdenfels kratzte sich nachdenklich am Kopf. »Das wäre natürlich in der Tat ein schlüssiges Motiv. Der Streit über ein Urlaubsziel allein erscheint mir als Grund für einen Mord zu wenig, aber wenn er von seinem Nebenbuhler erfahren haben sollte, dürfte er vermutlich ausgeflippt sein.«

»Exakt! Und da er eine feige Bazille ist, legt er sich nicht mit seinem Nebenbuhler an, sondern lässt seine Wut – wie so oft – an seiner wehrlosen Frau aus«, ergänzte Madsen. »Wir dürfen dabei auch nicht vergessen, dass er auf ihre Kohle angewiesen ist. Stell dir mal vor, sie hätte sich aus irgendeinem Grund von ihm getrennt! Ich sag nur: Ade, ihr schönen Sportwagen!«

Von Werdenfels kicherte. »Ich stelle mir gerade vor, wie der vornehme Dr. Heidemann im Nadelstreifenanzug auf einem klapprigen Hollandrad durch Starnberg kurvt. Sähe bestimmt schräg aus – so wie ein Hund auf dem Schleifstein! Da fällt mir ein: Haben die Heidemanns eigentlich einen Hund? Oder lief in seinem Büro einer rum?«

»Oh Mann, Max, auf dem Schleifstein sitzt … Ach, was soll's.« Madsen winkte resigniert ab und blickte seinen Kollegen stattdessen fragend an. »Wie kommst du denn jetzt ausgerechnet auf einen Hund?«

»Weil an der Leiche von Barbara Heidemann das Haar eines Schäferhundes gefunden wurde!« Mit triumphierendem Blick gab von Werdenfels das Gespräch mit dem Rechtsmediziner Professor Polt wieder.

Madsen pfiff durch die Zähne. »Das sind ja zwei ganz interessante Spuren. Alte, außergewöhnliche Wandfarbe in einem extrem trockenen Raum und zusätzlich irgendein Bezug zu einem Schäferhund – auch wenn beides nicht direkt auf Heidemann hindeutet. Das Bürogebäude, in dem sich seine Versicherungsagentur befindet, war hochmodern, und einen Hund habe ich auch nirgendwo gesehen.« Madsen lehnte sich zurück und verschränkte seine Arme vor der Brust. »Sei doch bitte so nett, Max, und fahr gleich mal bei den Heidemanns zu Hause vorbei. Auch wenn um diese Zeit vermutlich niemand da ist, entdeckst du ja vielleicht irgendwelche Spuren, die auf einen Hund hindeuten. Bälle, Kauknochen, ein Warnschild oder so was. Und schau doch bitte gleich mal, in was für einem Haus die wohnen und ob du dir darin einen alten Keller vorstellen kannst. Und wenn du das gemacht hast, hätte ich noch zwei weitere Aufträge für dich.«

»Ich bin ganz Ohr!« Von Werdenfels zückte dienstbeflissen sein Smartphone und beugte sich näher zu Madsen herüber, da just in diesem Moment eine Gruppe Schüler unter lautstarkem Gepolter den Tisch neben ihnen in Beschlag nahm. »Was soll ich tun?«

»Ich möchte, dass du mal nach … Sekunde!« Madsen drehte sich genervt um, zupfte einen der Halbstarken am Nebentisch am Ärmel und sagte: »Hey, Junge, ich würde es sehr begrüßen, wenn ihr euren Lautstärkepegel mal ein paar Stufen runterdrehen könntet!«

»Und ich würde es sehr begrüßen, wenn du mich in Ruhe lässt, Alter!«, äffte ihn der Jugendliche nach und erntete dafür beifälliges Gelächter seiner Entourage. Die Anwesenheit von von Werdenfels in seiner Polizeiuniform schien ihn dabei nicht im Geringsten zu stören. »Wenn dir das hier zu laut ist, dann geh doch auf dem Friedhof essen!«

Madsen nickte.

Dann griff er plötzlich völlig ungeniert nach dem Tablett des Jungen, fischte sich die größte Fritte von dessen Teller und schob sie sich genüsslich in den Mund.

»Dein Ton gefällt mir nicht, Junge!«, sagte er dabei mit einem kalten Lächeln. »Und noch weniger gefällt mir, dass du keinen Respekt vor meinem Kollegen in Uniform hast. Vielleicht sollten wir uns deine Personalien notieren und dir mal einen Besuch in deinem Zimmer abstatten – zusammen mit einem Drogenhund. Was hältst du davon?«

Der Junge war bei Madsens Worten leichenblass geworden und versuchte, dem eisigen Blick seines Gegenübers standzuhalten, doch seine Augen zuckten unruhig hin und her. Auch seine Mitschüler schwiegen verunsichert und warteten auf eine Reaktion ihres Wortführers.

»Ist ja schon gut. Chill, Alter!«, nuschelte der schließlich verschämt in Madsens Richtung.

»Entschuldige, ich habe dich nicht verstanden. Weder inhaltlich noch akustisch. Könntest du bitte etwas deutlicher sprechen?«

»Ich sagte: Es tut mir leid«, wiederholte der Junge in akzentuierter Aussprache.

»Na also, geht doch«, lobte Madsen ironisch. »Und jetzt schnapp dir deine Kumpels und verzieh dich ein paar Tische weiter! Ach, und noch was …«

Der Schüler blickte Madsen verunsichert an.

»Ich würde mir noch Salz auf die Pommes machen. Die schmecken ziemlich fad!«

»Du kannst das Provozieren einfach nicht lassen, was?« Von Werdenfels schüttelte tadelnd den Kopf. »Die Jungs waren doch wirklich nicht so schlimm. Da laufen zum Teil ganz andere Kaliber in Starnberg rum.«

»Ich weiß. Und genau deshalb hab ich bei denen hier auch die Hoffnung, dass die sich meine Worte zumindest ansatzweise zu Herzen nehmen. Hast du gesehen, wie der kleine Scheißer zusammengezuckt ist, als ich den Drogenhund erwähnt hab? Ich wette 'nen Fuffi, dass der zu Hause Gras bunkert.«

»Wie vermutlich achtzig Prozent aller Starnberger Kids!«, stimmte von Werdenfels zu, ohne auf das Wettangebot einzugehen. »Aber jetzt noch mal zurück zu unserem Gespräch. Du meintest, ich sollte nach irgendwas schauen?«

»Nein, nicht schauen, sondern fahren. Und zwar nach Ettal. Ich möchte, dass du dich mit dem Sohn von den Heidemanns unterhältst. Im Moment haben wir zwei sehr unterschiedliche Beschreibungen der Ehe – die eine von Heidemann selbst und dieser Helena Berger, die andere von der Masseurin. Vielleicht kann Heidemann junior uns ein bisschen weiterhelfen, wie die Ehe seiner Eltern nun wirklich war.«

»Gute Idee!« Von Werdenfels nickte anerkennend. »Mache ich gerne. Aber du hast eben von zwei Dingen gesprochen. Was ist das andere, das ich erledigen soll?«

Madsen lehnte sich verschwörerisch über den Tisch.

»Du bist doch sicherlich bei Facebook, oder?«

Von Werdenfels kicherte. »Klar! Wieso? Möchtest du dich mit mir befreunden?«

»Ach Quatsch! Du weißt doch: Freundschaften werden überbewertet. Nein, ich möchte, dass du mal das Profil von jemandem genauer unter die Lupe nimmst. Der Kerl heißt Konny Oswald.«

»Aye, aye, Sir!« Von Werdenfels notierte sich den Namen.

»Aber das geht nur, wenn er seine Posts und Fotos öffentlich hat. Ansonsten müsste ich ihm erst eine Freundschaftsanfrage senden. Wer ist das denn eigentlich? Und warum soll ich mir den Typ genauer anschauen?«

»Weil er Barbara Heidemann auf der Autobahn-Raststätte getroffen hat und sie – außer dem Mörder, sofern er es nicht selbst ist – als einer der Letzten lebend gesehen hat.« Madsen grinste, als er von Werdenfels' fassungslosen Blick bemerkte. »Keine Sorge, ich bin kein Hellseher. Lissy hat vorhin zufällig das Phantombild auf meinem Handy gesehen und ihn erkannt.«

Mit knappen Sätzen gab Madsen sein Gespräch mit ihr wieder, wobei er den anschließenden Austausch von Zärtlichkeiten geflissentlich verschwieg. Und das keineswegs nur, weil es nichts mit dem Fall zu tun hatte, sondern auch, weil Madsen selbst nicht wusste, wie er die neue Situation beurteilen sollte. Bisher war seine Beziehung zu Lissy rein platonisch gewesen. Gelegentlich eine kurze, zugegebenermaßen angenehme Berührung, dazu die eine oder andere verbale Zweideutigkeit, aber in der Summe nichts, was in irgendeiner Form Verbindlichkeit besessen hätte. Madsen war sich durchaus bewusst, dass Lissy Interesse an einer festeren Partnerschaft hatte, doch die Frage, ob auch er selbst dafür bereit war, hatte er bis dato stets vor sich hergeschoben.

Mit dem Kuss hatte sich jedoch alles geändert.

Auch wenn völlig spontan und ohne Überlegung vollzogen, hatte Madsen das Verhältnis zu Lissy mit dieser zärtlichen Geste auf eine neue Ebene gehoben. Er wusste, dass er nun eine Entscheidung treffen musste. Entweder er zog die emotionale Notbremse – was Lissy zweifelsohne über alle Maßen verletzen würde –, oder aber er ließ sich tatsächlich auf eine Beziehung ein. Wie auch immer er sich entschied: Ihm war klar, dass er an einem Wendepunkt in seinem Leben stand.

Und diese Tatsache verunsicherte Madsen mehr, als er zugeben wollte.

Währenddessen hatte sich von Werdenfels erhoben und seinen Stuhl ordentlich an den Tisch zurückgeschoben. »Also gut, ich werde jetzt mal diesen Oswald unter die Lupe nehmen – auch wenn das etwas länger dauern könnte, falls er in den sozialen Medien wirklich so aktiv ist. Gehe ich recht in der Annahme, dass du ihm in der Zwischenzeit einen persönlichen Besuch abstatten wirst?«

Madsen grinste grimmig. »Worauf du einen lassen kannst, mein lieber Max! Nach dem, was ich bisher über ihn gehört habe, brenne ich darauf, diesen Schmalspur-Gigolo kennenzulernen.«

»Na dann, viel Erfolg.« Von Werdenfels lächelte ironisch, bevor er sich plötzlich mit der flachen Hand vor die Stirn schlug. »Ach, fast hätte ich's vergessen. Heute Vormittag hat dieser Gefreite Ötzel aus der Bundeswehrkaserne angerufen und nach dir gefragt.«

Madsen, der sich auf dem Weg nach draußen schon eine Zigarette in den Mundwinkel gesteckt hatte, blieb mit der Hand am Türknauf stehen und schaute seinen Kollegen irritiert an. »Gefreiter Ötzel? Der junge, dienstseifrige Soldat mit dem knallroten Gesicht? Was zum Teufel wollte der denn?«

»Sich im Auftrag seines Hauptmanns erkundigen, ob es etwas Neues bezüglich der Ermittlungen gibt. Aber jetzt, wo du's sagst, finde ich es auch seltsam, dass sein Vorgesetzter nicht selbst angerufen hat.«

»Vor allem angesichts der Tatsache, dass ich heute Morgen nach der Pressekonferenz noch persönlich mit von Steinäcker gesprochen habe. Der kann doch nicht wirklich glauben, dass sich innerhalb von ein oder zwei Stunden irgendwas Entscheidendes geändert haben sollte.« Madsen öffnete die Tür und zündete sich – die entrüsteten Blicke einiger Prada-gewandeter Mütter ignorierend – bereits auf dem Spielplatz seine Zigarette an. »Sehr seltsam, der Anruf! Ich glaube, ich werde unsere Freunde in Oliv später auch noch mal besuchen. Aber jetzt befrage ich erst mal unseren Frauenflüsterer Oswald. Vielleicht kann ich von ihm ja noch was lernen.«

»Du von ihm lernen?« Von Werdenfels lachte lauthals auf.
»Mads, du hast zehn Jahre auf der Reeperbahn Dienst geschoben. Wenn es irgendjemanden gibt, der alle Spielarten der Sexualität kennt, dann doch wohl du!«

»Stimmt, da hast du recht«, feixte Madsen, zog sich seinen Helm auf und legte den Zeigefinger verschwörerisch auf den Mund. »Aber sag's nicht weiter. Sonst kann ich mich vor Frauen bald nicht mehr retten!«

✳✳✳

Seeshaupt war eine kleine oberbayerische Gemeinde in traumhafter geografischer Lage. Unmittelbar am südlichen Ende des Starnberger Sees gelegen, erstreckte sich ihre Fläche in südlicher Richtung bis zum Naturschutzgebiet Osterseen, während sie im Westen vom Höhenrücken zwischen Starnberger See und Ammersee begrenzt wurde. Der Ort selbst verfügte über eine idyllische Uferpromenade, an der in den Sommermonaten die Flotte der Bayerischen Seenschifffahrt anlegte und Seeshaupt auf diese Weise mit den übrigen Seegemeinden verband. Dass die kleine Gemeinde dennoch nicht das mondäne Image anderer Orte rund um den Starnberger See besaß, lag daran, dass sie außer einer Pfarrkirche und dem privat bewohnten Schloss Seeseiten keine nennenswerten Sehenswürdigkeiten vorweisen konnte, und auch der fehlende Anschluss an das Münchener Nahverkehrsnetz sorgte dafür, dass die rund dreitausend Einwohner relativ ungestört vom klassischen Seerummel ihrem Tagwerk nachgehen konnten.

Dass die Definition von »Tagwerk« dabei sehr subjektiv ausgelegt werden konnte, erschloss sich Kriminalrat Madsen in dem Moment, in dem er an einer Wohnungstür eines schmucklosen Mehrfamilienhauses in der Nähe der Durchgangsstraße klingelte und ihm der Bewohner in einem weißem Frotteebademantel die Tür öffnete.

»Konny Oswald?«

»Ja?«, sagte der Mann, und es war mehr eine Frage als eine Antwort.

»Madsen. Kriminalrat Madsen. Darf ich reinkommen?«

Oswald musterte den Dienstausweis gründlich, zuckte dann mit den Schultern und bat Madsen, ihm zu folgen. Oswald war recht groß und hatte einen breiten, aber wenig sportlich wirkenden Körper. Seine halblangen Haare hatte er streng nach hinten gekämmt – vermutlich um die kreisrunde kahle Stelle auf dem Hinterkopf zu kaschieren –, und an den nackten Füßen trug er weiße, viel zu kleine Filzschläppchen mit irgendeinem goldenen Hotelaufdruck. Besonders auffällig war – neben einer extrem starken Parfümwolke – Oswalds außergewöhnlich braune Hautfarbe, die beim klassischen Starnberger auf einen kürzlich absolvierten Karibikurlaub hätte schließen lassen, bei Oswalds finanzieller Situation hingegen eher auf inflationären Solariumsbesuch.

Nachdem sie einen kurzen, dunklen Flur durchquert hatten, betrat Madsen ein Wohnzimmer, das nur mit sehr viel Wohlwollen als einladend bezeichnet werden konnte. Die Wände waren schmucklos und kahl, der Teppich abgenutzt und fleckig, und die Möbel standen so lieblos im Raum verteilt, dass sich jeder Innenarchitekt der westlichen Hemisphäre mit Grauen abgewendet hätte. Lediglich die Sitzgarnitur vor dem Fernseher schien ob ihrer Abnutzungserscheinungen regelmäßige Verwendung zu finden, worauf auch der gigantische Flachbildschirm hindeutete, der sich von der ansonsten wenig wertigen Einrichtung deutlich abhob. Auf dem Boden neben dem Gerät stapelte sich eine umfangreiche DVD-Sammlung, und die Titel, die Madsen im Vorbeigehen erkennen konnte, deuteten darauf hin, dass das Sortiment hauptsächlich aus zweitklassigen Actionfilmen und drittklassigen Pornos bestand.

»Kann es sein, dass Sie nicht allzu oft Besuch bekommen?«, erkundigte sich Madsen und warf einen Blick aus dem Fenster, wo sich zwischen Dächern und Baumwipfeln hindurch irgendetwas blau Glitzerndes erkennen ließ – vermutlich ausreichend, um den Mietpreis aufgrund des »Seeblicks« zu verdoppeln.

»Selten«, antwortete Oswald. Er machte keine Anstalten, seinem Gast einen Sitzplatz anzubieten. »Ich bin beruflich viel unterwegs.«

»Darf ich fragen, was Sie beruflich machen?«

»Natürlich dürfen Sie das. Sie sind doch Polizist!«, erwiderte Oswald spöttisch. »Auch wenn ich das ohne Ihren Dienstausweis nicht vermutet hätte. Ich meine, Sie tragen eine abgewetzte Lederjacke, Bikerstiefel, haben einen dicken Fleck auf Ihrer Hose ...«

»Das war ein kleiner ... äh, Unfall!« Madsen errötete. »Aber ich bin nicht hier, um über mich zu reden, sondern über Sie! Also, welchen Beruf üben Sie aus?«

»Ich bin freier Handelsvertreter für maßgeschneiderte Kleidung. Übrigens auch für Männer. Also wenn Sie mal ein handgefertigtes Maßhemd benötigen sollten ...«

»Nein danke!« Madsen hob abwehrend die Hände. »Ich bin eher der T-Shirt-Typ.«

»Na ja, wenn Sie meinen.« Oswalds Gesichtsausdruck, der sich angesichts der unerwarteten Umsatzchance kurzzeitig in ein devotes Vertriebslächeln verwandelt hatte, nahm wieder desinteressierte Züge an. »Selbst schuld, Herr Madsen. Ich kann Ihnen aus eigener Erfahrung versichern, dass elegante Kleidung bei Frauen besser ankommt.«

»Womit wir auch gleich beim Thema wären.« Madsen hielt Oswald sein Handy mit dem Bild von Barbara Heidemann entgegen. »Kennen Sie diese Frau?«

Der Mann im Bademantel warf einen kurzen Blick auf das Display und nickte. Die plötzliche Wachsamkeit in seinen Augen war unübersehbar.

»Ja. Warum?«

»Die Fragen stelle ich. Also, woher kennen Sie die Frau? Und wann haben Sie sie zum letzten Mal gesehen?«

Oswald antwortete nicht sofort. Stattdessen begab er sich

zu der Sitzgarnitur vor dem Fernseher und ließ sich mit einem Ächzen in das weiche Polster fallen. Dass sich dadurch sein Bademantel ein Stück öffnete und offenbar wurde, dass welke Genitalien in Kombination mit Gravitation ein wenig erbaulicher Anblick waren, schien ihn nicht weiter zu stören.

»Wie sie richtig heißt, kann ich Ihnen leider nicht sagen. Ich kenne sie nur unter ihrem Nickname ›StrapsBabs‹. Und zuletzt gesehen habe ich sie – lassen Sie mich kurz überlegen –, ja, am Freitagabend. Und zwar an der Raststätte Höhenrain an der Garmischer Autobahn. Muss so gegen zwanzig Uhr gewesen sein.«

Madsen starrte sein Gegenüber perplex an. »Moment. Wie, bitte, nannten Sie die Frau?«

»StrapsBabs«, antwortete Oswald mit einer Selbstverständlichkeit, als bestelle er in einer Metzgerei hundert Gramm Fleischwurst. »So hat sie sich zumindest selbst auf ihrem Profil genannt.«

»Profil? Was denn für ein Profil? Bei Facebook oder wo?«

Der Mann im Bademantel lachte schallend auf, wodurch die eine oder andere Zahnlücke im hinteren Kieferbereich sichtbar wurde. »Facebook? Machen Sie Witze, Herr Kriminalrat?« Er blickte Madsen prüfend an und erkannte, dass dessen Ratlosigkeit weder Scherz noch taktische Finesse war. »Kommen Sie, ich zeige Ihnen mal was, was Sie interessieren dürfte.«

Er stand auf und bedeutete Madsen, ihm zu folgen, während er die Tür zu einem kleinen Nebenzimmer öffnete.

Auch dieser Raum war alles andere als behaglich. Die kärgliche Einrichtung bestand lediglich aus einem weißen Wandschrank, einem Schreibtisch mit Laptop, einem billigen Schreibtischstuhl sowie einer verbeulten Magnetwand mit einer Unmenge handschriftlicher Notizen.

Oswald ging an den Schreibtisch und tippte auf die Tastatur des Computers. Das Gerät hatte sich offensichtlich im Stand-by-Modus befunden, denn es dauerte keine Sekunde, bis das Display aufleuchtete und eine Website erschien.

Madsen blickte irritiert auf den Monitor. Der gesamte Hintergrund war tiefschwarz, lediglich ganz oben war das schwarz-weiße Aktbild einer Frau zu erkennen. Über ihrem wohlgeformten Körper stand in geschwungenen blutroten Lettern der Begriff »LakeLove«.

»Was zum Teufel ist das denn? Wollen Sie mir jetzt Ihre Pornosammlung vorführen?«, fuhr Madsen Oswald genervt an. »Hören Sie, ich weiß, dass Sie einen dubiosen Lebenswandel haben. Und ich weiß, dass Sie regelmäßig Frauen finanziell abziehen. Dazu habe ich persönlich auch eine ganz klare Meinung, die hier aber nichts zur Sache tut. Mir geht es einzig und alleine um Barbara Heidemann. So heißt die Frau nämlich, deren Bild ich Ihnen gerade gezeigt hab. Und ich bin deswegen hier, weil man sie vergewaltigt und anschließend erwürgt hat. So, Herr Oswald, und jetzt ist Schluss mit den Spielchen – ich will Antworten. Und zwar sofort!«

Konny Oswald war bei Madsens Worten blass geworden – zumindest hatte sich seine tiefbraune Gesichtsfarbe in ein cappuccinofarbenes Beige verwandelt. Er schluckte mehrmals schweigend, und als er Madsen direkt in die Augen blickte, spiegelte sich die unbekleidete Frau von der Website in seinen Pupillen.

»Ich schwöre Ihnen bei Gott, Herr Madsen, dass ich mit dem Tod dieser Frau nicht das Geringste zu tun habe! Ich kannte ja nicht mal ihren richtigen Namen. Das Einzige, was ich von ihr wusste, ist das hier!«

Er drehte sich zum Laptop, gab in ein Textfeld mit Lupe den Namen »StrapsBabs« ein und drückte auf »Enter«.

Madsen starrte fassungslos auf das Display.

Die Frau trug eine schwarze Maske über den Augen, dazu eine eng geschnürte Lederkorsage sowie glänzende Overknee-Stiefel. Mit knallrot geschminkten Lippen und lasziver Haltung räkelte sie sich auf einem Ledersessel, und zwischen ihren nackten, gespreizten Schenkeln verdeckte ein nachträglich ins

Foto retuschiertes Herz nur notdürftig ihre Scham. Unmittelbar unter dem Foto befand sich eine Leiste mit zahlreichen Thumbnails – alle mit erotischen Motiven derselben Frau, wobei der Grad der Bekleidung variierte und einige Bilder verpixelt sowie mit einer »FSK 18«-Aufschrift versehen waren.

»Sie wollen doch jetzt nicht wirklich behaupten, das sei Barbara Heidemann?« Madsen kniff die Augen zusammen und beugte sich ganz nahe an den Laptop. »Ich meine, die Frisur würde passen und der Körperbau auch. Aber es kann doch nicht sein …«

»Warum denn nicht?« Oswald grinste provokant und scrollte zur Profilbeschreibung. »›Alter vierundvierzig Jahre, wohnhaft in Bayern, Nichtraucherin, ein Kind. Ich mag intelligente schmutzige Konversation, aufregende erotische Erlebnisse und das Spiel mit Macht und Unterwerfung. Ich mag keine Egoisten, keine Arroganz und keine Respektlosigkeit – das habe ich zu Hause in ausreichendem Maße. Vorlieben: Bondage, Fesselspiele, harter Sex, SM, BDSM, Korsagen, Lack und Leder, Fetisch.‹«

»Na ja, ihre sexuellen Vorlieben kann ich natürlich nicht beurteilen, aber die Bemerkung zu ihrer Ehe würde ebenso gut passen wie ihre Altersangabe und das eine Kind«, grübelte Madsen laut. »Sagen Sie, Oswald, gibt es das denn häufiger, dass verheiratete Frauen in solchen Foren ein Doppelleben führen?«

Oswald lachte auf. »Häufiger? Ich wette, dass neunzig Prozent aller Frauen über vierzig, die bei LakeLove sind und sich als Single ausgeben, in Wirklichkeit verheiratet sind. Haben Sie eigentlich eine Frau?«

Madsen schüttelte den Kopf, worauf Oswald anerkennend nickte. »Dann haben Sie alles richtig gemacht, Herr Madsen. Schauen Sie sich doch die meisten Ehen mal an. Gerade hier am Starnberger See. Der Gatte ist erfolgreich, gesellschaftlich angesehen und vögelt seine Sekretärin. Seine Frau sitzt währenddessen zu Hause, langweilt sich zu Tode und hat das dringende

Bedürfnis nach Bestätigung. Im Gegensatz zu ihrem Mann hat sie aber kaum Gelegenheit, sich irgendwo einen sexuellen Kick zu holen, also geht sie ins Internet, schaut sich ein bisschen auf Erotikportalen um, fängt plötzlich Feuer – und bingo, schon ist sie fällig.«

»Und ›fällig‹ heißt für Sie: ›bereit zum Ausnehmen‹?« Madsen warf dem Mann im Bademantel einen vernichtenden Blick zu. »Oswald, für mich sind Sie ein Schwein! Sie bereichern sich an Frauen, die unglücklich sind. Denen es dreckig geht und die auf der Suche nach Zuneigung, Bestätigung oder auch nur nach einem Abenteuer sind.«

»Moment mal!« Oswald hatte sich erhoben und starrte Madsen böse an, wobei der weiße Frotteebademantel seine bedrohliche Mimik ad absurdum führte. »Ich tue nichts dergleichen! Die Frauen geben mir freiwillig ihr Geld. Ich bettele nicht, und ich zwinge sie nicht dazu. Das Einzige, was ich mache, ist, ihnen – zumindest für eine gewisse Zeit – ihre Träume und Wünsche zu erfüllen. Wenn das der einen oder anderen einen größeren Betrag wert ist, wehre ich mich natürlich nicht dagegen. Für mich ist das eine Form von Geschäft! Genauso, wie Sie Ihr Geld dafür bekommen, dass Sie Menschen ins Gefängnis werfen. Ich finde, das ist keineswegs weniger verwerflich.«

»Jetzt machen Sie aber mal 'nen Punkt, Oswald!« Madsen baute sich drohend vor seinem Gegenüber auf und tippte ihm mit dem Zeigefinger auf die glatt rasierte Brust. »Sie wollen doch wohl meinen Job nicht mit dem eines Heiratsschwindlers vergleichen? Wenn Sie das tun, sind Sie noch unverschämter, als ich gedacht habe!«

»Um das jetzt ein für alle Mal klarzustellen …«, giftete Oswald mit hochrotem Kopf zurück, »… ich – bin – kein – Heiratsschwindler! Heiratsschwindler versprechen den Frauen die Ehe, um an ihre Kohle zu kommen. Ich verspreche überhaupt nichts! Ich bereite den Damen ein paar schöne Stunden, Tage oder Wochen, und dafür erhalte ich eine Zuwendung. Nennen

Sie mich von mir aus Gigolo oder Callboy – damit kann ich leben. Aber ich bin verdammt noch mal kein Heiratsschwindler!«

Er donnerte mit der Faust so fest auf den Tisch, dass der digitalen StrapsBabs um ein Haar die Brüste aus dem Mieder gehüpft wären.

Madsen wollte etwas erwidern, besann sich dann aber eines Besseren und deutete zur Tür. »Was dagegen, wenn wir wieder zurück ins Wohnzimmer gehen? Ich würde nämlich gerne noch von Ihnen erfahren, was am Freitagabend passiert ist.«

Oswald nickte. »Können wir gerne machen. Darf ich mir nur kurz was anziehen? Nehmen Sie doch schon mal Platz, ich komme sofort nach. Wenn Sie wollen, können Sie sich so lange den Fernseher anmachen.«

»Vielen Dank«, erwiderte Madsen mit einem Blick auf den DVD-Stapel. »Ich glaube, das ist keine gute Idee. Soweit ich das beurteilen kann, scheinen sich unsere filmischen Vorlieben doch etwas zu unterscheiden.«

Keine fünf Minuten später betrat Konny Oswald wieder das Wohnzimmer. Er trug nun eine weiße Hose, blaue Segelslipper, ein hellblaues Hemd mit goldenem Monogramm sowie ein silbergraues Halstuch aus Seide. Alles in allem hatte der Mann Madsen im Bademantel besser gefallen.

»Herr Oswald, erzählen Sie mir bitte mal, wie es zu dem Treffen mit Barbara Heidemann gekommen ist. Und wie der Abend dann ablief.«

»Nun, ich hatte mit StrapsBabs – oder Barbara Heidemann – einen netten, anregenden Mailverkehr. Sie haben ja eben selbst gehört: Sie stand auf Dirty Talk mit Hirn – und das ist zufällig eine meiner Spezialitäten.«

Er blickte Madsen voller Stolz an, und obgleich der Oswald lieber eine Spezialisierung auf stilistische Geschmacklosigkeit attestiert hätte, nickte er zustimmend, um den Redefluss des Mannes nicht zu unterbrechen.

»Babs und ich haben uns ungefähr zwei Wochen lang täglich geschrieben, bis ich dann ein persönliches Treffen vorgeschlagen habe.«

Madsen beugte sich interessiert nach vorne. »Und wie hat sie auf Ihren Vorschlag reagiert?«

»Sie war sofort Feuer und Flamme! Allerdings war sie clever oder erfahren genug, auf einen öffentlichen Treffpunkt zu bestehen. Andere Frauen sind da wesentlich naiver. Die verabreden sich mit einer Internetbekanntschaft irgendwo ganz alleine, schlimmstenfalls sogar bei ihm in der Wohnung. Das ist natürlich extrem riskant, denn man weiß ja nie, auf wen man sich da einlässt und wer in Wirklichkeit hinter einem Profil steckt!«

»Das heißt, der Vorschlag, sich an der Raststätte zu treffen, kam von Barbara Heidemann?«

Oswald nickte. »Zuerst habe ich gedacht: Was für eine Scheiße, eine Raststätte und dann noch am Arsch der Welt! Aber ich muss gestehen, als ich da war, fand ich die Location ziemlich brillant gewählt. Natürlich nicht nett oder gemütlich, aber verdammt clever! Niemand in der Nähe, der StrapsBabs kannte, eine völlig desinteressierte Bedienung und trotzdem immer noch so öffentlich, dass sie jederzeit um Hilfe hätte rufen können, wenn ich zudringlich geworden wäre. Was ich aber natürlich nicht bin!«

»Wie überaus rücksichtsvoll von Ihnen«, erwiderte Madsen, der inzwischen aufgestanden war und im Zimmer umherwanderte. »Übrigens: Mit der desinteressierten Bedienung liegen Sie leider – oder vielmehr zum Glück – falsch. Diese Kellnerin hat uns nämlich unter anderem berichtet, dass Ihr kleines Tête-à-Tête nicht allzu lange dauerte. Maximal eine Viertelstunde. Was war denn los? Hat die Chemie doch nicht so gepasst?«

Oswald zuckte bedauernd mit den Schultern. »So was kommt vor, Herr Madsen – und zwar mehr als einmal. Aber das ist ja auch gerade der Reiz an einem Blind Date. Funkt's oder funkt's nicht? Und in dem Fall war es leider so, dass es nicht gefunkt hat. Schade eigentlich, virtuell haben wir uns prächtig verstanden, aber in der Realität sind wir irgendwie nicht auf einen gemeinsamen Nenner gekommen.«

»Und darüber waren Sie wütend, richtig?«

»Na ja, wütend ist übertrieben. Ich meine, welcher Mann ist nicht enttäuscht, wenn er merkt, dass sein Charme bei der Dame nicht so zieht wie gewünscht? Klar war ich nicht begeistert – aber wütend war ich deshalb nicht. C'est la vie – es kann sich ja nicht jede in mich verlieben!«

Ein Wunder, dass es überhaupt eine tut, dachte Madsen und sagte laut: »Was ist dann passiert? Haben Sie Frau Heidemann noch zum Auto begleitet?«

»Warum sollte ich? Sie war ja offensichtlich nicht an mir interessiert.«

»Na und? Es gehört sich doch wohl trotzdem, eine Dame im Dunkeln zu Ihrem Auto zu bringen.« Madsen runzelte verständnislos die Stirn. »Das heißt, wenn Sie nicht zum Stich kommen, lassen Sie die Frauen fallen wie eine heiße Kartoffel? Oswald, ich kann mich nur wiederholen: Für mich sind Sie ein ganz mieser Typ!«

»Das ist jetzt das zweite Mal, dass Sie mich beleidigen, Herr Madsen. Und das, obwohl ich Ihnen bereitwillig alles gesagt habe, was Sie wissen wollten. Und sogar noch einiges mehr, wie zum Beispiel diese Erotikportal-Geschichte. Finden Sie nicht, dass Sie ein bisschen dankbarer sein sollten?«

Madsen lächelte abfällig. »Mein lieber Herr Oswald, hier liegt offensichtlich ein Missverständnis vor. Sie tun das alles nicht für mich, sondern für sich! Sie wurden als Letzter mit einer Frau gesehen, die kurz darauf entführt und ermordet wurde. Ist Ihnen denn nicht klar, dass Sie damit zum engsten Kreis der Verdächtigen gehören? Insofern hilft Ihre Offenheit vielleicht, den Verdacht gegen Sie zu entkräften – aber damit tun sie keineswegs uns einen Gefallen, sondern allenfalls sich selbst.« Mit diesen Worten begab sich Madsen Richtung Wohnungstür, wo er noch einmal kurz stehen blieb. »Ach, was ich noch fragen wollte: Haben Sie eigentlich einen Hund?«

Oswald breitete kopfschüttelnd die Arme aus. »Sehen Sie hier einen? Wo zum Teufel sollte ich in dieser Wohnung einen Hund verstecken? Nein, ich habe keinen Hund. Und auch keine Katze. Und keinen Vogel. Und keine Fische.«

»Was vermutlich auch besser so ist«, brummte Madsen leise vor sich hin, während er den Hausflur betrat. »Es gibt eh nur ein einziges Haustier, das zu einem Angeber wie dir passen würde. Und zwar ein Pfau!«

***

Maximilian von Werdenfels war speiübel.

Die kurvige Alpenstraße, die sich in engen Haarnadelkurven von Oberau über den fast neunhundert Meter hoch gelegenen Ettaler Sattel bis ins Ortszentrum von Ettal schlängelte, war für seinen empfindlichen Magen definitiv zu viel gewesen. Mit bleichem Gesicht und zitternden Händen stoppte er seinen Streifenwagen vor dem Klostergelände der Benediktinerabtei und stürzte aus dem Fahrzeug. Er kam gerade noch bis zu einer kleinen Grünfläche mit einem Holzkreuz, dann verließ eine unverdaute Zwölferbox Chicken McNuggets seinen Körper exakt auf dem Weg, auf dem er sie kurz zuvor konsumiert hatte.

»Alles in Ordnung, mein Sohn?«

Von Werdenfels drehte sich erschrocken um. Seine Gesichtsfarbe war weiß wie Schnee, ein Schweißtropfen rann ihm über die Schläfe, und der widerwärtige Geschmack in seinem Mund hätte fast dazu geführt, dass er sich abermals übergeben hätte – was insofern schlecht gewesen wäre, als er in dem Fall dem vor ihm stehenden Ordensbruder auf die Soutane gekotzt hätte.

»Bitte entschuldigen Sie! Mir ist die kurvige Straße auf den Magen geschlagen«, erklärte von Werdenfels und nahm das Papiertaschentuch, das ihm der Mönch reichte, dankbar entgegen. »Wenn Sie mir sagen, wo ich hier einen Eimer Wasser herbekomme, mache ich die Sauerei natürlich wieder weg.«

»Lassen Sie es gut sein, mein Sohn. Ich werde den Gärtner bitten, einmal kurz mit dem Schlauch drüberzugehen.« Der Mönch streckte von Werdenfels lächelnd die Hand entgegen. Er war groß und schlank, fast schon asketisch mager, trug über seinem schwarzen Habit ein massives Silberkreuz an einer Kette und verströmte eine natürliche Aura der Autorität und des Wissens. »Ich bin übrigens Frater Bernardo, Leiter des Internats der Benediktinerabtei. Und Sie sind …?«

»Kommissar Maximilian von Werdenfels von der Polizeiinspektion in Starnberg«, stellte sich von Werdenfels vor. »Und es ist sehr gut, dass ich zufällig genau Sie hier treffe, denn ich müsste dringend mit einem Ihrer Internatsschüler sprechen.«

»Sie werden verstehen, dass ich als Kleriker dem Begriff ›Zufall‹ etwas kritisch gegenüberstehe. Ich bevorzuge die Annahme einer vorteilhaften göttlichen Fügung«, korrigierte Frater Bernardo mit einem Augenzwinkern und deutete einladend auf einen Mauerdurchgang mit Rundbogen. »Kommen Sie, Herr Kommissar, ich führe Sie zum Internatsgebäude. Vielleicht erklären Sie mir ja unterwegs, um was es bei Ihrem Anliegen geht und wieso uns ein Starnberger Kommissar mit seinem Besuch beehrt. Im Gegenzug kann ich Ihnen ein wenig über unsere Abtei erzählen, wenn Sie möchten. Gerade für Sie als Spross eines Adelsgeschlechts dürfte unsere Historie hochinteressant sein – immerhin wurden an der hiesigen Ritterakademie bis zum 18. Jahrhundert junge Adlige auf ihr aristokratisches Leben vorbereitet.«

Eine Viertelstunde und gefühlte zehn Kilometer Klosterflur später standen Frater Bernardo und Kommissar von Werdenfels im Zimmer von Jan-Hendrik Heidemann. Nachdem der Ordensbruder ihm während des gesamten Weges die Philosophie des kirchlichen Internats erläutert und dabei vornehmlich religiöse Formulierungen verwendet hatte, hatte von Werdenfels einen kargen, an altertümliche Klosterzellen erinnernden Raum mit einem blassen vergeistigten Schüler erwartet. Doch weder das Zimmer noch dessen Bewohner entsprachen dieser Annahme. Stattdessen visualisierte alles in dem Raum die wahre Dreifaltigkeit der Jugend: Events, Konzerte, Partys.

An den Wänden hingen Heavy-Metal-Plakate mit Totenkopfillustrationen, Reklameschilder für exotische Biersorten, ein großformatiger Kalender mit Muscle-Cars sowie zahllose Souvenirs aus aller Welt – von Bierdeckeln über Flugzeug-Bordkarten bis hin zu diversen ausländischen Autonummernschildern. Etwas deplatziert zwischen all diesen weltlichen Devotionalien wirkte das hölzerne Kreuz mit der Jesusfigur über der Tür, und es oblag dem Betrachter, zu entscheiden, ob dem abgewandten Gesicht Jesu ein künstlerischer Grund oder der Einrichtungsstil des Zimmers zugrunde lag.

Mitten im Raum saß ein etwa siebzehnjähriger, blond gelockter Junge auf einer dunkelbraunen Sofakombination aus Leder. Er hatte breite Schultern, auffällig muskulöse Arme mit einem Tattoo auf dem Bizeps, sonnengebräunte Haut und strahlend weiße Zähne – ein echter Mädchenschwarm, der in Hollywoodfilmen zweifelsohne umgehend als Quarterback besetzt worden wäre.

»Ich sehe, Sie sind überrascht«, amüsierte sich Frater Bernardo und grinste von Werdenfels mit unübersehbarem Stolz an. »Glauben Sie wirklich, wir wären so weltfremd, dass wir die Jungs hier wie in ›Der Name der Rose‹ kasernieren? Nein, uns ist durchaus bewusst, dass es sich um Teenager mit all den Bedürfnissen, Neigungen und Verlangen handelt, wie sie auch jeder Schüler in einer nicht kirchlichen Einrichtung hat. Und dem versuchen wir natürlich gerecht zu werden – von der individuellen Zimmergestaltung bis zu unserem Sport- und Freizeitangebot. Jan-Hendrik ist zum Beispiel Kapitän unserer Judomannschaft, die – wenn ich das in aller Bescheidenheit erwähnen darf – ausgesprochen erfolgreich ist. Das Team hat gerade erst ein großes internationales Turnier auf Zypern gewonnen.«

Von Werdenfels reichte Heidemann junior zur Begrüßung die Hand und zuckte zusammen, als er dessen Händedruck verspürte. Der Griff des Judokas glich einem Schraubstock, und es kostete ihn ein gehöriges Maß an Selbstbeherrschung, nicht laut aufzustöhnen.

»Freut mich, dich kennenzulernen, Jan-Hendrik. Ich nehme an, du ahnst, warum ich hier bin.«

Der Junge legte beide Arme ausgestreckt auf die Schulterstütze des Sofas und ließ dabei wie beiläufig seine Muskeln zucken. Obwohl noch jung, strahlte der Sohn von Dr. Heidemann bereits die gleiche Selbstsicherheit aus wie sein Vater.

»Schätze, es geht um meine Mum?«

»Richtig. Und natürlich auch um deinen Vater.« Von Werdenfels wandte sich an den Mönch. »Frater Bernardo, würde es Ihnen etwas ausmachen, uns alleine zu lassen? Ich würde gerne unter vier Augen mit Jan-Hendrik sprechen.«

Der Geistliche zögerte kurz, dann nickte er widerstrebend und verließ den Raum. Von Werdenfels schob mit den Fingerspitzen ein Paar getragene Socken von einem der Sessel und nahm dem Jungen gegenüber Platz.

»Jan-Hendrik, es tut mir sehr leid, was mit deiner Mutter passiert ist. Ich kann dir versi… Wie bitte?« Von Werdenfels unterbrach sich irritiert. »Was hast du da gerade gesagt?«

»Dass es der Alten recht geschieht!«, wiederholte der Junge ungerührt, zog sein Handy aus der Jeanstasche und tippte ein paarmal auf das Display.

»Entschuldige, wenn ich etwas begriffsstutzig wirke, aber hast du gerade wirklich gesagt, dass es deiner Mutter recht geschieht, dass man sie ermordet hat?«

»Das wirkt jetzt tatsächlich ziemlich begriffsstutzig«, brummte Jan-Hendrik und scrollte sich – ohne einmal aufzuschauen – durch seine Facebook-Chronik. »Wundert mich, dass man so Kommissar werden kann.«

Von Werdenfels starrte den Klosterschüler fassungslos an. Der Junge schien charakterlich offensichtlich ähnlich gestrickt zu sein wie sein Vater – auf einer Skala von null bis Trump eine solide Acht.

»Hör zu, Jan-Hendrik, ich vergesse freundlicherweise deine letzte Bemerkung und wäre dir sehr verbunden, wenn du mal dein Handy weglegen würdest. Eigentlich bin ich hierhergekommen, weil ich von dir wissen wollte, wie du die Ehe deiner Eltern empfunden hast. Aber jetzt interessiert es mich noch viel mehr, warum du der Meinung bist, deine Mutter hätte den Tod verdient.«

Der Junge beendete in aller Seelenruhe seine Facebook-Session, legte sein Smartphone beiseite und begann, seine muskulösen Oberarme nach Hautunreinheiten zu inspizieren. Während er gedankenverloren an den zahlreichen Pickeln herumkratzte, die auf den regelmäßigen Konsum von Steroiden schließen ließen, fragte er von Werdenfels unvermittelt: »Waren Sie auf einer normalen Schule?«

Der Kommissar nickte irritiert.

»Und haben Sie zu Hause gewohnt?«

Abermals nickte von Werdenfels.

»Sehen Sie? Habe ich auch – zumindest bis vor zwei Jahren. Aber dann war meine Alte der Meinung, ich wäre im Internat besser aufgehoben.« Jan-Hendrik drückte inzwischen so verbissen an seiner Haut herum, dass sie zu bluten begann. »Ich hätte alles dafür gegeben, weiter mit meinem Daddy zusammenzuwohnen, aber die Bitch hat ihn total gebrainwasht! Und wissen Sie, warum? Weil sie eifersüchtig war. Weil sie meinen Daddy für sich alleine haben wollte.«

Oder weil sie nicht zwei von diesen durchgeknallten Typen im Haus haben wollte, ergänzte von Werdenfels gedanklich. Man benötigte angesichts der drastischen Äußerungen des Jungen nicht allzu viel Phantasie, um sich auszumalen, wie das Leben der bedauernswerten Frau ausgesehen hätte, wenn Vater und Sohn ihr despotisches Verhalten zu Hause gemeinsam ausgelebt hätten. Nach allem, was sie bisher über Barbara Heidemann erfahren hatten, dürfte es der gutmütigen Frau beileibe nicht leichtgefallen sein, ihr eigen Fleisch und Blut des Hauses zu verweisen, aber offensichtlich hatte sie in

dem Internatsaufenthalt ihres Sohnes die einzig erfolgverspre-
chende pädagogische Maßnahme gesehen.

Von Werdenfels bemühte sich, seiner Stimme einen mitfühlenden Klang zu verleihen. »Warst du denn regelmäßig zu
Hause? Ich meine, in den Ferien oder an Feiertagen oder so?«

Jan-Hendrik hatte sich inzwischen einen Football vom Boden geangelt und begann, das bordeauxfarbene Leder-Ei immer
wieder in die Luft zu werfen. Offensichtlich schien er außerstande zu sein, die Hände auch nur eine Sekunde lang ruhig zu
halten.

»Schon. Aber das war ätzend! Die Alte ist mir einfach permanent auf die Eier gegangen. Viel chilliger war es, wenn mein
Daddy mich besucht hat. Wir sind dann aufs Ettaler Manndl
oder zur Notkarspitze hochgestiegen. Das war cool! Der Alte
ist echt krass fit!«

Von Werdenfels nickte beiläufig. »Kann ich mir vorstellen.
Aber sag mal, Jan-Hendrik, theoretisch könntest du doch jetzt
wieder nach Hause, oder? Ich meine, wo deine Mutter ...«

»Klar! Was meinen Sie denn, warum ich so gut drauf bin?«
Jan-Hendrik nahm mit zusammengekniffenen Augen Maß,
warf den Football mit einer bogenförmigen Flugbahn exakt in
eine offen stehende Sporttasche, die neben dem Schreibtisch lag,
und ballte dann triumphierend die Fäuste. »Bazinga! Voll der
Touchdown! Äh, was haben Sie gerade gefragt? Ach so, ob ich
jetzt wieder nach Hause kann. Yep! Ich mache nur noch ratzfatz
dieses Halbjahr fertig, und dann geht's zurück nach Starnberg.
Ich freu mich wie ein Schnitzel! Dann kann ich endlich wieder
mit meinen alten Kumpels um die Häuser ziehen und Stöckel-
wild jagen. Haben Sie 'ne Ahnung, wie schnarchig Ettal ist?
Bei den Einheimischen ist der Stammbaum kreisförmig – und
ansonsten nur Alte und Touris! Wird echt Zeit, dass ich mal
wieder auf die andere Seite des Elendsäquators komme!«

Stellt sich die Frage, ob die andere Seite das auch so sieht!,
dachte von Werdenfels. Laut sagte er: »Eine letzte Frage noch,
dann hast du auch schon wieder Ruhe vor mir. Wir haben ge-

hört, zwischen deinem Vater und deiner Mutter habe es öfter mal Streit gegeben. Könntest du dir vorstellen, dass dein Daddy gegenüber deiner Mutter handgreiflich geworden ist?«

Jan-Hendrik erstarrte, und zum ersten Mal, seit sich von Werdenfels in dem Zimmer aufhielt, fummelte er nicht an irgendetwas herum. Stattdessen erhob er sich ganz langsam von der Couch, kam zu von Werdenfels und baute sich drohend vor ihm auf. Erst jetzt im Stehen war zu erkennen, dass der Junge trotz seiner siebzehn Jahre nicht nur ausgesprochen breit, sondern auch groß war.

»Wollen Sie damit etwa sagen, dass mein Vater gewalttätig ist?«

Von Werdenfels schluckte eingeschüchtert. Dass er eine Polizeiuniform trug, schien Jan-Hendrik nicht im Geringsten zu stören, und als er an den kraftvollen Händedruck des Judokas dachte, zog sich seine Kehle zusammen. Beschwichtigend hob er die Hände.

»Nein, nein, das habe ich nicht behauptet. Es gibt zwar entsprechende Gerüchte, aber keinerlei Beweise. Deshalb wollte ich bei dir nachfragen, ob –«

»Solche Fragen sollten Sie in Zukunft sein lassen!«, zischte Jan-Hendrik. »Wer auch immer so etwas behauptet, lügt. Vermutlich hat meine Alte dieses Gerücht selbst in die Welt gesetzt. Oder irgendeine ihrer Freundinnen – sofern sie überhaupt welche hatte. Hören Sie da bloß nicht drauf! Mein Daddy ist ein toller Mensch, und wer es wagt, seinen Ruf in den Dreck zu ziehen, der bekommt es mit mir persönlich zu tun. Das können Sie den Leuten in Starnberg ruhig schon mal verklickern!«

Das Gesicht des Jungen war puterrot, und er hatte die Hände so krampfhaft zu Fäusten geballt, dass man jede Ader am Unterarm erkennen konnte.

Von Werdenfels stand rasch auf und griff nach seiner Schirmmütze. »Ich muss jetzt wieder los. Danke, dass du dir die Zeit genommen hast, Jan-Hendrik. Bitte grüße Frater Bernardo von mir und richte ihm meinen Dank fürs Herführen aus.«

Der Junge nickte mit zusammengekniffenen Augen, während von Werdenfels hastig das Zimmer verließ. Draußen auf dem Gang atmete er mehrmals tief durch. Die Begegnung mit dem Sohn des Mordopfers war zwar komplett anders verlaufen, als er das ursprünglich erwartet hatte, aber dafür verdankte er dem Gespräch mit Jan-Hendrik Heidemann zwei elementare neue Informationen. Zum einen, dass der Junge gemeinsam mit seinem Vater klar Stellung gegen Barbara Heidemann bezogen hatte. Und zum anderen – und diese Erkenntnis war fast noch spektakulärer –, dass es in Oberbayern tatsächlich Familienverhältnisse gab, die noch verkorkster waren als die im Hause von Werdenfels.

**

»Verdammt, ich sollte mich in Zukunft wirklich diplomatischer verhalten!«, sinnierte Kriminalrat Madsen, wenngleich er bereits in diesem Moment ahnte, dass sein hehrer Vorsatz war wie eine Nacht mit Helene Fischer – nette Idee, aber unrealistisch. Wie so oft hatte er sich bei dem Gespräch mit Konny Oswald von seinen subjektiven Empfindungen leiten lassen, was ihn im Nachhinein ungemein ärgerte. Natürlich war der Typ ein Kotzbrocken, ein Sozialschmarotzer, ein Pickel am Arsch der Gesellschaft – aber das war seine persönliche Meinung, die bei einem professionellen Ermittler keinerlei Einfluss auf seine Befragung haben durfte.

Nun war das Wissen ob eines Missstandes eine Sache. Ihn – beziehungsweise in diesem Fall: sich – zu ändern hingegen eine gänzlich andere.

Denn sosehr Madsen sich auch bemühte, Emotionen beim Job auszuschalten – früher oder später pflegte sein Temperament wieder mit ihm durchzubrechen und er dem jeweiligen Gesprächspartner seine Gedanken um die Ohren zu schleudern wie seinerzeit David dem genmutierten Goliath seine Kieselsteine.

Madsen war nach dem Gespräch mit Oswald ins Ortszentrum von Seeshaupt gefahren, hatte seine Harley vor einer Eisdiele abgestellt und war ein paar Schritte Richtung Wasser gegangen, um dort in Ruhe eine Zigarette zu rauchen und seine Gedanken zu sortieren. Allerdings musste er schnell erkennen, dass die Umsetzung dieses Ansinnens ein hohes Maß an professioneller Disziplin erforderte, denn die Aussicht, die sich ihm von der Uferpromenade bot, war atemberaubend. Der gesamte Starnberger See erstreckte sich bis zum Horizont, linker Hand eingefasst vom idyllischen Karpfenwinkel und dem Bernrieder Park, rechter Hand vom lang gestreckten, flach abfallenden Oberambacher Badegelände.

Die Sonne und ein paar vereinzelte Schäfchenwolken spiegelten sich auf der Wasseroberfläche, und obwohl die Bergrücken von Wettersteingebirge und Benediktenwand den See gegen starke Winde aus südöstlicher Richtung schützten, war das Wasser leicht bewegt und ließ die an Bojen vertäuten Segelboote sanft im Takt der Wellen schaukeln. Die Autos auf der Hauptstraße waren am Ufer kaum noch zu vernehmen, und außer dem rhythmischen Klappern der Takelagen erfüllte nur noch das heisere Krächzen der Möwen und fernes Hundegebell die kühle Herbstluft. Es war eine idyllische Atmosphäre, und hätte Madsen nicht einen höchst mysteriösen Mordfall aufzuklären gehabt, hätte er es den wenigen Touristen gleichgetan und Sonne, Aussicht und Leben mit fröhlichem Lustwandeln am Seeufer genossen.

Doch zu seinem großen Bedauern befand er sich nun mal im Dienst, ein Umstand, an den ihn auch das plötzliche Ertönen von Rammsteins »Engel« erinnerte. Hektisch fischte er sein Handy aus der Tasche. Die strafenden Blicke der Umstehenden, die die pittoreske Szenerie durch den brachialen Klingelton jeglicher Idylle beraubt sahen, ignorierte er dabei geflissentlich.

Am anderen Ende meldete sich Maximilian von Werdenfels.
»Hallo, Max. Na, bist du schon aus Ettal zurück?«, erkun-

digte sich Madsen. »Hast du mit dem Sohn der Heidemanns gesprochen?«

»Ja, hab ich. Bin gerade wieder im Revier angekommen. War ausgesprochen interessant, das Gespräch mit Heidemann junior.«

Von Werdenfels berichtete in kurzen, knappen Sätzen von der Befragung des Jungen, bevor er sein persönliches Resümee zog.

»Wenn du mich fragst, Mads, dann sollten wir an Dr. Heidemann dranbleiben. Der Mann hat neben dem Streit und dem finanziellen Vorteil jetzt noch ein zusätzliches Motiv – schließlich ist mit dem Tod seiner Ehefrau der Weg offen für die Heimkehr des verlorenen Sohnes. Und dass die beiden ganz dicke miteinander sind, war dem Gespräch unschwer zu entnehmen. Der alte Heidemann und sein Filius sind in puncto Selbstgefälligkeit und Gefühlskälte wirklich ein Kaliber. Was wieder mal beweist: Der Apfel fällt nicht weit vom Pferd.«

Madsen lachte laut auf. »Oh Mann, Max! Irgendwann werd ich mal ein Buch schreiben – und zwar eins mit all deinen abstrusen Redewendungen. Das Ding wird garantiert ein Bestseller. Allerdings muss ich in diesem Fall gestehen, dass mir deine Formulierung fast noch besser gefällt als das Original. Ich glaube, ich werde das ab sofort genau so in meinen Wortschatz übernehmen.«

Madsen blickte sich suchend um, und nachdem er nirgendwo einen Mülleimer erblickte, entsorgte er seine Zigarette kurzerhand zwischen den Kugeln eines überdimensionalen Waffeleises aus Kunstharz, das eine benachbarte Eisdiele zu Werbezwecken an der Promenade aufgestellt hatte.

»Aber noch mal zu deinem Gespräch: Ich finde es immer wieder faszinierend, was so alles ans Tageslicht kommt, wenn man mal ein bisschen unter der Oberfläche rumgräbt. Da gibt sich die Familie Heidemann nach außen so makellos – und hinter den Kulissen geht's zu wie bei der ›Addams Family‹. Diesen aalglatten Dr. Heidemann sollten wir auf jeden Fall auf unserer

Verdächtigenliste ganz oben behalten. Und Oswald auch. Nur weil der mir ein paar Details aus seiner Online-Anbaggerei genannt hat, ist er noch lange nicht raus aus der Nummer.«

»Ich verstehe dich nur ganz schlecht«, unterbrach von Werdenfels Madsens Redefluss. »Was ist denn da auf einmal für ein Lärm bei dir im Hintergrund?«

»Ach, irgend so ein blöder Köter am Zaun, der nicht aufhört zu bellen«, brummte Madsen.

Und erstarrte im selben Moment.

Irgendein undefinierbarer Gedanke hatte sich plötzlich in seinem Kopf festgesetzt. Ein entscheidender, das spürte er instinktiv – aber er konnte ihn nicht greifen. Es war etwas, das mit dem Bellen zu tun hatte. Doch die Assoziationskette wollte sich einfach nicht schließen.

Woran hatte er gerade noch mal gedacht?

Was hatte er gesehen oder gehört?

Hund. Zaun. Bewachen. Warnschild. Betreten verboten.

Das entscheidende Bild fiel ihm plötzlich vor die Augen wie ein Fallbeil.

Ohne sich von seinem Kollegen zu verabschieden, verstaute er sein Handy hektisch in der Jackentasche und spurtete zurück zu seiner Maschine. Dass er dabei das große Eisdisplay umrannte, bemerkte er in seiner Erregung ebenso wenig wie die erbosten Schreie eines älteren Touristen, der ihm wahlweise Pest, Cholera oder seine Schwiegermutter an den Hals wünschte.

SIEBEN

Das Büro von Kommissar von Werdenfels war so klein, dass ein Klaustrophobiker beim Betreten des Zimmers auf der Stelle hyperventiliert hätte. Da die Alternative jedoch aus einem Großraumbüro – unter anderem zusammen mit Polizeihauptmeister Schmidthuber – bestand, fühlte sich von Werdenfels trotz der beengten Raumverhältnisse in seiner eigenen Kemenate ausgesprochen wohl. Hier konnte er völlig ungestört seiner Büroarbeit nachgehen, während er sich an einem gemeinsamen Arbeitsplatz mit Schmidthuber zweifelsohne einem täglichen Kleinkrieg ausgesetzt gesehen hätte, gegen den die Kubakrise ein fröhlicher Kindergeburtstag gewesen wäre.

Außerdem erlaubte ein eigenes Zimmer ihm, die Wände nach seinem ganz persönlichen Geschmack zu gestalten, denn während die meisten seiner Kollegen zu dekorativer Monotonie neigten, präferierte er großformatige, farbenfrohe Motive von touristischen Sehenswürdigkeiten aus aller Welt. Egal, ob Bahai-Tempel in Haifa, Great Barrier Reef vor Queensland, Cristo Redentor in Rio de Janeiro oder die Skyline von Manhattan – zu jeder der abgebildeten Locations hatte von Werdenfels einen persönlichen Bezug. Sei es, weil er bereits da gewesen war oder weil er plante, in naher Zukunft einmal dorthin zu reisen.

Zumindest theoretisch.

Praktisch hingegen war seine finanzielle Situation allenfalls dazu geeignet, ein verlängertes Wochenende im Hunsrück in Erwägung zu ziehen.

Mit einem resignierten Seufzen wandte sich von Werdenfels seinem PC zu und rief die Facebook-Website auf. Bevor er die Recherche nach Konny Oswald in Angriff nahm, überflog er rasch die neuesten Statusmeldungen seiner eigenen Kontakte: ein paar mehr oder weniger rührselige Tiervideos, ein bebilderter Nachruf auf einen Sänger, der sich solcherlei Aufmerksamkeit sicherlich eher zu Lebzeiten gewünscht hätte, ein Fahndungsaufruf der Berliner Polizei nach einem U-Bahn-Schläger, ein Zusammenschnitt diverser kafkaesker Trump-Pressekonferenzen sowie die neuesten, wie immer atemberaubenden Werke von Marcello Barenghi und Julian Beever. Dazu die unvermeidlichen Kettenbriefe sowie eine Unmenge auf seine persönlichen Hobbys und Interessen zugeschnittene Werbeanzeigen.

Von Werdenfels schüttelte resigniert den Kopf. Sollte tatsächlich noch irgendjemand den leisesten Zweifel haben, dass das Stadium des »gläsernen Menschen« bereits erreicht war, belehrte ihn das Zuckerberg'sche Portal eines Besseren. Allerdings musste man auch konstatieren, dass die Community-Mitglieder selbst mit ihrem mitunter exhibitionistischen Verhalten an der öffentlichen Zurschaustellung ihrer Person schuld waren. Wer völlig unreflektiert Schnappschüsse eines komatösen Saufgelages in die Welt jagte, durfte sich auch nicht wundern, wenn er anderntags Werbeanzeigen für Moskovskaya und Aspirin plus C in seiner Chronik fand.

Nach kurzen Geburtstagsgrüßen an zwei ehemalige Klassenkameraden beendete von Werdenfels seine private Facebook-Session und wandte sich dem Profil von Konny Oswald zu. Schon die ersten beiden Fotos im Header ließen unschwer erkennen, welcher Gesellschaftsschicht Oswald angehörte.

Beziehungsweise anzugehören strebte.

Das Titelbild bestand aus einer Collage von Abzeichen, deren rechtmäßiger Erwerb Oswald angesichts seiner Vermögensverhältnisse unmöglich gewesen sein dürfte. Die Swiss Open in Gstaad, das Signet des Kosaido International Golfclubs Düsseldorf, ein Jetset-Schnitzelessen in Kitzbühel, das Emblem des Münchner Hearthouse sowie diverse weitere visuelle Belege eines möglichst elitären Lebenswandels.

Das dazu passende Profilbild lieferte Oswald gleich mit.

Hautfarbe »well done«, Zähne weiß gekärchert, Haare aalglatt nach hinten gegelt, ein Nadelstreifenjackett mit Einstecktuch sowie einem weit offen stehendem Hemd und dazu ein Lächeln, aufgrund dessen sich bei jeder halbwegs bodenständigen Frau der Gebärmutterhals von selbst verknotet hätte.

Und zwar mit einem doppelten Palstek.

Allerdings suchte man bodenständige Damen in der Freundesliste von Oswald vergeblich. Stattdessen wimmelte es dort von Gestalten, deren Eigendarstellung sich irgendwo zwischen Kader Loth und Aische Pervers bewegte und die mit dem gleichzeitigen Balancieren von iPhone, Ego und Silikon maßlos überfordert zu sein schienen. Insgesamt umfasste Oswalds Kontaktliste mehrere tausend Personen, was darauf hindeutete, das er jedem die Freundschaft anbot, der nicht bei drei den Netzstecker gezogen hatte.

Von Werdenfels wechselte mit einer gewissen Fassungslosigkeit auf den Info-Reiter. Als Berufsangabe hatte Oswald »selbstständig« angegeben, den Punkt »Beziehungsstatus« hingegen nicht kommentiert – vermutlich, weil »Heiratsschwindler« nirgendwo als Auswahlmöglichkeit angegeben war. Deutlich auskunftsfreudiger war er dagegen bei der Kategorie »Lieblingszitate«. Hier glänzte Oswald mit einer Vielzahl von Einträgen, wobei Formulierungen wie »Schön, dass es mich gibt!«, »Ich muss gar nix!« oder »Ich wär jetzt gern in Badelatschen!« relativ offensichtlich zeigten, welch Geistes Kind er war und mit welcher Einstellung er durchs Leben lustwandelte. Angesichts des Wissens, dass Oswald nicht nur diverse Damen um ihr Vermögen gebracht hatte, sondern auch etlichen Gläubigern erhebliche Summen schuldete, wirkte sein Facebook-Auftritt wie eine Verhöhnung jedes rechtschaffenden Bundesbürgers.

Von Werdenfels ballte erbost die Fäuste. Sowohl er als auch sein Lebensgefährte arbeiteten hart, oft sechzig oder siebzig Stunden die Woche, und das in Berufen, denen man durchaus eine gewisse gesellschaftliche Relevanz attestieren konnte. Dennoch reichte weder Goldenbergs Gehalt noch seine Besoldungsgruppe für große Sprünge. Typen wie Oswald hingegen schnorrten und mogelten sich ohne jeden Skrupel durch die bayerische Bohème und hinterließen der Gesellschaft nichts weiter als offene Rechnungen und ein Gefühl der Übelkeit. Ein Fakt, der auch in der Oswald'schen Chronik belegt wurde, denn der braun gebrannte Voralpen-Gigolo schien nahezu täglich in irgendwelchen angesagten gastronomischen Betrieben zu verkehren. Ob »H'ugo's« in Starnberg, »Brenner« in München oder »Stanglwirt« in Going – kein Lokal, bei dem Oswald sich nicht mit oder ohne Begleitung, aber stets mit Briatore-Lächeln vor dem Türschild, der Bar, der Garderobe oder der Klofrau abgelichtet hätte. Der Anzahl der geposteten Selfies nach zu urteilen, musste der Kerl unter einem Tennisarm leiden. Dazu kamen Fotos von Yacht- und Automessen, Golfturnieren, Vernissagen oder Skitouren, und hätte von Werdenfels es nicht besser gewusst, wäre auch er der Vermutung erlegen, bei Konny Oswald handele es sich um einen Starnberger Millionär, der das Leben und sein Vermögen in vollen Zügen genoss.

»Kein Wunder, dass der falsche Fuffziger immer wieder Frauen findet«, brummte von Werdenfels mit einem paradoxen Anflug von Bewunderung. »Auch wenn er sonst nichts kann: Beim Bluffen macht ihm echt keiner was vor!«

Mit diesen Worten klickte er sich wieder zurück zu Oswalds Freundesliste und griff zu Stift und Papier. Im Zuge der Ermittlungen galt es nun, sich durch sämtliche Kontakte zu arbeiten, um diese auf mögliche Verbindungen zum aktuellen Fall zu überprüfen – auch wenn das das Sichten von fünftausend einzelnen Profilen bedeutete.

»Welcome in Entenhausen!«, seufzte von Werdenfels.

Denn auf rund viertausend der fünftausend Profilfotos präsentierten sich die Frauen per Duckface.

**

»Schäferhunde! Ich hab's doch gewusst!« Madsen schlug sich triumphierend mit der flachen Hand auf den Oberschenkel.

»Natürlich, Schäferhunde. Was haben Sie denn erwartet? Dass wir die Kaserne mit Rauhaardackeln bewachen?« Hauptmann von Steinäcker, der Kommandeur der General-Fellgiebel-Kaserne, blickte seinen Besucher irritiert an.

»Sie können sich Ihren Sarkasmus sparen, Herr von Steinäcker«, erwiderte Madsen kalt und zuckte kurz zusammen, als einer der Hunde aggressiv bellend gegen den massiven Zaun sprang, der die Zwinger umgab. »Wir haben inzwischen nämlich neue Erkenntnisse. Und nach denen wurde an der Leiche das Haar eines Schäferhundes gefunden.«

Der Hauptmann lachte lauthals auf, worauf die Hunde sich so wild gebärdeten, dass die Stabilität des Metallzauns einer ernsthaften Belastungsprobe unterzogen wurde.

»Wollen Sie etwa damit andeuten, dass irgendein Zusammenhang zwischen Ihrer Leiche und unseren Hunden besteht? Das ist doch absurd! Wissen Sie, wie viele Schäferhunde es hier im Landkreis gibt? Hier hat doch jeder Bauer einen, der sein Grundstück bewacht. Sekunde bitte …« Er drehte sich um und gab den immer noch ohrenbetäubend bellenden Hunden ein kurzes Kommando, worauf die Tiere augenblicklich verstummten und von Steinäcker unterwürfig anstarrten.

Der wandte sich indes wieder an Madsen. »Sehen Sie, wie gut man Schäferhunde erziehen kann? Deshalb eignen sie sich – zusammen mit Rottweilern – auch am besten für den Wachdienst. Zumindest, wenn man klar zu verstehen gibt, wer der Herr im Haus ist.«

Er deutete auf eine Freifläche in der Nähe der Zwinger, auf der einige olivfarbene Pkws und Lkws aufgereiht standen, offenbar um neu bereift zu werden. Zumindest lagen etliche Reifen unterschiedlicher Größe neben den Fahrzeugen, auch wenn kein einziger Soldat zu sehen war.

»Kommen Sie, Herr Madsen, dort vorne haben wir mehr Ruhe zum Reden als hier bei den Hunden. Zigarette?«

Er zog während des Gehens eine zerknitterte Packung Lucky Strike aus seiner Uniformtasche. Madsen griff dankend zu.

Schweigend und rauchend nahmen die beiden Männer auf einem der Lkw-Reifen Platz. Es roch nach Diesel und Schmieröl, und das dicke Profil drückten Madsen unangenehm auf den Steiß, doch da der Hauptmann keine Miene verzog, wollte auch er sich keine Blöße geben und ignorierte den Schmerz, so gut es ging.

Schließlich war es der Offizier, der das Wort ergriff.

»Also noch mal zurück zu Ihrem Gedankengang, Herr Madsen. Es waren zwei unserer Soldaten, die die Leiche gefunden haben, und sie lag in der Nähe unserer Kaserne. Das war dann aber auch schon alles. Ein bisschen dünn, um uns in irgendeiner Form zu verdächtigen, finden Sie nicht?«

Madsen antwortet nicht.

Stattdessen fragte er völlig unvermittelt: »Haben Sie eigentlich alte Keller hier auf dem Kasernengelände?«

Von Steinäcker starrte ihn verdattert an. »Wie bitte?«

»Mich interessiert, ob Sie einen alten, trockenen Keller hier haben.« Madsen blickte sich um. »Schutzräume, Bunker, Wartungshallen, Gerätekeller oder so was. Das Mordopfer wurde vor seinem Tod eine Zeit lang in einem solchen Raum gefangen gehalten. Wäre doch möglich, dass man es hier auf dem Kasernengelände umgebracht und dann draußen auf dem nächstbesten Feld entsorgt hat.«

»Bei allem Respekt, Herr Madsen, aber ich verbitte mir eine solche Unterstellung!« Von Steinäcker hatte sich zu voller Größe aufgerichtet und funkelte Madsen wütend an. Es war unübersehbar, dass er kurz davor war, Madsen den persönlichen Krieg zu erklären. »Ich lege für meine Männer die Hand ins Feuer. Keiner von den Jungs wäre zu einer solchen Tat fähig. Und davon abgesehen: Niemand von denen käme mit einer Frau – ob tot oder lebendig – unbemerkt auf das Kasernengelände. Sie haben es ja selbst gemerkt, wie streng es unsere Torwache mit der Sicherheit nimmt. Die kontrollieren und durchsuchen jede einzelne Person und jeden einzelnen Wagen, der auf das Gelände kommt oder es verlässt.«

»Jeden?«

»Jeden!«

»Auch Ihren?«

»Was?«

»Ich fragte: auch Ihren?«

Von Steinäcker schüttelte entrüstet den Kopf. »Nein, natürlich nicht. Ich bin hier schließlich der Kommandeur.«

Madsen schwieg einen kurzen Moment.

Dann nahm er einen letzten Zug an der Zigarette, schnippte die Kippe in eine ölige Pfütze und fixierte sein Gegenüber mit einem durchdringenden Blick.

»Herr von Steinäcker, ich sage es jetzt mal ganz offen: Es geht mir nicht um Ihre Soldaten. Es geht mir um Sie! Die Leiche wird neben der von Ihnen befehligten Kaserne gefunden. Sie verständigen als Erstes nicht die Polizei, sondern Ihre Kollegen von den Feldjägern. Sie interessieren sich auffällig für den Stand der Ermittlungen, indem Sie die Pressekonferenz besuchen und keine zwei Stunden später Ihren Adlatus Ötzel schon wieder im Präsidium anrufen lassen, damit der über meinen Kollegen vielleicht doch noch an weitere Informationen kommt. Dann finden wir ein Schäferhundhaar an der Leiche – und zufällig haben Sie nicht nur ein ganzes Rudel Schäferhunde hier, sondern scheinen die Viecher sogar persönlich auszubilden. Unter Ihren Gebäuden existieren höchstwahrscheinlich Keller, und zu guter Letzt geben Sie auch noch zu, dass keiner ohne Durchsuchung mit dem Auto die Kaserne verlassen kann – außer Ihnen selbst. Und nun frage ich Sie: Finden Sie das immer noch zu dünn für einen Verdacht?«

Die Selbstsicherheit des Hauptmanns war während der Aufzählung in sich zusammengefallen wie Michael Jacksons Nase, und als er seine Zigarette auf dem großen Reifen ausdrückte, bemerkte Madsen ein leichtes Zittern der Hände.

»So, wie Sie es jetzt gerade aufgezählt haben, muss ich zugeben, dass das alles tatsächlich etwas seltsam klingt, Herr Madsen. Aber glauben Sie mir: Sie sind auf dem Holzweg!« Von Steinäcker erhob sich, um seiner Nervosität Herr zu werden. »In einer Sache haben Sie recht: Ich interessiere mich in der Tat ausgesprochen für den Stand der Ermittlungen. Allerdings aus einem anderen Grund, als Sie es vermuten.«

Madsen war zwischenzeitlich ebenfalls aufgestanden – auch wenn seine Beweggründe angesichts der Profilabdrücke auf seinem Steiß eher physischer Natur waren. »Ich bin ganz Ohr!«

»Nun, es ist so, dass ich mich in Kürze beruflich verändern werde.« Hauptmann von Steinäcker blickte Madsen dermaßen stolz an, als hätte er die Welt von Aids, Krebs oder Schlagermusik befreit. »Ich werde in zwei Monaten zum Stabsoffizier befördert und als Major in die höhere Kommandobehörde der Bundeswehr versetzt. Dort werde ich direkt dem Inspekteur des Heeres zuarbeiten.«

Madsen grinste von Steinäcker süffisant an. »Herzlichen Glückwunsch! Gehe ich recht in der Annahme, dass Ihr gutes Verhältnis zum Gefreiten Ötzel der Sache zuträglich war? Sagten Sie nicht, dass sein Vater irgendein hohes Tier in der Bundeswehr ist?«

Von Steinäcker errötete. »Nun, ich verstehe mich in der Tat recht gut mit dem Gefreiten Ötzel. Allerdings möchte ich mich dagegen verwahren, dass ich nur deshalb –«

»Lassen Sie's gut sein, Herr von Steinäcker«, unterbrach Madsen. »Es ist ja nichts Verwerfliches daran, wenn man seine Beziehungen sinnvoll nutzt. Aber weswegen erzählen Sie mir das eigentlich? Ich meine, was hat das mit unserem Fall zu tun?«

»Nun, Sie werden verstehen, dass das jetzt ein äußerst ungünstiger Zeitpunkt wäre, wenn meine Einheit – und damit auch ich – in irgendeiner Form mit einem Mordfall in Verbindung gebracht würde. Sie müssen wissen: Ich bin nicht der Einzige, der scharf auf den Posten im Heereskommando ist.

Ein kleiner Fehler, und irgendein dienstälterer Offizier zieht mit wehendem Doppelkinn an mir vorbei.«

Von Steinäckers Stimme war zunehmend lauter geworden. Es war unschwer zu erkennen, dass der Offizier unter einem enormen psychischen Druck stand.

»Deswegen ist es für mich auch absolut wichtig, immer auf dem aktuellsten Ermittlungsstand zu sein, damit ich meinem Bataillonskommandeur jederzeit umfassend Auskunft geben kann. Und glauben Sie mir, Herr Madsen: Der Mann hat ein großes Wissensbedürfnis!«

»Also gut, ich nehme Ihre Erklärung mal so zur Kenntnis«, erwiderte Madsen ohne rechte Überzeugung, zog seine Jacke über und reichte von Steinäcker zum Abschied die Hand. »Allerdings kann ich nicht versprechen, dass wir nicht doch noch einmal mit Fragen auf Sie zukommen werden. Zum Beispiel mit der, wo Sie in der Nacht von Samstag auf Sonntag waren.«

»Das kann ich Ihnen gleich sagen, dafür müssen Sie nicht noch mal kommen.« Von Steinäcker strich sich die Haare glatt und setzte sich anschließend mit einer schwungvollen Bewegung sein Barett auf den Kopf. »Ich war zu Hause. Habe erst das ›Sportstudio‹ geschaut und anschließend den Klitschko-Kampf.«

»Und vermutlich gibt es dafür keine Zeugen.«

Der Offizier zuckte bedauernd mit den Schultern. »Ich würde mir nichts sehnlicher wünschen, als dass ich jetzt irgendeine gut aussehende Dame als Zeugin benennen könnte. Aber leider bin ich geschieden und lebe allein.«

»Tja, da sieht man mal, wofür eine Ehe alles gut sein kann«, bemerkte Madsen und begab sich in Richtung Parkplatz. Er war gerade ein paar Meter gegangen, als von Steinäcker seinen Namen rief. Madsen drehte sich um.

»Eins noch: Sie sagten, der Gefreite Ötzel habe Sie heute Mittag angerufen?«

Madsen nickte. »Warum fragen Sie?«

»Ach, nur so«, erwiderte von Steinäcker mit einem nachdenklichen Kopfschütteln. »Der Kerl liegt eigentlich zu Hause mit Grippe flach. Aber anstatt sich dort wie angeordnet zu erholen, scheint er auch noch vom Krankenbett aus zu arbeiten. Dem werde ich den Kopf waschen, wenn er wieder hier ist. So ein Verhalten grenzt ja fast schon an Befehlsverweigerung!«

»Tja, ich kenne mich nicht so gut aus mit den Bundeswehrgesetzen«, brummte Madsen, zog seinen Helm auf und schwang sich auf seine Harley. »Aber steht auf Befehlsverweigerung nicht die Todesstrafe?«

Mit diesen Worten kickte er den Ständer nach hinten und gab Gas. Dass die dabei erfolgte Fehlzündung wie ein Pistolenschuss klang, war vermutlich reiner Zufall.

✳✳✳

Sie hätte das verdammte Tablett nicht wegtreten dürfen.

Voller Verzweiflung leckte sie mit der Zungenspitze über die Innenwand des Plastikbechers, doch die wenigen Tropfen reichten nicht einmal aus, um ihren Gaumen zu benetzen, geschweige denn, um ihren quälenden Durst zu stillen. Vielleicht hätte sie auch das trockene Brot nicht essen dürfen, das sie nach ihrem Wutausbruch vom Boden geklaubt und ungeachtet des daran haftenden Drecks verschlungen hatte. Und vielleicht hätte sie auch einfach ruhig in der Ecke sitzen bleiben sollen, anstatt wie ein Raubtier im Käfig die Wände auf und ab zu tigern.

Aber hinterher war man immer schlauer.

Hinterher war auch klar, dass es an Idiotie grenzte, einen Kerl in seine Wohnung zu lassen, den man online kennengelernt und vorher noch nie im Leben persönlich getroffen hatte.

Eine grenzenlose Fahrlässigkeit, für die sie nun büßen musste – wenn auch bisher nur mit einer Kopfplatzwunde und unsäglichem Durst. Allerdings musste man kein Genie sein, um zu erahnen, dass all das nur den Anfang eines furchtbaren Martyriums darstellte.

Sie hatte am Morgen auf dem Weg zu ihrem Apartment

den Bericht über die Pressekonferenz der Polizei im Radio gehört und war sich dessen bewusst, dass ihr Entführer und der gesuchte Mörder dieselbe Person waren, und auch wenn nur wenige Details über das Verbrechen kommuniziert worden waren, war ihr dennoch ein Begriff in Erinnerung geblieben, der ihr schmerzhaft den Unterleib zusammenzog und ihren Körper panisch erschaudern ließ.

Vergewaltigung.

Nichts auf der Welt war für sie so schrecklich wie eine Vergewaltigung: dieser Verlust jedweder Selbstbestimmung über seinen eigenen Körper, physische und psychische Gewalt auf niederträchtigste, entwürdigendste Weise und dazu unerträgliche Schmerzen in den sensibelsten Bereichen des menschlichen Körpers.

All das war nicht neu für sie, denn ihr Erzeuger hatte den Begriff »väterliche Liebe« seinerzeit auf sehr spezielle Art und Weise interpretiert, und während Erinnerungen die Geschehnisse der Vergangenheit oft in ein mildes Licht rückten, waren die Qualen ihrer Kindheit nach wie vor so präsent wie in jenen Nächten, in denen sie als kleines Mädchen das Beten gelernt hatte.

Ein stummer, verzweifelter Schrei entfloh ihren Lippen, und als sie an sich hinabblickte, sah sie, dass sich ein dunkler Fleck auf dem Stoff zwischen ihren Beinen ausbreitete.

Sie hatte sich vor Angst eingenässt.

Das plötzliche Rasseln eines Schlüsselbundes vor der Tür besaß nach den vielen Stunden der Stille die Lautstärke eines Donnerschlags.

Angsterfüllt kauerte sie sich mit angezogenen Knien in die hinterste Ecke des Raumes und drückte sich so fest gegen die Wand, als vermochte sie mit dem harten, kalten Beton zu verschmelzen. Die schwere Stahltür ruckte kurz, dann schwang sie unerträglich langsam auf – so, als wollte jemand diesen Moment in aller Ruhe auskosten.

Als die Tür sich komplett geöffnet hatte, hielt sie entsetzt die Luft an.

Der Mann trug einen eng anliegenden schwarzen Latexanzug mit Gesichtsmaske und Handschuhen. Der komplette Körper war verhüllt, bis auf vier kreisrunde Öffnungen – drei für Augen und Mund, eine für seinen Penis. Dennoch war es weder der erschreckende Aufzug des Mannes noch sein erigiertes Genital, das ihr das Blut in den Adern gefrieren ließ.

Es war der glitzernde Gegenstand, den er in seiner rechten Hand hielt.

✻✻✻

Als Madsen auf den Hof der Polizeiinspektion Starnberg einbog, brummte ihm der Schädel – und das nicht nur, weil sich der Fall als zunehmend vertrackter entpuppte, sondern auch, weil ihn sein Privatleben während der ganzen Rückfahrt beschäftigt hatte. Immer und immer wieder waren seine Gedanken um das mittägliche Treffen mit Lissy gekreist, und während die Erinnerung an den Kuss angenehme Gefühle in ihm auslösten, hing das Wissen um die Notwendigkeit einer Entscheidung wie ein Damoklesschwert über seinem Kopf. Er hatte noch nicht in sein Mailprogramm geschaut, aber vermutlich befand sich die von Lissy angekündigte Einladung zum Abendessen bereits in seinem Postfach. Spätestens dann musste er für sich selbst entschieden haben, wie er die Beziehung zu ihr fortführen wollte.

Natürlich sprach einiges für eine gemeinsame Zukunft – immerhin hatte er sie geküsst, und so etwas tat man nicht, wenn nicht ernst zu nehmende Gefühle im Spiel waren, und dass er mehr als Sympathie für Lissy Berghammer hegte, stand völlig außer Zweifel. Auf der anderen Seite war er nicht sonderlich gut im Führen von Partnerschaften, und die Tatsache, dass er seit vielen Jahren alleine lebte, lag sicherlich auch zu einem großen Teil an seiner eigenen Verschrobenheit. Der Austausch von Gefühlen zählte ebenso wenig zu seinen Stärken wie Anpassungsfähigkeit – beides war jedoch für eine erfolgreiche Beziehung unabdingbar. Und auch das psychische Trauma, das er seit dem Tod des Jungen beim Sparring mit sich herumtrug, war einer Partnerschaft sicherlich nicht zuträglich.

Konnte er Lissy all dies wirklich zumuten?

Er wusste es nicht.

Aber er musste eine Antwort finden. Das war er Lissy schuldig.

Und sich selbst auch.

»Gut, dass Sie da sind, Herr Kriminalrat!«, empfing Polizeimeister Zirngibl Madsen auf dem Parkplatz. »Sie müssen gleich mitkommen ins Vernehmungszimmer.«

»Ich muss gar nix«, brummte Madsen, während er sich in aller Ruhe seines mattschwarzen Motorradhelms entledigte und ihn an den Lenker seiner Harley hängte. »Außer sterben. Und Seitenbacher-Werbung ertragen. Was gibt's denn so Eiliges, Zirngibl? Sie sind ja ganz außer sich!«

Statt einer Antwort hielt der junge Polizeimeister seinem Vorgesetzten die Tür auf und deutet auf den Gang. »Von Werdenfels und Schmidthuber sind auch schon da, aber wir wollten nicht ohne Sie weitermachen.«

Madsen blickte Zirngibl fragend an, doch da der offensichtlich weder willens noch mächtens war, Madsen mit relevanten Auskünften zu versorgen, begab er sich eiligen Schrittes zum Vernehmungszimmer des Reviers.

Bereits in dem Moment, in dem er die massive Tür öffnete, spürte er die Spannung, die in der abgestandenen Luft lag.

Polizeihauptmeister Schmidthuber stand am Fenster, seinen Abrissbirnensteiß an die Heizung gelehnt und die Arme vor der massigen Brust verschränkt, während von Werdenfels am Tisch saß und erleichtert schien, als Madsen den Raum betrat. Die dritte Person war Madsen völlig unbekannt. Der Mann hatte dunkles, schütteres Haar mit einem deutlich erkennbaren Kranz in der Mitte, seine Figur war stämmig, aber nicht korpulent, und die muskulösen Unterarme ließen ebenso auf eine körperliche Tätigkeit schließen wie die dreckigen Hände und die befleckte Arbeitskleidung.

»Guten Tag. Mein Name ist Madsen. Kriminalrat Madsen. Was kann ich für Sie tun, Herr …?«

»Das ist Toni Schreier. Ihm gehört das Obst- und Gemüsegeschäft an der Hauptstraße«, antwortete von Werdenfels anstelle des Gefragten und errötete verschämt, als Madsen ihn strafend anblickte.

»Lieber Max, ich bin mir sicher, dass unser Besucher durchaus in der Lage ist, für sich selbst zu sprechen, nicht wahr? Also, Herr Schreier, auch wenn Sie es den Kollegen vermutlich schon einmal gesagt haben: Warum sind Sie hier? Ich würde es gerne mit Ihren eigenen Worten hören.«

»Weil meine Frau verschwunden ist!«, antwortete der kleine Mann.

Madsen spürte, wie ihm das Blut in den Adern gefror. »Herr Schreier, sind Sie sicher, dass Ihre Frau verschwunden ist? Ich meine, vielleicht ist sie bei einer Freundin versackt, wurde eingeparkt, hatte eine Panne oder musste kurzfristig noch was erledigen. Man muss ja nicht immer sofort vom Schlimmsten ausgehen.«

»Glauben Sie mir, Herr Kriminalrat«, antwortete Schreier und nestelte nervös an seinen schwieligen Fingern. »Ich bin kein ängstlicher oder übervorsichtiger Mensch. Aber mein Gefühl sagt mir, dass da irgendwas nicht stimmt. Vroni ist um diese Zeit normalerweise längst zu Hause, weil dann die Kinder vom Sport heimkommen und essen müssen. Zuerst haben sich die Jungs noch nichts gedacht und einfach selbst ein paar Brote geschmiert. Aber jetzt haben wir nach sechs, und Vroni ist immer noch nicht da. Und das ohne irgendeine Info. Kein Zettel, kein Anruf, keine SMS. Das passt nicht zu ihr! Nein, Herr Kriminalrat, da stimmt irgendwas nicht!«

Madsen hatte während Schreiers Schilderungen auf einem der Stühle Platz genommen – und das ausnahmsweise auf klassische Art und Weise. Während er sich sonst mit Vorliebe rittlings auf Stühle zu setzen pflegte, hätte er das diesmal als unpassend empfunden. Schreier tat Madsen nicht nur leid, sondern er teilte auch dessen Befürchtung, dass Vroni Schreier etwas passiert war.

Etwas, dessen Tragweite dem Starnberger Obsthändler vermutlich noch überhaupt nicht bewusst war.

»Herr Schreier, noch mal ganz in Ruhe: Wann haben Sie das letzte Mal etwas von Ihrer Frau gehört oder gesehen?«

Die Antwort kam wie aus der Pistole geschossen. »Heute Morgen um halb drei, als ich aufgestanden bin.«

Madsen blickte ihn perplex an. »Um halb drei? Wieso um Gottes willen stehen Sie denn so früh auf?«

»Na ja, ich habe einen Obst- und Gemüseladen, deshalb muss ich morgens um vier Uhr nach München in die Großmarkthalle, um frische Ware einzukaufen. Meine Frau schläft allerdings länger, weil sie erst dann rausmuss, wenn die Kinder aufstehen.«

»Verstehe«, sagte Madsen und warf einen Blick zu von Werdenfels, der sich eifrig Notizen auf seinem Smartphone machte, was nicht ganz einfach war, da Schreier sehr schnell und undeutlich sprach. Überhaupt vermittelte der Obsthändler einen ausgesprochen unruhigen Eindruck.

Madsen warf einen Blick auf seine Uhr. »Sagen Sie, Herr Schreier, Sie wirken etwas gehetzt. Haben Sie noch einen Termin?«

Der Händler lachte freudlos. »Termin ist gut! Ich hab noch einen ganzen Arsch voll zu tun. Ich muss den Laden aufräumen, die Auslage reinholen, Kasse machen, die Abrechnungen erledigen und sämtliche Bestellungen für morgen vorbereiten. Und irgendwie muss ich auch noch schauen, dass sich jemand um die Kinder kümmert. Ich hoffe, meine Mutter kann einspringen, sonst sind die zwei den ganzen Abend alleine.«

Madsen blickte seinen Gesprächspartner irritiert an. »Ohne Ihnen in irgendeiner Form Angst machen zu wollen, Herr

Schreier, aber es ist ja durchaus denkbar, dass Ihrer Frau etwas zugestoßen sein könnte. Wäre es da nicht vielleicht besser, wenn Sie nach unserem Gespräch heimfahren und sich um Ihre Kinder kümmern würden? Wie alt sind die beiden denn?«

»Mike ist vierzehn und Laurenz acht«, erwiderte Schreier und rieb sich mit der Hand über sein Gesicht, worauf ein dunkler, erdiger Streifen auf der Stirn zurückblieb. »Glauben Sie mir, Herr Kriminalrat, ich würde nichts lieber tun als das. Aber der Laden macht sich nun mal nicht von alleine. Meine beste Angestellte hat vor Kurzem ein Kind bekommen, eine andere ist weggezogen, und die Azubine ist von selbstständigem Arbeiten noch weit entfernt. Es bleibt also wieder mal alles an mir hängen. Sie wissen ja: Selbstständig kommt von ›selbst‹ und ›ständig‹.«

»Nun, das ist Ihre Entscheidung«, brummte Madsen, hin- und hergerissen zwischen Bewunderung für das Schreier'sche Arbeitspensum und Verständnislosigkeit ob dessen Prioritätensetzung. Immerhin war seine Ehefrau verschwunden, und auch Schreier konnte sich angesichts der aktuellen Presseberichte ausmalen, dass es unter Umständen einen Zusammenhang zwischen dem Mord an Barbara Heidemann und dem Verschwinden seiner Frau geben könnte. Doch der Obst- und Gemüsehändler schien viel zu überarbeitet, um solche Gedankengänge zu tätigen – was in diesem Fall vielleicht sogar das Beste war.

Madsen wandte sich noch einmal an Schreier und versuchte, seine Stimme möglichst neutral klingen zu lassen. »Hatte Ihre Frau ein Handy, Herr Schreier? Wenn wir ihre Mobilfunknummer haben, können wir versuchen, sie darüber zu orten. Und wie sieht's mit einem Auto aus? Hatte sie einen eigenen Wagen? Und dann benötigen wir natürlich noch ein Foto Ihrer Frau inklusive Angaben über ihre Kontakte, Freundinnen, Sportvereine und so weiter. Alles, was Sie uns über die Gewohnheiten Ihrer Gattin sagen können, hilft uns bei der Suche.«

Statt einer Antwort griff Schreier in seine Gesäßtasche. Er

zog ein großes, ausgebeultes Portemonnaie heraus, entnahm diesem ein zerknittertes, leicht vergilbtes Foto und schob es über den Tisch.

Madsen warf einen Blick auf das Bild.

Und erblasste.

✳✳✳

»Was denkst du?«

Kriminalrat Madsen hatte sich nach Erstellung der Vermisstenmeldung und der Verabschiedung Schreiers gemeinsam mit von Werdenfels auf den Innenhof des Polizeireviers begeben, um sich dort eine Zigarette anzuzünden.

»Dass du zu viel rauchst«, entgegnete von Werdenfels mit vorwurfsvollem Blick. »Aber ich gehe davon aus, dass du das nicht meintest. Was den Fall betrifft, sehe ich es wie du: Es spricht leider einiges dafür, dass unser Täter auch Vroni Schreier entführt hat. Du hast das Foto ja gesehen: die gleiche weibliche Figur, die gleichen blonde Haare, der gleiche Typ – fast wie eine Zwillingsschwester vom ersten Opfer.«

»Ganz genau!«, bestätigte Madsen. »So viel optische Übereinstimmung kann kein Zufall sein. Das heißt: Ab sofort beginnt ein Wettlauf gegen die Zeit! Wie lang war bei Barbara Heidemann noch mal der Zeitraum zwischen Verschwinden und Tod?«

»Ungefähr einen Tag.« Von Werdenfels' Antwort kam wie aus der Pistole geschossen. »Sie ist am Freitagabend nach dem Treffen mit Oswald an der Raststätte entführt worden, und ihr Todeszeitpunkt war laut Professor Polt irgendwann in der Nacht von Samstag auf Sonntag. Das heißt, der Täter hatte sie vermutlich so zwischen vierundzwanzig und dreißig Stunden in seiner Gewalt.«

»Das ist gut – und gleichzeitig auch schlecht. Gut, weil wir es vielleicht schaffen, sie zu finden, bevor unser Täter sie tötet. Schlecht, weil der Perverse sie in der Zwischenzeit vermutlich nicht mit Samthandschuhen anfassen wird.« Madsen drückte seine Kippe mit entschlossener Miene in einem eigens für ihn aufgestellten Aschenbecher aus. »Max, wir müssen jetzt Vollgas geben. Bitte ruf den Oberstaatsanwalt an und berichte ihm von der vermissten Frau. Vielleicht kann er uns noch ein wenig personelle Unterstützung zukommen lassen. Schmidthuber und Zirngibl sollen sich um die Handyortung kümmern – das hat ja bei Barbara Heidemann auch gut geklappt. Ich fahre zu den Schreiers nach Hause. Vielleicht können mir die Kinder ein bisschen was über ihre Mutter erzählen. Und du setzt dich bitte wieder an deinen Rechner und nimmst das Ehepaar Schreier mal genauer unter die Lupe. Möglicherweise finden sich irgendwelche Parallelen zu dem ersten Mord. Da fällt mir ein: Bist du bei Oswald weitergekommen? Gibt's da irgendwas Neues?«

»Negativ, Mads.« Von Werdenfels schüttelte bedauernd den Kopf. »Ich bin immer noch dabei, mich durch seine Kontakte zu wühlen, aber bisher ist da niemand, der irgendeinen Bezug zu den Heidemanns hatte. Ich gleiche die Namen der Frauen aus seiner Kontaktliste übrigens parallel auch mit dem Vermisstenregister des BKA ab, aber auch da gab es bisher keine Übereinstimmungen.«

Madsen nickte anerkennend. »Gute Idee! Wenn du für die Oswald-Überprüfung nicht mehr lange brauchst, kannst du sie noch fertig machen. Ansonsten bitte ich dich, deine volle Aufmerksamkeit jetzt auf Vroni Schreier zu konzentrieren. Vielleicht bekommst du ja online schon mal was über ihr persönliches Umfeld raus.« Madsen rieb sich nachdenklich den Bart. »Wir bräuchten im Grunde wieder so jemanden wie die Masseurin von Barbara Heidemann: eine Person, die über das Leben von Schreiers Frau im Bilde ist – denn ihr Ehemann ist es definitiv nicht!«

* * *

Das Haus der Schreiers war eine architektonische Manifestation ihrer Bodenständigkeit. Am Ende eines kleinen unbefestigten Weges in Allmannshausen gelegen und umrahmt von den hohen Tannen eines hinter dem Grundstück beginnenden Waldes, bildete das verwitterte Gebäude einen absoluten Kontrast zu den vielen repräsentativen Villen rund um den Starnberger See. Die ehemals weißen Wände waren mit Moos und Flechten überzogen, der kleinen, den Vorgarten umlaufenden Mauer fehlten diverse Ziegel, und die Waschbetonplatten, die vom quietschenden Gartentor zur Haustür führten, waren häufiger gebrochen als die Nase eines mittelmäßigen Kirmesboxers.

In Ermangelung einer Klingel klopfte Madsen kraftvoll gegen die Haustür, worauf eine gestromte Katze, die dösend auf der Fußmatte gelegen hatte, fluchtartig das Weite suchte. Es dauerte einen Moment, dann ertönte heiseres Gebell, so als hätte irgendjemand den Hund erst auf seine Wachpflichten aufmerksam machen müssen. Madsen trat vorsichtig einen Schritt zurück, doch als sich die Tür öffnete und ein cremefarbener Golden Retriever mit wedelndem Schwanz in den Vorgarten stürmte, entspannte sich sein Körper augenblicklich.

»Ja, wer bist du denn?«, brummte er und streichelte dem devot hechelnden Hund über das Fell. »Du bist ja ein ganz Feiner! Wenn du jetzt noch eine platte Schnauze hättest, dann wärst du ein richtig schöner Hund.«

»Das ist er auch so! Wieso sollte er dazu eine platte Schnauze haben?«

Madsen hob den Kopf.

Die zwei Jungen, die vor ihm standen, sahen aus wie die Protagonisten eines Enid-Blyton-Films. Beide hatten kurzes, akkurat gescheiteltes Haar, außerdem waren sie für Kinder ihres Alters auffallend gut und gepflegt angezogen. Saubere Cordhosen, ordentlich gebügelte Hemden und sorgsam geputzte Schuhe – ein Auftreten, das zwar nicht Madsens eigenem Modegeschmack entsprach, aber dennoch einen angenehmen optischen Kontrast zu dem üblichen Kleidungsstil Starnberger Teenager bildete, der sich in der Regel irgendwo zwischen Puff Daddy und Altkleidersammlung bewegte.

»Bitte entschuldigt, das mit der platten Schnauze war nur so dahergesagt«, erklärte Madsen, während er den beiden Jungs seinen Ausweis zeigte. »Mein Name ist Mads Madsen. Ich bin Polizist. Und außerdem ein großer Boxerfan, deshalb mag ich Hunde mit platten Nasen so gerne. Aber das hier ist auch ein ganz Toller. Wie heißt er denn?«

»Einstein!«, erwiderte der größere der beiden, worauf der kleinere mit piepsiger Stimme ergänzte: »Weil er so klug ist!«

Madsen lächelte. »Das habe ich mir fast gedacht. Sagt mal, Jungs, hat euer Vater euch schon angerufen und gesagt, dass ich vorbeikomme?«

»Ja, hat er. Und er hat auch gesagt, dass wir genau auf Ihren Ausweis gucken sollen.« Der Junge deutete auf den Hausflur. »Hab ich getan. Und ich glaub, Ihr Ausweis ist in Ordnung. Kommen Sie rein! Ich bin Mike, und das hier ist Laurenz. Wir sind alleine zu Hause. Papa ist noch im Laden arbeiten, und wo Mama ist, wissen wir nicht.«

»Genau deswegen bin ich hier«, antwortete Madsen und folgte den beiden in einen schmalen Flur. »Meine Kollegen und ich suchen nämlich gerade nach eurer Mama, damit sie wieder zurück zu euch nach Hause kommt. Und damit wir sie schneller finden, müsste ich mich bei euch mal ein bisschen umsehen. Ist das okay für euch?«

»Na klar! Schauen Sie sich nur um«, erwiderte Mike, während der kleine Laurenz sich dicht hinter ihn drängte und nervös mit den Augen zuckte.

Madsen konnte sich des Eindrucks nicht erwehren, dass auf Mikes Schultern trotz seines jungen Alters bereits eine große Verantwortung lastete. Seine Mimik war ernst, seine Haltung leicht gebeugt, und seine Augen leuchteten nicht so, wie sie das bei einem unbeschwerten Teenager eigentlich tun sollten. Während sich die Probleme der meisten Kids in seinem Alter wahlweise durch ein Gespräch mit dem Lateinlehrer oder der Lektüre von Dr. Sommers gesammelten Ergüssen aus der Welt schaffen ließen, schien Mike eine Last mit sich herumzuschleppen, die der Psyche eines Kindes mit Sicherheit nicht zuträglich war. Doch sosehr Madsen den Jungen auch bedauerte – er hatte leider keine Zeit, sich weiter damit zu beschäftigen. Seine oberste und aktuell einzige Priorität bestand darin, seine verschwundene Mutter zu finden.

»Ich würde jetzt einfach mal quer durchs ganze Haus gehen und schauen, ob ich irgendeinen Hinweis finde«, erklärte Madsen und warf einen interessierten Blick auf die vielen kleinen gerahmten Bilder über einem weißen Sideboard. »Das ist eure Mama, oder?«

»Ja! Und das ist Einstein als Baby!«, piepste Laurenz und deutete auf ein Foto mit einem Hundewelpen. »Da hat er einen ganz großen Haufen auf den Teppich gekackt.«

»Laurenz, du sollst solche Ausdrücke nicht sagen! Setz dich wieder an den Tisch und iss dein Abendbrot auf!« Mike schob seinen jungen Bruder mit sanfter Gewalt zu einem runden Tisch, der in der Mitte der Küchen-, Ess- und Wohnzimmerkombination stand. »Ich komme gleich zu dir. Und gib Einstein nicht wieder deine ganze Wurst, verstanden?«

Der Kleine nickte gehorsam.

»Sag mal, Mike …«, sagte Madsen zu dem Jungen mit den ernsten Augen, »… hier sind ganz viele Bilder von dir, Laurenz, deiner Mutter und Einstein. Aber ich kann euren Vater nirgendwo sehen. Warum ist der denn auf keinem der Fotos?«

»Wie sollte er denn, wenn er nie da ist!« Mike starrte auf seine Hände und fummelte fahrig an seinen abgekauten Fingernägeln herum. »Er ist ja immer arbeiten. Meistens sehen wir ihn nur am Sonntag, wenn er den Laden zuhat. Aber dann ist er müde und schläft.«

»Das ist ja echt doof«, erwiderte Madsen mitfühlend. »Weißt du, mein Vater war auch immer unterwegs, als ich klein war. Er und meine Mama haben sich oft darüber gestritten. Ist das bei deinen Eltern auch so? Ich meine, deine Mama muss ja dann eigentlich alles hier im Haus alleine machen, oder?«

Der Junge schaute Madsen überrascht an. »Nein, das muss Mama nicht. Sie hat ja noch mich!«

»Klar. Und ich finde das auch total cool, wie du dich um deinen Bruder und Einstein kümmerst –«

»Und um Mama!«, warf Mike ein.

»Ja, natürlich, auch um Mama. Aber trotzdem gibt es doch sicherlich ein paar Dinge, die nur dein Papa machen kann. Zum Beispiel so Bank- und Versicherungsgeschichten oder irgendwas im Haus reparieren. Ist eure Mama da nicht manchmal sauer, dass Papa nie Zeit dafür hat?«

»Nein, sauer nicht.« Mike schüttelte entschieden den Kopf. »Aber traurig. Manchmal weint sie. Oben, in ihrem Nähzimmer. Ich glaube, ich soll das eigentlich nicht sehen, weil als ich irgendwann mal rein bin, um sie zu trösten, hat sie gesagt, dass sie nur Schnupfen hat und ihr die Augen tränen. Aber ich weiß, dass sie in Wirklichkeit geweint hat. Und ich hasse das, wenn Mama traurig ist!«

»Das versteh ich vollkommen!« Madsen legte ihm die Hand auf die Schulter. »Und weißt du was, Mike? Ich finde, du kannst verdammt stolz auf dich sein. Was du hier zu Hause leistest, ist total klasse! Deine Mama findet das bestimmt auch. Und deshalb verspreche ich dir, dass wir alles versuchen werden, sie so schnell wie möglich zu finden und wieder nach Hause zu bringen.«

Mike nickte. Dabei schimmerte ein feuchter Glanz in seinen Augen, und Madsen fragte sich, ob das eine Folge seiner lobenden Worte war oder ob dem Jungen der Ernst der Situation schlagartig klar geworden war.

»Sag mal, Mike, du meintest gerade, deine Mama hätte oben ein Nähzimmer. Ist das so was wie ihr eigenes Zimmer?«

»Ja! Oben sind drei Zimmer. Das Schlafzimmer von Mama und Papa, das Zimmer von Laurenz und mir und Mamas Nähzimmer. Da dürfen wir auch nicht drin spielen, weil Mama immer sagt, sie braucht manchmal so was wie eine kleine Insel für sich. Papa geht da auch nie rein. Aber das ist okay. Er kann ja auch gar nicht nähen.«

Madsen lächelte. »Vielen Dank, Mike. Du hast mir sehr geholfen. Ich schaue mich mal oben um. Kümmer du dich ruhig wieder um deinen kleinen Bruder. Ich finde mich schon alleine zurecht.«

Der Junge zögerte kurz, dann nickte er und begab sich ebenfalls zum Esstisch. Als Madsen ihm hinterherblickte, fiel ihm auf, dass Mikes Schultern noch ein wenig tiefer hingen als zuvor.

Von Garnspulen über Wollknäuel, von Scheren über Nähkissen und von Maßbändern über Fingerhüte bis hin zu Knopfdöschen – das kleine, fast quadratische Nähzimmer von Vroni Schreier quoll über vor Utensilien, die, soweit Madsen das beurteilen konnte, allesamt in irgendeinem Zusammenhang mit Nähen, Sticken, Stricken oder Häkeln standen. Dazu fanden sich in dem Zimmer Handarbeitsbücher, Modezeitschriften, Schnittmusterbogen, eine elektrische Nähmaschine, ein Bügelbrett sowie eine frei stehende Schneiderpuppe.

Madsen hatte mit Handarbeit nicht allzu viel am Hut – wenn bei ihm etwas genäht werden musste, dann waren das allenfalls Cuts. Dennoch konnte er problemlos nachvollziehen, dass jemand wie Vroni Schreier, die textiles Werken offensichtlich über alles liebte, in diesem Raum ihre Erfüllung fand.

Oder gefunden hatte.

Zumindest wenn Madsen und seine Kollegen die Frau nicht schnellstens aufspürten.

Wonach er suchte, wusste Madsen selbst nicht genau. Es musste irgendetwas sein, das ihm einen Hinweis auf den möglichen Aufenthaltsort oder den Umgang der Frau gab.

Ein Prospekt.

Ein Fotoalbum.

Oder auch nur eine Quittung.

Doch sosehr Madsen das Zimmer auch durchwühlte – er fand nichts, was ihm in irgendeiner Form weiterhalf. Alles, was sich in Schubladen, Schränken oder Ablagefächern befand, war ausnahmslos dem Nähen gewidmet. Lediglich die Gummibärchen, die in einer alten Werbeblechdose von Singer deponiert waren, fielen etwas aus der Reihe – aber wenn der heimliche Genuss von Süßigkeiten tatsächlich das einzige Laster von Vroni Schreier darstellte, dann konnte man die Titulierung als »Engel«, die ihr Ehemann im Gespräch mit den Polizisten verwendet hatte, mit Fug und Recht als passend bezeichnen.

Mit einem frustrierten Seufzen legte Madsen das Hauswirtschaftsbuch, das er auf der Suche nach Notizen oder Hinweisen durchblättert hatte, zur Seite und wandte sich zur Tür. Wenn er im Nähzimmer nicht fündig wurde, musste er es eben im Schlafzimmer des Ehepaars Schreier versuchen. Irgendwo musste die Frau doch persönliche Unterlagen aufbewahren.

Just in dem Moment, in dem er den Raum verlassen wollte, fiel Madsens Blick auf die Schneiderpuppe.

Die Figur bestand aus einem lilafarbenen Torso auf einem schwarzen Standfuß. In horizontaler und vertikaler Richtung war der lebensgroße Kunststoffkörper jeweils einmal durchtrennt, und in der Mitte der Spalten befanden sich kleine, kreisrunde Metallplättchen.

Neugierig trat Madsen näher und drehte an einem der Knöpfe.

Sofort verbreiterte sich die Spalte – und damit auch der gesamte Torso.

»Raffiniert!«, murmelte Madsen überrascht, und vergaß ob seiner Faszination für die ausgeklügelte Mechanik, mit der man unterschiedliche Konfektionsgrößen simulieren konnte, einen Moment lang den Grund seines Hierseins.

Mit kindlicher Begeisterung drehte er den Knopf im Brustbereich bis zum Anschlag, woraufhin der Torso ansatzweise seine Schulterbreite aufwies. Allerdings war die Figur noch zu klein, und so griff Madsen zu einem anderen Einstellrad, bei dessen Betätigung sich der obere Teil der Puppe in die Höhe bewegte. Der untere blieb indes unverändert, sodass sich der horizontale Spalt in der Mitte automatisch verbreiterte.

Plötzlich ertönte ein knackendes Geräusch.

Erschrocken zog Madsen die Hände zurück. Hatte er den Knopf etwa zu weit gedreht? Vorsichtig warf er einen Blick in den Spalt, um nach einer möglichen Beschädigung zu schauen. Doch es war weder das Zahnrad noch die Gewindestange, die Madsen als Erstes ins Auge fiel – es war der gelbe Schnellhefter, der zwischen den Torsovierteln mit Klebeband befestigt war. Vorsichtig nestelte er die flache Mappe heraus und schlug sie auf. Als er sah, welche Dokumente darin enthalten waren, pfiff er leise durch die Zähne.

Vroni Schreier war keineswegs der Engel, für den ihr Mann sie hielt.

Auch sie hatte ein dunkles Geheimnis.

Eines, das plötzlich zur tödlichen Gefahr für sie geworden war.

ACHT

Der Großmarkt der Landeshauptstadt München zählte zusammen mit Paris und Barcelona zu den größten kommunalen Märkten Europas – ein Umstand, der sich nicht nur in der Größe des Areals widerspiegelte, sondern auch im regen Treiben in Halle eins, dem Hauptumschlagplatz für Obst und Gemüse. Gabelstapler mit blinkenden Warnlichtern rangierten üppig bestückte Paletten hin und her, Arbeiter bahnten sich fluchend mit ihren Sackkarren einen Weg durch das Gewühl, und die verschwitzten Träger einzelner Steigen forderten lautstark freie Bahn für ihre schwere Last. Über allem lag der aromatische Duft von frischem Obst, und im Schein der durch die großen Dachfenster einfallenden Morgensonne bildeten knallrote Erdbeeren aus Spanien, strahlend gelbe Zitronen aus Mexiko, rot-grüne Mangos aus Israel und leuchtend orange Papayas aus Costa Rica ein Meer aus schillernden Farben. Holzkisten mit exotischer Beschriftung stapelten sich überall, und in den schmalen Durchgängen hatten die Verkäufer kleine Stehpulte platziert, an denen Preise verhandelt, Liefertermine vereinbart und über die Qualität der Ware diskutiert wurde.

Kriminalrat Mads Madsen entdeckte Toni Schreier, als dieser gerade an einem der Verkaufsstände mit einem stiernackigen Südeuropäer um den Preis für eine Steige Kaffir-Limetten verhandelte. Madsen wartet geduldig, bis der Obst- und Gemüsehändler seinen Kauf beendet hatte, anschließend reichte er ihm die Hand.

»Guten Morgen, Herr Schreier. Darf ich Sie kurz stören?«

Der Obsthändler schien einen Moment zu überlegen, um wen es sich bei seinem Gegenüber handelte, dann huschte ein erkennendes Lächeln über sein Gesicht, und er deutete auf einen kleinen gläsernen Anbau an der Rückseite des Standes.

»Kommen Sie, Herr Kriminalrat, wir gehen hier rein. In

der Halle ist es zu laut zum Reden. Pablo hat sicher nichts dagegen, dass wir sein Büro mal kurz besetzen. Ich hoffe, Ihr früher Besuch ist ein gutes Zeichen. Wir haben ja noch nicht mal sechs Uhr.«

»Um ganz ehrlich zu sein, war ich noch gar nicht im Bett«, erwiderte Madsen und folgte dem Obsthändler in das kleine Kabuff. »Die Kollegen und ich haben auf der Suche nach Ihrer Frau die ganze Nacht durchgearbeitet.«

Schreier blickte ihn fragend an. »Und? Gibt's was Neues? Haben Sie sie gefunden?«

Madsen zuckte bedauernd mit den Schultern. »Tut mir leid, Herr Schreier, trotz aller Bemühungen haben wir noch keine Spur von ihr.«

Die Schultern des Obsthändlers sackten nach unten. Zweifelsohne schien auch ihm die Brisanz der Situation inzwischen bewusst zu sein.

»Es ist dieser Typ, oder?«

»Welchen Typ meinen Sie?« Madsen mimte den Ahnungslosen.

»Na, dieser Perverse! Der, der auch die andere Frau umgebracht hat. Hat dieses Schwein auch meine Vroni entführt?«

»Ganz ruhig, Herr Schreier, für eine solche Aussage ist es noch viel zu früh«, beeilte sich Madsen abzuwiegeln, wenngleich er selbst dabei spürte, wie wenig überzeugend sein Dementi klang. Aus diesem Grunde beschloss er auch, nicht weiter um den heißen Brei herumzureden, sondern den Obsthändler ganz direkt mit den Ermittlungsergebnissen der letzten Nacht zu konfrontieren.

»Herr Schreier, wie Sie ja vielleicht schon gehört haben, habe ich mich gestern Abend bei Ihnen zu Hause umgesehen.«

Schreier nickte. »Ja, das hat Mike mir erzählt. Und dass Sie irgendwas mitgenommen haben. Eine Mappe oder so.«

»Richtig! Einen Schnellhefter. Und wissen Sie, wo ich den gefunden habe?«

Schreier zuckte fragend mit den Schultern.

»Im Nähzimmer Ihrer Frau. Allerdings lag er dort nicht offen rum, sondern war versteckt. Und zwar im Torso der Schneiderpuppe.«

»Versteckt in der Schneiderpuppe? Warum zum Teufel das denn?« Die Mimik des Obsthändlers drückte völlige Ratlosigkeit aus. »Ich meine, Vroni und ich sind seit siebzehn Jahren verheiratet – ich kann mir beim besten Willen nicht vorstellen, dass meine Frau irgendwelche Geheimnisse vor mir hat!«

»Nun, so leid es mir tut, Ihnen das mitteilen zu müssen, Herr Schreier, aber allem Anschein nach gibt es sehr wohl ein paar Dinge im Leben Ihrer Frau, die Ihnen nicht bekannt sind. Wussten Sie zum Beispiel, dass Ihre Gattin ein Apartment in Frohnloh gemietet hat?«

»Ein Ap…? In Frohn… Wo?«

»Ein Apartment in Frohnloh, circa zehn Kilometer nördlich von Starnberg. Den entsprechenden Mietvertrag haben wir in dem Schnellhefter gefunden.«

»Das kapier ich nicht!« Schreier hatte sich auf einen mit Bast bezogenen Holzstuhl sinken lassen und schüttelte verständnislos den Kopf. »Wofür sollte Vroni ein Apartment brauchen? Und vor allem: Woher hat sie die Kohle dafür? Wir müssen ja schon kämpfen, um die Miete für unser Häuschen bezahlen zu können.«

Madsen legte dem Mann, dessen kleine, überschaubare Welt in diesem Augenblick zusammenzubrechen drohte, mitfühlend die Hand auf die Schulter. »Das kann ich Ihnen nicht sagen, Herr Schreier. Zumindest noch nicht, aber wir sind natürlich dabei, das herauszufinden. Ebenso wie den Zweck dieses Apartments. Ist Ihre Frau denn öfter mal über Nacht weggeblieben? Oder ein paar Tage weggefahren?«

»Nein. Nie! Das geht ja schon wegen der Kinder nicht!« Schreier war wieder aufgesprungen und wanderte ruhelos in dem winzigen Raum auf und ab, während draußen in der Halle das kommerzielle Chaos seinem Höhepunkt entgegenstrebte. »Kann es denn nicht sein, dass sie das Apartment untervermietet hat? Vielleicht wollte sie heimlich ein bisschen Geld ansparen. Für eine nachträgliche Hochzeitsreise nach Las Vegas oder so.«

Madsen schüttelte bekümmert den Kopf. »So leid es mir tut, Herr Schreier, aber Ihre Frau hat es definitiv selbst genutzt – auch wenn wir im Moment noch nicht wissen, wofür. Auf jeden Fall war sie kurz vor ihrem Verschwinden dort, denn wir haben vor dem Haus nicht nur ihr Auto, sondern in der Wohnung auch ihr Handy gefunden. Außerdem noch einen Laptop. Beide Geräte sind zurzeit zur Auswertung bei den Spezialisten vom LKA, und wir erhoffen uns von den Ergebnissen Hinweise auf den Aufenthaltsort Ihrer Frau. Bis dahin werden wir natürlich mit allen verfügbaren Kräften weitersuchen, und es wäre sehr hilfreich, wenn Sie uns noch ein paar Tipps geben könnten, wo und bei wem wir nachfragen könnten. Ganz egal, ob Freunde, Bekannte, Sportkollegen oder Friseur – wir klappern jeden möglichen Kontakt auf der Suche nach Informationen ab. Und am schnellsten geht das natürlich, wenn Sie uns dabei helfen.«

Toni Schreier war bei Madsens Worten zusammengesunken wie eine Wachsfigur neben dem offenen Kamin. Zweifelsohne mochte die große Sorge um seine Frau ein Grund dafür sein, aber auch das plötzliche Wissen, dass er bei genauerer Betrachtung eigentlich keinerlei Kenntnisse über den Alltag, die Gedanken und das Leben seiner Gattin hatte, schien seiner Psyche einen herben Schlag zu versetzen.

»Wissen Sie, Herr Kriminalrat …«, murmelte er mit belegter Stimme, »… ich habe immer nur gearbeitet. Tag und Nacht. Bin einfach so erzogen worden. Aber ich tu's doch nicht für mich! Ich will doch nur, dass es meiner Familie gut geht und dass die Kinder irgendwann mal eine vernünftige Ausbildung bekommen. Wissen Sie, was ein Studium heutzutage kostet?«

»Sie brauchen sich mir gegenüber nicht zu rechtfertigen, Herr Schreier.« Madsen hob abwehrend die Hände. »Ich bin nur Polizist und kümmere mich darum, dass wir Ihre Frau wiederfinden. Und bei meinen eigenen Arbeitszeiten wäre ich mit Sicherheit auch der Letzte, dem es zustehen würde, Ihnen irgendwelche Ratschläge zu geben. Obwohl – einen hätte ich vielleicht doch: Sie sagten gestern, Sie fänden kein vernünftiges Personal?«

Schreier nickte.

»Nun, ich wüsste da vielleicht jemanden, der Sie im Laden unterstützen könnte. Eine junge Frau. Sie ist zwar nicht wirklich vom Fach, aber sie weiß aufgrund ihrer aktuellen Tätigkeit, wie man ... nun, ja ... eine Auslage appetitlich herrichtet. Vielleicht möchten Sie sie ja mal kontaktieren.«

Ohne eine Antwort abzuwarten, griff Madsen in seine Jackentasche und überreichte Schreier einen rosafarbenen Zettel mit einer handschriftlich notierten Handynummer.

Im selben Augenblick erfüllte ein betörender Patschuliduft das kleine gläserne Büro.

***

»Wer auch immer dieser Madsen ist – er muss verdammt gute Beziehungen haben!«, fluchte Polizeihauptkommissarin Claudia Wennemann und nippte vorsichtig an einem Kaffee, der dermaßen stark war, dass man ihn eigentlich nur in Anwesenheit eines Kardiologen hätte konsumieren dürfen. »Normalerweise bleiben neue Auswertungsanträge wochen- oder sogar monatelang liegen. Aber dieser Kerl konfisziert heute Nacht ein Handy und einen Laptop – und keine Stunde später haben wir bereits eine Anordnung der Staatsanwaltschaft zur sofortigen Datenanalyse auf dem Tisch. Wie zum Teufel hat der Kerl das gemacht?«

Tobias Gruga, ziviler EDV-Sachverständiger und Wennemanns Tischnachbar, zuckte mit den Schultern. »Du kennst doch das Zauberwort, oder?«

»Oralsex?«

»Nein, das habe ich jetzt nicht gemeint«, grinste Gruga. »Ich spreche von ›Gefahr im Verzug‹. Immerhin befindet sich die entführte Frau in akuter Lebensgefahr – da ist es doch logisch, dass alles andere erst mal hintangestellt wird und wir uns mit Volldampf um diesen Fall kümmern müssen.«

»Du hast gut reden«, echauffierte sich Wennemann. »Schließlich hast du gerade erst entspannt deinen Dienst angetreten. Ich kämpfe mich dagegen schon die ganze Nacht durch dieses verdammte Handy.«

»Heul doch!«, entgegnete Gruga wenig mitfühlend. »Wenn du 'nen geregelten Job von acht bis fünf haben möchtest, dann bewirb dich beim Finanzamt. Du wusstest genau, was auf dich zukommt, als du hier angefangen hast: unmögliche Arbeitszeiten, schwierige Fälle und jeden Tag der Blick in die Abgründe der menschlichen Psyche. Aber dafür gehörst du zu einer Spezialeinheit, und zwar zu einer, die immer wichtiger wird. Du weißt ja genauso gut wie ich: Früher brauchte der Tod Waffen oder Kriege für sein Werk – heute reicht ihm ein Mailaccount. Also hör auf zu jammern und lass uns schauen, ob wir das Leben dieser armen Frau retten können! Was hast du denn bis jetzt rausgefunden?«

Claudia Wennemann hatte angesichts von Grugas unverblümten Worten eine entsprechende Antwort auf der Zunge, verkniff sie sich jedoch, da sie ihrem zivilen Kollegen insgeheim recht geben musste. Tatsächlich genoss sie nach etlichen Jahren im normalen Schichtdienst die Zugehörigkeit zu einer Abteilung, deren Aufgabengebiet in der Aufklärung und Vereitelung von Computerkriminalität und Internet-Straftaten bestand. Dabei reichte das gesetzwidrige Portfolio von Computersabotage über Onlinebetrug bis hin zu Kinderpornografie, und nachdem sich auch die organisierte Kriminalität zunehmend digitaler Medien bediente, galten Wennemann und ihr Team inzwischen als eine Art Eliteeinheit und erfuhren entsprechend große Wertschätzung.

»Hallo? Erde an PC-Schnecke!« Grugas rauchige Stimme riss Wennemann aus ihren Gedanken. »Schlafen kannst du, wenn du tot bist! Ich habe dich gefragt, was du bisher rausgefunden hast.«

»Sorry! Bis jetzt nicht allzu viel«, antwortete Wennemann zerknirscht und rieb sich ihre ermüdeten Augen. »Ich hab mit dem Handy angefangen, denn das hatte – warum auch immer – keine PIN-Sicherung. Natürlich konnte ich in einer Nacht nicht den ganzen Speicher detailliert auslesen, aber das muss ich dir ja nicht erklären.«

»Nee, das ist klar! Aber du hast doch sicher trotzdem mal einen Blick auf Anruflisten, Chatverläufe und die besuchten Websites geworfen, oder? Gab's da irgendwas Auffälliges? Irgendwas, was Auskunft über einen möglichen Aufenthaltsort der Frau geben könnte?«

»Leider nicht.« Wennemann schüttelte den Kopf. »Sie hat offensichtlich selten mit dem Handy telefoniert, und wenn, dann mit ihrer Familie. SMS hat sie so gut wie nie geschrieben, und in ihrem Maileingang sieht's aus wie in meinem Briefkasten: nichts als Werbung! Der ›Gesendet‹-Ordner ist komplett leer, der Papierkorb auch, und ansonsten gibt's keine weiteren Postfächer. Ich müsste natürlich noch prüfen, ob und welche Daten kürzlich gelöscht wurden, aber auf den ersten Blick scheint das Handy clean zu sein. Dieses völlige Fehlen irgendwelcher sensibler Daten erklärt vielleicht auch, warum sie keine PIN-Sicherung hatte.«

»Was ist mit WhatsApp und Internet?«, hakte Gruga nach. Für ihn als Digital Native war eine so rudimentäre Smartphonenutzung ebenso unverständlich wie die Einschaltquoten von »Shopping Queen«. »Und was ist mit irgendwelchen anderen Apps? Skype? Twitter? Facebook? YouTube? Google Maps?«

»Bei WhatsApp gibt es nur zwei Gruppen: die ›Gutgelaunten Schreiers‹, also ihre Familie, und die ›Bowling-Bunnys‹, offensichtlich ihre Frauen-Bowlingtruppe. Beide können wir aus meiner Sicht vorerst vernachlässigen. Social-Media-Kanäle hat sie offensichtlich nicht genutzt, und die Standard-Apps sind zwar installiert, wirken aber auf den ersten Blick noch jungfräulich.« Wennemann nippte an ihrem Kaffee und schaute Gruga fragend an. »Was hattest du gerade noch? Ach ja, das Internet! Also, im Webbrowser gibt's aktuell drei offene Tabs: die Schulhomepage, eine Frauenzeitschrift und Chefkoch.de. Dazu im Verlauf noch ein paar Handarbeitsseiten und die Wettervorhersage. That's it! Nicht gerade ein Leben am Limit, oder?«

»Puh, das macht mich echt depressiv.« Gruga kaute nachdenklich auf einem Kugelschreiber herum. »Wer weiß, vielleicht ist die Frau ja überhaupt nicht entführt worden, sondern von irgendeiner Brücke gesprungen. So viel Spießbürgertum hält ja kein Mensch aus!«

Er trat hinter Wennemanns Bürostuhl und stützte sich mit den Unterarmen auf ihre Rückenlehne. Die Polizeihauptkommissarin schluckte, denn während ihr frisch geduschter Kollege angenehm nach Shampoo, Hautcreme und Aftershave duftete, hatte die durchgearbeitete Nacht bei ihr unter anderem auch olfaktorische Spuren hinterlassen.

Sich so weit zur Seite beugend, wie es die Regeln der Höflichkeit gerade noch zuließen, erkundigte sie sich: »Sollen wir vielleicht zusammen noch einen Blick auf den Laptop werfen? Wenn der genauso konservativ genutzt wurde wie das Handy, sollten wir damit relativ zügig durch sein.«

»Yes, ma'm!« Gruga deutete spaßeshalber einen militärischen Gruß an, während Wennemann bereits den On-Schalter des Geräts betätigte.

Der Laptop gab ein brummendes Geräusch von sich, als die Lüftung ansprang, dann erklang das Soundlogo des Herstellers, und der Monitor wurde hell. Wennemann deutete auf die Eingabemaske, die in der Mitte des Bildschirms erschien.

»Sieh mal einer an, der Laptop ist passwortgeschützt. Entweder die gute Frau wusste nicht, wie man die vorinstallierte Sicherung ausschaltet, oder aber auf dem Computer sind sensiblere Daten als auf dem Handy.«

»Das ist jetzt natürlich scheiße!« Gruga kratzte sich grübelnd am Kopf. »Das Passwort zu knacken kostet Zeit, die wir eigentlich nicht haben.«

»Dann lass uns doch den Laptop an unseren Computer anschließen und es mit der Brute-Force-Methode versuchen«, schlug Wennemann vor. »Wenn wir Glück haben und das Passwort nicht allzu viele Stellen hat, kommt der Rechner vielleicht ganz schnell drauf.«

»Das wäre ein möglicher Ansatz«, stimmte Gruga zu. »Auf der anderen Seite scheint die Frau – dem Handy nach zu urteilen – relativ konservativ zu leben und zu denken. Das heißt, wir könnten unter Umständen auch …«

»… mit den Passwort-Klassikern Glück haben!«, ergänzte Wennemann den Satz und grinste. »Ich sehe schon: Jetzt ist der persönliche Ehrgeiz von Dr. psych. Gruga geweckt. Also gut! Einen Versuch ist's wert. Ich gehe mir schnell einen frischen Kaffee holen, und in der Zwischenzeit kannst du dir ein paar Passwörter ausdenken. Wenn ich zurück bin, diktierst du, und ich gebe ein. Du hast dreißig Versuche – wenn es dann nicht geklappt hat, hole ich den digitalen Vorschlaghammer raus. Und außerdem bekomme ich von dir dann ein Abendessen ausgegeben!«

Gruga nickte, dann griff er nach der Akte Schreier, warf einen kurzen Blick auf die darin befindlichen Daten und begann auf einen Schreibblock zu kritzeln. Als seine Kollegin wenige Minuten später mit einem dampfenden Kaffee zurückkehrte, hatte er trotz der Kürze der Zeit bereits eine beachtliche Liste von Buchstaben- und Zahlenkombinationen erstellt.

»So, womit fangen wir an?«, erkundigte sich Wennemann und rieb tatendurstig ihre Hände. »Mit den üblichen Top Ten?«

»Zumindest teilweise«, erwiderte Gruga. »Und danach dann die Passwörter mit persönlichem Bezug, zu denen ja gerade Frauen erfahrungsgemäß tendieren – anwesende Computergenies natürlich ausgeschlossen. Also, bist du bereit?«

Wennemann streckte die Arme, knackte mit den Fingern wie eine Pianistin und nickte.

Gruga begann zu diktieren.

»›passwort‹.«

»Negativ!«

»›hallo‹.«

»Negativ!«

»›123456‹.«

»Negativ!«

»›000000‹.«

»Negativ!«

»›vroni‹.«

»Negativ!«

»›schreier‹.«

»Negativ!«

»›mike‹.«

»Negativ!«

»›laurenz‹.«

»Negativ!«

»›einstein‹.«

»Nega… Nein, stopp! Das ist es! Ich werd verrückt!« Wennemann war aufgesprungen und ballte die Fäuste wie dereinst Bundes-Bobbele bei seinem Wimbledon-Sieg. »Einstein! Der gute alte Haustiername! Ja, ist es denn zu glauben? Wie blöd ist das denn?«

»Nun versuchen Sie bitte nicht, meine Leistung zu schmälern, Frau Kollegin«, feixte Gruga und zählte die Worte auf seinem Block. »… sieben … acht … neun! Treffer beim neunten Versuch! Ich werde echt immer besser. Vielleicht sollte ich tatsächlich Psychologe werden. Oder Profiler. Ach übrigens, bezüglich des Abendessens würde ich ein Steak präferieren.«

»Moment!« Wennemann hob lachend einen Zeigefinger, während sie mit der anderen Hand bereits den Webbrowser auf dem Schreier'schen Laptop öffnete. »Du hättest mir ein Abendessen ausgeben müssen, wenn du keinen Treffer gehabt hättest. Von einem umgekehrten Deal war nie die Rede. Aber ich mache dir 'nen Vorschlag: Wir schauen uns jetzt gemeinsam den Inhalt des Laptops an. Sollten wir dank deines heroischen Passwort-Erratens tatsächlich irgendwas Interessantes auf der Kiste finden, bekommst du dein Abendessen. Großes Ehrenwort! Und je spektakulärer die Entdeckung, desto größer wird das Steak.«

Dass Polizeihauptkommissarin Claudia Wennemann ihr Versprechen allen Beteuerungen zum Trotz im Nachhinein doch nicht wie vereinbart einhielt, lag keineswegs an mangelndem Willen, sondern einzig und alleine an ihren finanziellen Verhältnissen. Denn angesichts der Entdeckung, die Tobias Gruga und sie kurz darauf auf dem Laptop von Vroni Schreier machten, hätte das Steak mindestens dreißig Kilo schwer sein müssen.

Und von einem Kobe-Rind.

※※※

»Wie bitte? Das ist doch jetzt hoffentlich ein Scherz, oder?« Von Werdenfels' Mimik drückte völlige Fassungslosigkeit aus, und selbst dem erfahrenen Dr. Agasiotis stand der Mund so weit offen, dass man problemlos einen Smart darin hätte parken können.

»Nein, leider nicht«, erwiderte Madsen. Er stand mit dem Rücken an eine Fensterbank gelehnt und ließ sämtlichen Anwesenden im Besprechungsraum des Starnberger Polizeireviers einen kurzen Moment Zeit, das Gehörte zu verarbeiten, bevor er seine Ausführungen fortsetzte.

»Ich meine das völlig ernst. Vroni Schreier, die Frau des Gemüsehändlers, arbeitet in ihrer Freizeit unter dem Namen ›DarkAngel‹ als Prostituierte. Ihre Kunden hat sie offensichtlich von der Erotikwebsite LakeLove, wo sie regelmäßig Inserate mit der Headline ›Sex gegen Taschengeld‹ geschaltet hat. Das bedeutet, sie ist nicht wirklich eine Profi-Prostituierte, sondern macht das Ganze – neben einem kleinen finanziellen Zubrot – hauptsächlich aus Spaß. Und da Amateursex, wie mir die Cybercop-Kollegen vom LKA heute Morgen erklärt haben, zurzeit der ganz große Renner im Erotikbereich ist, dürfte die Nachfrage nach ihren horizontalen Diensten entsprechend groß sein.«

Polizeimeister Zirngibl, der Youngster im Ermittlerteam, schüttelte ungläubig den Kopf. »Das kann ich fast nicht glauben. Die Schreiers sind doch eine ganz normale, bodenständige Familie. Wieso sollte Vroni Schreier so etwas tun?«

»Na ja, aus Langeweile halt«, mischte sich Polizeihauptmeister Schmidthuber ein. »Der guten Frau fällt zu Hause die Decke auf den Kopf, ihr spießiges Leben ödet sie an, und der wöchentliche Fick mit ihrem Obstheini ist so prickelnd wie das Quartalstreffen des Schrebergartenvereins. Und dann erzählt ihr plötzlich 'ne Freundin von einer Website, wo jede Frau, die nicht gerade aussieht wie der Castingausschuss von ›Bauer sucht Frau‹, sich vor Typen nicht mehr retten kann. Sie wird neugierig, meldet sich an, und ein paar Tage später steht Mr. Traumprinz vor der Tür und verspricht ihr das Blaue vom Himmel. Sie ist natürlich sofort hin und weg. Endlich mal wieder Schmetterlinge im Bauch und feuchtes Kribbeln im Schritt. Vielleicht will sie ihr altes Leben ja gar nicht komplett aufgeben – immerhin hat sie zwei kleine Kinder. Aber sie möchte einfach mal die Sau rauslassen und irgendwas Verrücktes tun! Ein Quickie in einem öffentlichen Aufzug, zwei gut bestückte Typen im Sandwich oder zur Abwechslung mal 'ne Frau vernaschen. Und wenn sich damit dann auch noch ein paar Euro zusätzlich verdienen lassen – warum nicht? Man lebt schließlich nur ein Mal!«

Für einen kurzen Moment herrschte irritiertes Schweigen im Raum, lediglich das monotone Rauschen des Straßenverkehrs war zu vernehmen. Schließlich war es Madsen, der das Wort ergriff.

»Ähm, vielen Dank für diesen interessanten Exkurs in die Psyche der modernen Frau, lieber Kollege Schmidthuber. Auch wenn die Formulierungen stellenweise etwas rustikal waren,

dürften Sie rein inhaltlich vermutlich gar nicht so falschliegen.«
Er nickte seinem älteren Kollegen beifällig zu. »Vermutlich hat
Vroni Schreier sich tatsächlich von ihrem rund um die Uhr ar-
beitenden Mann vernachlässigt gefühlt und ist durch irgendei-
nen Zufall auf LakeLove gestoßen. Das ist im Übrigen dieselbe
Website wie die, auf der unser Mordopfer verkehrt hat.«

»Sie haben ›verkehrt‹ gesagt!«, grunzte Schmidthuber lachend, und als Oberstaatsanwalt Dr. Agasiotis ihn daraufhin
mit einem strafenden Blick bedachte, zuckte er unschuldig mit
den Schultern. »Was ist? Das ist doch witzig! Zumindest bei
einer Sexseite!«

Währenddessen war Madsen an ein Flipchart getreten und
hatte »LakeLove« mit schwarzem Filzstift an den oberen Rand
der Seite geschrieben. Dann zog er zwei Linien nach unten,
neben denen er die Namen »Barbara Heidemann« und »Vroni
Schreier« notierte, bevor er die Fläche dazwischen schraffierte
und sie mit einem dicken Fragezeichen versah.

Anschließend wandte er sich wieder an seine Kollegen.
»Also, momentan ist der einzige gemeinsame Nenner der beiden Frauen das Erotikportal LakeLove. Aus diesem Grund
sind die Internet-Kollegen vom LKA bereits damit beschäftigt,
die Profile der beiden Frauen auszuwerten und nach Übereinstimmungen bei den Kontakten zu durchsuchen. Dr. Agasiotis
war so freundlich, eine schnelle richterliche Befugnis zu erwir-
ken. Aber selbst wenn der Betreiber des Portals sofort mitspielt
und uns die Daten freigibt ...«

»... dürfte es schwer sein, dadurch an die echten Namen
und Adressen zu kommen«, ergänzte der Oberstaatsanwalt
und rollte nachdenklich seinen goldenen Füller zwischen den
Fingerspitzen. »Nach Aussage der LKA-Kollegen benötigen
die Leute zur Anmeldung auf solchen Erotikportalen lediglich
einen Namen und eine Mailadresse. Ersteres hilft uns nicht
wirklich weiter, denn man darf davon ausgehen, dass Namen
wie ›Wilder Hengst 69‹ oder ›Schnuffeline_01‹ so nicht im Mel-
deregister stehen. Damit bliebe nur der Mailaccount, aber wir

wissen ja alle, dass es bei den meisten Anbietern eine echte Herausforderung ist, an die Daten ihrer User zu gelangen. Aus diesem Grund dürfen wir uns nicht nur auf diese eine Spur verlassen, sondern müssen gleichzeitig noch weitere Hebel ansetzen, um die vermisste Frau zu finden.«

»Zum Beispiel die gute alte Nachbarschaftsbefragung«, nahm Madsen die Vorlage auf. »Schmidthuber und Zirngibl, ihr geht mit dem Foto von Barbara Heidemann sowie den Bildern von Konny Oswald und Dr. Heidemann in der Nachbarschaft hausieren. Vielleicht kannten sich die Frauen ja wider Erwarten doch persönlich, und wir finden auch im realen Leben eine wie auch immer geartete Verbindung zwischen den beiden. Bitte vergesst auch den Vermieter des Apartments in Frohnloh nicht! Der Mann ist zwar uralt, aber vielleicht kann er sich anhand der Fotos trotzdem an irgendetwas erinnern. Notfalls müsst ihr bei der Befragung den Radetzky-Marsch pfeifen, vielleicht hilft das seinem Gedächtnis ja ein wenig auf die Sprünge.«

Die beiden uniformierten Beamten nickten, wobei Zirngibl wie üblich deutlich motivierter wirkte als sein übergewichtiger Kollege mit Pensionshintergrund.

»Und du, lieber Max …«, Madsen deutete auf seinen jungen Partner, der sich daraufhin kerzengerade aufrichtete und dienstbeflissen sein Smartphone zückte, »… stürzt dich bitte noch mal auf deinen PC und schaust, ob Vroni Schreier ihre sexuellen Dienste sonst noch irgendwo inseriert hat. Vielleicht müssen wir den Kreis ja deutlich größer ziehen – auch wenn die Cybertruppe vom LKA darüber nicht sehr erfreut sein dürfte. Die Armen wissen jetzt schon nicht mehr, wo oben und unten ist.«

Von Werdenfels hatte Madsens Anweisung eifrig mitgetippt, steckte das Telefon dann zurück in die Tasche und kratzte sich nachdenklich am Kopf. »Sag mal, Mads, sollten wir nicht auch noch mal diesem Konny Oswald auf den Zahn fühlen? Ich meine, er kannte das erste Opfer, war auch auf diesem Lake-

Love-Portal aktiv und steht immer noch auf unserer Verdächtigenliste.«

»Da hast du verdammt recht.« Madsen zwinkerte seinem Partner anerkennend zu, worauf dieser strahlte, als hätte man ihm das Gebiss von Stefan Raab implantiert. »Und genau aus diesem Grund fahre ich jetzt noch mal nach Seeshaupt und zeige unserem Kreisliga-Gigolo ein Foto von Vroni Schreier. Bin gespannt, wie er reagiert!«

»Das bin ich auch. Und währenddessen kümmere ich mich weiter um die Personendaten der Portalbesucher«, meldete sich Dr. Agasiotis zu Wort. »Meine Herren, ich denke, ich muss Sie alle nicht auf die Brisanz des Falles aufmerksam machen. Und damit meine ich nicht die politische Bedeutung – die interessiert mich momentan einen feuchten Dreck. Ich spreche vom Leben dieser bedauernswerten Frau, das von einem schnellen Fahndungserfolg abhängt. Bitte führen Sie sich permanent vor Augen, was Sie persönlich von der Polizei erwarten würden, wenn die Vermisste Ihre Angehörige wäre. Und genau das werden wir leisten! Sie sind ein tolles Team, und Sie haben einen großartigen Chef. Zeigen Sie, was Sie draufhaben, und finden Sie Vroni Schreier! Schnell. Und vor allem: lebend!«

Mit diesen Worten rauschte Oberstaatsanwalt Dr. Agasiotis aus dem Besprechungszimmer – und wäre es angesichts der Situation nicht gänzlich unpassend gewesen, hätten sämtliche Anwesenden applaudiert.

NEUN

»Die Augenbinde bleibt an!«

Seine Stimme klang unnachgiebig und schien von weit weg zu kommen. Vorsichtig setzte sie einen Schritt vor den anderen, um nicht zu stolpern. Der Boden war rutschig und uneben, lange Grashalme streiften ihre Knöchel, und die starke Steigung ließ jede ihrer Bewegungen zu einem Balanceakt werden.

»Noch zwanzig Schritte, dann bist du oben. Da bleibst du stehen, drehst dich neunzig Grad nach rechts und ziehst die Binde erst ab, wenn ich es dir sage. Ist das klar?«

Sie nickte gehorsam, während er am Fuße des Hügels stand und sich zufrieden umschaute.

Alles war perfekt vorbereitet.

Der Gipfel, zu dem die Frau sich mit unsicheren Schritten hocharbeitete, befand sich nahe der Bundesstraße 2 zwischen Starnberg und Weilheim, unmittelbar oberhalb der Hirschbergalm. Während der gastronomische Betrieb der in den dreißiger Jahren erbauten Almwirtschaft bereits seit Langem eingestellt worden war und das ehemalige Spitzenhotel seiner Verrottung entgegenschlummerte, erfreute sich die kleine, aber steile Anhöhe nach wie vor großer Beliebtheit. Wanderer, Touristen und verliebte Pärchen pflegten die Bänke neben dem großen Holzgipfelkreuz zu bevölkern und von dort den phantastischen Blick über den gesamten Pfaffenwinkel samt Hohem Peißenberg bis hin zu den majestätischen Alpengipfeln am Horizont zu genießen.

Wem hingegen nach etwas mehr Abgeschiedenheit gelüstete, dem empfahl sich ein kurzer Marsch vom Gipfelkreuz über das anliegende Feld bis zu einem etwa zweihundert Meter südöstlich gelegenen, grasbewachsenen Hügel. Von diesem hatte man nicht nur einen ebenso traumhaften Blick über die gesamte Werdenfelser Voralpenregion, sondern kam darüber hinaus auch in den Genuss einer kleinen natürlichen Mulde mitten auf dem Gipfel. Ausgelegt mit einer weichen Decke ließ sich in dieser Vertiefung ohne die störenden Blicke vorbeiwandernder Passanten chillen, picknicken oder anderweitigen sinnlichen Genüssen frönen.

Bei dem Gedanken an Letzteres überkam den Mann ein Anflug von Erregung.

Er blickte nach oben.

Die Frau mit der Augenbinde war inzwischen nur noch wenige Schritte vom Gipfel entfernt. Er musste darauf achten, ihr rechtzeitig das Kommando zum Stehenbleiben zu geben, da sie ansonsten in die Mulde treten und zu Boden stürzen würde. Und eine Verletzung war das Letzte, was er gebrauchen konnte – schließlich hatte er noch viel mit ihr vor.

»Noch drei Schritte, dann bist du oben. Noch zwei … noch einen. Stopp!«

Die Frau verharrte auf der Stelle. Dabei schwankte sie leicht, so als stünde sie auf einem Schiffsdeck.

»Darf ich die Binde jetzt abnehmen?« Ihre Stimme klang flehend.

»Nein! Erst wenn ich es dir sage. Und wenn du eine Vierteldrehung nach rechts gemacht hast.«

Gehorsam folgte sie seiner Anweisung.

Die Frau stand nun exakt auf dem höchsten Punkt des Hügels, unmittelbar hinter der kleinen Mulde und mit Blickrichtung auf das Gipfelkreuz und den dahinterliegenden Pfaffenwinkel.

Perfekt.

Perfekt für das, was er mit ihr vorhatte.

Er warf einen letzten prüfenden Blick auf die Grasfläche vor seinen Füßen. Der Schriftzug bestand aus einzelnen, aus verschiedenfarbigem Karton geschnittenen Buchstaben und war über fünf Meter breit. Anfangs hatte er mit dem Gedanken gespielt, jede Letter zusätzlich mit Herzen zu verzieren, aber das schien ihm nach reiflicher Überlegung dann doch etwas zu viel des Guten zu sein. Wenn der Text »Willst du mich heiraten?«, eine Flasche eisgekühlter Champagner und ein sündhaft teurer Verlobungsring nicht ausreichten, um seine Angebetete von der Ernsthaftigkeit seines Antrags zu überzeugen, dann würden aufgemalte Herzen auch keine große Rolle mehr spielen.

Mit einem nervösen Räuspern kniete er sich hin, hielt Champagnerflasche und Schmuckschatulle mit ausgestreckten Armen vor sich hin und rief: »Du darfst die Binde jetzt abnehmen!«

Anschließend schloss er die Augen und wartete.

Einen Moment lang herrschte Stille.

Dann ertönte ein Schrei.

Zufrieden lächelnd öffnete er die Augen. Seine Angebetete stand auf der Spitze des Hügels. Goldene Sonnenstrahlen umschmeichelten ihren schlanken Körper, und der Wind fuhr sanft durch ihr wallendes Haar. Sie sah aus wie ein Engel, und ein intensives Gefühl von Liebe und Zufriedenheit durchfuhr seinen Körper.

Keine Frage – er war der glücklichste Mann der Welt.

Zumindest bis zu dem Moment, in dem er bemerkte, dass seine Freundin nicht aufhörte zu schreien. Und auch nicht zu ihm oder zu seinem Schriftzug schaute, sondern auf die Mulde zu ihren Füßen.

Und die nackte Frauenleiche, die darin lag.

✳✳✳

»Nun wissen die beiden wenigstens schon mal, was der Pfarrer meint, wenn er von ›schlechten Zeiten‹ redet«, brummte Stefan Bertram mit dem ihm eigenen Sarkasmus und deutete auf das Pärchen, das eng umschlungen am Fuße des Hügels stand und mit aschfahlen Gesichtern beobachtete, wie die Sanitäter die fahrbare Trage wegpackten, während die Gerichtsmediziner ihre auseinanderklappten. »Die junge Frau dort unten hat die Leiche gefunden, als ihr Freund ihr einen Heiratsantrag gemacht hat. Ziemlich beschissenes Timing, würde ich sagen.«

Madsen nickte und starrte erschüttert auf die blonde Frau, die gänzlich unbekleidet und mit blutverschmiertem Unterleib in der graswewachsenen Mulde lag. Die Leiche erschien ihm wie die pure Personifizierung seines eigenen Versagens – schließlich war es ihm weder gelungen, den Aufenthaltsort Vroni Schreiers während ihrer Entführung ausfindig zu machen, noch, den Täter daran zu hindern, seine abartigen Gewaltphantasien in die Tat umzusetzen. Die schmerzerfüllte Mimik der Frau, die im Moment ihres Todes zu einer anklagenden Maske erstarrt war, brannte sich tief in Madsens Hirn, und er musste kein Prophet sein, um zu wissen, dass ihn der Anblick der ermordeten Vroni Schreier lange Zeit in seinen Träumen heimsuchen würde – und das zu einem Zeitpunkt, als es ihm gerade gelungen war, das Bild des toten Jungen aus dem Hamburger Boxring zunehmend verblassen zu lassen.

Madsen zuckte zusammen, als von Werdenfels ihm die Hand auf die Schulter legte.

»Es ist nicht unsere Schuld, Mads«, sagte er mit fester Stimme, wenngleich sein deprimierter Gesichtsausdruck die eigenen Worte Lügen strafte. »Was hätten wir denn tun sollen? Wir haben rund um die Uhr gearbeitet, alle vorliegenden Informationen ausgewertet, sind überall im Landkreis Streife gefahren, haben …«

»… einfach nicht genug unternommen!«, unterbrach ihn sein Vorgesetzter ungehalten. »Hätten wir alles richtig gemacht, dann wäre die Frau jetzt nicht tot, sondern säße zu Hause bei ihrem Mann und ihren Kindern. Tut sie aber nicht! Stattdessen liegt sie hier auf einer Wiese – vergewaltigt, ermordet und entsorgt wie ein alter Autoreifen. Also komm mir bitte nicht mit hohlen Phrasen, verstanden?«

»Hey, hey, hey, jetzt tust du deinem Kollegen aber unrecht«, mischte sich Bertram ein. Er hatte sich inzwischen seiner Gummihandschuhe entledigt und den Leichnam seinen Kollegen überlassen, die ihn nun von allen Seiten fotografierten. »Max hat völlig recht: Ihr habt alles getan, was in der Kürze der Zeit möglich war. Aber wenn der Täter die bedauernswerte Frau vorher schon irgendwo versteckt hatte und sie in irgendeinem Kellerraum vergewaltigt und tötet, könnt ihr das nicht verhindern! Der Landkreis Starnberg hat fast fünfhundert Quadratkilometer Fläche – wie zum Teufel willst du die denn komplett absuchen oder überwachen?«

»Indem ich mich auf die Örtlichkeiten konzentriere, die relevant sind!«, erwiderte Madsen unwirsch. »Und welche das sind, hätten wir rausfinden müssen. Ich wette: Wenn wir den Fall lösen – und das werden wir früher oder später –, wird es in den bis heute vorliegenden Spuren irgendeinen klaren Hinweis auf den Täter oder sein Versteck geben. Und wir werden uns in den Arsch beißen, dass wir ihn nicht gesehen haben.«

»Ich nicht – und das alleine schon aus anatomischen Gründen«, erwiderte Bertram, während er sich stöhnend aus seinem weißen Spurensicherungsoverall schälte. »Sag mal, hast du 'ne Zigarette für mich, Mads?«

Madsen blickte ihn erstaunt an. »Ich wusste gar nicht, dass du rauchst.«

»Vermutlich weißt du auch nicht, dass Termiten doppelt so schnell fressen, wenn sie dabei Heavy Metal hören. Ist aber so! Also, hast du 'ne Kippe oder nicht?«

Madsen nickte und bedeutete Bertram und von Werdenfels, ihm zu folgen, worauf die drei Polizisten schweigend den Hügel hinabstiegen und sich quer über das benachbarte Feld zu dem hölzernen Gipfelkreuz begaben. Als sie das junge, immer noch eng umschlungene Paar passierten, verlangsamte Madsen seinen Schritt, um den beiden ein paar tröstende Worte zu spenden.

Doch dann fiel ihm keine passende Formulierung ein, und er eilte verschämt weiter.

»Also, Bertram, was kannst du uns zu der Toten sagen?«, eröffnete Madsen das Gespräch, nachdem er und der Leiter der Spurensicherung auf einer Bank Platz genommen und sich eine

American Spirit angezündet hatten. Von Werdenfels war indes stehen geblieben – nicht nur aus Respekt vor seinen dienstälteren Kollegen, sondern auch wegen des dichten Zigarettenqualms, der bei ihm regelmäßig Hustanfälle auslöste.

»Nun, wie immer gilt: Alle Aussagen ohne Gewähr«, begann Stefan Bertram, während er den Kopf in den Nacken legte und den weißen Rauchschwaden hinterherblickte. »Wirklich valide Auskünfte bekommt ihr erst nach der Obduktion durch Professor Polt.«

»Mann, Bertram, das ist nicht die Ziehung der Lottozahlen. Wir wollen wissen, welche ersten Erkenntnisse du nach der Begutachtung der Leiche hast. Keiner wird dich auf irgendetwas festnageln. Also, gibt es Übereinstimmungen mit dem Todesfall Barbara Heidemann?«

»Allerdings. Parallelen zu dem ersten Fall gibt es eine ganze Menge«, antwortete Bertram und begann, sie unter Zuhilfenahme seiner Finger aufzuzählen. »Erstens: Die Frau ist nackt. Zweitens: Sie wurde nach jetzigem Erkenntnisstand vergewaltigt – zumindest deuten die Verletzungen des Genitalbereichs darauf hin. Drittens hat sie eine große Platzwunde am Kopf. Und viertens: Auch diese Frau wurde aller Voraussicht nach erwürgt – ich habe bei ihr ebenfalls diese kreisrunden Abdrücke rund um den Kehlkopf gefunden. Der Modus Operandi dürfte also ziemlich identisch sein.«

»Verdammt! Das sieht tatsächlich nach demselben Täter aus.« Madsens Stimme klang entschlossen, als er sich an seine Kollegen wandte. »Bertram, du gehst jetzt wieder zurück auf den Hügel und kümmerst dich darum, dass die Leiche von Vroni Schreier schnellstmöglich zu Professor Polt in die Rechtsmedizin kommt. Sag ihm, ich erwarte ein erstes, vorläufiges Ergebnis der Leichenschau noch im Laufe des heutigen Abends. Und wir beide, Max, wir trommeln jetzt unsere Leute zusammen und treffen uns in einer Dreiviertelstunde auf dem Revier. Ich werde auch Dr. Agasiotis dazubitten, denn ich denke, uns ist allen klar, was der heutige Leichenfund bedeutet, oder?«

Von Werdenfels rieb sich nachdenklich über sein wie immer glatt rasiertes Kinn. »Dass unser Täter Geschmack an der Sache gefunden hat?«

»Exakt. Und dass wir ihn schnellstmöglich schnappen müssen. Denn wenn wir das nicht tun …«

»… wird in Kürze die nächste Frau verschwinden!«, ergänzte sein junger Kollege den Satz mit düsterer Miene.

Dass in diesem Augenblick der Wind auffrischte und dicke schwarze Wolken über den Alpengipfeln aufzogen, ließ die Aussage dabei noch bedrohlicher wirken, als sie ohnehin bereits war.

***

»So eine verfluchte Scheiße!«

Sämtliche Anwesenden im Besprechungsraum des Starnberger Polizeireviers zuckten erschrocken zusammen, denn dass der sonst stets distinguierte Oberstaatsanwalt Dr. Agasiotis sich zur Verwendung von Fäkalausdrücken hinreißen ließ, kam in etwa so häufig vor wie ein geistreicher Dialog in einem Pornofilm. Doch nicht nur seine Ausdrucksweise ließ auf erhöhte Erregung schließen, auch sein äußeres Erscheinungsbild differierte in auffallender Form von seinem ansonsten so stilsicheren Auftreten. Die Ärmel seines maßgeschneiderten Hemdes waren nachlässig hochgekrempelt, sein beige meliertes Kaschmirjackett hatte er achtlos über eine Stuhllehne geworfen, und selbst seiner obligatorischen Fliege hatte sich der groß gewachsene Jurist inzwischen entledigt. Stattdessen quoll aus seinem offenen Hemdkragen eine silbergraue Brustbehaarung solchen Ausmaßes, dass der Verdacht nahelag, Dr. Agasiotis wachse angesichts des nahenden Herbstes ein Winterfell.

»Jetzt ist genau das eingetreten, was ich befürchtet habe: Wir haben es mit einem Serienmörder zu tun. Der erste Mord war im Grunde schon viel zu gut vorbereitet, um eine einmalige Tat zu bleiben, aber nun haben wir die traurige Gewissheit:

Bei dem Täter ist jegliche Hemmschwelle außer Kraft gesetzt worden. Wenn wir nicht ganz schnell herausfinden, wer dieser verdammte Kerl ist, und ihn aus dem Verkehr ziehen, werden wir uns in Zukunft regelmäßig post mortem hier treffen. Und sosehr ich das Zusammensein mit Ihnen grundsätzlich auch schätze, meine Herren – darauf habe ich nicht die geringste Lust!«

»Aber wie sollen wir denn jetzt vorgehen?«, erkundigte sich Polizeimeister Zirngibl. »Wir haben nichts, absolut nichts! Keine Beweise, keine Spuren, ja nicht mal einen wirklichen Verdacht. Wir fischen total im Trüben!«

»Mensch, Zirngibl! Was ist das denn für eine Einstellung?« Von Werdenfels schlug verärgert mit der Faust auf den Tisch, während Schmidthuber – wie immer bei Äußerungen des jungen Kommissars – verächtlich schnaubte. »Reiß dich gefälligst mal zusammen, Kollege! Natürlich ist es frustrierend, dass wir den Mord an Vroni Schreier nicht verhindern konnten. Trotzdem dürfen wir jetzt nicht die Flinte in den Brei werfen!«

Das Schnaufen Schmidthubers glich angesichts von von Werdenfels' Formulierung dem eines asthmatischen Flusspferdes, doch Madsen bedeutete ihm mit strengem Blick, zu schweigen.

»Und außerdem …«, fuhr von Werdenfels fort, »… haben wir durchaus Spuren. Und das sogar nicht zu knapp! Vielleicht sollten wir noch mal kurz durchgehen, was wir bisher wissen.«

Madsen nickte ihm aufmunternd zu. »Gute Idee, Max! Ich bezweifle, dass alle Kollegen auf dem gleichen Stand sind, und das sollten wir umgehend ändern. Außerdem bringt es uns vielleicht auf neue Ideen, wenn wir alle bisherigen Erkenntnisse erneut zusammengefasst hören.«

Von Werdenfels griff nach seinem Smartphone. »Gerne. Und du ergänzt mich bitte, wenn ich was vergesse, okay? Also, fangen wir mit der Tatdurchführung an. Nach aktuellem Erkenntnisstand hat unser Täter über die Erotikwebsite LakeLove Kontakt zu den Opfern aufgenommen. Woher wir das wissen, erkläre ich später. Auf jeden Fall kam es im Zuge dieser Kontaktaufnahme zu einem persönlichen Treffen zwischen Täter und Opfern, in dessen Verlauf der Täter die Frauen mit einem harten Gegenstand niederschlug. Beide Opfer hatten eine große Platzwunde am Kopf. Anschließend hat er die Frauen für ein bis zwei Tage irgendwohin gebracht, wo er sie dann vergewaltigt und erwürgt hat. Zumindest war das bei Barbara Heidemann so. Ob bei Vroni Schreier auch, muss die Obduktion noch klären – ihr Leichnam ist zurzeit bei Professor Polt im Rechtsmedizinischen Institut. Ebenfalls noch zu klären ist, ob Vroni Schreier in demselben Raum festgehalten wurde wie Barbara Heidemann. An deren Leiche wurden Rückstände gefunden, die auf einen gut isolierten Kellerraum mit einer heute nicht mehr verwendeten Wandfarbe hinweisen. Außerdem war an der Leiche das Haar eines Schäferhundes, das eventuell durch den Täter übertragen wurde.«

»Darüber hinaus gibt es noch eine weitere Gemeinsamkeit, die auch ohne Obduktion erkennbar war«, meldete sich Madsen zu Wort. »Und zwar die Abdrücke einer Perlenkette am Hals. Beide Opfer sind vermutlich mit bloßen Händen erwürgt worden und scheinen zum Zeitpunkt ihrer Ermordung eine Perlenkette getragen zu haben. Da keine der beiden Frauen eine solche Kette besaß – das haben mir ihre Ehemänner bestätigt –, kann davon ausgegangen werden, dass der Täter selbst sie ihnen umgelegt hat. Warum, ist uns noch unklar, aber irgendeine Bedeutung muss dieses Vorgehen haben.«

»Weitere Gemeinsamkeiten zwischen den Opfern haben wir bisher noch nicht herausgefunden«, fuhr von Werdenfels fort. »Auch die Befragung der Nachbarschaft und des persönlichen Umfelds hat keinerlei Hinweise darauf erbracht, dass sich die Frauen vor ihrem Tod gekannt haben. Aus diesem Grunde haben wir die Kollegen vom LKA gebeten, die LakeLove-Profile der beiden unter die Lupe zu nehmen, um zu prüfen, ob vielleicht virtuelle Überschneidungen existieren. Und siehe da: Es gibt tatsächlich einen gemeinsamen Kontakt. Und das ist noch nicht alles! Die Auswertung der Kommunikation hat ergeben, dass beide Frauen sich mit dieser Kontaktperson auch zu einem persönlichen Treffen verabredet haben – und zwar ziemlich genau zu den Zeitpunkten, zu denen sie spurlos verschwunden sind.«

»Ja, aber dann hätten wir doch einen dringend Tatverdächtigen«, bemerkte Zirngibl irritiert. »Warum sitzen wir dann noch hier rum, anstatt den Kerl festzunehmen?«

Die anderen Beamten brummten zustimmend, und als ein massiger Polizeimeister tatendurstig aufsprang und sein Waffenholster richtete, rief Dr. Agasiotis mit ausgestreckten Armen zur Mäßigung auf.

»Glauben Sie mir, meine Herren, wenn es so einfach wäre, wären wir nicht mehr hier. Leider ist dem aber nicht so.« Er zuckte bedauernd mit den Schultern. »Wie bei der letzten gemeinsamen Besprechung bereits angedeutet, bedarf es zur Anmeldung bei LakeLove lediglich eines Phantasienamens und eines gültigen Mailaccounts. Im Fall des gemeinsamen Kontaktes beider Opfer lautet der Name ›Giacomo6262‹ und die E-Mail-Adresse ›giacomo6262@gmail.com‹.

»Was ist das denn für eine seltsame Zahlenkombination?«, unterbrach Schmidthuber den Oberstaatsanwalt. »Ich meine, ›007‹, ›69‹ oder das Geburtsjahr leuchten mir ja noch ein, aber ›6262‹ ist doch völlig unlogisch!«

»Auf den ersten Blick vielleicht«, entgegnete Dr. Agasiotis und ignorierte Schmidthubers destruktive Ausdrucksweise nonchalant. »Dennoch dürfen wir davon ausgehen, dass sich dahinter eine für den Täter relevante Bedeutung verbirgt. Aber um auf Ihre ursprüngliche Frage zurückzukommen, Herr Polizeimeister: Diese niedrige Hürde bei der Anmeldung und das Deckmäntelchen der Anonymität garantieren den Betreibern des Portals hohe Mitgliederzahlen. Schließlich möchten Herr und Frau Meier aus dem Sauerland ungern Hochglanzprospekte von irgendwelchen Swingerclubs in ihrem rosa gestrichenen Briefkasten haben. Ich bin mir sicher: Wenn man bei der Registrierung seine postalischen Daten samt Telefon angeben müsste, hätte die Seite gerade mal eine Handvoll Mitglieder – was für die Betreiber der Website verheerend wäre.«

»Verstehe«, brummte Madsen. »Aber was bedeutet das jetzt konkret im Fall unseres Giacomo6262? Wir haben also eine Mailadresse, die, wenn ich das richtig verstanden habe, keine Phantasieadresse sein darf, sondern tatsächlich existieren muss. Warum können wir die Personalien dieses Giacomo dann nicht über die entsprechenden Accountinformationen rausfinden?«

»Weil in diesem Fall nicht mehr die Betreiber von Lake-Love zuständig sind, sondern der E-Mail-Provider. Und jetzt wird die Sache kompliziert, denn die sitzen in Amerika und verspüren erfahrungsgemäß nicht das geringste Bestreben, die persönlichen Stammdaten ihrer Nutzer rauszugeben.«

»Ach, und warum bekomme ich dann schon Werbemails für Penisverlängerungen, wenn ich nur an Sex denke?«, stieß Madsen verächtlich aus. »Die Typen von Amazon, Facebook, Google und Co verkaufen jeden einzelnen Besucher ihrer Website mit Haut und Haaren an die Werbeindustrie – aber geben den Behörden im Fall einer Straftat keine Daten raus? Das ist doch hoffentlich ein schlechter Scherz!«

Dr. Agasiotis zuckte bedauernd mit den Schultern. »Leider nicht, Madsen. Was in der Theorie so einfach klingt, erweist sich in der Praxis als kompliziert. Fakt ist, dass jeder Anbieter von Telekommunikationsdiensten – also auch die Freemail-Anbieter – gemäß Telekommunikationsgesetz dazu verpflichtet ist, auf richterlichen Beschluss das gesamte E-Mail-Postfach auszuhändigen. Das bringt uns aber in unserem Fall nicht weiter, weil wir die Stammdaten, also die persönlichen Daten des Users, benötigen. Auch die müssen den Strafverfolgungsbehörden zur Verfügung gestellt werden – allerdings nur, sofern sie überhaupt erhoben wurden.«

»Sofern sie überhaupt erhoben wurden? Wie soll ich das denn verstehen?«, hakte Madsen verständnislos nach.

»Nun, die Pflicht zur Stammdatenerhebung gilt nur für

deutsche Telekommunikationsanbieter.« Dr. Agasiotis hatte sich zwischenzeitlich mit einem Glas Wasser versorgt, und da er es noch in der Hand hielt, während er seine Ausführungen fortsetzte, sah es so aus, als proste er seinen Zuhörern fortwährend zu. »Aber selbst hier gibt es für Mailprovider eine Ausnahmeregelung, sodass sie – wenn sie nicht wollen – keinerlei Stammdaten erheben müssen.«

»Und genau hier liegt der Hase im Salz!«, meldete sich der computeraffine von Werdenfels zu Wort. »Um einen Mailaccount anzulegen, muss man bei Google – und das ist der Provider, der sich hinter der Adresse ›gmail.com‹ verbirgt – lediglich Name, Geburtsdatum, Geschlecht und Land eingeben. Und das alles komplett ohne Überprüfung! Ich könnte also behaupten, mein Name ist Donald Duck und ich bin dreihundertzwanzig Jahre alt – und schon hätte ich eine Mailadresse.«

»Aber was ist mit der IP-Adresse? Kann man die nicht nutzen, um ein bestimmtes Endgerät zu orten?«, erkundigte sich Zirngibl.

»Ausgezeichneter Vorschlag.« Dr. Agasiotis warf dem jungen Beamten einen anerkennenden Blick zu, worauf dessen Gesicht schlagartig den Farbton von Jupp Heynckes annahm. »Aber ohne richterliche Verfügung ist das leider illegal. Und diese Verfügung bekommen wir erst dann, wenn sich der Verdacht gegen Giacomo6262 erhärtet hat – aktuell ist er nach Ansicht des Richters einfach nur jemand, der in einem Portal, das vornehmlich erotischer Kommunikation dient, zufällig mit zwei späteren Mordopfern Kontakt hatte.«

»Das ist doch scheiße!«, fluchte Madsen und warf den Bleistift, auf dessen Schaft er während Dr. Agasiotis' Worten herumgekaut hatte, erbost aus dem offen stehenden Fenster. »Wie sollen wir den Typen denn schnappen, wenn der Richter uns nicht den Rücken stärkt?«

»Das tut er grundsätzlich schon«, widersprach Dr. Agasiotis, während er der Flugbahn des Bleistiftes mit einem irritierten Blick folgte. »Aber die Unschuldsvermutung ist nun mal eines der Grundprinzipien unseres Rechtsstaats, insofern bedarf es ganz klarer Verdachtsmomente, bevor der gesetzlich garantierte Datenschutz aufgehoben wird. Und genau die sieht der Richter eben noch nicht. Außerdem ist auch keineswegs sichergestellt, dass uns die IP-Adresse von Giacomo6262 wirklich weiterbringt. Nachdem der Mörder seine Taten offensichtlich sehr akribisch plant und vorbereitet, würde es mich wundern, wenn er nicht auch seine IP anonymisiert hätte. Webseiten mit so wohlklingenden Namen wie ›Hide My Ass‹ bieten kostenlose Dienste an, bei denen durch Umleiten der Daten und Verbindungen die eigene IP-Adresse verschleiert wird. Das ist relativ simpel und reicht völlig, wenn man zum Beispiel bei YouTube Videos anschauen möchte, die für deutsche Nutzer gesperrt sind. Wenn man das Ganze professioneller und sicherer aufziehen möchte, schließt man sich internationalen Gemeinschaften wie dem Tor Project an. Diese Communitys kämpfen für totale Anonymität im Internet und stellen den Usern deshalb weltumspannende Netzwerke mit anonymen Servern zur Verfügung. Dadurch ist es weder für den Diensteanbieter noch für potenzielle Hacker möglich, die IP-Adresse des Users zu ermitteln.«

Die anwesenden Beamten hatten Dr. Agasiotis' Ausführungen schweigend zugehört. Nicht nur seine hemdsärmelige Eloquenz, sondern auch sein vielseitiges Fachwissen nötigte den Ermittlern Respekt ab.

Madsen hatte sich unterdessen zum Flipchart begeben und nach einem dicken Filzstift gegriffen.

»So, Männer, auch wenn es auf den ersten Blick so klingt, als kämen wir diesem Internetkontakt der beiden Frauen nie auf die Schliche, sollten wir uns davon nicht frustrieren lassen. Oder – wie Lothar Matthäus und unser Kollege Max es sagen würden: Wir dürfen jetzt nicht den Sand in den Kopf stecken!«

Aller Anspannung zum Trotz kicherten sämtliche Anwesenden – bis auf von Werdenfels, der sich grübelnd fragte, was an dieser Redewendung so amüsant sein sollte.

»Fakt ist, dass unser Giacomo trotz aller Sicherheitsmaßnahmen Spuren hinterlassen hat – und zwar alleine schon dadurch, dass er kommuniziert hat! Damit meine ich zum einen
seine Profilbeschreibung, zum anderen seine Chats mit den
beiden Opfern. Ich habe bereits die Psychologen des LKA auf
Basis dieser Daten mit der Erstellung eines Täterprofils beauftragt. Normalerweise dauert so etwas zwei bis drei Tage,
aber ich habe die Kollegen gebeten, im Vorfeld ausnahmsweise
keine komplette operative Fallanalyse zu erstellen, sondern
sich direkt auf die psychologischen Erkenntnisse aus Giacomos LakeLove-Aktivitäten zu konzentrieren. Reale Bilder von
sich hat er – wenig überraschend – nicht eingestellt, aber Ausdrucksweise, Vorlieben, sprachliche Eigenheiten und Dinge,
die sich vielleicht zwischen den Zeilen herauslesen lassen,
werden zurzeit ausgewertet. Wenn alles gut läuft, haben wir
morgen im Laufe des Tages ein erstes, wenn auch sicherlich
nur provisorisches Profil.«

Die Anwesenden nickten beifällig. Es war nur allzu offensichtlich, dass es dem gesamten Team nach den eher desillusionierenden Ausführungen des Oberstaatsanwalts guttat,
zumindest einen kleinen Strohhalm zu haben, nach dem man
ermittlungstaktisch greifen konnte, und Kriminalrat Madsen
war als Führungskraft erfahren genug, jeglicher Frustration
durch gezielten Aktivismus entschlossen entgegenzuwirken.

»Wir dürfen uns aber nicht ausschließlich auf diesen ominösen Giacomo6262 konzentrieren. Vielleicht hat der Richter ja
recht, und er hat überhaupt nichts mit der ganzen Geschichte
zu tun. Aus diesem Grund sollten wir uns noch mal die Typen vorknöpfen, die wir in Zusammenhang mit dem Mord an
Barbara Heidemann im Fokus hatten: ihren Ehemann Dr. Gerhard Heidemann, Konny Oswald, den Amateur-Callboy, und
Hauptmann von Steinäcker, den Kommandeur der General-
Fellgiebel-Kaserne. Ich möchte, dass alle drei auf eine Verbindung zu Vroni Schreier hin untersucht werden. Denkt dabei an
alles, was theoretisch irgendwie möglich ist. Geschäftsbezie-

hungen, Schulausflüge, Sportvereine, Stammlokale, Urlaube – was auch immer. Und erkundigt euch auch nach den Alibis von letzter Nacht. Ich habe zwar noch keine Bestätigung von Professor Polt, aber laut Spurensicherung kann man von einem Todeszeitpunkt im Laufe der späten Nacht beziehungsweise des frühen Morgens ausgehen. Ich will wissen, wo unsere drei Spezialisten zu dieser Zeit waren. Und zwar nachweisbar!«

Madsen hatte während seiner Ausführungen die Namen der drei Männer in Versalien auf das Flipchart geschrieben und setzte anschließend einen so kraftvollen Querstrich darunter, dass die Spitze des Filzstifts abbrach und auf den Boden fiel, wo sie einen dicken roten Fleck hinterließ. Ohne sich davon im Geringsten beeinflussen zu lassen, nahm Madsen einen anderen Stift und kritzelte das Wort »Hirschbergalm« auf das Chart.

»Zirngibl und Schmidthuber, ihr zwei geht bitte noch mal Klinken putzen. Ich weiß …«, er hob abwehrend die Hand, »… das ist keine polizeiliche Traumarbeit, aber trotzdem ist sie wichtig! Schnappt euch Fotos von den beiden toten Frauen und von unseren drei Männern und fragt rund um die Hirschbergalm nach, ob irgendjemand eine der Personen wiedererkennt. Der Täter muss ja auf jeden Fall vorher schon mal dort gewesen sein – die Mulde, in der die Leiche lag, sieht man schließlich nur, wenn man selbst oben auf dem Hügel steht.«

»Aber da waren doch überhaupt keine Häuser! Wo sollen wir denn da fragen …?« Zirngibl kratzte sich nachdenklich am Kopf, worauf ausgerechnet Schmidthuber ihn vorwurfsvoll maßregelte.

»Mann, Zirngibl, denk doch mal nach! Da waren ein paar Höfe hinter den Feldern, auf der anderen Straßenseite liegt der Golfplatz, und die Straße runter war eine Tankstelle. Dort könnten wir zum Beispiel mit der Befragung anfangen.«

Die Tatsache, dass sein Vorschlag auf der dortigen Erhältlichkeit von Spirituosen beruhte, verschwieg Schmidthuber dabei wohlweislich.

»Gute Idee!«, lobte Madsen. »Du, Max, klemmst dich bitte

noch mal hinter die Tastatur. Mir geht diese ominöse Perlenketten-Geschichte ebenso wenig aus dem Kopf wie dieser Name Giacomo6262. Recherchiere doch mal im Internet, ob du irgendwas dazu findest. Ach, und vergiss bitte auch die polizeiinternen Kanäle nicht. Da es sich bei unseren Morden um sexuell motivierte Gewalttaten handelt, existieren vielleicht irgendwelche Gemeinsamkeiten oder Übereinstimmungen mit anderen Fällen, die in ViCLAS erfasst sind. Wenn es diese internationale Falldatenbank schon gibt, dann sollten wir sie auch nutzen!«

Von Werdenfels nickte fügsam. Auch wenn er sich am Abend eigentlich mit Yoel zu einem Kinobesuch verabredet hatte, war ihm bewusst, dass die aktuelle Ermittlung ob ihrer Dringlichkeit absolute Priorität genoss. Und außerdem wurde James Cameron sowieso überbewertet.

»Gut«, sagte Madsen. »Und ich werde ...«

»... was essen und ins Bett gehen!« Dr. Agasiotis hatte sich erhoben und legte Madsen die Hand auf die Schulter. »Ihr Ehrgeiz und Fleiß in allen Ehren, lieber Madsen, aber Sie sehen aus wie nach einem Zwölf-Runden-Kampf. Außerdem knurrt Ihr Magen seit einer halben Stunde dermaßen, dass in der Wiechert'schen Erdbebenwarte vermutlich längst Großalarm ausgelöst wurde. Und Ihre Klamotten erwecken den Eindruck, als hätten sie den gestrigen Tag schon gesehen. Also, raus mit der Sprache: Seit wann sind Sie auf den Beinen?«

»Keine Ahnung. Weiß nicht genau«, murmelte Madsen undeutlich. »Vierzig Stunden oder so. Ich kann aber noch –«

»Nichts können Sie!«, unterbrach ihn der Oberstaatsanwalt mit einer Stimme, die keinerlei Widerspruch duldete. »In den nächsten Tagen wird es eine ganze Menge zu tun geben, und dafür brauche ich einen Madsen in Topform! Sie holen sich jetzt irgendwo was zu essen, und anschließend schmeißen Sie sich ins Bett. Die Kollegen hier sind durchaus in der Lage, die ihnen aufgetragenen Arbeiten auch ohne Ihre Anwesenheit zu erledigen. Und morgen früh sind Sie dann wieder in alter Frische mit an Bord!«

Mit diesen Worten drehte sich Dr. Agasiotis um und verließ das Besprechungszimmer. Madsen wollte noch etwas sagen, beschloss aber dann, zu schweigen.

Zum einen, weil es sich nicht geziemte, einem Vorgesetzten zu widersprechen.

Und zum anderen, weil er vor Müdigkeit kaum noch den Mund aufbekam.

∗∗∗

»Danke, dass du dir die Zeit nimmst.«

Lissy zuckte mit den Schultern. »Erstens hatte ich mir den Abend ja eh für dich freigehalten – auch wenn ich mir das gemeinsame Essen etwas anders vorgestellt hätte. Und zweitens hab ich dir schon mal gesagt: Wenn du mich brauchst, dann bin ich für dich da. Außerdem stehe ich auf rohen Fisch!«

Madsen blickte sie dankbar an und lächelte. Nachdem er auf Anweisung von Dr. Agasiotis seinen Dienst beendet und das Polizeirevier in Starnberg verlassen hatte, schien ihm eine Portion Sushi ob seiner leichten Bekömmlichkeit das ideale kulinarische Betthupferl zu sein. Allerdings war Starnbergs angesagtestes Sushi-Restaurant »Fisherman's« gegenüber dem Heimatmuseum wie immer bestens besucht, und da Madsen nach den Ereignissen des Tages wenig Verlangen nach geselligem Beisammensein mit mitteilungsbedürftigen Menschen verspürte, hatte er seine Bestellung kurz entschlossen in eine Take-away-Variante geändert, ein paar Makis, Nigiris und Sashimis mehr geordert und Lissy Berghammer telefonisch auf ein abendliches Spontan-Picknick eingeladen.

Nun saßen sie auf einer der zahlreichen Bänke auf der Uferpromenade und blickten an der steinernen Skulptur, die von der Städtepartnerschaft Starnbergs mit Dinard zeugte, vorbei auf den Starnberger See, auf dem sich der Vollmond silbern spiegelte. Eine leichte Brise wehte vereinzelte Nebelschwaden und den Duft von feuchtem Holz über das Wasser, und die nächtliche Stille wurde nur hie und da vom heiseren Krächzen der Möwen oder einer vorbeifahrenden S-Bahn unterbrochen.

»Wie geht es eigentlich Max' Vater? Ist er mit seinem Herzen über den Berg?«, erkundigte sich Lissy und tunkte ein mit Fischrogen bedecktes Maki in die Sojasoße.

»Ich glaube, der alte von Werdenfels ist schon wieder auf dem Weg der Besserung«, antwortete Madsen. »Allerdings verweigert er nach wie vor jeden Kontakt zu seinem Sohn. Und ich weiß, dass das dem armen Max ganz schön zu schaffen macht.«

»Was für ein stures Arschloch«, brummte Lissy wenig ladylike. »Der adelige Sack sollte sich was schämen. Andere Eltern würden sich die Finger lecken nach einem Sohn wie Max – und dieser verbohrte Spießer redet kein Wort mit seinem einzigen Kind, nur weil es schwul ist. In welchem Jahrhundert lebt der Typ eigentlich?«

»Tja, ist wohl auch bei ihm Erziehungssache. Grundsätzlich geht mich diese ganze Familiengeschichte ja nicht das Geringste an, aber ich brauche Max' uneingeschränkte Aufmerksamkeit bei unserem aktuellen Fall – und man merkt ihm bei aller Professionalität einfach an, dass sein Kopf momentan nicht frei ist.«

»Ich nehme an, du sprichst von dem Mord, oder? Gibt's denn da was Neues?«

Madsen wiegte bedächtig den Kopf. »Tja, eigentlich darf ich darüber nicht reden. Auf der anderen Seite hast du mir mit deinen Kenntnissen über die Starnberger Hautevolee bei unserem letzten Fall extrem geholfen – und beim aktuellen dadurch, dass du Konny Oswald erkannt hast. Vielleicht sollte ich dich einfach als eine Art geheime Informantin sehen. Immerhin kenne ich hier niemanden in Starnberg, der so viel über die Leute weiß wie du.«

»Und nicht nur über die Leute, sondern auch über deren dunkle Geheimnisse«, ergänzte Lissy mit einem Augenzwinkern. »Vergiss nicht, dass man heutzutage komplett die Hose runterlassen muss, wenn man ein Haus kaufen oder mieten möchte. Von den finanziellen Verhältnissen über die Familiensituation bis hin zum Lebenswandel – ein Immobilienmakler weiß heute fast so viel über die Leute wie früher die Beichtväter.«

»Amen!«, erwiderte Madsen grinsend und beschloss, Lissy – zumindest in einem vertretbaren Rahmen und nach vorheriger Verpflichtung zu absoluter Diskretion – mit dem aktuellen Ermittlungsstand vertraut zu machen.

Lissy hörte Madsen aufmerksam zu, unterbrach ihn nur gelegentlich mit einer kurzen Frage. Als er geendet hatte, rückte sie ganz nah an seine Seite.

»Donnerwetter, Mads, jetzt ist mir auch klar, warum du dich vorhin so erschossen angehört hast«, murmelte sie und ließ ihren Kopf auf seine muskulöse Brust sinken. Madsen legte seinen Arm um ihre Schultern und genoss das Gefühl der Wärme und der Zuneigung, das ihn dabei durchströmte. Er war Lissy dankbar, dass sie den Kuss vom Vortag bisher mit keiner Silbe erwähnt hatte – und das nicht nur, weil er sich aufgrund seiner Müdigkeit außerstande sah, ein so diffiziles Thema zu besprechen, sondern auch, weil der aktuelle Fall all seine noch verbliebene Konzentration erforderte.

»Weißt du, Lissy, das Schlimmste ist, dass wir uns sicher sind, dass der Typ noch weitere Frauen entführen und töten wird. Das wollen wir natürlich mit allen Mitteln verhindern, aber um ehrlich zu sein: Wir haben gerade kein einziges dieser verdammten Mittel. Und du glaubst gar nicht, wie frustrierend das ist!«

»Aber du sagtest doch gerade, ihr habt zumindest ansatzweise Verdächtige. Gibt es da nicht eine Spur, die ihr weiterverfolgen könnt?«

»Na ja, ›Verdächtige‹ ist vielleicht ein bisschen übertrieben. Der Ehemann der ersten Ermordeten ist ein gewalttätiger Tyrann und erbt mit dem Tod der Frau ein kleines Vermögen. Das ist ein klares Motiv, und außerdem hat er kein beweisbares Alibi. Wesentlich dünner sieht das bei diesem Konny Oswald aus. Der hat sich zwar mit Barbara Heidemann getroffen, behauptet aber, sie lebend verlassen zu haben und Vroni Schreier überhaupt nicht zu kennen. Er hat kein überprüfbares Alibi für den ersten Mord und verkehrt darüber hinaus auf diesem Erotikportal LakeLove, auf dem die beiden Mordopfer ebenfalls aktiv waren. Tja, und zu guter Letzt haben wir noch Hauptmann von Steinäcker. Der erkundigt sich auffällig intensiv nach unseren Ermittlungen – angeblich aus Karrieregründen. Außerdem hat er als Einziger mit Schäferhunden zu tun, und auf dem Kasernengelände gibt es zweifelsohne diverse alte Keller, zu denen die an der ersten Leiche gefundene Wandfarbe passen könnte. Ein Alibi hat er ebenfalls nicht. Zumindest nicht für den ersten Mord – die Alibis für den zweiten werden gerade noch überprüft. Du siehst: alles sehr, sehr vage.«

»Und was ist mit dem Ehemann von Opfer Nummer zwei?«, erkundigte sich Lissy nachdenklich. »Sagtest du nicht mal, dass ein Großteil aller Morde Beziehungstaten sind? Und schließlich habt ihr doch auch den Ehemann der ersten Getöteten auf dem Zettel.«

»Das wäre Toni Schreier. Dem gehört der Obstladen auf der Hauptstraße. Kennst du den? Der Kerl ist ein solches Arbeitstier, dass er vermutlich nicht mal Zeit für einen Mord hätte! Außerdem halte ich ihn definitiv nicht für einen Kriminellen.«

»Da gebe ich dir recht«, stimmte Lissy zu.

Ungeachtet des wenig erbaulichen Gesprächsthemas schien sie die körperliche Nähe zu Madsen sehr zu genießen – zumindest deutete er es so, als sie die Sushi-Box auf den Boden stellte, ihren Kopf in Madsens Schoß sinken ließ und ihre Beine mit einem wohligen Seufzen auf der Bank ausstreckte.

»Toni Schreier kenne ich ganz gut«, fuhr sie fort, »weil ich da seit ewigen Zeiten mein Obst kaufe. Man kann den Leuten zwar nur vor den Kopf gucken, aber als Mörder kann ich mir den kleinen Hektiker beim besten Willen auch nicht vorstellen. Für den gibt es nur seinen Laden. Wenn man ihn nach seinen Kindern oder nach irgendwas Privatem fragt, bekommt man maximal drei Worte hingeschmissen. Wenn man sich dagegen nach der Herkunft einer Papaya erkundigt, dann sprudelt der Mann wie ein Springbrunnen. Zumindest, sofern er Zeit zum Sprudeln hat – meistens geht's bei ihm ja rein und raus wie in einem Bienenschlag.«

»Vielleicht bessert sich das ja mit der neuen Arbeitskraft, die ich ihm vermittelt habe. Die ist zwar nicht vom Fach, kennt sich aber zumindest mit ›rein und raus‹ ziemlich gut aus«, murmelte Madsen. »Also, was den Verdacht gegen Schreier angeht, sind wir beide uns einig. Doch was ist mit den Männern, die ich eben aufgezählt habe? Über Oswald hattest du mir ja schon einiges erzählt, aber was ist mit den anderen beiden? Kennst du die auch?«

Lissy nickte. Dabei registrierte sie, dass sich ihr Hinterkopf an einer sehr sensiblen Stelle in Madsens Schoß befand – ein Fakt, der sie gleichermaßen amüsierte wie erregte.

»Äh, was wollte ich sagen …? Ach so, ja, Herr und Frau Heidemann sind – oder vielmehr waren – Klienten von mir. Sie haben ein paar Grundstücke über mich verkauft, und zwar deutlich unter Wert. Es war offensichtlich, dass die zwei schnell Kohle brauchten. Hätte ich etwas mehr Zeit zum Verhandeln gehabt, wäre der Verkaufspreis sicherlich deutlich höher ausgefallen – und damit auch meine Provision. Du kannst dir also vorstellen, dass ich mit der Abwicklung der Verkäufe nicht ganz glücklich war.«

»Ja, das ist mir klar. Und welchen Eindruck haben die beiden – und vor allem Dr. Heidemann – rein menschlich auf dich gemacht?«

Lissy verzog angewidert die Nase. »Er ist ein absoluter Widerling! Der typische Starnberger Neureiche. Große Klappe, nichts dahinter. Ein Schaumschläger, wie er im Buche steht. Und dabei arrogant wie Rotz. Genau der Schlag Mann, den ich in etwa so schätze wie eine Chlamydien-Infektion.«

»Und könntest du ihn dir auch als Mörder vorstellen?«, hakte Madsen interessiert nach, während auf dem Wasser ein prächtig beleuchtetes Ausflugsschiff mit einer Hochzeitsgesellschaft vorbeifuhr und den kompletten See mit den mehr oder weniger melodischen Klängen eines orgelspielenden Alleinunterhalters beglückte.

»Das kann ich beim besten Willen nicht beurteilen, Mads«, antwortete Lissy kopfschüttelnd. »Ich habe keine Ahnung, wie ein Mörder tickt. Das weißt du viel besser. Auf jeden Fall ist Dr. Heidemann jemand, den ich nicht in meiner Nähe ertragen könnte. Aber du hast ja auch noch diesen Hauptmann von Steinäcker erwähnt. Wenn du magst, kann ich dir über ihn auch noch ein bisschen was erzählen.«

»Klar, gerne! Ich hatte ja keine Ahnung, dass du ihn kennst. Verkaufst du etwa auch Bundeswehrkasernen?«, erkundigte sich Madsen lachend und strich Lissy zärtlich eine Strähne aus der Stirn. »Ich muss zugeben, dass ich dich offensichtlich unterschätzt habe.«

»Oh ja! Und das in vielerlei Hinsicht, mein Lieber«, antwortete Lissy mit kehliger Stimme und veränderte die Position ihres Kopfes so, dass ihr Hinterkopf wie zufällig immer wieder die längliche Verdickung in Madsens Hose touchierte. »Vor ungefähr drei Jahren musste in Starnberg das Gymnasium komplett saniert werden. So ein umfangreiches Bauvorhaben lässt sich nicht innerhalb der Ferien fertigstellen, und deshalb hat die Stadt eine provisorische Unterkunft für den Schulunterricht gesucht. Vorsitzender des Elternbeirats war damals übrigens Dr. Heidemann. Er war es dann auch, der mich aufgrund meiner Immobilienkenntnisse gebeten hat, die Verantwortlichen bei der Suche zu unterstützen – und rate mal, wo wir schließlich fündig geworden sind: in der General-Fellgiebel-Kaserne!«

»Ach komm!« Madsen blickte Lissy zweifelnd an. »Eine Schule auf einem militärischen Hochsicherheitsgelände? Wie soll das denn funktioniert haben?«

»Überraschend gut, und das vor allem durch den großen persönlichen Einsatz des Kommandeurs Hauptmann von Steinäcker. Der hat sich organisatorisch echt ins Zeug gelegt.

Die Schüler sind mit Bussen in Starnberg und den umliegenden Gemeinden abgeholt und gesammelt auf das Kasernengelände gebracht worden. Der Unterricht fand in den militärischen Schulungsräumen statt, und die Lehrer hatten Sonderausweise – das hat alles perfekt geklappt. Gut, die Konzentration der Jungs hat vielleicht etwas darunter gelitten, dass draußen vor dem Fenster ständig Militär-Lkws und Hubschrauber auftauchten, aber alles in allem hat von Steinäcker der Schule und der Stadt extrem geholfen. Allerdings hat er sich dafür natürlich auch in der Presse gebührend feiern lassen.«

»Was wiederum seiner Beförderung ins Verteidigungsministerium zugutegekommen sein dürfte«, ergänzte Madsen. »Der Mann ist schon verdammt clever – ich glaube, da passiert nicht allzu viel in seinem Leben, was nicht exakt in seine Pläne passt.«

»Und genau deshalb kann ich mir auch schlecht vorstellen, dass er irgendwas mit diesen Morden zu tun hat. Wenn du sagst, dass seine Beförderung quasi in trockenen Tüchern ist, dann wäre er doch total dämlich, sie durch solche Taten wieder zu gefährden.«

»Stimmt, da ist was dran. Womit wir – was die Verdächtigen angeht – quasi wieder bei null wären«, brummte Madsen frustriert. Gleichzeitig versuchte er unauffällig, seine Sitzposition zu verändern, da die Bewegungen von Lissys Hinterkopf in seinem Schoß eine physikalische Reaktion zur Folge hatten, die sich nur noch mit Mühe verbergen ließ.

»Und was wäre, wenn ihr, statt zu reagieren, einfach agiert?«

»Wie meinst du das?« Madsen blickte Lissy irritiert an und vergaß dabei sogar für einen kurzen Moment sein erektives Problem.

»Nun, ihr könntet den Mörder doch aus der Reserve locken. Ganz offensichtlich steht er ja auf einen bestimmten Typ Frau mit gewissen erotischen Vorlieben. Macht euch das doch zunutze und setzt in diesem Erotikportal einen Lockvogel ein, der genau diese Parameter erfüllt.«

Madsen kratzte sich nachdenklich am Kopf. »Daran hatte ich in der Tat auch schon mal gedacht. Allerdings müsste man ein Treffen von Lockvogel und Täter arrangieren, um die Chance auf eine Festnahme zu haben. Wenn die Frau dann nicht so aussieht wie im Profil beschrieben, gibt unser Mann sich vielleicht überhaupt nicht zu erkennen, und die ganze Nummer ist geplatzt. Die einzige Möglichkeit bestünde darin, in München eine Kollegin ausfindig zu machen, die in etwa der Tätervorstellung entspricht und Ähnlichkeit mit unseren bisherigen Opfern hat.«

»Ich habe die Frau von dem Obsthändler sicher schon mal im Laden gesehen, kann mich aber nicht erinnern, wie sie ausgesehen hat. War sie vom Typ her wie Barbara Heidemann?«, erkundigte sich Lissy beiläufig. Dabei bewegte sie den Kopf mit unschuldigem Augenaufschlag in Madsens Schoß hin und her, worauf dessen Blut nicht nur zunehmend in Wallung geriet, sondern sich auch sehr partiell staute.

»Absolut. Sowohl Barbara Heidemann als auch Vroni Schreier waren relativ groß, blond und hatten eine weibliche Figur mit Rundungen dort, wo sie bei einer Frau hingehören.«

»Und?«

Madsen blickte Lissy irritiert an. »Was, und?«

»Und, was siehst du, wenn du deine Augen mal ein wenig nach unten bewegst?«

»Ich verstehe nicht ganz …«

»Mann, Mads, jetzt sei doch nicht so begriffsstutzig«, tadelte Lissy grinsend. »Schau mich doch bitte mal komplett an. Bin ich klein oder groß?«

»Na ja, eher groß«, antwortete Madsen verunsichert.

»Welche Haarfarbe habe ich?«

»Blond. Aber das weißt du doch selbst. Was soll —«

»Und wie würdest du meine Figur beschreiben?«, hakte sie unbeirrt nach. »Weiblich? Mit Rundungen dort, wo sie bei einer Frau hingehören?«

»Ja, schon. Aber …« Plötzlich schlug sich Madsen mit der

flachen Hand vor die Stirn. »Ach, jetzt kapiere ich! Du sprichst von dir als Lockvogel!«

»Na endlich«, lachte Lissy. »Und ich dachte schon, du kommst nie drauf. Ja klar, ich könnte doch den Köder spielen. So, wie du die Frauen beschrieben hast, würde ich perfekt ins Beuteschema des Täters passen.«

Madsen war bei Lissys Worten erblasst. Unsanft schob er ihren Kopf von seinem Schoß und sprang auf.

»Das soll doch hoffentlich ein Witz sein! Glaubst du wirklich, ich würde dich als Lockvogel für einen psychopathischen Mörder einsetzen?«

»Hey, komm mal wieder runter, Mads«, erwiderte Lissy ungehalten. »Ich will mit dem Typ ja nicht in die Flitterwochen fahren. Ich wollte ihn nur für euch aus seinem Versteck locken – alles andere wäre dann eure Sache gewesen. Aber vergiss es. Mir war nicht klar, dass du gleich so in die Luft gehst!«

»Sag mal, hörst du dir eigentlich selbst zu?« Madsen rang fassungslos nach Luft. »Der Kerl hat zwei Frauen den Schädel halb eingeschlagen. Dann hat er sie auf alle erdenkliche Arten sexuell missbraucht und sie anschließend mit bloßen Händen erwürgt. Weißt du, was das bedeutet? Das ist ein Psychopath. Ein Monster! Und du redest hier, als ginge es um ein Schuldate. Also ganz ehrlich, Lissy, das ist mit Abstand die schwachsinnigste Idee, die ich seit Langem gehört habe!«

»Nun, wenn das so ist …«, entgegnete Lissy kalt, »… dann will ich dich beim Ausdenken besserer Ideen nicht stören. Du kannst dich ja melden, wenn du den Fall gelöst hast. Oder wenn ihr die nächste Leiche gefunden habt.«

Mit diesen Worten warf sie sich ihre Jacke über und eilte schnellen Schrittes durch die Unterführung Richtung Bahnhofsvorplatz.

Madsen starrte ihr wortlos hinterher.

Dann drehte er sich wutentbrannt um und trat eine große Portion Ebi Maki in den Starnberger See.

ZEHN

Ihre Erscheinung ähnelte der eines Engels. Das Kleid war blendend weiß, fast so, als blickte man direkt in eine starke Lichtquelle, und auch ihr offen über die Schultern wallendes Haar strahlte in einem Goldton, der ob seiner leuchtenden Intensität nicht von dieser Welt zu sein schien. Ihre barfüßigen Bewegungen wirkten dermaßen leicht und anmutig, dass es den Anschein hatte, als schwebe sie über den nackten Betonboden.

Lissy Berghammer lächelte Madsen an, und er lächelte zurück.

In diesem Augenblick erschienen hinter ihr plötzlich zwei Hände in weißen Latexhandschuhen und legten ihr mit fast schon zärtlicher Behutsamkeit eine Perlenkette um den Hals. Madsen zuckte entsetzt zusammen, wollte schreien, wollte sie warnen, doch seine Stimme versagte. Lediglich ein heiseres Krächzen entrang sich seiner Kehle, und so musste er hilflos mit ansehen, wie die Hände langsam nach Lissys Hals griffen und mit der mechanischen Erbarmungslosigkeit eines Schraubstocks zuzudrücken begannen.

Lissy röchelte.

Ihr Gesicht verfärbte sich, zuerst rot, dann bläulich, und während sie verzweifelt versuchte, der Umklammerung zu entkommen, starrte sie Madsen mit weit aufgerissenen Augen an – ein Blick, der sich in seine Seele brannte wie Zucker in ein Ceranfeld.

Doch dann schien sich der tödliche Griff für den Bruchteil einer Sekunde zu lockern, denn Lissy gelang es unter Aufbietung aller verbliebenen Kräfte, sich loszureißen. Sie wollte Richtung Ausgangstür flüchten – um im selben Augenblick verzweifelt festzustellen, dass sämtliche Wände des bunkerähnlichen Raums aus Türen bestanden. Massive Stahlpforten, vier, fünf Stück an jeder Wand und ausnahmslos alle mit einem schweren Riegel verschlossen.

Wohin sollte sie laufen?

Welche der Türen führte zum Ausgang?

Und was verbarg sich hinter den anderen?

Panisch zerrte sie den ersten Riegel nach oben, öffnete unter größter Mühe die schwere Tür und fuhr entsetzt zurück, als im selben Moment eine weiß gekleidete Frau mit einer Perlenkette um den Hals aus dem Dunkel trat. Langes blondes Haar hing strähnig vor ihrem Gesicht, sodass sie nicht erkennbar war, und ihre Arme baumelten schlaff neben ihrem Körper. Lissy riss hektisch am nächsten Riegel und öffnete eine weitere Tür. Auch hinter ihr erschien eine Frau, fast wie ein eineiiger Zwilling der ersten, und auch ihr fiel das Haar so nach vorne, dass ihr Antlitz nicht zu sehen war.

Währenddessen wütete Lissy auf der Suche nach einem Ausgang durch den Kellerraum wie ein Berserker. Von der Person mit den Latexhänden war nichts mehr zu sehen, stattdessen füllte sich der Raum mit jeder geöffneten Tür. Eine Frau nach der anderen, alle identisch bekleidet, alle apathisch umherirrend und alle mit langen blonden Haaren vor dem Gesicht.

Der Anblick erinnerte an ein großes Spiegelkabinett, an ein morbides, zum Leben erwecktes Escher-Gemälde, und Madsen gelang es nur unter Aufbietung größter Konzentration, Lissy in dem gespenstischen Durcheinander im Auge zu behalten. Die war inzwischen bei der letzten noch verschlossenen Tür angekommen und riss mit dem Mut der Verzweiflung den Riegel nach oben.

Als die stählerne Tür sich öffnete, schrie sie erschrocken auf.

Explosionsartig erhellte ein gleißendes, alles überstrahlendes Licht den Raum, und ein orkangleicher Windstoß fegte mit ohrenbetäubendem Getöse durch das Verlies. Madsen kniff geblendet die Augen zusammen, suchte verzweifelt nach Lissy, doch der peitschende Wind wirbelte Kleider, Haare und Personen so durcheinander, dass es völlig unmöglich war, eine einzelne Person zu erkennen. Erst nach einer gefühlten Ewigkeit legte sich der Sturm so plötzlich, wie er gekommen war, das Licht verblasste, und Madsen konnte seine Augen wieder vollständig öffnen.

Der Wind hatte die Haare der Frauen aus den Gesichtern geweht.

Als er sie erkannte, schrie Madsen verzweifelt auf.

Jede von ihnen war Lissy Berghammer.

Es dauerte einen Augenblick, bis Mads Madsen realisierte, wo er sich befand. Sein T-Shirt war völlig durchnässt, sein Atem ging stoßweise, und das Laken, das neben dem Bett auf dem Boden lag, zeugte davon, dass er im Schlaf wild um sich geschlagen und getreten hatte.

Erschöpft wischte er sich den Schweiß von der Stirn und schloss die Augen, doch sofort erschien ihm wieder das letzte Bild seines Alptraums. Zahllose Frauen, alle exakt mit dem Äußeren von Lissy Berghammer, gefangen, missbraucht und dem Tode geweiht, lebendig begraben in einem kalten, kargen Bunkerraum.

In diesem Augenblick wusste Madsen, was er zu tun hatte.

Er griff nach seinem Telefon, drückte eine Kurzwahltaste und warf einen Blick auf die Uhr.

Drei Uhr siebzehn.

Mitten in der Nacht.

Aber er wusste, dass die Person, die er anrief, immer für ihn erreichbar war.

***

»Um es gleich vorwegzunehmen: Wirklich wohl fühle ich mich mit dieser Idee nicht!« Oberstaatsanwalt Dr. Agasiotis wanderte unruhig im Besprechungsraum des Polizeireviers Starnberg hin und her und kräuselte missmutig die Stirn. »Als Kollege Madsen mich heute Nacht angerufen und mir von Ihrem Vorschlag erzählt hat, habe ich ihn – um ganz ehrlich zu sein – erst mal gefragt, ob er mich auf den Arm nehmen möchte.«

»Die Reaktion kenne ich«, entgegnete Lissy Berghammer trocken und warf Madsen einen abfälligen Blick zu. »Aber so schwachsinnig scheint die Idee offensichtlich doch nicht zu sein, sonst hätten Sie mich ja nicht gebeten, sämtliche Termine abzusagen und hier im Revier zu erscheinen.«

»Wofür wir Ihnen auch ausgesprochen dankbar sind, Frau Berghammer.« Dr. Agasiotis deutete eine kurze Verbeugung an, während sämtliche anderen Anwesenden Lissys Unterstützungsbereitschaft mit beifälligem Klopfen auf den großen Konferenztisch goutierten.

In dem Besprechungsraum befanden sich neben Lissy, Dr. Agasiotis und Madsen noch von Werdenfels, Schmidthuber und Zirngibl. Auf dem Tisch standen zwei Thermoskannen mit duftendem Kaffee sowie ein Tablett mit ofenfrischen Brezen, durch die großen, weit geöffneten Panoramafenster fiel morgendliches Sonnenlicht, und auf dem Flipchart hatte Dr. Agasiotis einen neuen, unbeschriebenen Papierblock befestigen lassen. Es war offensichtlich, dass er fest gewillt war, der Besprechung einen möglichst positiven, von Optimismus und Zuversicht geprägten Charakter zu verleihen.

Aus diesem Grunde hatte ihn auch der unterkühlte Umgang zwischen Lissy Berghammer und Mads Madsen irritiert. Davon ausgehend, dass die beiden eine enge Freundschaft verband, erschien ihm diese atmosphärische Störung nicht nur befremdlich, sondern drohte unter Umständen auch den Erfolg ihrer geplanten Aktion zu gefährden. Andererseits handelte es sich bei den beiden um erwachsene Leute, die man nicht zum Handschlag zwingen konnte wie zwei sommersprossige Lausbuben nach einer Schulhofrangelei, und so beschloss Dr. Agasiotis, die kleine zwischenmenschliche Dissonanz zunächst einmal zu ignorieren und erst dann vermittelnd einzugreifen, wenn negativer Einfluss auf ihre Ermittlungen zu befürchten war.

»Liebe Frau Berghammer, Sie haben sich an Herrn Madsen gewandt mit dem Vorschlag, eine Art Lockvogel für uns zu spielen. Ist das richtig?«

Lissy nickte. »Nachdem ich gehört hatte, dass das Aussehen der beiden Opfer offensichtlich nicht nur ein entscheidendes Auswahlkriterium des Täters war, sondern zufällig auch mit meinem übereinstimmt, schien mir das eine gute Idee zu sein. Allerdings sah Kriminalrat Madsen das gestern entschieden anders ...«

»Wofür ich mich auch bereits mehrfach entschuldigt habe«, entgegnete Madsen unwirsch. »Vielleicht akzeptierst du es endlich, dass ich mir im ersten Moment einfach Sorgen um dich und deine Sicherheit gemacht hab. Das tue ich übrigens immer noch. Aber ich muss gestehen, dass uns gerade die Alternativen fehlen.«

»Trotzdem hättest du nicht gleich so ungehalten reagieren müssen. Manchmal ist es besser, erst zu denken und dann zu sprechen.« Lissy verschränkte die Arme und lehnte sich auf ihrem Stuhl zurück. »Aber sei's drum! Es geht ja hier nicht um uns, sondern darum, weitere Entführungen – und vielleicht auch weitere Morde – zu verhindern. Schließlich scheint der Täter Freude an seinem morbiden Schaffen gefunden zu haben.«

»Das ist absolut korrekt«, meldete sich von Werdenfels zu Wort, dem die Verstimmung zwischen Madsen und Lissy ob seiner Sympathie für beide ebenfalls zusetzte. »Sehr bewundernswert, dass du uns so selbstlos unterstützen möchtest, Lissy. Ich halte deine Idee, dich als Neuzugang bei LakeLove zu präsentieren, für ziemlich vielversprechend. Wir haben gestern Abend noch weitere Informationen vom LKA und von der Rechtsmedizin erhalten, die uns dabei helfen könnten, deine Profilbeschreibung so zu formulieren, dass der Kerl all seine Bedürfnisse und Vorlieben bei dir wiederfindet.«

»Gut, dass Sie das erwähnen, von Werdenfels«, unterbrach Dr. Agasiotis, während er Lissy galant eine Tasse Kaffee einschenkte. »Wären Sie bitte so nett, die Ermittlungsergebnisse der vergangenen Nacht noch einmal kurz zusammenzufassen?«

»Selbstverständlich!« Von Werdenfels sprang auf wie ein

VW-Chef bei der Ankündigung einer Dieselüberprüfung. »Vielleicht zuerst unsere Rechercheergebnisse bezüglich der Alibis der drei Verdächtigen. Dr. Heidemann war vorgestern Abend auf einem Symposium im Hotel ›Vier Jahreszeiten‹ in Starnberg. Zeugen dafür gibt es ausreichend. Allerdings hat er die Veranstaltung bereits kurz vor dem Get-together, also etwa gegen Mitternacht, verlassen, weil er Kopfschmerzen hatte.«

»Und wann war laut Gerichtsmedizin der Todeszeitpunkt?«, erkundigte sich Madsen.

»Circa gegen Mitternacht. Das heißt, das Alibi von Dr. Heidemann ist nichts wert. Gleiches gilt übrigens auch für die von Konny Oswald und Hauptmann von Steinäcker. Beide behaupten, ab dem frühen Abend zu Hause gewesen zu sein – und zwar alleine. Das heißt, beide haben keine Zeugen.«

»Kann was bedeuten, muss aber nicht«, brummte Madsen. »Wenn ich schlafe, hab ich auch keine Zeugen. Wie sieht es denn mit den Verletzungen aus? Gibt's in dem Zusammenhang neue Erkenntnisse?«

»Sekunde, da muss ich kurz im vorläufigen Bericht von Professor Polt schauen.« Von Werdenfels griff nach seinem Smartphone. »Also, die Verletzungen bei Vroni Schreier decken sich nahezu vollkommen mit denen von Barbara Heidemann. Das gleiche Schlagwerkzeug, die gleichen Vergewaltigungen und die gleiche Todesart: Sie wurde mit bloßen Händen erwürgt. Identisch auch die Abdrücke am Hals – der Täter legt seinen Opfern definitiv eine Perlenkette um, bevor er sie tötet.«

»Und was ist mit den beiden anderen Spuren, die an der Leiche von Barbara Heidemann gefunden wurden? Die seltene Wandfarbe und das Hundehaar? Gab es etwas Vergleichbares auch bei Vroni Schreier?«

Madsen agierte jetzt wie ein Bluthund, der eine Fährte aufgenommen hatte. Der Streit mit Lissy, der ihn noch vor wenigen Minuten mental beschäftigt hatte, war inzwischen völlig vergessen – jetzt gab es nur noch ihn und den Fall.

»Rückstände der Wandfarbe befinden sich mit großer Wahrscheinlichkeit auch diesmal auf der Leiche. Das Material ist noch zur Auswertung beim LKA, aber Professor Polt war sich relativ sicher, dass es sich um die gleiche Substanz handelt. Ein Hundehaar wurde diesmal nicht gefunden, genauso wenig wie irgendwelche anderen DNA-Spuren. Professor Polt hat noch mal seinen Verdacht geäußert, dass der Mann sich sehr gründlich und sehr gekonnt vermummt hat. Also entweder so wie unsere Kollegen von der Spurensicherung oder ein Latexfetischist, der von oben bis unten in Gummi gehüllt ist. Auf andere Art sei es eigentlich kaum zu schaffen, so wenige Spuren an einer Leiche zu hinterlassen.«

»Dann sollten wir vielleicht einen subtilen Hinweis auf Latexleidenschaft bei Frau Berghammers Profil integrieren«, sinnierte Dr. Agasiotis laut.

»Genau das meinte ich eben, als ich sagte, wir sollten die Rechercheergebnisse von heute Nacht in die Profilerstellung einfließen lassen.« Der Stolz des jungen Kommissars war unüberhörbar. »Dazu kommen dann noch die Analyseergebnisse, die die Psychologen aus dem Profil von Giacomo6262 gewonnen haben. Wenn das wirklich unser Mann ist, dann steht er auf Fetischsex, Fesselspiele und Sadomaso-Praktiken. Dabei ist er der dominante Part, während die Frauen den devoten übernehmen müssen. Tattoos und Piercings mag er nicht, was etwas ungewöhnlich ist, weil das sonst häufig mit der Fetischvorliebe einhergeht. Dass seine potenziellen Kontakte gebunden sind, stört ihn nach eigenen Angaben nicht weiter. Langes verbales Geplänkel ist nicht seins, stattdessen bevorzugt er möglichst schnell reale Treffen. Die bietet er zeitlich flexibel und an neutraler Stelle an. Seine Ausdrucksweise ist niveauvoll, seine Orthografie akzeptabel und sein Profilbild natürlich nur ein Platzhalter. Insgesamt ist seine Eigendarstellung wohl nicht sonderlich umfangreich, weshalb die Psychologen auch noch mal nach Gemeinsamkeiten in den Profilen von Barbara Heidemann und Vroni Schreier gesucht haben.«

»Das wundert mich nicht, dass die sich lieber die Profile von

Frauen angeschaut haben!«, unterbrach Polizeihauptmeister Schmidthuber und lachte anzüglich. »Schon alleine wegen der Fotos hätte ich das nicht anders gemacht!«

»Sparen Sie sich Ihre Machosprüche, Schmidthuber«, wies Madsen ihn zurecht und erntete dafür zum ersten Mal an diesem Tag den Ansatz eines Lächelns von Lissy. »Und du, Max, mach bitte weiter! Jetzt wird's interessant, denn alles, was die beiden Frauen an Gemeinsamkeiten hatten, sollten wir auch in Lissys Profil reinschreiben.«

»Das sehe ich genauso«, nickte von Werdenfels. »Da wäre zunächst mal die Beschreibung des Äußeren – hier haben wir die Parallelen zu Lissy ja bereits festgestellt. Dann haben beide in ihrem Profil angedeutet, dass sie in einer Beziehung sind, was sie aber nicht daran hindern würde, ein erotisches Abenteuer einzugehen beziehungsweise als Hobbyprostituierte zu arbeiten. Ich denke, so weit muss Lissy nicht gehen – die Suche nach einer außerehelichen Liaison sollte ausreichen. Wichtig wären dagegen eine leichte Devotheit sowie eine gewisse Affinität zu Latexkleidung. Selbst wenn wir mit unserer Vermutung falschliegen und der Täter sich mit einem Spurensicherungsoverall oder etwas Ähnlichem schützt – schaden kann das trotzdem nicht. Die meisten Männer stehen auf dieses Latexzeug.«

»Ich nicht!«, brummte Schmidthuber. »Für mich hat das immer was von Gelbwurst im Naturdarm.«

»Was vermutlich an der Figur deiner Frau liegt«, grinste von Werdenfels. »Bei Frauen unter hundertfünfzig Kilo kann das durchaus attraktiv aussehen.«

»Was fällt dir eigentlich ein, du kleiner, arroganter –«

»Verdammt noch mal!« Madsens Faust donnerte auf den Tisch, dass die Thermoskanne einen Satz machte. »Wenn ihr beide jetzt nicht sofort mit diesem Scheiß aufhört, platzt mir echt der Kragen. Wir versuchen hier gerade mit Hilfe externer Unterstützung einen Doppelmörder zu überführen, und das Einzige, was euch zwei beschäftigt, ist euer dämlicher Kleinkrieg. Ich sage euch eins: Wenn dieser Fall hier vorbei ist, will ich, dass das Problem gelöst wird. Und zwar endgültig! Und wenn ich anschließend noch ein einziges Mal dieses kindische Gezicke höre, lasse ich euch nach Pinneberg versetzen. Ist das klar?«

»Ja, aber –«

»Ich habe gefragt, ob das klar ist!«, bellte Madsen mit hochrotem Kopf, worauf ihm beide Streithähne ein kleinlautes »Ist klar!« entgegenmurmelten.

»Sehr gut, dann können wir ja jetzt endlich mit unserem Fall weitermachen.« Dr. Agasiotis nickte Madsen dankbar zu und reichte Lissy einen karierten Notizblock. »Liebe Frau Berghammer, zuerst einmal müssen wir uns einen Profilnamen für Sie ausdenken. Idealerweise transportiert der schon irgendwas von den Dingen, die unseren Täter ansprechen.«

»Wie wäre es mit ›Lady Sub‹? Oder irgendwas mit ›Pain‹ oder ›Dark Fantasy‹?«, schlug Polizeimeister Zirngibl vor.

»Oder ›Fesselnde Lust‹«, warf Schmidthuber ein und warf dabei einen anzüglichen Blick auf Lissy Berghammers Körper. »Vielleicht auch ›Devotes Luder‹ oder –«

»Stopp! Es reicht!« Lissy sprang auf und griff nach ihrer Jacke. »Meine Herren, ich habe mich bereit erklärt, Ihnen zu helfen und als Lockvogel zu fungieren. Das werde ich auch machen. Was ich aber keinesfalls tun werde, ist, hier und jetzt gemeinsam mit Ihnen mein Profil zu erstellen. Entweder ich mache das alleine zu Hause – oder Sie können sich jemand anderen für den Job suchen.«

»Ich verstehe deinen Unwillen vollkommen …«, entgegnete Madsen verständnisvoll und warf Zirngibl und Schmidthuber einen vernichtenden Blick zu, »… aber es ist wichtig, dass die Beschreibung mit den Erkenntnissen der Polizeipsychologen übereinstimmt. Unter Umständen wäre es sogar sinnvoll, den Text im Vorfeld noch mal mit den Kollegen abzusprechen. Wir wollen doch nur –«

»Wir spielen nach meinen Regeln oder gar nicht!« Lissy blickte die Anwesenden streitlustig an. »Glauben Sie mir: Ich bin durchaus dazu in der Lage, das eben Gehörte selbstständig in meine Profilbeschreibung einzuarbeiten. Und ich bin auch durchaus dazu fähig, eine ebenso anspruchsvolle wie animierende Charakterisierung meines Alter Egos zu formulieren. Worauf ich hingegen überhaupt keine Lust habe, ist, dass so ein notgeiler alter Sack wie Sie ...«, sie deutete mit zusammengekniffenen Augen auf Polizeihauptmeister Schmidthuber, »... aufgrund meiner Profilbeschreibung hormonell Amok läuft!«

Schmidthuber schoss das Blut ins Gesicht. Doch bevor er Gelegenheit hatte, zum verbalen Gegenschlag anzusetzen, mischte sich Dr. Agasiotis ein.

»Liebe Frau Berghammer, ich würde es zwar bevorzugen, wenn Sie Ihre Texterstellung mit uns abstimmen würden, kann aber durchaus nachvollziehen, dass Sie dieses etwas – wie soll ich sagen? – delikate Thema lieber alleine regeln möchten. Aus diesem Grunde schlage ich vor, dass Sie jetzt nach Hause fahren und dort in aller Ruhe Ihr Profil erstellen. Sobald es online ist, schicken Sie uns einen Screenshot, und wir schauen es uns an. Falls nötig, können Sie es dann ja immer noch korrigieren. Könnten Sie mit dieser Lösung leben?«

Lissy nickte zufrieden. »Das klingt gut. Ich melde mich, wenn ich so weit bin. Bis dahin wünsche ich den Herren noch einen schönen Tag.«

Mit diesen Worten ergriff sie ihre Handtasche und rauschte aus dem Besprechungsraum.

Dass Madsen, der ihr die Tür aufhielt, noch etwas sagen wollte, war offensichtlich.

Doch Lissy Berghammer tat so, als habe sie es nicht gesehen.

***

»Du isst ja gar nichts.«

»Kein Hunger!«, brummte Madsen, während von Werdenfels so herzhaft in sein Fladenbrot biss, dass kurzzeitig eine dönerbedingte Kiefersperre zu befürchten war. Nach dem morgendlichen Gespräch mit Lissy Berghammer im Polizeipräsidium hatte sich das Ermittlungsteam getrennt seinen individuellen Aufgaben gewidmet. So war Dr. Agasiotis wieder zurück nach München gefahren, um die juristischen Bemühungen zur Offenlegung der IP-Adresse von Giacomo6262 voranzutreiben, während Polizeihauptmeister Schmidthuber und sein Kollege Zirngibl sich um die Suche nach Zeugen für – oder auch gegen – die Alibis von Dr. Heidemann, Oswald und von Steinäcker kümmerten.

Madsen und von Werdenfels hatten noch einmal die kompletten Ermittlungsakten vom ersten Eintrag, der Meldung eines Leichenfunds an der General-Fellgiebel-Kaserne, bis zum aktuellen Stand akribisch durchgearbeitet, um nach bisher übersehenen oder als nicht relevant erachteten Details zu suchen. Eine kriminalistische Sisyphusarbeit, in deren Verlauf dem übermüdeten von Werdenfels mehrfach die Augen zugefallen waren. Die Aufforderung Madsens, sich doch ein paar Stunden hinzulegen, um neue Kraft zu tanken, hatte er dankend abgelehnt und seinem Vorgesetzten versichert, nach einem scharfen Döner und einer eiskalten Cola werde er wieder ganz der Alte sein – wenngleich auch mit einem leichten Knoblauchodeur.

Aus diesem Grunde hatten sich die beiden gegen Mittag aus dem Polizeirevier verabschiedet und waren – von Werdenfels mit dem Streifenwagen, Madsen wie immer mit seiner Harley – zu dem Parkplatzrondell gegenüber dem Starnberger Bahnhof gefahren, wo es neben einem vermoosten Steinbrunnen mit einer Sitzbank den nach übereinstimmender Aussage der Starnberger Schülerschaft besten Döner des gesamten Universums gab. Doch während von Werdenfels seinen mit ekstatischer Verzückung konsumierte, hatte Madsen lediglich einen lustlosen Bissen genommen und das gefüllte Fladenbrot anschließend neben sich auf der Bank abgelegt. Stattdessen beobachtete er gedankenverloren die vielen kleinen blonden Frauen, die in ihren großen schwarzen SUVs auf dem engen Parkplatz hin und her rangierten, um ihre Kinder nicht nur zum, sondern nach Möglichkeit in das Dönerlokal zu chauffieren.

»Macht dir Lissys Rolle als Lockvogel Sorgen, oder belastet dich euer Streit?«, erkundigte sich von Werdenfels mit vollem Mund.

»Beides!«

»Habt ihr euch wirklich so verkracht? Ihr wart doch bis jetzt immer ein Herz und eine Seele.«

»Stimmt!«

»Und jetzt seid ihr's nicht mehr?«

»Nein!«

»Ach komm, Mads. Ihr werdet euch doch jetzt nicht wegen einer popeligen Meinungsverschiedenheit so in die Haare gekriegt haben, dass ihr nicht mehr miteinander redet.«

»Doch!«

»Sag mal, hat's dir die Sprache verschlagen? Antwortest du jetzt nur noch wortweise?

»Ja!«

»Egal, was ich frage?«

»Ja!«

Von Werdenfels lachte auf. »Wetten, das hältst du keine zwei Minuten durch?«

»Doch!«

»Okay, die Wette gilt. Um was wetten wir?«

»Zwanzig Euro!«

»Und schon verloren.« Von Werdenfels schlug sich vor Vergnügen auf die Schenkel. »Damit schuldest du mir einen Zwanni, Mads. Und als Partner übrigens auch eine Erklärung, worüber ihr beide euch so zerstritten habt.«

»Ach, über ihre Rolle als Lockvogel«, seufzte Madsen, während er sein Portemonnaie aus der Tasche seiner Lederjacke zog, einen zerknitterten Zwanzig-Euro-Schein entnahm und ihn mit einem zerknirschten Lächeln überreichte. »Ich verstehe einfach nicht, warum Lissy nicht kapiert, dass ich mir Sorgen um sie mache. Ich meine, sie ist eine Immobilienmaklerin, keine Polizistin.«

»Na, jetzt schieß aber mal nicht mit Kanonen auf Eulen, Mads«, erwiderte von Werdenfels und wischte sich die Döner-Spezialsoße aus dem Mundwinkel. »Lissy soll ja keine Ermittlungsarbeit machen. Wir nutzen lediglich ihre optische Ähnlichkeit mit den Opfern, warten, bis sie kontaktiert wird, arrangieren dann ein Treffen, und wenn alles nach Plan läuft, überwältigt das SEK den Kerl, bevor der auch nur die Gelegenheit hat, Lissy die Hand zu geben. Du kennst doch Hauptkommissar Rick und seine Jungs – meinst du, die lassen da irgendwas anbrennen?«

»›Wenn alles nach Plan läuft‹ – genau das ist ja das Problem. Schließlich kann trotz aller Planung ganz schnell was schiefgehen. Bei unserem letzten Fall hatten wir auch einen bombensicheren Plan – und du weißt, wie die Sache dann plötzlich aus dem Ruder gelaufen ist!« Madsen erschauerte bei dem Gedanken an die Ereignisse auf dem Museumsschiff in Tutzing, wo er dem Tod nur mit viel Glück und der Hilfe des SEK von der Schippe gesprungen war.

»Das war einfach nur ein blöder Zufall. Und außerdem hattest du seinerzeit ja einen richtigen Undercoverauftrag«, erwiderte von Werdenfels. »Lissy muss dagegen nichts anderes machen, als irgendwo zu sitzen, zu warten und dabei möglichst verlockend auszusehen.«

Madsen blickte von Werdenfels strafend an. »Du hast leicht reden! Es ist ja nicht dein Freund, der den Lockvogel spielen soll. Ich weiß nicht, ob du noch genauso entspannt wärst, wenn Yoel dieses Profil erstellt hätte. Hör dir den Text doch mal an!«

Er zog ein zusammengefaltetes Blatt Papier aus der Tasche und strich es mit der Handkante glatt. Dann las er laut vor:

»Dominanter Mann mit Erfahrung gesucht.
Ich bin eine ein Meter achtundsiebzig große, sportliche
Frau mit attraktiven weiblichen Formen und langen

blonden Haaren. Leute, die mich kennen, beschreiben mich als absolut tageslichttauglich, unterhaltsam und sympathisch. Tattoos und Piercings habe ich keine, dafür trage ich – natürlich situationsabhängig – gerne Latexkleidung und außergewöhnlichen Schmuck.

Zur Vertiefung meiner ersten ›schlagenden Erfahrungen‹ suche ich eine starke, erfahrene Hand mit viel Gefühl, die mich halten und führen kann. Dabei sollte dir bewusst sein, dass BDSM für mich mehr als nur Fesseln und Schlagen à la Mr. Grey bedeutet. Das Spiel mit Gehorsamkeit und Bestrafung ist ein sehr sensibles, daher setze ich voraus, dass du dir deiner Verantwortung für diese Aufgabe bewusst bist. Außerdem bevorzuge ich gesittete, manierliche Männer mit Niveau – Doms, die sich nur über Lautstärke definieren, ziehen mich nicht an. Und erst recht nicht aus!

Ach, übrigens: Wortfetischisten und Bildersammler haben bei mir keine Chance. Ich suche keinen virtuellen Kontakt, sondern stehe mehr auf reale Treffen. Da ich (noch) in einer festen Beziehung lebe, sind Dates bei mir zu Hause leider nicht möglich. Aber wenn der Funke überspringt, bin ich bin zeitlich und räumlich äußerst flexibel.

Habe ich dein Interesse geweckt? Dann schreibe mir doch einfach, und wir schauen, was sich daraus ergibt – gemäß dem wohlbekannten Motto: ›Alles kann, nichts muss!‹ *g*

Ergebenst,
Deine Miss Obedience«

Madsen legte den Ausdruck beiseite und zündete sich eine Zigarette an.

Von Werdenfels beobachtete ihn schweigend, dann sagte er leise: »Ich verstehe, dass du mit dieser Profilbeschreibung ein Problem hast, Mads. Immerhin steht ihr beiden euch nahe.

Aber wenn man es aus rein ermittlungstaktischer Sicht betrachtet, ist es ziemlich genial formuliert. Lissy hat alles drin, was wir heute Morgen besprochen haben. Sie schreibt niveauvoll und subtil – aber dennoch klar in der Aussage. Sie hat ihr Äußeres ebenso erfasst wie das Latex- und BDSM-Thema, und wie sie so ganz nebenbei den Schmuck ins Spiel bringt, das ist große Klasse. Dazu noch der perfekte Name: Miss Gehorsam. Ganz ehrlich, Mads: Ich weiß, dass Lissy eine sehr erfolgreiche Immobilienmaklerin ist – aber ich bin mir sicher, als Polizistin hätte sie es ebenfalls weit gebracht.«

»Das Gleiche hat Dr. Agasiotis auch gesagt«, brummte Madsen und drückte die gerade erst angerauchte Zigarette in seinem Fladenbrot wieder aus. »Aber mir ist es deutlich lieber, dass sie Villen verkauft, als sich mit solchen Psychopathen rumzuschlagen wie wir. Ach, wo wir gerade von Psychopathen sprechen: Wie geht es eigentlich deinem alten Herrn?«

Von Werdenfels warf ihm einen missbilligenden Blick zu. »Dem geht es inzwischen wieder deutlich besser. Morgen soll er von der Intensivstation auf die normale verlegt werden. Aber ich hab dir schon mal gesagt, dass ich es nicht mag, wenn du so von meinem Vater sprichst. Er ist eigen, zugegeben. Aber er ist kein –«

Die plötzlich ertönenden Gitarrenriffs von Rammsteins »Engel« unterbrachen ihn.

Madsen zog sein Handy aus der Tasche, nahm das Gespräch an und hörte dem Anrufer schweigend zu. Nachdem er das Telefonat beendet hatte, zündete er sich mit zitternden Fingern eine neue Zigarette an.

»Das war Lissy. Sie hat ein Date.«

Von Werdenfels zuckte zusammen. »Mit wem? Doch nicht etwa …?«

»Doch! Genau das! Heute um zwanzig Uhr wird sie sich in Starnberg mit Giacomo6262 treffen.«

Madsen lehnte sich zurück und blies den weißen Qualm gedankenverloren in die Luft.

Der Anblick erinnerte ihn an die Papstwahl in der Sixtinischen Kapelle.

Oder an die Verbrennung einer Leiche in einem Krematorium.

***

Die Situation war fast identisch mit der am frühen Morgen. Allerdings nur fast.

Denn nicht nur die Besetzung war durch die Anwesenheit dreier SEK-Beamter eine andere, sondern auch die Stimmung hatte sich komplett gedreht. Hatten bei der morgendlichen Besprechung noch Zweifel und Unsicherheit überwogen, dominierten nun Optimismus und Tatendrang. Nichts war für einen Ermittlungsbeamten schlimmer, als ohne einen konkreten Angriffspunkt im Trüben zu fischen, doch da genau der sich nun durch die Kontaktaufnahme von Giacomo6262 ergeben hatte, diskutierten sämtliche Anwesenden wort- und gestenreich die Möglichkeiten einer erfolgreichen Festnahme. Lediglich Madsen saß etwas abseits und beobachtete den angeregten Austausch schweigend.

»Meine Dame, meine Herren, ich bitte um Ruhe!« Dr. Agasiotis stand an der Front des Konferenztisches und breitete die Arme aus, als gedachte er, das Mineralwasser auf dem Tisch in Wein zu verwandeln. »Wie Sie alle wissen, hat unser Verdächtiger Giacomo6262 heute Mittag Kontakt zu unserem Lockvogel Lissy Berghammer aufgenommen. Diese schnelle Reaktion liegt zweifelsohne auch an der brillanten Formulierung des Profils. An dieser Stelle, liebe Frau Berghammer, ein ganz großes Kompliment für Ihre – aus kriminalistischer und psychologischer Sicht – ausgezeichnete Arbeit.«

Applaus brandete auf, worauf Lissy sich etwas verlegen in alle Richtungen verneigte.

»Das Treffen soll heute Abend um zwanzig Uhr in der ›Lago-Lounge‹ im Zentrum von Starnberg stattfinden. Das heißt, wir haben lediglich fünf Stunden Zeit, um den Zugriff zu planen. Aus diesem Grunde habe ich auch die Verantwortlichen vom SEK mit dazugebeten. Ich denke, Sie alle kennen Hauptkommissar Rick und seine beiden Kollegen Bönisch und Leipold.«

Bis auf Lissy nickten alle Anwesenden. Die SEK-Beamten waren an Madsens erstem Fall in Starnberg beteiligt gewesen und hatten hervorragende Arbeit geleistet. Auch diesmal strahlten die drei Männer eine ansteckende Ruhe und Souveränität aus.

»Die Wahl der Location ist für uns sehr günstig«, erklärte Hauptkommissar Rick, »denn dieses Lokal hat nur einen Ein- beziehungsweise Ausgang. Es gibt keine Hintertür und keine Toiletten mit größeren Fenstern. Das heißt, wenn wir die Eingangstür im Griff haben, kann der Typ uns nicht entkommen.«

Wie immer führte Rick das Wort, während Bönisch und Leipold schweigend den Ausführungen ihres Vorgesetzten lauschten. Bei den Einsätzen jedoch bewiesen sowohl der große, breitschultrige Bönisch als auch der kleinere, deutlich kompaktere Leipold als Gruppenführer und stellvertretender Einsatzleiter außerordentliche taktische Kompetenz sowie beeindruckende körperliche Leistungsfähigkeit.

»Und was ist, wenn der Kerl Lissy beim Zugriff als Geisel nimmt?« Madsen kratzte sich am Kopf, um sofort danach an den Fingernägeln zu kauen. Seine Nervosität war mehr als offensichtlich. »Immerhin wird ihm in diesem Moment ja klar, dass sie ihn bei der Polizei verpfiffen hat.«

»Nein, das wird es nicht«, widersprach Rick entschieden und lehnte sich mit verschränkten Armen zurück. »Sobald der Zugriff erfolgt, wird Frau Berghammer nämlich erschrocken aufschreien und panisch aus dem Lokal stürmen. Das ist eine ganz normale Reaktion unbeteiligter Personen, wenn in einem Raum plötzlich und unerwartet die Hölle losbricht. Und glauben Sie mir: Das wird sie heute Abend!« Er lächelte mit einer Entschlossenheit, die den Anwesenden das Blut in den Adern gefrieren ließ.

»Und Sie meinen wirklich, das reicht, um Lissy zu schützen? Es geht ja nicht nur um eine Racheaktion. Was ist, wenn der Täter sie als Geisel nimmt?«, erkundigte sich Madsen zweifelnd.

»Dazu wird er keine Gelegenheit haben! Im Moment unseres Zugriffs wird Frau Berghammer auf den Kirchplatz rennen und dann sofort links abbiegen, damit sie aus der Sichtweite des Täters ist. Dort wird Kommissar von Werdenfels, der die ganze Aktion vom Dach der benachbarten Sparkasse beobachtet, sie in Empfang nehmen, sie zu ihrem Auto im Parkhaus bringen und anschließend mit dem Streifenwagen bis nach Hause begleiten. Also alles ganz safe! Und außerdem können Sie mir glauben: Dieser Giacomo wird ganz andere Sorgen haben, als sich mit Frau Berghammer zu beschäftigen! Kollege Bönisch ist kürzlich deutscher MMA-Meister geworden – wenn er jemanden am Boden fixiert, dann denkt derjenige an nichts mehr. Außer, wie er den Schmerz wieder loswird.«

»Na, das klingt doch hervorragend!«, bemerkte Lissy strahlend und klatschte tatendurstig in die Hände. »Also los! Dann erklären Sie mir jetzt mal, was ich heute Abend zu tun habe. Es sind nur noch fünf Stunden, und ich brauche noch ein bisschen Zeit, um meinen Text zu lernen und mich für mein Rendezvous zurechtzumachen.«

Sie zwinkerte dem SEK-Leiter kokett zu, entnahm ihrer Handtasche einen Lippenstift sowie einen kleinen Schminkspiegel und zog sich gekonnt die knallroten Lippen nach.

Madsen ballte unter dem Tisch die Fäuste. Er hatte Lissys aufreizenden Blick zu Hauptkommissar Rick registriert und ärgerte sich maßlos darüber – und das nicht nur wegen ihres offensichtlichen Bemühens, ihn eifersüchtig zu machen, sondern vor allem wegen ihrer fast schon naiven Sorglosigkeit. Lissy benahm sich, als träfe sie am Abend einen alten Schulkameraden.

Und nicht einen Psychopathen, der seinen Opfern eine Perlenkette um den Hals legte, um sie anschließend mit bloßen Händen zu erdrosseln.

ELF

»Sie gehen schon?« Der Gefreite Ötzel blickte überrascht auf. »Wir wollten doch noch die Bataillonsübung und den Tag der offenen Tür durchsprechen.«

»Wissen Sie, Ötzel, Sie sind wirklich ein guter Soldat.« Hauptmann von Steinäcker nickte dem jungen Soldaten wohlwollend zu. »Aber lassen Sie sich von einem alten Haudegen wie mir einen Ratschlag geben: Um nicht nur ein guter, sondern ein sehr guter Soldat zu werden, müssen Sie unbedingt lernen, geduldiger zu werden. Rom ist auch nicht an einem Tag erbaut worden. Es reicht völlig, wenn wir uns morgen über die restlichen Themen unterhalten. Ich habe heute Abend eine Verabredung, die ich nicht verschieben kann. Außerdem muss ich mich vorher noch umziehen.«

»Wie Sie wollen, Herr Hauptmann! Dann machen wir eben morgen weiter.« Der Gefreite Ötzel erhob sich, stellte sich kerzengerade hin und legte die durchgestreckte Hand an die Stirn. »Wünsche Ihnen einen schönen Abend, Herr Hauptmann.«

»Den werde ich garantiert haben«, murmelte von Steinäcker und erwiderte den militärischen Gruß mit grenzwertiger Lässigkeit. »Und, Ötzel …«

»Ja, Herr Hauptmann?«

»Sie machen jetzt gefälligst auch Feierabend. Erstens sollten Sie nicht sofort nach Ihrer Erkältung schon wieder Überstunden schieben, und zweitens würde es Ihnen verdammt guttun, mal ein bisschen unter Menschen zu kommen. Ich weiß, dass Sie ehrgeizige Karrierepläne haben, aber Sie sind doch noch ein junger Mann. Gehen Sie aus, lassen Sie's mal krachen! Schleppen Sie mal ein paar Weiber ab!«

»Aber ich –«

»Nichts, aber! Das ist ein Befehl, Ötzel!« Hauptmann von Steinäcker schlug dem jungen Soldaten kraftvoll auf die Schulter. »Schnappen Sie sich ein paar Kameraden und lassen Sie heute Abend mal so richtig die Sau raus. Und morgen möchte ich dann einen Skalp sehen. Oder – in Ihrem Fall – einen Slip. Kann doch nicht sein, dass so ein gut aussehender Kerl wie Sie asketischer lebt als der Papst.«

»Ihre Besorgnis in allen Ehren, Herr Hauptmann«, entgegnete Ötzel und rieb sich verstohlen die schmerzende Schulter, »aber es gibt wirklich keinen Grund, sich über mein soziales Verhalten Sorgen zu machen. Ich bin nun mal nicht der Typ, der gerne ausgeht – vielleicht auch deswegen, weil ich keinen Alkohol trinke. Ich habe abends lieber meine Ruhe und jogge noch eine Runde. Apropos: Ist es okay, wenn ich Artus heute Abend mit zum Laufen nehme?«

Der junge Soldat deutete Richtung Fenster, durch das gedämpftes Hundegebell zu vernehmen war. Der Hauptmann runzelte fragend die Stirn.

»Sie wollen wirklich einen unserer Schäferhunde zum Joggen mitnehmen? Wieso das denn?«

»Nun, das klingt jetzt vielleicht etwas seltsam, Herr Hauptmann«, antwortete Ötzel und strich sich verlegen die Haare aus der Stirn. »Aber seit hier in der Gegend dieser perverse Mörder rumläuft, fühle ich mich einfach sicherer, wenn ich einen Hund dabeihabe!«

✳✳✳

Dass die »LagoLounge« sich beim Starnberger Millionärsnachwuchs größter Beliebtheit erfreute, lag nicht alleine an der höchst überschaubaren Quantität vergleichbarer Lokalitäten, sondern auch am Ambiente der Bar. Stylishe Ledermöbel, farbig illuminierte Wände, eine bestens ausgestattete Bar sowie ein großformatiges Panoramabild des Sees sorgten für eine Atmosphäre, in der sich trefflich mediterrane Küche und kosmopolitische Cocktails konsumieren ließen. Obwohl vornehmlich jünger, erfüllte das Stammpublikum dabei nahezu jedes Starnberger

Klischee: wohlhabende, körperbewusste Twens, bei denen die Mädchen aussahen, als hätten sie sich aus Kim Kardashian ein Kleid genäht und übergezogen, und die Jungs wie das am Strand von Malibu gezeugte Wunschkind von Dwayne Johnson und Megan Fox. Geld spielte keine Rolex, und während der gemeine Ruhrpott-Teenager seine Volljährigkeit mit Bier und Schnittchen in einer Eckkneipe zu feiern pflegte, floss in der »Lago-Lounge« aus gleichem Anlass regelmäßig französischer Champagner – und das vorzugsweise aus roten Lack-High-Heels.

Zumindest an normalen Abenden.

Doch dieser Abend war alles andere als normal.

So bestanden die Gäste, die an den kleinen Cocktailtischen und der Bar saßen, diesmal nicht aus neureichen Kids, sondern aus SEK-Beamtinnen und Beamten, die mit entsprechendem Styling das übliche Publikum simulierten. Die zwei DJs, die in Jeans und weit aufgeknöpften schwarzen Hemden an einem Stehtisch standen und die Regler der Musikanlage bedienten, waren Hauptkommissar Rick und sein Kollege Leipold, und selbst die beiden Senioren, die vor dem Lokal auf einer Holzbank saßen, waren in Wirklichkeit zwei durchtrainierte Polizisten, die man zur Tarnung mit grauen Perücken, Hornbrillen und Spazierstöcken ausgestattet hatte.

»Wie sieht's aus bei dir, Mads? Alles okay?«, erklang von Werdenfels' Stimme knarzend aus dem Headset.

»Yep!«, antwortete Madsen knapp. Er sprach in ein kleines Funkmikro, das unter dem Kragen seines rot-weiß karierten Hemdes versteckt war. Auch er trug eine Perücke, und da er sich zusammen mit einer jungen Polizeimeisterin aus München als italienische Küchenhilfe ausgab, bestand seine künstliche Haarpracht aus dicken schwarzen Locken. Die Revierkollegen hatten sich angesichts seines Anblicks vor Lachen fast eingenässt, doch neben der nahezu perfekten ethnologischen Tarnung bestand ein großer Vorteil der üppigen Mähne darin, dass sich der kleine In-Ear-Kopfhörer, durch den Madsen mit seinen Kollegen in Kontakt stand, hervorragend verbergen ließ.

Madsen warf durch die geöffnete Küchentür einen Blick nach draußen. »Und wie ist es bei dir, Max? Bist du auf Position?«

»Ja, bin ich. Und ich hab von hier den perfekten Überblick! Niemand kann sich der Bar nähern, ohne dass ich ihn sehe«, antwortete von Werdenfels zufrieden.

Er hatte wie besprochen auf dem Dach der benachbarten Sparkasse Stellung bezogen. Geschützt durch einen Mauervorsprung und ausgestattet mit einem starken, dämmerungstauglichen Fernglas, bestand seine Aufgabe darin, den Kirchplatz zu beobachten und seine Kollegen im Falle einer Annäherung rechtzeitig zu informieren. Anfangs hatte ihn diese Anordnung etwas enttäuscht, da er bei einer solch aufregenden Polizeiaktion gerne mittendrin statt nur dabei gewesen wäre, doch Kriminalrat Madsen hatte ihn schließlich davon überzeugen können, dass seiner Rolle als Beobachter eine große strategische Bedeutung zukam. Außerdem hatte er ihn – diesmal nicht als Vorgesetzter, sondern als Freund – darum gebeten, sich sofort nach dem Zugriff um Lissy zu kümmern und sie sicher und wohlbehalten nach Hause zu geleiten.

»Wie ist denn die aktuelle Lage?« Trotz der schlechten Sprachqualität war die Nervosität in Madsens Stimme unüberhörbar. »Es ist jetzt Viertel vor acht. Vielleicht checkt unser Verdächtiger vor dem Treffen ja die Umgebung.«

»Gut möglich. Aber im Moment ist noch niemand zu sehen. Nur eine junge Frau, die gerade in die Kirche geht. Nein, Sekunde! Da kommt … Ach nein, doch nicht. Ist nur ein alter Mann, der seinen Dackel ausführt.«

»Mensch, dieses Warten macht mich echt fertig«, stöhnte Madsen gequält. »Ich glaub, die Einzige, die total tiefenentspannt ist, ist Lissy. Sie sitzt alleine an einem Tisch und nuckelt an ihrer Cola, als wenn überhaupt nichts wäre. Entweder sie ist wirklich so cool, oder sie hat keine Ahnung, wie gefährlich diese ganze Aktion ist.«

»Oh, wenn du das glaubst, unterschätzt du aber Lissys Intelligenz«, widersprach von Werdenfels energisch. »Ich bin mir sicher, dass sie sehr wohl weiß, dass die ganze Nummer nicht ohne ist. Sie ist halt einfach eine coole Frau. Und – bei allem Respekt – sie sieht heute auch wieder mal mäusescharf aus.«

Von Werdenfels' Neologismus ignorierend, nickte Madsen zustimmend. Lissys Erscheinung war in der Tat umwerfend. Zu einem hautengen, knielangen schwarzen Rock aus Glattleder trug sie schwarze Stiefel mit turmhohen Absätzen, dazu eine bordeauxfarbene Samtkorsage sowie ein Jackett gleicher Farbe. Angesichts der situativen Anforderungen war es das perfekte Outfit: auf der einen Seite hoch erotisch, auf der anderen aber dennoch stilvoll und in jederlei Hinsicht den gesellschaftlichen Gepflogenheiten entsprechend. Komplettiert wurde Lissys attraktives Äußeres durch ihre wallende blonde Mähne, zur Farbe der Korsage passend geschminkte Lippen und ihr umwerfendes Lächeln. Letzteres schien auch den jungen Barkeeper, den man wie das gesamte Bedienungspersonal aus Gründen der Authentizität nicht durch Polizeibeamte ersetzt hatte, zu verzaubern. Kokett zwinkerte er Lissy zu, und mit der Menge der Eiswürfel, die er ihr mit einem Tom-Cruise-Lächeln ins Glas füllte, hätte man die »Titanic« problemlos ein zweites Mal sinken lassen können.

Madsen verspürte aller Anspannung zum Trotz einen Anflug von Eifersucht.

Und im selben Augenblick wurde ihm – in der Küche einer Bar zwischen »Risotto Frutti di Mare« und »Spaghetti Barrier Reef« – schlagartig klar, dass er Elisabeth Berghammer von ganzem Herzen liebte.

✳✳✳

»Kann ich Ihnen sonst noch in irgendeiner Form behilflich sein, Herr Dr. Heidemann?« Die Stimme der Chefsekretärin klang dermaßen verführerisch, dass sie ihren Chef auch genauso gut hätte fragen können, ob er das Bedürfnis nach einem abendlichen Blowjob verspüre.

»Vielen Dank, Chantal, das war alles. Den Rest können wir auch morgen noch erledigen.« Dr. Heidemann klappte die schwere lederne Unterschriftenmappe zu und warf einen Blick auf seine goldene Armbanduhr. »Es ist eh schon wieder spät geworden. Genießen Sie Ihren Feierabend! Den haben Sie sich heute redlich verdient.«

Ungeachtet des Lobes schlich sich ein Ausdruck von Enttäuschung in Chantals Gesicht – ganz offensichtlich hatte sie sich den weiteren Verlauf des Abends etwas anders vorgestellt. »Ich kann gerne noch etwas länger bleiben, Herr Dr. Heidemann. Ich habe heute nichts anderes mehr vor.«

»Aber ich!« Der Versicherungsmakler zupfte sich den Hemdkragen zurecht und prüfte den Sitz seiner Frisur im spiegelnden Fenster. »Und ich muss jetzt wirklich dringend los, sonst schaffe ich es nicht mehr bis acht. Wissen Sie, Chantal, es gibt Verabredungen, bei denen man ruhig mal eine Viertelstunde zu spät kommen kann, vor allem dann, wenn der andere etwas von einem will. Es gibt aber auch Termine, die so wichtig sind, dass man absolut pünktlich sein sollte. Nicht nur, weil das der Anstand gebietet, sondern auch, weil man für seine Verspätung unter Umständen einen hohen Preis bezahlen muss. Verstehen Sie, was ich meine?«

Chantal nickte mit botoxartiger Ahnungslosigkeit.

»Perfekt! Dann seien Sie bitte noch so nett, hier überall die Rollos runterzulassen und die Türen abzuschließen. Wir sehen uns dann morgen in alter Frische!«

Mit diesen Worten griff Dr. Heidemann nach seinem dunkelgrünen Krokodillederkoffer und eilte schnellen Schrittes Richtung Ausgang. Kurz vor der großen Glastür drehte er sich noch einmal herum.

»Und drücken Sie mir bitte die Daumen, Chantal. Ich habe das Gefühl, dass heute mein Glückstag ist.« Er rieb sich voller Vorfreude die Hände, und seine Stimme klang heiser und erregt, als er leise anfügte: »Und wenn alles gut läuft, wird heute Abend jemand anders mächtig bluten!«

❊❊❊

Der Kerl sah einfach verboten gut aus.

Nicht so, wie der Kellner mit dem pomadigen Haar. Der fand sich selbst zwar unwiderstehlich, doch Lissy stand nicht im Geringsten auf selbstverliebte Jüngelchen, die ihr Sexualleben vornehmlich via Tindergarten organisierten und statt nach Rasier- noch nach Fruchtwasser rochen.

Zu jung, zu unreif, zu langweilig.

Und kein Vergleich zu einem echten Typen mit Lebenserfahrung.

So, wie Mads Madsen einer war.

Gut, mit der schwarzen Perücke sah er aus wie eine Mischung aus Lenny Kravitz und einem Königspudel, aber als sie am Nachmittag im Polizeirevier die Durchführung des Einsatzes besprochen hatten, da war seine Ausstrahlung dermaßen souverän gewesen, dass Lissy sich schwer zurückhalten musste, um Madsen nicht vor allen Anwesenden flächendeckend mit Küssen zu tapezieren. Stattdessen hatte sie ihre Beleidigt-Nummer weiter durchgezogen und Madsen kaum Beachtung geschenkt.

Dies jedoch nicht, weil sie ihm wirklich böse war – nach anfänglicher Verärgerung war auch ihr schnell klar geworden, dass seine harsche Reaktion ausschließlich auf aufrichtiger Sorge um ihre Unversehrtheit beruhte. Sondern, weil sie sich fest vorgenommen hatte, Madsen nach der Polizeiaktion mit dem Geständnis ihrer wahren, tief greifenden Gefühle zu überraschen und ihm ganz offen mitzuteilen, dass er mit seinem Charme, seinem Aussehen, seiner Intelligenz und seinem Humor Emotionen bei ihr auslöste, die sie in dieser Form bisher noch nie bei einem Mann empfunden hatte. Sie gedachte – und das keineswegs nur im metaphorischen Sinne –, komplett die

Hosen vor ihm herunterzulassen, und wenn alles so lief, wie sie sich das erhoffte, würden Madsen und sie anschließend die Nacht gemeinsam verbringen.

Schließlich galt Versöhnungssex gemeinhin als einer der schönsten.

***

Kommissar von Werdenfels bemerkte den Mann exakt in dem Moment, in dem die Turmglocken der benachbarten Stadtpfarrkirche St. Maria mit ohrenbetäubendem Getöse die neue Stunde einzuläuten begannen.

Hektisch sein Fernglas justierend, beobachtete er den Ankömmling, der sich der »LagoLounge« aus südlicher Richtung mit ruhigem Schritt näherte. Der Mann war auffällig breitschultrig, und sein Kleidungsstil ließ auf ein jüngeres Alter schließen. Er trug sportliche Sneaker, Bluejeans und einen hellgrauen Sweater mit Kapuze, die er über den Kopf gestülpt hatte. In seiner linken Hand hielt er eine längliche weiße Schachtel, die rechte hatte er lässig in die Hosentasche gesteckt. An der Schaufensterscheibe eines Feinkostladens hielt er kurz inne, begutachtete sein Spiegelbild und nickte sich – offensichtlich zufrieden mit dem Anblick – selbst zu.

»Achtung, Leute, es geht los!«, wisperte von Werdenfels in sein Mikro. »Junger Mann, grauer Pulli, nähert sich von rechts.«

»Alles klar!« Madsens Antwort kam postwendend. »Kannst du sein Gesicht erkennen? Ist es einer von unseren Verdächtigen?«

»Negativ. Er trägt eine Kapuze. Ich kann ihn nicht identifizieren. Achtung, jetzt kommt er rein … Nein. Stopp! Doch nicht. Er bleibt draußen stehen. Was zum Teufel macht der denn da?«

Von Werdenfels presste das Fernglas an die Augen und beugte sich vor, um einen besseren Blick auf das Geschehen zu erhaschen.

Dabei berührte er mit dem Ellbogen die Coladose, die er sich für die Wartezeit als Proviant mit aufs Dach genommen hatte, und obwohl von Werdenfels sofort reagierte und nach ihr griff, kippte sie vor seinen entsetzten Augen über die Brüstung, stürzte fünf Stockwerke nach unten und schlug dort mit einem lauten Knall auf den aufgestapelten Tischen der Starnberger Eiswerkstatt auf.

Entsetzt ließ sich von Werdenfels hinter die Brüstung fallen. Auch wenn die schwarze Teerpappe unangenehm an seinen Händen klebte, dicht neben seinem Gesicht frischer Taubenkot lag und kantige Kieselsteine schmerzhaft auf seine Kniescheiben drückten, ignorierte er Geruch und Schmerz ebenso wie Madsens knarzende Stimme aus dem Kopfhörer. Erst nach einer gefühlten Ewigkeit richtete er sich vorsichtig und ohne ein Geräusch zu verursachen, wieder auf und schob seinen Kopf Millimeter für Millimeter über die Dachkante.

Anschließend holte er tief Luft und blickte abermals durch das Fernglas.

Der Mann stand immer noch auf dem Kirchplatz vor der Bar und sinnierte ganz offensichtlich über die Ursache des Geräusches. Allerdings schien dessen Herkunft für ihn ebenso unerklärlich zu sein wie mathematische Stochastik für einen Großteil der Menschheit, und so zuckte er schließlich mit den Schultern, warf einen letzten Blick auf seine Armbanduhr und wandte sich zur Eingangstür der »LagoLounge«. Als er mit der freien Hand dabei gleichzeitig seine Kapuze vom Kopf zog, gelang es von Werdenfels, für den Bruchteil einer Sekunde einen Blick auf das Gesicht des Mannes zu werfen.

Entsetzt fuhr er zusammen, und hätte er sich nicht reflexartig an der Balustrade festgeklammert, wäre er der Coladose auf identischem Weg abwärts gefolgt. Stattdessen hing er mit schreckgeweitetem Blick in fünfzehn Metern Höhe an der fragilen Kupferkante eines Flachdachs und teilte seinem Vorgesetzten keuchend mit, dass der mutmaßliche Mörder keineswegs ein Unbekannter sei.

Und dass sie sich auf erhebliche Gegenwehr bei der Festnahme einstellen sollten.

***

»Miss Obedience?« Der junge Mann deutete eine kurze Verbeugung an. »Ich freue mich sehr, Sie kennenzulernen.«

»Das Vergnügen ist ganz auf meiner Seite«, erwiderte Lissy lächelnd und musterte ihr Gegenüber in aller Seelenruhe.

Sein Äußeres ähnelte dem des Schauspielers Chris Hemsworth. Er war groß, besaß eine ausgesprochen athletische Figur sowie männlich-markante Gesichtszüge. Seine Haut war gebräunt, als hätte er gerade einen Urlaub genossen, und die Augen strahlten in einem Blau, das auf besondere göttliche Fügung oder gefärbte Kontaktlinsen schließen ließ. Alles in allem war der Kerl auf der nach oben offenen Sahneschnitten-Skala eine glatte Zehn, und wäre Lissy nicht die dunkle Seite des Mannes bekannt gewesen, hätte sie einem gemeinsamen Drink durchaus etwas Positives abgewinnen können.

Sie deutete auf den zweiten Stuhl am Tisch. »Nehmen Sie doch bitte Platz.«

Der junge Mann nickte, ohne der Aufforderung jedoch Folge zu leisten. Stattdessen schaute er sich unruhig um. Dabei wanderte sein Blick immer wieder zur Eingangstür.

»Irgendwas nicht in Ordnung?«, erkundigte sich Lissy besorgt und beugte sich gleichzeitig leicht nach vorne, sodass ihr Ausschnitt den Blick auf ihr tiefes Dekolleté freigab.

Der Mann starrte einen kurzen Augenblick auf die attraktiven Rundungen, dann schüttelte er den Kopf, so als müsse er sich selbst zur Räson rufen, und hielt Lissy die weiße Schachtel entgegen. »Bevor ich's vergesse: Ich hab hier eine kleine Überraschung für Sie.«

»Oh, vielen Dank! Wie aufmerksam von Ihnen!«

Lissy nahm die Schachtel entgegen und warf für den Bruchteil einer Sekunde einen fragenden Blick zu Madsen, der hinter der Bar im Durchgang zur Küche stand und so tat, als würde er in einer Schüssel rühren. Als dieser unauffällig nickte, begann sie, die Schachtel langsam zu öffnen.

»Ich liebe Geschenke! Was ist es denn?«

»Schauen Sie nach«, antwortete der junge Mann und entblößte dabei eine Reihe strahlend weißer Zähne. »Wenn ich's Ihnen sagen würde, wär's ja keine Überraschung mehr.«

»Da haben Sie allerdings recht! Wie dumm von mir«, erwiderte Lissy lachend – und das nicht, weil sie ihre eigene Aussage wirklich erheiternd fand, sondern um ihre zunehmende Nervosität zu kaschieren. Dann holte sie tief Luft, schloss für einen kurzen Moment die Augen und lüftete den Deckel mit einer schnellen Bewegung.

In der Schachtel lag eine rote Rose.

Und mitten in der Blüte steckte eine weiße Perle.

»Zugriff!«

Im selben Augenblick, in dem Madsens Kommando durch den Raum gellte, brach in der Bar die Hölle los. Sämtliche als Gäste getarnten SEK-Beamten sprangen von ihren Plätzen auf, Stühle und Tische kippten mit lautem Gepolter um, und Gläser zerschellten klirrend auf dem schwarzen Fliesenboden. Bönisch, der Lissy am nächsten gesessen hatte, warf sich als Erster auf den jungen Mann, doch dieser duckte sich instinktiv ab und wich dem Angreifer mit einer geschmeidigen Bewegung aus. Bönisch griff ins Leere, verlor das Gleichgewicht und fiel zusammen mit dem Tisch zu Boden.

Währenddessen stürzte sich Leipold mit zwei weiteren SEK-Beamten auf den Rosenkavalier, doch auch ihnen gelang es trotz vereinter Kräfte nicht, den Mann, der breitbeinig in der Mitte des Raumes stand und mit seinen muskulösen Armen um sich schlug wie ein Neandertaler, niederzuringen. Erst als Hauptkommissar Rick sich vom erhöhten Bartresen wie ein Panther auf die kämpfende Menschentraube warf, ging der junge Mann in die Knie und konnte schließlich von zahlreichen

Händen auf dem Boden fixiert und mit Handschellen gefesselt werden.

Lissy war zwischenzeitlich zur Seite gesprungen und schrie hysterisch. Wenngleich im Vorfeld so verabredet, war ihre Reaktion jedoch keineswegs taktischem Verhalten, sondern tatsächlicher Panik geschuldet. Die Intensität des Zugriffs, die plötzliche Explosion der Gewalt und die Geschwindigkeit, mit der sich eine behagliche Barszenerie in ein testosterongeschwängertes Schlachtfeld verwandelt hatte, verängstigten sie in höchstem Maße. Aus diesem Grunde zuckte sie auch erschrocken zusammen, als Madsen auf einmal wie aus dem Nichts neben ihr auftauchte.

»Hau jetzt ab, Lissy!«, zischte er leise. »Ich möchte, dass du hier verschwunden bist, bevor der Typ die ganze Situation kapiert hat. Von Werdenfels wird dich heimbegleiten. Los, geh jetzt! Ich meld mich später.«

Mit diesen Worten versetzte Madsen ihr einen sanften Stoß Richtung Tür, und obgleich seine Mimik mehr als angespannt war, glaubte Lissy, für einen kurzen Moment einen Ausdruck tiefer Zuneigung in seinen Augen erkannt zu haben. Gehorsam eilte sie Richtung Ausgang, wo ihr ein muskulöser SEK-Beamter nach einem prüfenden Blick über den Starnberger Kirchplatz die Tür aufhielt und ihr dabei verschwörerisch zuzwinkerte.

Unterdessen wehrte sich der muskulöse Mann am Boden weiterhin mit allen ihm zur Verfügung stehenden Kräften und trat wie ein Berserker mit beiden Beinen um sich.

»Verdammte Scheiße, lasst mich los, ihr Idioten! Loslassen, hab ich gesagt! Ihr habt den Falschen, ihr Schwachköpfe!«

»Natürlich haben wir den Falschen! Komischerweise haben wir immer den Falschen!«, ätzte Hauptkommissar Rick zurück. Gleichzeitig kniete er sich mit seinem ganzen Körpergewicht auf das Schienbein des Mannes, worauf dieser schmerzerfüllt aufstöhnte. »Hör zu, Junge, ich bin jetzt seit über zwanzig Jahren bei der Polizei, und seit über zwanzig Jahren höre ich bei Festnahmen immer die gleiche Scheiße. Und weißt du was? Langsam wird's echt langweilig.«

Mit diesen Worten schlang er einen Kabelbinder um die Fesseln des jungen Mannes und zog dabei so fest zu, dass sich die Kunststoffschlinge tief in die gebräunte Haut des Gefangenen einschnitt. Angesichts des völligen Verlustes jeglicher Bewegungsfreiheit musste der erkennen, dass Widerstand nun definitiv keinen Sinn mehr hatte.

Dennoch war die Verachtung, die er den Polizisten gegenüber empfand, förmlich spürbar, als er ihnen entgegenspie: »Es ist mir scheißegal, wie lange ihr Vollpfosten schon Bullen seid! Trotzdem habt ihr den Falschen! Ich hab keinen Schimmer, um was es hier eigentlich geht, aber ich hab mit der ganzen Scheiße nicht das Geringste zu tun. Kapiert ihr das denn nicht?«

Er versuchte, sich zur Seite zu rollen, doch die Beine der SEK-Beamten bildeten einen geschlossenen, undurchdringbaren Kreis. Schließlich war es Madsen, der sich aus der Gruppe löste, sich breitbeinig über den Gefangenen stellte und ihm den Fuß auf die Brust setzte.

»Du bist also der festen Überzeugung, dass wir den Falschen haben? Nun, das sehen wir komplett anders.« Er nestelte seinen Kopfhörer aus dem Ohr, verstaute ihn in aller Ruhe in seiner Hosentasche und breitete mit einem freundlichen Lächeln die Arme aus. »Ich freue mich sehr, dich kennenzulernen, nachdem ich bereits das Vergnügen mit deinem Vater hatte. Herzlich willkommen in Starnberg, Jan-Hendrik Heidemann.«

ZWÖLF

Von der Natur zur schnellen Bereitstellung von Energie-
reserven in lebensbedrohlichen Situationen vorgesehen, sorgte
Adrenalin im menschlichen Körper für vermehrte Glukosefrei-
gabe und damit für eine kurzfristige Erhöhung des Blutzucker-
spiegels. Gleichzeitig hatte die Freisetzung dieses Stresshor-
mons eine Erhöhung der Herzfrequenz sowie die Erweiterung
der Bronchien zur Folge – eine anatomische Wirkung, die auch
Lissy Berghammer verspürte, als sie Richtung Auto eilte. Ihr
Atem ging stoßweise, ihre Wangen waren gerötet, und kalter
Schweiß lief ihr in dicken Tropfen über die Stirn. Sie fühlte
sich aufgeputscht und voller Energie, und hätte ihr ein Baum
im Weg gestanden, so wäre sie zweifelsohne versucht gewesen,
diesen mit bloßen Händen herauszureißen.

Dabei bestand die Ursache ihrer außergewöhnlichen Verfassung nicht ausschließlich in dem Vis-à-Vis mit einem psychopathischen Mörder. Sicher – eine aufregende Sache war
es schon, auch wenn die Wirkung des jungen Mannes bei
Weitem nicht so bedrohlich gewesen war, wie sie es erwartet
hatte. Nein, viel mehr Eindruck hatte Madsens Verhalten auf
sie gemacht – angefangen von der umsichtigen Planung über
die ruhige, professionelle Vorbereitung bis hin zu der souverä-
nen Leitung des Zugriffs in der Bar. Dass Madsen dabei nicht
selbst ins akute Kampfgeschehen eingegriffen hatte, tat Lissys
Bewunderung keinerlei Abbruch. Schließlich war auch ihr die
tragische Geschichte vom Tod des jungen Boxers in Hamburg
vertraut – und somit auch der damit verbundene Schwur Madsens, nie wieder die Hand gegen einen anderen Menschen zu
erheben.

Die Gedanken an den attraktiven Kriminalrat und an die
Nachricht, die er ihr am frühen Abend geschickt hatte, ließen
Lissy einen Schauer der Erregung über den Rücken laufen. Per

E-Mail hatte er sie noch einmal über die wichtigsten Sicherheitsmaßnahmen informiert, ihr alles Gute für den Verlauf des Abends gewünscht und angekündigt, dass er – im Falle eines erfolgreichen Zugriffs – nach dem Verhör des Täters sowie der Erledigung der unvermeidlichen bürokratischen Notwendigkeiten gerne noch bei ihr vorbeikommen wollte. Dass ein Besuch gegen Mitternacht aller Voraussicht nach das gemeinsame Verbringen der restlichen Nacht zur Folge haben würde, durfte auch Madsen klar sein – und offensichtlich war er bereit und willens, ihre bisher platonische Beziehung endlich um die physische Komponente zu erweitern.

Lissy schaute auf die Uhr.

Zwanzig nach acht.

Zeit genug, die Wohnung und auch sich selbst für den lang ersehnten Moment herzurichten. Den Champagner hatte sie in weiser Voraussicht bereits kalt gestellt, aber sie gedachte, sich noch zu duschen, zu cremen und dem Anlass entsprechend anzuziehen – also mit einem Hauch von nichts.

An Kommissar von Werdenfels, auf den sie gemäß Anweisung eigentlich hätte warten müssen, damit dieser ihr auf dem Heimweg Geleitschutz gab, verschwendete sie indes keinen Gedanken.

Schließlich war der Mörder ja gefasst.

Und damit auch jegliche Gefahr gebannt.

Die Rathaustiefgarage befand sich unterhalb der Starnberger Schlossberghalle im Untergeschoss eines Einkaufszentrums und war ganz bewusst ausgewählt worden, da sie sich auf der Rückseite der »LagoLounge« befand. So sollte es dem überwältigten Giacomo6262 unmöglich gemacht werden, zu erkennen, wohin sein vermeintliches Opfer sich entfernte – eine weitere Vorsichtsmaßnahme Madsens, die Lissy überaus rührend, aber in diesem Moment deutlich übertrieben fand. Angesichts der Tatsache, dass zum Zeitpunkt ihres Verlassens der Bar zahlreiche muskelbepackte SEK-Beamte auf Giacomos Rücken gekniet hatten, durfte dieser vermutlich ganz andere Sorgen gehabt haben, als sich mit dem Verbleib seiner Herzdame zu beschäftigen.

Vorsichtig die steile Einfahrt zum Parkdeck hinunterstöckelnd, musste Lissy bei dem Anblick, der sich ihr bot, lächeln. Ein Autofahrer hatte offensichtlich viel zu weit vom Steuerungsgerät der rot-weiß lackierten Schranke entfernt gehalten, denn er war aus seinem Fahrzeug ausgestiegen und schickte sich an, die Parkkarte im Stehen in den Schlitz zu stecken. Allerdings schien er dem Mechanismus oder seiner eigenen Einsteigegeschwindigkeit nicht zu trauen, denn sein Blick wanderte unsicher zwischen der geschlossenen Schranke und seinem Fahrzeug hin und her. Lissy verlangsamte ihren Schritt und beschloss, sich des Mannes zu erbarmen – auf eine Minute mehr oder weniger kam es ja schließlich nicht an.

»Kann ich Ihnen helfen?«, erkundigte sie sich und trat an die orangefarbene Säule mit dem Kartenschlitz. »Möchten Sie sich vielleicht schon ins Auto setzen, und ich stecke die Karte für Sie ein?«

»Oh, das wäre sehr freundlich von Ihnen!«, erwiderte der Mann mit krächzender Stimme. Er hatte voluminöses kastanienbraunes Haar, einen dichten Vollbart und trug eine große Brille mit dicker Fassung und gefärbten Gläsern. Die grau gesprenkelten Joggingschuhe wirkten überraschend modern und standen in einem krassen stilistischen Gegensatz zu seinem fast schon altmodisch anmutenden Trenchcoat mit hochgeklapptem Kragen. Wäre es Faschingszeit gewesen, hätte Lissy auf eine Verkleidung getippt, doch es war Spätsommer, und so verfügte der Mann vielleicht auch nur über den Modegeschmack eines durchschnittlichen deutschen Schlagersängers.

»Wissen Sie, ich bin vor Kurzem am Knie operiert worden«, erklärte er, während er sich unter lautem Ächzen und Stöhnen anschickte, seinen Körper auf den Fahrersitz zu hieven. »Das Gelenk ist noch ziemlich steif, deshalb kann ich mich nicht so schnell setzen. Ich hab Angst, dass die Schranke schon wieder unten ist, bevor ich im Auto bin. Dann ist die Karte weg, die Schranke zu – und ich kann hier im Parkhaus übernachten.«

»Na, das sollten wir unbedingt verhindern!« Lissy griff nach der Parkkarte, die der Mann ihr hinhielt. »Setzen Sie sich einfach in aller Ruhe ins Auto, und ich öffne die Schranke, wenn Sie so weit sind.«

Mit diesen Worten drehte sie sich zu der Schrankensäule und steckte die Karte schon einmal ein paar Millimeter in den Schlitz, um sie auf Kommando des Mannes schnell einführen zu können.

Eigentlich hätte er auch nur einmal zurücksetzen und näher an den Kasten ranfahren müssen, kam es ihr dabei in den Sinn. Das wäre wesentlich logischer gewesen, als mit dem kaputten Knie noch mal aus- und anschließend wieder einzusteigen.

Lissy runzelte irritiert die Stirn. Irgendetwas an der ganzen Situation erschien ihr plötzlich merkwürdig.

Allerdings kam sie nicht mehr dazu, diesen Gedanken weiterzuverfolgen, denn im selben Augenblick ertönte hinter ihr ein kurzes, zischendes Geräusch.

Dann schlug ein glühender Meteor in ihrem Kopf ein.

* * *

Von der Vorstellung, ein Mörder lasse sich durch Härte beim Verhör schneller zu einem Geständnis bewegen, hatte sich Madsen bereits zu Beginn seiner Kriminalistenlaufbahn schnell wieder verabschiedet. So schwer es ihm bei manchen Tätern mitunter auch fiel – nur, wenn er Verständnis für ihr perfides Handeln heuchelte und ihnen auf kameradschaftlicher, fast schon freundschaftlicher Ebene begegnete, war damit zu rechnen, dass sie sich ihm gegenüber öffnen und über ihre Taten sprechen würden. Die einzige Ausnahme bildeten pädophile Straftäter, denn diese ließen sich in der Regel keinerlei Informationen zum Tathergang entlocken – ganz offensichtlich versteckte sich irgendwo in den hintersten

Windungen des Großhirns doch noch ein letzter Funke von Unrechtsbewusstsein.

Jan-Hendrik Heidemann jedoch hatte keine pädophile Straftat begangen, und insofern war Madsen ausgesprochen überrascht, dass der junge Mann jegliche Beteiligung an der Ermordung seiner Mutter und Vroni Schreiers vehement bestritt – und das, obwohl Madsen alles in seiner Macht Stehende getan hatte, um die Gesprächsatmosphäre im Verhörraum des Starnberger Polizeireviers so angenehm wie möglich zu gestalten. Er hatte Heidemann allen Warnungen zum Trotz die Handschellen abgenommen, ihm einen saftigen Burger besorgen lassen und ihm höchstpersönlich eine Flasche eiskalte Cola aus dem Automaten gezogen. Durch das geöffnete Fenster – das Madsen trotz der Lage des Raums im ersten Stock sicherheitshalber durch einen bewaffneten Beamten vor dem Gebäude hatte absichern lassen – strömte angenehme, frische Nachtluft, und der Tonfall, den Madsen gegenüber dem Festgenommenen anschlug, war verbindlich und ließ auf ein Höchstmaß an Empathie schließen.

Zumindest wenn man mit den ermittlungstaktischen Verhörmethoden der Polizei nicht vertraut war.

»Lieber Jan-Hendrik«, sagte Madsen und schenkte dem jungen Mann Cola nach. »Ich habe mir das Gesprächsprotokoll von deiner Unterhaltung mit Kommissar von Werdenfels noch mal angeschaut. Wenn ich lese, was deine Mutter alles versucht hat, um einen Keil zwischen dich und deinen Vater zu treiben, ist es doch völlig klar, dass du wütend warst. Das wäre ich an deiner Stelle auch gewesen.«

Jan-Hendrik Heidemann schwieg, doch sein Blick war wachsam.

»Ich meine, du wirst aus deinem Zuhause gerissen, musst in das stinklangweilige Ettal und siehst deinen Vater nur alle paar Wochen oder Monate. Staut sich da nicht Tag für Tag eine unglaubliche Wut in einem auf?«

»Natürlich! Ich hätte der Alten den Hals umdrehen können!«, erwiderte Heidemann junior und strich sich nachlässig eine dunkelblonde Strähne aus der Stirn. »Zumindest theoretisch. Aber hey, das war meine Mutter! Und außerdem bin ich verdammt noch mal kein Verbrecher. Das, wovon Sie die ganze Zeit faseln, sind eiskalte Morde. Und wenn Sie wirklich ernsthaft glauben, ich – ein siebzehnjähriger Schüler – hätte sowohl meine Mutter als auch irgendeine andere Frau entführt, gefangen gehalten, vergewaltigt und ermordet, dann haben Sie echt nicht mehr alle Latten am Zaun!«

Madsen ignorierte die Beleidigung und beugte sich nach vorne. Dabei blickte er seinem Gegenüber fest in die Augen. »Du willst also nach wie vor behaupten, du seist nicht Giacomo6262? Wie erklärst du denn dann deine Anwesenheit in der ›Lago-Lounge‹? Du kanntest die Uhrzeit des Treffens, den Ort und den Nickname der Dame. Alles Informationen, die nicht gerade in der Süddeutschen stehen, oder?«

»Einen Scheiß kannte ich!« Jan-Hendriks Stimme wurde lauter. »Und was soll die Kacke mit diesem Gianluca6060 oder wie der Typ heißen soll? Ich wusste bis kurz vor acht weder von der Frau noch von dem Treffen. Ich bin spontan fürs Wochenende nach Starnberg gekommen und wollte einfach nur auf ein Bier in die ›Lago‹ und gucken, ob ein paar alte Kumpels von mir da sind.«

»Das sah für uns aber ganz anders aus«, widersprach Madsen und rieb sich mit der Hand über seinen Dreitagebart. »Du bist reingekommen, hast dich suchend umgeschaut und bist zielstrebig auf die Dame zugegangen. Dann hast du sie mit ihrem Nickname angesprochen und ihr eine Rose mit einer Perle überreicht. Jetzt mal ganz ehrlich, Jan-Hendrik – klingt das für dich so, als wolltest du einfach nur mit Kumpels ein Bier trinken? Du wirst doch sicherlich Verständnis dafür haben, dass es mir ziemlich schwerfällt, diese Geschichte zu glauben.«

»Keine Frage! So, wie Sie's gerade wiedergeben, klingt das in der Tat wenig logisch. Aber das ist ja auch nur ein Teil der Geschichte!«

»Nun, dann bin ich sehr gespannt auf den anderen Teil.« Madsen lehnte sich zurück und verschränkte seine Arme vor der Brust. »Nur zu! Ich habe als Kind schon gerne Geschichten erzählt bekommen.«

»Angesprochen hat der Typ mich in der kleinen Seitenstraße neben der Kirche. Hat gefragt, ob ich Bock auf leicht verdiente hundert Euro hätte.« Jan-Hendrik machte eine kurze Pause, um einen Schluck Cola zu trinken. »Ich hab erst abgelehnt, weil der Typ mir irgendwie strange vorkam. Ich wette, der hatte 'ne Perücke und 'nen falschen Bart – so dicke Haare hat kein Mensch in echt. Außerdem hatte er so eine getönte Brille und den Kragen hochgeschlagen. Es war völlig klar, dass er nicht erkannt werden wollte. Ich dachte, das wär vielleicht ein Dealer oder so, und mit Drogen will ich nichts zu tun haben.«

Madsen nickte schweigend. Notizen musste er sich nicht machen – da bei vorsätzlichen Tötungsdelikten die audiovisuelle Beschuldigtenvernehmung Pflicht war, zeichnete eine kleine Kamera auf dem Tisch das gesamte Verhör auf.

»Ich hab den Typ also stehen lassen und wollte weitergehen, da meinte er, dass es um einen Hochzeitsantrag ging. In der ›Lago‹ säß seine Verlobte, und er wollte sich einen Scherz erlauben, bevor er sich zu erkennen gibt und um ihre Hand anhält. Am Nebentisch wäre ein Freund von ihm, der alles heimlich filmt. So wie bei der versteckten Kamera im Fernsehen. Der Film sollte dann als Gag auf der Hochzeitsfeier gezeigt werden.«

»Und das hast du geglaubt? Ich meine, das klingt doch irgendwie ziemlich abgedreht, oder nicht?«

»Warum denn?«, entgegnete Heidemann junior. »Prank-Clips sind der absolute Hype auf YouTube. Hunderttausende von Likes und Kommentaren – die Leute stehen offensichtlich auf diesen Shit! Deswegen habe ich mir auch nichts dabei gedacht, auch wenn ich die geplante Story ehrlich gesagt total bescheuert fand.«

»Und was war das für eine Story?«, erkundigte sich Madsen,

während er gleichzeitig abzuschätzen versuchte, ob der junge Mann tatsächlich die Wahrheit sagte oder einer der abgebrühtesten Lügner war, die ihm im Laufe seiner Karriere über den Weg gelaufen waren.

»Na ja, ich sollte der Ische ein paar Komplimente machen, und dann –«

»Moment«, unterbrach Madsen irritiert. »Wem solltest du ein paar Komplimente machen?«

»Na, der Ische. Sie wissen schon, der Alten in der Bar. By the way – ich fand den Spaltpisser ziemlich scharf. Die würd ich auch nicht von der Bettkante stoßen!«

Madsen schloss die Augen und atmete mehrmals tief durch. Die despektierliche Art, in der Jan-Hendrik über Lissy sprach, machte ihn wütend. Am liebsten hätte er den Schnösel am Kragen gepackt und ihn einmal ordentlich durchgeschüttelt, um ihn Respekt gegenüber Frauen im Allgemeinen und Lissy im Speziellen zu lehren. Doch da er den Redefluss nicht unterbrechen wollte, enthielt er sich zähneknirschend jeglichen Kommentars und forderte ihn stattdessen mit einer kurzen Handbewegung auf, fortzufahren.

»Ich sollte also rein in die Bar und der Truse ein paar Komplimente machen. Ein bisschen Small Talk, ein bisschen Anlächeln – halt so, dass die Milf sich geschmeichelt fühlt.«

»Milf?« Madsen blickte Jan-Hendrik verständnislos an. »Was heißt das denn jetzt schon wieder? Mann, könnt ihr Jugendlichen denn eigentlich kein Deutsch mehr?«

Der junge Mann grinste anzüglich. »Sie wissen echt nicht, was 'ne Milf ist? In welchem Jahrhundert leben Sie eigentlich? Am besten, Sie googeln das heute Nacht mal – würd ich an Ihrer Stelle allerdings nicht im Büro machen. So, kann ich dann jetzt weitererzählen oder nicht? Wenn Sie mich ständig unterbrechen, sind wir an Weihnachten noch nicht fertig!«

Madsen hob entschuldigend die Hände, worauf Jan-Hendrik zufrieden nickte und sich am Kopf kratzte.

»Wo war ich jetzt noch mal stehen geblieben? Ach so, der

Small Talk, richtig. Also, nachdem ich ein paar Sätze mit der Alten gewechselt habe, sollte der Typ plötzlich in die Bar kommen. Dort wollte er sich quasi verbal mit mir um die Frau duellieren und sie fragen, was ich ihr mitgebracht hätte – das war ja diese rote Rose mit der Perle. Er wollte dann aus seiner Tasche eine schweineteure Perlenkette ziehen und sie fragen, ob sie statt einer einzigen Perle nicht lieber eine ganze Kette haben wollte. Das wäre für mich das Zeichen gewesen, mich zu verziehen, und er wollte auf die Knie gehen, sich zu erkennen geben und um ihre Hand anhalten – und alle anderen Anwesenden sollten aufstehen und applaudieren. Das war der Ablauf, den er mit mir besprochen hatte. Und mal ganz ehrlich: Für drei Minuten Small Talk hundert Euro – hätten Sie das nicht gemacht? Das ist immerhin ein Stundenlohn von dreitausend Euro!«

Zweitausend, du arroganter Schwachkopf!, dachte Madsen, während er sein Gegenüber freundlich anlächelte und fragte: »Und an der ganzen Story ist dir nichts faul vorgekommen? Das ist doch alles ziemlich unwitzig, oder?«

»Fünfundneunzig Prozent aller Comedysendungen im Fernsehen sind auch unwitzig. Deswegen werden sie aber trotzdem geguckt«, widersprach Jan-Hendrik. »Außerdem hat der Typ mir die Perlenkette gezeigt. Warum hätte ich ihm also nicht glauben sollen?«

»Er hat dir die Kette gezeigt? Wie sah die denn aus?«

»Na ja, wie so 'ne Perlenkette halt aussieht«, antwortete Jan-Hendrik Heidemann und zuckte mit den Achseln. »Runde weiße Kugeln an 'nem Faden. Wie soll ich so 'n Ding sonst beschreiben?«

»Jaja, schon gut!« Madsen winkte ab. »Für uns ist es jetzt viel wichtiger, zu wissen, wer der Typ ist, der dich in die Bar geschickt hat. Ich schicke dir gleich einen Kollegen, damit du mit ihm zusammen ein Phantombild des Täters erstellen kannst – auch wenn er deiner Meinung nach verkleidet war. Aber vorher hab ich noch eine letzte Frage.« Madsen nestelte sein Handy aus der Tasche, öffnete die Fotobibliothek und zeigte Jan-Hendrik Heidemann die Porträts von Hauptmann von Steinäcker und Konny Oswald. »Schau mal! Glaubst du, es war einer von den beiden hier?«

Der junge Mann warf einen Blick auf die Fotos und stutzte. »Hey, den einen kenn ich. Das ist der Chef von der Kaserne, wo wir während des Schulumbaus mal eine Zeit lang Unterricht hatten. Der ist mit meinem Vater befreundet und so ein ganz überkorrekter Vorschriftenfetischist. Den anderen hab ich noch nie gesehen. Glaube ich zumindest. Wie gesagt: Der Typ hatte sich mehr oder weniger komplett verhüllt.«

Jan-Hendrik lehnte sich zurück und verschränkte seine muskulösen Arme lässig hinter dem Kopf. »Wissen Sie, Herr Kriminalrat, so wie der kostümiert war, hätte ich niemanden erkannt. Vermutlich noch nicht einmal meinen eigenen Vater!«

***

»Er war es nicht.«

Die Stimme von Kriminalrat Madsen klang entschlossen. Nach dem Gespräch mit Jan-Hendrik Heidemann hatte er sich einen kurzen Moment der Ruhe erbeten und auf den Hof des Starnberger Polizeireviers zurückgezogen. Dort konnte er nicht nur ungestört seine Gedanken sortieren, sondern endlich auch eine Zigarette rauchen. Und die tat wahrlich not, denn mit der Vernehmung des Sohnes von Barbara und Dr. Gerhard Heidemann hatte sich plötzlich ein völlig neuer Sachverhalt ergeben.

»Für mich waren die Aussagen von dem Jungen absolut glaubwürdig. Ich bin mir sicher, dass wir den Falschen geschnappt haben. Und das bedeutet im Umkehrschluss ...«

»... dass der wahre Täter immer noch frei da draußen herumläuft«, ergänzte von Werdenfels den Satz am anderen Ende der Leitung.

»Absolut korrekt! Deswegen ist es auch ganz wichtig, dass Lissy vorerst auf keinen Fall diese LakeLove-Website besucht. Wir werden morgen zusammen mit Dr. Agasiotis in aller Ruhe besprechen, wie wir weiter vorgehen werden. Bis dahin soll Lissy nichts unternehmen, ist das klar? Ich kann ihr das aber gleich auch persönlich sagen. Ich hatte ihr versprochen, dass ich später noch mal kurz bei ihr vorbeischaue. Wie geht's ihr denn eigentlich? Ich hoffe, die ganze Aktion hat sie nicht zu sehr schockiert.«

»Nun, das kann ich leider nicht sagen.« Von Werdenfels' Unbehagen war ihm deutlich anzuhören. »Um ganz ehrlich zu sein, Mads: Ich habe nicht die geringste Ahnung, wie es Lissy geht. Und zwar deswegen, weil ich nicht die geringste Ahnung habe, wo zum Teufel sie gerade ist!«

✳✳✳

Das Erste, was Lissy verspürte, als sie wieder zu sich kam, war Schmerz.

Unerträglicher Schmerz.

Allerdings war da noch ein weiteres Gefühl, das sich ihres Körpers bemächtigt hatte, und es dauerte einen kurzen Moment, ehe sie es als das erkannte, was es war: Angst.

Sie war in der Hand eines Mörders.

Eines psychopathischen Triebtäters, dessen Opfer schreckliche Martyrien zu ertragen hatten, bevor der Tod sie von ihrer Qual erlöste.

Lissy stöhnte voller Verzweiflung auf und versuchte, sich aufzurichten, doch ihre Hände und Füße waren so eng verschnürt, dass sich das dafür verwendete Seil tief in Hand- und Fußgelenke einschnitt. Außerdem hatte der Entführer sie geknebelt und ihr ein Tuch um den Kopf gebunden, sodass ihre Augen von dem schwarzen, glatten Stoff vollständig verhüllt waren. Vermutlich handelte es sich um eine Art Samt oder Satin, doch der glühende Pfeil, der in ihrem schmerzenden Hinterkopf zu stecken schien, konnte ihr sensitives Empfinden auch völlig beeinträchtigt haben.

Unzweifelhaft hingegen war die Tatsache, dass sie sich in einem Auto befand – der Geräumigkeit nach zu urteilen, im Fond eines Kombis oder SUVs. Der Wagen schien einen Turbolader zu haben, denn immer, wenn der Fahrer nach einem Schaltvorgang beschleunigte, war neben dem Motorgeräusch ein leises, ansteigendes Pfeifen zu vernehmen – ein Ton, der Lissy von ihrem Porsche Boxster bestens vertraut war.

Der Täter fuhr ein Auto mit Turbolader. Das war eine Erkenntnis, die ihr auf unerklärliche Weise plötzlich wieder Mut und Zuversicht gab, wenngleich sie vielleicht nie wieder Gelegenheit haben mochte, dieses Wissen mit einem anderen Menschen zu teilen. Dennoch war es für sie, als wiese die dicke, stabile Mauer der Anonymität des Mörders plötzlich einen ersten kleinen Riss auf.

Und dieses Gefühl tat verdammt gut.

Dermaßen motiviert hielt Lissy den Atem an und versuchte, weitere Laute zu erkennen, die ihr unter Umständen Hinweise auf ihr Umfeld vermittelten. Doch außer dem monotonen Brummen des Motors war nichts zu vernehmen, und da es auch keine weiteren Schaltvorgänge mehr gab und die Geschwindigkeit nicht übermäßig hoch zu sein schien, vermutete Lissy, dass sie sich auf einer Bundesstraße befanden.

Wenn nur dieses verdammte Tuch über den Augen nicht gewesen wäre.

Vorsichtig begann Lissy, ihren Kopf auf der groben Kofferraumunterlage hin- und herzureiben. Der glatte Stoff bewegte sich leicht, doch der Knoten am Hinterkopf war zu eng, um das Tuch komplett abzustreifen. Allerdings hatte sich durch ihre Bewegungen ein kleiner Spalt gebildet, der es Lissy ermöglichte, zumindest einen winzigen Ausschnitt ihrer Umgebung zu erkennen.

Behutsam und im Zeitlupentempo drehte sie den Kopf Richtung Fahrzeugfront, um einen Blick auf den Fahrer zu erhaschen, doch im selben Moment drosselte dieser die Geschwindigkeit, setzte den Blinker und bog ab, wobei er einen kurzen Blick über die Schulter warf. Lissy Berghammer erstarrte, kniff blitzschnell die Augen zusammen und stellte sich schlafend. Oder tot – was in ihrem Fall vermutlich eh aufs Gleiche hinauslaufen dürfte.

Plötzlich hielt der Wagen an.

Lissy zuckte erschrocken zusammen. Hatte der Fahrer etwas bemerkt? Hatte sie mit ihrem Erwachen genau die Handlungskette in Gang gesetzt, an deren Ende sie ein ebenso gewaltsamer Tod erwartete wie die beiden vorherigen Opfer? Tränen schossen ihr in die Augen, und das Gefühl völliger Hilflosigkeit ließ ihren Magen rebellieren.

Jetzt bloß nicht in den Knebel kotzen!, dachte sie panisch und presste die Lippen zusammen.

Währenddessen hatte der Mann das Fahrzeug verlassen und die Fahrertür offen stehen lassen. Lissy erwartete angstvoll das Geräusch der sich öffnenden Heckklappe, doch stattdessen ertönten in ein paar Metern Entfernung ein mechanisches Knacken und kurz darauf ein metallisches Schleifgeräusch. Gleichzeitig wurde das Schwarz vor Lissy Berghammers Augen durch ein orangefarbenes, gleichmäßig zuckendes Licht unterbrochen.

Vorsichtig hob sie die Augenlider und spähte – so gut es ging – durch den winzigen Spalt in ihrer Augenbinde. Es dauerte einen kurzen Augenblick, bis sie etwas erkannte, denn die anbrechende Nacht tauchte die Umgebung in ein trübes Dunkel, doch als ihre Augen sich an die Lichtverhältnisse gewöhnt hatten, sah sie einen Zaun.

Dunkelgrün.

Mit drei Lagen Stacheldraht am oberen Ende.

Es sah nicht aus wie eine private Grundstücksbegrenzung, sondern eher wie die einer institutionellen Einrichtung. Ein hellgrauer, länglicher Gegenstand mit einem kleinen rot leuchtenden Punkt thronte auf einem Pfahl über dem Zaun. Die

Form kam Lissy bekannt vor, dennoch dauerte es einen Moment, bis ihr klar wurde, dass es sich dabei um eine Kamera handelte. Nicht so eine kleine, kompakte, wie ihre Klienten sie über den Portalen ihrer luxuriösen Villen platzierten, sondern eine große professionelle, mit der man komplette Einfahrtsbereiche und größere Flächen überwachen konnte.

Lissy erschrak, als sich ihr Entführer plötzlich wieder schwungvoll auf den Fahrersitz fallen ließ. Offensichtlich bestand kein Grund, leise zu sein, denn die Art und Weise, wie er die Tür ins Schloss warf, war mehr als geräuschvoll. Seiner Gefangenen widmete er dabei keinerlei Aufmerksamkeit, und so konnte Lissy beim langsamen Weiterfahren den einen oder anderen Blick auf die Umgebung des Fahrzeugs erhaschen.

Zunächst fiel ihr ein blau-weißes Karomuster ins Auge.

Sie stutzte verwirrt, und erst als sie die Augen zusammenkniff und mit aller Konzentration auf das Muster starrte, erkannte sie, dass es sich dabei um eine bayerische Fahne handeln musste. Die Flagge war an einem hohen Mast gehisst und wurde stroboskopartig von dem immer noch gleichmäßig zuckenden orangefarbenen Licht erhellt. Diese mysteriöse Beleuchtung irritierte Lissy, doch als das Auto holpernd über eine Schwelle rollte und sie für den Bruchteil einer Sekunde einen Blick auf ein grünes, mit scharfen Zacken versehenes Metalltor erhaschen konnte, das sich langsam aus ihrem Blickfeld bewegte, fiel es ihr wie Schuppen von den Augen.

Ein Warnlicht.

Natürlich.

Eine Kamera, eine Fahne, ein Warnlicht – es musste irgendein offizielles Gelände sein! Dafür sprach auch das weiße Schild mit schwarzer Beschriftung, dessen Inhalt Lissy Berghammer durch den schmalen Spalt allerdings nicht komplett erfassen konnte. Die einzigen vier Worte, die sie erkannte, waren »Anmeldung«, »Dienststelle« und »Genfer Abkommen«, wobei besonders der letzte Begriff ein makabrer Beweis für die Ironie des Schicksals war. Schließlich bestand der elementare Inhalt der Genfer Konventionen darin, verwundeten, kranken oder zivilen Personen im Fall bewaffneter Konflikte Schutz und körperliche Unversehrtheit zu gewähren. Das war exakt das Gegenteil dessen, was Barbara Heidemann und Vroni Schreier widerfahren war.

Und was auch Lissy erwartete.

∗∗∗

Kriminalrat Madsen war nicht wiederzuerkennen. Alle Souveränität war dahin, seine sonstige Lässigkeit hatte sich atomisiert, und während er sich üblicherweise durch Besonnenheit und rationales Handeln auszuzeichnen pflegte, erinnerte er in diesem Moment an einen Drogensüchtigen auf Entzug. Das Haar hing wirr am Kopf, sein Hemd war an Rücken und Achseln von Schweiß durchnässt, und auch wenn eigentlich absolutes Rauchverbot in den Innenräumen des Polizeireviers herrschte, wagte es niemand, ihn wegen der Zigarette, die er sich wie in Trance anzündete, zu kritisieren. Es war nur allzu offensichtlich: Der Chef der Starnberger Polizeiinspektion war mit den Nerven durch.

Und zwar komplett.

»Machen Sie sich keine Sorgen, Madsen! Alles wird gut!« Dr. Agasiotis legte Madsen aufmunternd die Hand auf die Schulter. »Sie werden sehen: Bevor der Täter Frau Berghammer auch nur ein einziges Haar krümmen kann, werden wir sie finden und befreien.«

»Natürlich. Und bei der Gelegenheit lassen wir auch gleich all die rosa Einhörner frei, die der Entführer in seinem Garten gefangen hält«, entgegnete Madsen und hob voller Ironie den Daumen. »Dabei übersehen Sie nur eine Kleinigkeit, Herr Oberstaatsanwalt: Dieser Psychopath hat Lissy bereits ein Haar gekrümmt! Oder haben sie das Blut vergessen, das in der Parkgarage gefunden wurde?«

Dr. Agasiotis schluckte. Tatsächlich hatten Bertram und

seine Kollegen im Bereich der Ausfahrtsschranke eine große Blutlache entdeckt, und auch wenn das Resultat der Auswertung noch ausstand, hegte niemand im Raum Zweifel daran, dass es sich dabei um das Blut von Lissy Berghammer handelte.

»Alle Ein- und Ausfahrtstraßen im Starnberger Landkreis sind gesperrt, Chef!«, meldete sich Zirngibl dienstbeflissen zu Wort. »Vor allem Kombis und Lieferwagen werden angehalten und durchsucht. Wir haben Verstärkung von den Kollegen aus Fürstenfeldbruck, Gauting, Herrsching, Weilheim und Wolfratshausen. Außerdem unterstützen uns zwei Hubschrauber der Bereitschaftspolizei mit Wärmebildkameras. Es müsste doch mit dem Teufel zugehen, wenn wir Lissy nicht finden.«

»Das Problem an der ganzen Sache ist nur, dass der Teufel selbst sie entführt hat«, brummte Schmidthuber und biss herzhaft in einen Apfel.

»Halten Sie gefälligst den Mund, Schmidthuber! Noch so eine Bemerkung, und Sie fliegen raus!«, zischte Dr. Agasiotis und warf einen Blick auf Madsen, doch dieser hatte die Bemerkung zum Glück nicht wahrgenommen und sich stattdessen an Polizeimeister Zirngibl gewandt.

»Wie sieht's denn mit den Alibiüberprüfungen aus? Gibt's da was Neues?«

Zirngibl nickte. »Kommissar von Werdenfels ist sofort nach dem Verschwinden von Lissy Berghammer nach Seeshaupt gefahren, um das Alibi von Konny Oswald zu checken. Ich glaube, er war froh, irgendwas tun zu können, deshalb wollte er die Befragung auch persönlich durchführen. Vor ein paar Minuten hat er angerufen und Bescheid gegeben, dass Konny Oswald nicht in seiner Wohnung ist. Aber er hat ihn auf seiner Mobilfunknummer erreicht. Oswald ist laut eigener Aussage gerade auf dem Rückweg von Nürnberg. Er war dort auf einem ... Sekunde, jetzt muss ich kurz nachschauen, wie das Ding hieß ...«, Zirngibl blätterte kurz in seinem Block, bevor er den Terminus langsam und betont akzentuiert vorlas, »... ›Kick-off-Event zum Launch einer neuen Mobile Device Sales

Division‹. Keine Ahnung, was genau das ist, aber es geht wohl um den Verkauf von Handyzubehör auf freiberuflicher Basis. Wie auch immer: Es waren angeblich über hundert Teilnehmer bei dieser Veranstaltung, die das Alibi nach Oswalds Aussage bestätigen können. Allerdings sind die alle erst morgen wieder während der üblichen Geschäftszeiten erreichbar. Kommissar von Werdenfels ist jetzt auf dem Rückweg und wird das morgen früh direkt überprüfen.«

»Ja, das soll er auf jeden Fall machen«, brummte Dr. Agasiotis und fuhr sich gedankenverloren mit der Hand über sein schneeweißes Haar. »Allerdings klingt das auf den ersten Blick so, als käme er damit nicht als Täter in Frage. Was ist mit den Alibis von Dr. Gerhard Heidemann und Hauptmann von Steinäcker?«

»Zu beiden haben wir auch sofort Kollegen hingeschickt – und zwar sowohl zum Arbeitsplatz als auch zu ihren Privatadressen. Allerdings waren alle Besuche negativ«, meldete sich Zirngibl wieder zu Wort. Da in Kürze die jährlichen Beurteilungsgespräche anstanden, wollte er sich die Chance auf seinen großen Auftritt wohl nicht nehmen lassen. »Dr. Heidemann hat sich heute Abend gegen halb acht relativ plötzlich aus seiner Kanzlei verabschiedet, sagt seine Sekretärin.«

»Wie? Die Sekretärin war so spät noch im Büro, obwohl ihr Chef schon längst weg war? Wieso das denn?«, unterbrach ihn Madsen.

Zirngibl errötete. »Nun, die Kollegen meinten wörtlich, sie hätte etwas ›gerupft‹ ausgesehen. Außerdem war in der Kanzlei noch ein junger Mann von einer Reinigungsfirma. Muss wohl so ein kleiner Adonis gewesen sein, und auch der hat nach Aussage der Kollegen gewirkt, als hätte er sich etwas zu hastig angezogen – zumindest hatte er sein T-Shirt falsch rum an.«

»Na, schau mal einer an!« Schmidthuber grinste anzüglich. »Da hat die Vorzimmerschnalle mal kurz den Putzboy auf dem Schreibtisch vernascht. Ich sag's doch immer: Die vornehmsten Weiber sind in Wahrheit die größten Schlampen.«

»Schnauze, Schmidthuber!« Madsen funkelte den Polizeihauptmeister wütend an. »Was die Sekretärin macht, geht uns nichts an. Viel interessanter ist der plötzliche Aufbruch von Dr. Heidemann. Hat die Sekretärin irgendwas gesagt, wo er hin sein könnte?«

Zirngibl schüttelte bedauernd den Kopf. »Leider nicht! Allerdings hat er wohl ein paar Formulierungen gebraucht, die äußerst verdächtig klingen.«

»Jetzt bin ich aber gespannt!« Dr. Agasiotis stützte sich mit beiden Armen auf den Tisch, und auch Madsen trat interessiert näher, während Polizeihauptmeister Schmidthuber als Einziger im Raum demonstrativ auf seinem Platz sitzen blieb.

»Nun, Dr. Heidemann hat von einer wichtigen Verabredung um acht Uhr gesprochen, zu der er nicht zu spät kommen wollte, weil er ansonsten – so wörtlich – ›einen hohen Preis bezahlen‹ müsste. Außerdem sollte seine Sekretärin ihm die Daumen drücken, damit er Glück hätte und jemand anders ›mächtig bluten‹ müsse.«

»Er hat wirklich gesagt, dass jemand anders mächtig bluten müsse?« Madsens Gesicht war aschfahl, als er den letzten Satzteil leise wiederholte. »Ich fasse es nicht! Das Schwein kündigt seine Taten also auch noch an.«

»Vielleicht –«

»Nix, vielleicht!« Madsen schlug mit der Faust entschlossen auf die Tischplatte. »Also los! Packen wir uns die Drecksau! Und gnade ihm Gott, wenn er Lissy vergewaltigt hat. Dann nagel ich seinen verdammten Schwanz an die Kanzleitür!«

»Ähem, könnte ich Sie bitte mal einen Augenblick unter vier Augen sprechen?« Dr. Agasiotis nickte Madsen freundlich zu und schob ihn mit sanfter Gewalt in die hinterste Ecke des Besprechungsraums. Dort legte er seine Hände auf Madsens Schultern und blickte ihm ernst in die Augen. »Hören Sie, Madsen, Sie wissen, dass ich Sie sehr schätze. Ich finde, Sie sind ein hervorragender Polizist und ein feiner Kerl. Außerdem ist mir klar, dass Sie gerade unter besonderer psychischer Belastung stehen, weil Ihre Freundin entführt wurde. Alles verständlich! Trotzdem muss ich Sie jetzt warnen: Mir gefällt weder Ihre momentane Verfassung noch Ihr aktuelles Verhalten. Sie sind aggressiv, unbeherrscht und Sie lassen jegliche Objektivität vermissen. Wenn Sie sich nicht am Riemen reißen und wieder denken und handeln wie ein Polizist, dann ziehe ich Sie wegen Befangenheit von diesem Fall ab. Das hätte ich eigentlich sowieso längst tun müssen, aber Sie sind einer meiner besten Männer, und ich möchte den Typen ebenso gerne hinter Gittern sehen wie Sie. Deswegen habe ich mich dafür eingesetzt, dass Sie weiterhin den Fall leiten dürfen. Aber wenn ich noch mal solche Äußerungen wie gerade höre, dann ist augenblicklich Schluss damit. Habe ich mich deutlich genug ausgedrückt?«

Madsen nickte zerknirscht.

»Sehr schön! Dann wäre das ja geklärt!« Dr. Agasiotis zupfte sich zufrieden seine Fliege zurecht, wenngleich diese auch vorher schon so perfekt gesessen hatte, als hätte ein Stylist sie mit Sekundenkleber fixiert. »Dann gehen wir jetzt zurück zu den Kollegen und hören uns noch an, was mit dem Alibi dieses Bundeswehroffiziers ist. Einverstanden?«

»Selbstverständlich.« Madsen senkte schuldbewusst den Kopf. »Und bitte entschuldigen Sie meine unbedachte Äußerung, Herr Oberstaatsanwalt.«

»Keine Ahnung, wovon Sie reden«, entgegnete Dr. Agasiotis, ohne eine Miene zu verziehen. »Haben Sie irgendwas gesagt?«

»Soll ich jetzt weiter fortfahren?«

Polizeimeister Zirngibl blickte fragend in die Runde, worauf Dr. Agasiotis auffordernd nickte. Schmidthuber hingegen saß nach wie vor unbeweglich auf seinem Platz und sah aus, als hätte jemand aus Knetgummi eine Mischung aus Ottfried Fischer und Jabba the Hutt modelliert.

»Dann kommen wir jetzt zu Hauptmann von Steinäcker,

dem Kommandanten der General-Fellgiebel-Kaserne.« Zirngibl legte eine dramaturgische Pause ein. »Auch der hat mit Hinweis auf einen Termin um acht Uhr relativ hektisch seinen Dienst beendet.«

Madsen runzelte fragend die Stirn. »Sagt wer?«

»Sein Assistent, dieser Gefreite Ötzel. Es war wohl purer Zufall, dass die Kollegen den getroffen haben, weil er lange joggen war und gerade erst vom Duschen kam. Er hat auch berichtet, dass der Hauptmann gesagt hat, zu seiner Verabredung dürfe er auf keinen Fall zu spät kommen, und –«

»Das ist ja fast die gleiche Formulierung wie bei Dr. Heidemann!«, unterbrach Madsen verwirrt. »Also entweder wir haben jetzt zwei wirklich Verdächtige …«

»… oder die beiden machen gemeinsame Sache«, setzte Dr. Agasiotis den Gedanken fort. »Verdammt, an die Möglichkeit zweier Täter haben wir bisher noch gar nicht gedacht.«

»Weil es bei Mord auch eher ungewöhnlich ist.« Madsen und der Oberstaatsanwalt warfen sich jetzt die Bälle hin und her. »Andererseits kennen die beiden sich von früher, und außerdem handelt es sich um ein Sexualstrafdelikt …«

»… und die werden durchaus öfter von zwei oder mehr Tätern begangen – vor allem dann, wenn die Planung komplexer ist.« Dr. Agasiotis krempelte sich die Ärmel seines maßgeschneiderten Hemdes mit den eingestickten Initialen hoch, während er Zirngibl auffordernd anblickte. »Gibt's sonst noch was, was der Assistent berichtet hat? Hat von Steinäcker vielleicht noch irgendwas gesagt, was darauf hindeutet, wo er hinwollte?«

Zirngibl schüttelte bedauernd den Kopf. »Nein, wohin er wollte, hat er nicht gesagt. Nur, dass er sich vorher noch umziehen müsse. Und dass er ›garantiert einen schönen Abend‹ haben werde!«

Der letzte Satz hing in der Luft wie ein unangenehmer Geruch.

Alle Anwesenden schwiegen betroffen, als plötzlich Zirngibls Handy klingelte. Mit einer entschuldigenden Geste nahm er das Gespräch an, und während er sich hastig Notizen auf seinem kleinen Block machte, zeigte er den Anwesenden zwischendurch immer wieder seinen hocherhobenen Daumen. Nach einer gefühlten Ewigkeit bedankte Zirngibl sich und beendete das Telefonat. Seine Mimik war dabei so bedeutungsvoll, als gedachte er, im nächsten Augenblick so substanzielle Dinge zu verkünden wie die Zugangsdaten zur Area 51, den wahren Mörder von John F. Kennedy oder die Handynummer von Kate Upton.

»Kommen Sie, Zirngibl! Machen Sie's nicht so spannend!« Madsen konnte seine Ungeduld kaum noch zügeln, und diesmal maßregelte ihn Dr. Agasiotis nicht – vermutlich, weil es ihm selbst keinen Deut besser ging. »Wer war der Anrufer? Und was hat er gesagt?«

»Das waren die Kollegen aus Weilheim«, antwortete Zirngibl und konsultierte seine Notizen, um nichts Falsches wiederzugeben. »Sie haben sich bei ihrer Suche vor allem auf einsame Höfe, Hallen oder ältere frei stehende Gebäude konzentriert, weil an den Leichen diese heutzutage nicht mehr verwendete Wandfarbe gefunden wurde. Außerdem deutet ja einiges darauf hin, dass die entführten Frauen in einem massiven Keller oder einem unterirdischen Schutzraum gefangen gehalten wurden.«

»Mann, Zirngibl, kommen Sie endlich auf den Punkt«, stöhnte Madsen genervt. »Wir wissen, worauf sich die Kollegen bei ihrer Suche konzentrieren. Schließlich habe ich sie selbst instruiert.«

»Mag ja sein, dass Sie das wissen, Herr Kriminalrat.« Zirngibl blickte Madsen ungeachtet des Tadels triumphierend an. »Aber was Sie unter Garantie noch nicht wissen, ist, was unsere Kollegen vor einem einsamen, völlig isoliert stehenden Haus in einer Schlucht bei Tutzing gefunden haben. Raten Sie mal …«

»Zirngibl!«

Es war nur ein einziges Wort, aber die Art und Weise, wie

Dr. Agasiotis es aussprach, war ebenso bedrohlich, als hätte er dem jungen Polizisten eine Behandlung mit der Garrotte in Aussicht gestellt.

»Verzeihung!« Polizeimeister Zirngibl lief knallrot an, und Schweißperlen bildeten sich auf seiner Stirn. »Also, vor diesem einsamen Haus in der Waldschmidtschlucht wurde das Auto von Dr. Gerhard Heidemann gefunden. Und direkt daneben steht ...«

»... das Auto von Hauptmann von Steinäcker«, komplettierte Madsen den Satz und lachte – zum ersten Mal an diesem Abend – über das fassungslose Gesicht seines Gegenübers. »Machen Sie den Mund wieder zu, Zirngibl! Nach unserer neuesten Vermutung bezüglich zweier Täter und Ihrer Einleitung war das nicht so schwierig. Und ich denke, Sie alle wissen auch, was das bedeutet, oder?«

»Allerdings!« Dr. Agasiotis war bereits aufgesprungen und hatte eine Kurzwahl in sein Handy getippt. »Das bedeutet, dass wir noch einmal Hauptkommissar Rick und sein schlagkräftiges Team benötigen.«

»Exakt! Und diesmal, meine Herren ...«, Kriminalrat Madsen ballte die Hände zu Fäusten, »... schnappen wir uns die Richtigen!«

DREIZEHN

Lissy zwang sich zur Ruhe.

Panik half nicht weiter.

Nicht, wenn sie irgendeine Chance auf Überleben haben wollte.

Zumindest konnte sie sich wieder frei bewegen, denn der Mann hatte sie, nachdem er sie aus dem Kofferraum gehievt hatte, in irgendein Haus gebracht. Was für ein Gebäude das war, vermochte sie nicht zu beurteilen, denn da es nur wenig Licht gab, hatte sie durch den schmalen Spalt in ihrer Augenbinde so gut wie nichts erkennen können. Allerdings war ihr die Luft kühl und feucht vorgekommen, und der Ruf eines Uhus sowie das Rascheln von Blättern hatte sie auf einen üppig bewachsenen Garten oder einen Wald in nächster Nähe schließen lassen. Innerhalb des Gebäudes war sie dann von ihrem Träger eine steile Treppe hinuntergeschleppt worden, und die kalte Temperatur sowie das Echo der Schritte deuteten darauf hin, dass sie sich in einem engen Gang oder Gewölbe befunden hatten.

Lissy hatte versucht, sich jeden Richtungswechsel einzuprägen, um einen gedanklichen Lageplan zu erstellen, doch sie war sich keineswegs sicher, ob ihr räumliches Empfinden auch tatsächlich der Realität entsprach. Kopfüber über eine Schulter geworfen, beim Tragen hin und her geschüttelt und mit einer schmerzenden Platzwunde am Schädel war es nahezu unmöglich, Richtungen und Entfernungen exakt zu definieren. Insofern war sie auch überaus erleichtert gewesen, als ihr Entführer seine Schritte endlich verlangsamt, eine schwere, massiv klingende Tür geöffnet und sie überraschend behutsam auf den Boden gelegt hatte.

Ohne ein einziges Wort zu verlieren, hatte er ihr anschließend mit einem Messer Hand- und Fußfesseln durchtrennt, worauf Lissy sich umgehend die Augenbinde vom Kopf hätte reißen können. Doch aus irgendwelchen, ihr selbst unerklärlichen Gründen hatte sie das dringende Bedürfnis verspürt, die Augen verbunden zu lassen, bis der Mann hinausgegangen war und die Tür verschlossen hatte. Erst dann hatte sie vorsichtig den Knoten gelöst und die Augen geöffnet.

Und sich im selben Augenblick gewünscht, sie hätte die Binde niemals abgenommen.

Es waren nicht nur die blutigen Schlieren an den Wänden, die ihr Angst einjagten. Es war auch nicht der silberne, verbeulte Eimer, der offensichtlich als Toilette dienen sollte. Das, was ihr in diesem Moment am meisten zu schaffen machte, war die Furcht vor der eigenen Resignation.

Dass sie aufgab, ohne zu kämpfen.

Denn eines war ihr vollkommen bewusst: In dem Moment, in dem sie ihr Schicksal akzeptierte und sich ohne Gegenwehr fügte, war alles verloren.

Allerdings hatte Lissy Berghammer in ihrem ganzen Leben noch nie verloren. Und sie gedachte keineswegs, in diesem kargen, kalten Keller damit anzufangen.

※ ※ ※

»So schnell hatten wir auch noch nie einen Folgeeinsatz«, wisperte Hauptkommissar Rick und starrte durch das Fernglas mit Nachtsichtvorrichtung auf das einsame Haus. »Sind Sie denn sicher, dass es diesmal der richtige Täter ist?«

»Absolut!«, antwortet Madsen flüsternd. »Allerdings ist es nicht *der* richtige Täter, sondern es sind *die* richtigen Täter. Und zwar mindestens zwei, wenn nicht sogar mehr. Zumindest deutet die Anzahl der Fahrzeuge darauf hin.«

Der Leiter des Spezialeinsatzkommandos nickte, ohne das Fernglas von den Augen abzusetzen. Tatsächlich wirkten die zwei Autos und das schwere Motorrad ob der abgeschiedenen Lage des Anwesens nicht nur seltsam deplatziert, sondern auch in höchstem Maße verdächtig. Schließlich befand sich das Haus weit abseits jeglicher größerer Zufahrtsstraße am südwestlichen Ende der Tutzinger Waldschmidtschlucht, einer verwachsenen, naturbelassenen Schneise zwischen Säggraben und Rot-Kreuz-Alm.

Nachbargebäude gab es nicht, lediglich die prachtvoll restaurierte alte Tutzinger Mühle befand sich am selben Zufahrtsweg, doch deren Gartenanlage war durch den alten Mühlbach abgetrennt und zudem so weitläufig, dass der Begriff »direkte Nachbarschaft« lediglich theoretischer Natur war. De facto war das Haus völlig allein stehend – und damit geradezu prädestiniert für die Unterbringung einer entführten Person. Zumindest in den Augen der Polizeibeamten und SEK-Angehörigen, die, durch dichtes Dickicht und massive Baumstämme geschützt, auf der gegenüberliegenden Seite der Schlucht Position bezogen und die Umgebung zunächst einer gründlichen Prüfung unterzogen hatten.

Dabei hatte sie anfangs der verlassene Eindruck des Hauses irritiert, denn das Gebäude schien seit geraumer Zeit nicht mehr betreten worden zu sein. Büsche und Sträucher wucherten üppig durcheinander, Unkraut bahnte sich büschelweise seinen Weg durch die zum Haus führenden Natursteinplatten, und der auf oberbayerischen Grundstücken unverzichtbare Dekolöwe war in dem verwilderten Rasen des Vorgartens ebenso schwer zu entdecken wie sein natürliches Vorbild im hohen Gras der afrikanischen Savanne. Sämtliche Jalousien des kleinen gelb gestrichenen Hauses waren heruntergelassen, und die Werbeprospekte, die sich im filigranen Gestänge des Gartentörchens stapelten, hätten zweifelsohne ausgereicht, um daraus ein seetaugliches Schiff für mindestens eine erwachsene Person zu falten.

Angesichts dieses Dornröschenschlafs hatten Madsen und sein Team kurzzeitig an der Sinnhaftigkeit des Einsatzes gezweifelt, bis die Kollegen aus Weilheim sie auf ein kleines Nebengebäude samt den davor parkenden Fahrzeugen aufmerksam gemacht hatten.

Der hölzerne Anbau lag linker Hand des eigentlichen Wohnhauses, ein Stück nach hinten versetzt und auf zwei Backsteinplateaus platziert, deren wilder Bewuchs vom überschaubaren gärtnerischen Talent des Besitzers zeugte. Das gesamte Gebäude ließ sich nur mit sehr viel gutem Willen oder fortgeschrittenem grauen Star als »rustikal« bezeichnen. Die Wände bestanden aus dunklen, zum Teil verwitterten Holzlatten, Kabel verliefen frei liegend über die Fassade, und die unterschiedlich großen Fenster waren von innen mit schwarzer Pappe zugeklebt. Rechts neben dem Anbau befand sich ein vertieft liegender Treppenabgang mit einer massiven Holztür, die durch einen auffällig modernen Bewegungsmelder samt Scheinwerfer und Kamera gesichert war.

»Ich wette, da geht's in den Keller, in dem Lissy gefangen ist!«, zischte Madsen und deutete in die Richtung des Nebeneingangs. »Warum sonst sollte an einem so unwichtigen Eingang eine so professionelle Alarmanlage montiert sein? Außerdem hat das Schild am Zaun ja auch schon bewiesen, dass wir hier richtig sind!«

Hauptkommissar Rick nickte. Im Gegensatz zu Madsen, der seiner Aufregung kaum noch Herr zu werden vermochte, schien er die Ruhe in Person zu sein. Gleichwohl musste er seinem Starnberger Kollegen recht geben, dass alles dafürsprach, tatsächlich das Versteck der Entführer gefunden zu haben. Die Abgeschiedenheit des Anwesens, die Fahrzeuge der Verdächtigen vor dem Nebengebäude, die auffälligen Sicherheitsvorkehrungen sowie das vergilbte Schild am Eingangstor, auf dem das Konterfei eines Schäferhundes vor dem Betreten des Grundstückes warnte – die Indizien schienen eindeutig.

Aus diesem Grunde hatte sich Hauptkommissar Rick auch bereits mit seinen beiden Gruppenführern Bönisch und Leipold beraten und mögliche Gefahrenquellen wie die kleine grüne Wellblechhütte neben dem Anbau eruiert. Rick befürchtete, dass es sich dabei um einen Hundezwinger handelte, und auch wenn die Männer des SEK in vielerlei Kampftechniken geschult und mit widerstandsfähiger Einsatzkleidung ausgerüstet waren, wollte er sein Team nur höchst ungern dem Angriff eines entfesselten Schäferhundes aussetzen. Außerdem schimmerte durch die Ritzen der schwarzen Fensterabklebungen Licht, was vermuten ließ, dass die Verdächtigen sich im oberen Teil des Anbaus aufhielten.

»Also, Männer, was wir auf keinen Fall tun dürfen, ist, jetzt unüberlegt loszurennen und nur einen oder zwei der Typen zu erwischen. Dann kann der Rest sich in aller Ruhe in den Keller zurückziehen und Frau Berghammer als Geisel nehmen«, brummte Rick in sein Helmmikro. »Ich schlage deshalb vor, dass wir noch einen Moment warten. Seht ihr den überquellenden Aschenbecher neben der Tür? Dort auf dem abgeschnittenen Baumstamm? Ich wette, dass innerhalb der nächsten fünf Minuten mindestens einer der Typen rauskommt, um eine zu rauchen. Und genau in dem Moment werden wir zugreifen. Aber vorher klären wir noch die Sache mit dem Hund.«

Mit diesen Worten klaubte Rick einen Tannenzapfen vom Boden, nahm kurz Maß und schleuderte ihn kraftvoll auf das Dach der windschiefen Wellblechhütte. Ein kurzes, blechernes Geräusch erklang, anschließend herrschte Stille.

»Alles klar, Männer!« Rick hob für die, die ihn sehen konnten, den rechten Daumen. »Kein Hund – die Luft scheint zumindest draußen rein zu sein. Wir gehen also vor wie besprochen: Leipold und sein Team kommen von der Hausseite her. Passt auf, dass ihr nicht in den Erfassungsbereich des Bewegungssensors kommt, sonst steht ihr im Rampenlicht. Bleibt an der Hauswand in Deckung und sichert von da den Eingang zum Keller. Bönisch und seine Jungs übernehmen währenddessen den Eingangsbereich des Nebengebäudes. Nähert euch durch das Bachbett, geht hinter den Bäumen, dem Wellblechschuppen und den Autos in Deckung und wartet auf mein Kommando. Sobald sich die Tür öffnet und einer rauskommt, gebe ich den Einsatzbefehl. Dann stürmt ihr los, überwältigt draußen den oder die Männer und werft gleichzeitig Blendgranaten in den Raum. Anschließend geht ihr rein und klärt die Sache so, wie ihr es schon tausendmal gemacht habt. Noch Fragen?«

»Nein, Chef! Alles klar!«, erklangen Bönischs und Leipolds Antworten nahezu synchron durch die im Helm integrierten Kopfhörer.

»Wir zwei bleiben hier, bis die Jungs die Lage im Griff haben«, wandte sich Hauptkommissar Rick indes an Madsen. »Ich weiß, dass Sie gerne in erster Reihe dabei sein würden, aber glauben Sie mir: Mein Team weiß genau, was es zu tun hat. Erst wenn die Situation klar ist, gehen wir hinterher. Ist das in Ordnung für Sie?«

»Nein, ist es nicht«, entgegnete Madsen und steckte missmutig seine Waffe zurück ins Holster. »Aber Trumps Wahl war für mich auch nicht in Ordnung. Und passiert ist es trotzdem.«

⁕ ⁕ ⁕

Die große Vielfalt akustischer Empfindungen war Lissy bis zu diesem Augenblick nie wirklich bewusst gewesen. Natürlich war ihr klar, dass mitreißende Musik die Laune verbesserte, sanfte Klänge die Gedanken beruhigten und romantische Melodien die entsprechende Stimmung verstärkten – aber dass selbst Stille eine eigene Art von Lärm darstellen konnte, das war eine völlig neue Erfahrung für sie.

Mitten im Raum auf dem Boden sitzend, lauschte Lissy dem auditiven Nichts. Kein einziger Ton drang von außen durch die dicken Betonwände, und auch durch die massive Metalltür war nach dem Verklingen der Schritte ihres Entführers keinerlei Geräusch mehr zu vernehmen.

Dennoch dröhnte es in Lissys Ohren.

Es war ein lautes, an- und abschwellendes Rauschen, ähnlich dem eines reißenden Flusses, und es hatte eine ganze Zeit lang gedauert, bis sie begriffen hatte, dass die Ursache des Geräusches ihr eigenes Blut war, das in rhythmischen Stößen durch

Arterien und Venen floss. Stille konnte also durchaus ohrenbetäubend sein – eine Erkenntnis, auf die Lissy allerdings liebend
gerne verzichtet hätte.

»Hallo! Ist jemand hier? Kann mich irgendjemand hören?«
Der heisere Klang ihrer eigenen Stimme verdrängte das Rauschen, als sie sich mit zu Trichtern geformten Händen vor die
Stirnwand stellte und nach Hilfe rief. Schreien tat gut, denn
auch wenn angesichts der undurchdringbaren Mauern vermutlich völlig sinnlos, war es ein Zeichen von Leben.

Von Widerstand.

Und von Hoffnung.

Möglicherweise verirrte sich ja doch irgendjemand in die
Nähe ihres Gefängnisses und vernahm ihre Hilferufe. Vielleicht ein Spaziergänger mit Hund, einem bissigen Hund, den
man nur nachts frei laufen lassen konnte. Oder ein Orientie-
rungsläufer, der, ausgerüstet mit Stirnlampe und Kompass,
für irgendeinen dieser aktuell so angesagten Ultramarathons
trainierte. Oder ein Liebespärchen, das sich auf einem einsamen Hochstand der Jagd nach gemeinsamen Höhepunkten zu
widmen gedachte.

Lissy atmete tief ein und stieß abermals einen kraftvollen
Schrei aus. Trotz aller Verzweiflung war sie keineswegs gewillt,
die Ausweglosigkeit ihrer Lage zu akzeptieren. Schließlich
hatte sie ihr ganzes Leben lang nach der Maxime ihres Vaters
gelebt, deren inhaltliche Aussage sich immer und immer wieder
aufs Neue bestätigt hatte: »Egal, wie schlimm und wie ausweg-
los eine Situation auch erscheinen mag – es gibt stets ein Licht
am Ende des Tunnels.«

Dass es sich bei diesem Licht allerdings auch um das eines
entgegenkommenden Zuges handeln konnte, musste Lissy
schmerzhaft erfahren, als von draußen plötzlich mehrere ge-
dämpfte Detonationen zu vernehmen waren.

***

»Zugriff!«

Die Stimme von Hauptkommissar Rick durchschnitt die nächtliche Stille, und im selben Augenblick brachen Bönisch und sein Team wie Raubkatzen aus ihrer Deckung hervor und stürmten – sämtliche Stufen mit einem einzigen kraftvollen Sprung passierend – auf den erhöhten Vorplatz, wo sie sich mit heiserem Geschrei auf die beiden Männer stürzten, die Sekunden zuvor mit einer Zigarette in der Hand aus dem hölzernen Anbau getreten waren.

Einer der beiden versuchte noch, sich umzudrehen und einen Warnruf auszustoßen, doch ehe er auch nur einen einzigen Ton von sich geben konnte, verschloss eine große, behandschuhte Hand seinen Mund, und er wurde wie ein Mehlsack zu Boden geschleudert. Gleiches geschah mit seinem Begleiter, und sollten die im Inneren des Gebäudes befindlichen Personen trotz des Lärms noch nicht gemerkt haben, dass auf dem Vorplatz etwas Unerwartetes vor sich ging, so wurden sie sich dessen spätestens in dem Moment bewusst, in dem die Irritationskörper in dem Anbau explodierten.

Obwohl Madsen sich mehr als fünfzig Meter Luftlinie entfernt und in sicherer Deckung hinter Baumstämmen befand, zuckte er bei den Detonationen mit mehr als einhundertsiebzig Dezibel Lautstärke erschrocken zusammen, und die gleißend hellen Magnesiumblitze zwangen ihn kurzzeitig dazu, seine Augen schützend abzudecken. Angesichts seiner eigenen Empfindungen erschien es ihm nur allzu verständlich, dass die Sprengkörper jeden, der von ihrem Einsatz überrascht wurde, vollkommen paralysierten, und so dauerte es auch dieses Mal keine Minute, bis ein SEK-Beamter aus dem Haus trat, seinen Blick Richtung Rick und Madsen wandte und mit Daumen und Zeigefinger ein Okay-Zeichen formte.

»Also los! Die Lage scheint unter Kontrolle zu sein – dann können wir jetzt auch rein.« Rick erhob sich geschmeidig, klopfte sich Blätter und Moos vom Kampfanzug und breitete die Arme aus, als bäte er Madsen in die Lobby des New Yorker

Ritz-Carlton-Hotels. »Nach Ihnen, Herr Kriminalrat! Immerhin war es Ihr erweitertes Team, das die Autos entdeckt hat – da gebührt natürlich auch Ihnen das Vergnügen, die Entführer in die Mangel zu nehmen.«

Madsen nickte und setzte sich in Bewegung. Es gab Angebote, die konnte man einfach nicht ablehnen.

Der groß gewachsene Mann lag auf dem Boden vor dem Gebäude und fluchte lauthals vor sich hin. Hände und Füße waren mit schwarzen Kabelbindern fixiert, und die blutunterlaufenen Striemen ließen erkennen, dass die SEK-Beamten bei der Wahl ihrer Mittel nicht zimperlich vorgegangen waren. Eine klaffende, stark blutende Platzwunde über der rechten Augenbraue untermauerte diese Vermutung, wenngleich der bullige Elitepolizist, der neben dem Gefangenen stand und ihn mit gezückter Dienstwaffe in Schach hielt, auf Madsens fragenden Blick unschuldig mit den Schultern zuckte. Ob er dabei allerdings grinste, vermochte Madsen nicht zu beurteilen, denn das Gesicht des Beamten war durch eine schwarze Sturmhaube nahezu völlig verdeckt.

»Guten Abend, Hauptmann von Steinäcker. Ein unerwartetes Wiedersehen, nicht wahr?« Madsen ging neben dem Gefangenen in die Knie und nickte ihm freundlich zu. »Erinnern Sie sich noch an unser Gespräch in der Kaserne? Das, bei dem ich Ihnen sagte, dass wir Sie für verdächtig halten? Das hat sich ja nun offensichtlich bestätigt!«

Es dauerte einen kurzen Augenblick, bis der Offizier Madsen erkannte, dann nahm sein Gesicht überraschte Züge an.

»Kriminalrat Madsen? Was zur Hölle machen Sie denn hier? Sind Sie etwa für den Amoklauf dieser Irren verantwortlich?« Er neigte den Kopf zur Seite, da ihm das Blut aus der Platzwunde ins Auge zu laufen drohte. »Ihnen ist doch hoffentlich klar, dass das eine Beschwerde an höchster Stelle nach sich zieht? Ich will hier ganz entspannt mit einem Bekannten eine

Zigarette vor der Tür rauchen, und da kommen diese Wahnsinnigen und schlagen mir den Schädel auf den Boden, dass mir fast die Birne platzt. Und wenn mir nicht bald jemand diese Fesseln lockert, dann sterben mir auch noch Arme und Beine ab. Können Sie mir vielleicht mal erklären, was diese ganze Scheiße soll?«

Ohne eine Antwort zu geben, bedeutete Madsen dem SEK-Beamten, von Steinäcker und seinen Begleiter in den Innenraum zu bringen, und betrat anschließend das flache Gebäude.

Der Anbau strahlte die trostlose Gemütlichkeit einer saarländischen Dorfkneipe aus. Die Wände bestanden aus hellen, glänzend lasierten Holzbohlen, der Boden aus abgewetztem Laminat, und der Stil der Einrichtungsgegenstände erinnerte an eine Mischung aus Ludolf'schem Wohnzimmer und Recyclinghof. An den Wänden hingen verstaubte Jagdtrophäen, Zinnteller und Landschaftsbilder von Malern, die der Menschheit mit der Wahl eines anderen Hobbys sehr viel visuelles Leid erspart hätten.

Madsen hob schnuppernd die Nase. Es roch nach Schimmel, Schnaps und Currywurst aus der Mikrowelle.

Während er sich völlig ungeniert eine Zigarette anzündete, warf er einen prüfenden Blick auf die drei Gefangenen, die inzwischen nebeneinander auf dem dreckigen Boden lagen wie drei Thunfische auf einem Fischmarkt. Unmittelbar neben von Steinäcker befand sich sein Rauchkumpan, ein stämmiger, etwa vierzigjähriger Südeuropäer mit langen dunklen Haaren, die er zu einem Pferdeschwanz zusammengebunden hatte. Madsen kannte ihn nicht, wohl aber den dritten Gefangenen, der sich wie von Sinnen hin- und herwälzte, um seine Fesseln zu lösen. Es handelte sich um Dr. Gerhard Heidemann, den Ehemann des ersten Mordopfers.

Madsen stieß ihn unsanft mit dem Fuß an.

Dr. Heidemann wollte ihn gerade wütend anfahren, als er Madsen erkannte und sich erleichtert zu Boden sinken ließ.

»Ah, Kriminalrat Madsen, Gott sei Dank, dass Sie da sind.

Offensichtlich gibt es hier ein riesiges Missverständnis. Wären Sie bitte so freundlich, den übereifrigen Herren zu erklären, wer ich bin, und mir anschließend diese Fesseln abnehmen zu lassen?«

»Einen Teufel werde ich!«, erwiderte Madsen. Er hob einen der Stühle vom Boden, platzierte ihn so, dass sich die Querstrebe zwischen den Beinen exakt über Dr. Heidemanns Hals befand, und nahm darauf Platz.

Dr. Heidemann röchelte, als die kantige Holzstrebe schmerzhaft auf seinen Kehlkopf drückte.

»Sind Sie irre, Herr Kriminalrat? Ich krieg keine Luft!«

Madsen fixierte Dr. Heidemann mit stechendem Blick, nahm einen tiefen Zug und blies ihm den Zigarettenqualm ins Gesicht. Der Gefangene begann zu husten, was den schmerzhaften Druck auf seinen Hals zusätzlich erhöhte.

»Verdammt, ich ersticke, Sie Schwachkopf! Hallo? Kann mal jemand den Irren hier stoppen und mich rauslassen?« Dr. Heidemann rollte hilfesuchend mit den Augen, doch keiner der SEK-Beamten machte Anstalten, ihm zu Hilfe zu kommen.

Madsen beugte sich zu ihm hinab, nahm sein Gesicht zwischen die Hände und zischte: »›Rauslassen‹ ist genau das richtige Stichwort, du kleiner, mieser Drecksack! Ich bin hier, um Lissy aus ihrem Keller rauszulassen. Also sag mir, wo wir sie finden! Und zwar zackig, sonst – und das schwöre ich dir beim Auspuff meiner Fat Boy – breche ich dir jeden einzelnen Knochen im Leib!«

»Was denn für eine Lissy?« Der Blick, mit dem Dr. Heidemann Madsen bedachte, wirkte gleichermaßen panisch wie ratlos. »Das ist doch jetzt hoffentlich alles ein schlechter Scherz, oder? Ich habe keine Ahnung, von welcher Lissy und von welchem Keller Sie sprechen!«

Madsens Hände wanderten zu Dr. Heidemanns Kehle, doch Hauptkommissar Rick, der in weiser Voraussicht neben ihn getreten war, tippte ihm auf die Schulter und schüttelte kaum merklich den Kopf.

Anschließend wandte er sich an die gefesselten Männer. »Also gut, dann kürzen wir das Ganze jetzt mal ab. Wir sind hier, weil Sie in Verdacht stehen, die Immobilienmaklerin Lissy Berghammer entführt zu haben und hier gefangen zu halten – ebenso wie zuvor Barbara Heidemann und Vroni Schreier. Wenn Sie uns jetzt sagen, wo wir Frau Berghammer finden, und sie unverletzt ist, wird sich das sicherlich strafmildernd für Sie auswirken. Wenn Sie allerdings nicht mit uns kooperieren, lassen wir hier keinen Stein auf dem anderen, bis wir Ihr Opfer gefunden haben. Ach ja: Während unserer Suche würden wir Sie der liebevollen Obhut von Kriminalrat Madsen überlassen.«

Hauptkommissar Rick lächelte den Männern so freundlich zu, als hätte er ihnen eine Portion Zuckerwatte versprochen.

Hauptmann von Steinäcker war der Erste, der sich fasste, während die anderen deutlich verunsichert schienen.

»Sind hier eigentlich alle durchgeknallt? Erstens leben wir immer noch in einem Rechtsstaat, und Sie haben sich ebenso an die geltenden Gesetze zu halten wie alle anderen Bundesbürger auch. Und zweitens haben Sie sich da offensichtlich völlig schwachsinnig in irgendwas verrannt! Es ist doch fast schon infam, dem Witwer des ersten Opfers dessen Entführung und Ermordung zu unterstellen, und Sie liegen auch völlig falsch mit Ihrer Verdächtigung, wir hätten irgendwas mit einem Verbrechen zu tun. Wir kennen Frau Berghammer zwar, aber die Idee, wir hätten sie entführt, ist absurd.«

»Ach ja?«, höhnte Madsen und blickte Hauptmann von Steinäcker drohend an. »Und was ist dann mit diesem konspirativen Treffen hier? Lissy Berghammer ist vor ein paar Stunden entführt worden, und jetzt sitzen zwei der Hauptverdächtigen hier am Arsch der Welt in einem alten, verlassenen Gebäude zusammen. Glauben Sie wirklich, wir wären so blöd, das für einen Zufall zu halten? So wie das Schild mit dem Schäferhund? Und den gut gesicherten Eingang zum Keller nebenan?«

»Verdammt noch mal!«, mischte sich jetzt auch der Südeuropäer in die Diskussion ein. Er trug eine fleckige Latzhose, ein kariertes Baumfällerhemd und derbe Arbeitsschuhe. Seine Stimme war tief und rau, als er den Polizisten entgegenbellte: »In dem Keller nebenan sind Arbeitsgeräte für den Garten. Rasenmäher, Sensen, Schaufeln, Äxte und so weiter. Genau wie draußen in dem Wellblechschuppen. Der Schlüssel hängt dort neben dem Hirschgeweih. Gehen Sie doch einfach gucken! Und von was für einem Schäferhund-Schild sprechen Sie?«

»Von dem verrosteten da draußen an dem Tor«, erwiderte Madsen, den das Verhalten der Männer zunehmend verunsicherte. »Das mit der Warnung vor dem Schäferhund!«

»Hä? Welches?« Der Südeuropäer starrte Madsen ratlos an. Dann erhellte sich sein Blick plötzlich, und er lachte laut auf. »Ach, Sie meinen das gelbe da an dem Seitentor? Um Gottes willen, das ist uralt! Die Besitzer des Grundstücks hatten früher mal einen Schäferhund. Aber das Vieh ist schon seit mindestens zehn Jahren im Hundehimmel und kackt Wolke sieben voll!«

Dr. Heidemann kicherte, verstummte aber sofort, als er den drohenden Blick seines Bewachers bemerkte.

Madsen gab Hauptkommissar Rick ein kurzes Handzeichen, und die beiden traten vor die Tür.

»Sie glauben nicht, dass die Männer was mit der Entführung zu tun haben, oder?«, fragte Madsen.

»Sie denn?«

Madsen schüttelte frustriert den Kopf. »So ungern ich es zugebe: Ich finde ihre Aussagen relativ glaubwürdig. Andererseits kann es doch kein Zufall sein, dass die drei sich ein paar Stunden nach der Entführung hier treffen. Ich meine, es gibt tausend Lokale und Biergärten im Landkreis. Die Kaserne hat eine Kantine, Dr. Heidemann eine Riesenhütte – warum zum Teufel sitzen die dann hier in diesem gottverlassenen, abgelegenen Loch? Das passt doch vorne und hinten nicht! Wir sollten unbedingt das Grundstück absuchen. Vielleicht finden wir ja doch was!«

»Negativ!«, erklang eine Stimme in seinem Rücken.

Madsen fuhr herum.

Bönisch stand hinter ihm, seinen schwarzen Helm samt Sturmhaube unter dem Arm, die Haare von oben bis unten mit Spinnenweben überzogen.

»Wir haben das gesamte Areal bereits auf den Kopf gestellt. Der Keller neben dem Anbau ist winzig klein und voll mit Gartengeräten. Eine Tür führt von dort ins Haupthaus – deshalb ist der Eingang wohl auch so gut gesichert. Wir haben auch das Haus durchsucht, aber da ist ebenfalls nichts zu finden. Komplett verlassen, Kühlschrank abgestellt, alle Stecker raus. Sieht so aus, als sei dort schon längere Zeit keiner mehr gewesen. Im Garten gibt es keine weiteren Gebäude oder Katakomben. Wir können natürlich in der Kürze der Zeit und angesichts der Grundstücksgröße nicht ausschließen, dass es irgendwo Richtung Wald noch einen gut getarnten Eingang zu einem unterirdischen Bunker oder so etwas gibt, aber wenn Sie mich fragen, ist das Grundstück clean. Keine Spur von einem Keller oder Verlies – und leider auch keine von Lissy Berghammer.«

»Verdammte Scheiße!«, murmelte Madsen und schob die Hand, die Rick ihm tröstend auf die Schulter gelegt hatte, unwirsch zur Seite. »Aber so leicht gebe ich nicht auf! Grundsätzlich nicht und schon gar nicht, wenn es um Lissys Leben geht. Kommen Sie, Rick! Dann klären wir mal ab, was die drei Typen hier für ein Treffen veranstaltet haben! Auch wenn die alle so tun, als seien sie die Partner von Mutter Teresa – ich wette, die Kerle haben Dreck am Stecken. Und den Dreck will ich sehen!«

Rick nickte, dann folgte er Madsen ins Innere des hölzernen Flachbaus.

»So, meine Herren …«, begann Madsen und bedeutete den SEK-Beamten gleichzeitig, den Gefangenen die Fesseln zu lösen. »Ich will jetzt wissen, was Sie um diese Uhrzeit und in dieser Besetzung an diesem Ort machen. Ich nehme an, Sie sind nicht hier, um gemeinsam den Rosenkranz zu beten.«

Die drei Männer warfen sich unsichere Blicke zu, während sie gleichzeitig ihre schmerzenden Gelenke rieben. Ganz offensichtlich wollte niemand als Erster das Wort ergreifen. Schließlich war es Hauptmann von Steinäcker, der sich mit verschwörerischer Miene an Madsen wandte, während er mit einem Taschentuch seine immer noch blutende Platzwunde abtupfte.

»Die ganze Sache ist ein wenig delikat, Herr Kriminalrat. Darf ich auf Ihre Diskretion hoffen?«

»Sie dürfen darauf hoffen, dass ich Ihnen das andere Auge nicht auch noch blutig schlage!«, zischte Madsen und baute sich drohend vor dem Offizier auf. »Ich glaube, Ihnen ist der Ernst der Situation immer noch nicht klar. Wir arbeiten mit zig Beamten seit Tagen rund um die Uhr, um einen zweifachen Frauenmörder zu finden, der inzwischen ein neues Opfer in seiner Gewalt hat. Es geht darum, ein Menschenleben zu retten – und zufälligerweise auch noch eins, das mir persönlich sehr wichtig ist. Wenn Sie jetzt also nicht augenblicklich mit diesem Scheiß-Rumgeeiere aufhören und die Hosen runterlassen, dann vergesse ich mich. Meine Geduld ist absolut am Ende, verstanden?«

Diesmal bremste Hauptkommissar Rick Madsen nicht, und als von Steinäcker Madsens rot unterlaufene Augen sah, wurde ihm schlagartig klar, dass der Zeitpunkt für verbales Geplänkel überschritten war.

»Also gut, Herr Kriminalrat, ich gebe es zu: Wir sind in der Tat hier, weil wir etwas getan haben, was vielleicht nicht ganz legal ist.«

»Ha! Ich wusste es doch!« Madsen ballte die Fäuste und warf Rick einen triumphierenden Blick zu. »Also los, raus mit der Sprache! Wo ist Lissy?«

»Woher sollen wir das denn wissen?« Von Steinäcker schüttelte unwillig den Kopf. »Das meinte ich nicht. Nein, wir haben ein Hobby, das – sagen wir mal – im juristischen Graubereich liegt. Salvatore, wärst du bitte so freundlich, den Herren unser kleines Versteck zu zeigen?«

Der Südeuropäer zuckte erschrocken zusammen, doch als er Madsens Blick bemerkte, eilte er zu einem Sideboard, auf dem sich leere Bier- und Schnapsflaschen türmten. Wachsam beobachtet von zwei SEK-Beamten mit entsicherten Waffen, öffnete er die Tür des Schränkchens, worauf ein kleiner, massiver Safe zum Vorschein kam.

Madsen hielt die Luft an.

Salvatore blickte ein letztes Mal unsicher in die Runde, dann zuckte er resigniert mit den Schultern, gab eine Zahlenkombination in das Schloss ein und ließ die Tür langsam aufschwingen.

Hauptkommissar Rick stieß ihn unsanft zur Seite und leuchtete mit seiner Taschenlampe in das Innere des Safes.

»Nun, Lissy Berghammer ist hier zwar nicht drin …«, verkündete er anschließend in Madsens Richtung, »… aber um Damen geht es im weitesten Sinne auch. Und dazu um eine ganze Menge Kohle.«

Mit diesen Worten drehte er sich und warf den Inhalt des Safes auf den abgewetzten Linoleumboden.

Madsen wusste nicht, ob er lachen oder weinen sollte.

Aber angesichts der Geldbündel, der Chips und der Pokerkarten sprach eine Menge für Letzteres.

VIERZEHN

Was Alpträume erträglich machte, war die Tatsache, dass man aus ihnen aufwachen konnte.

Normalerweise.

Madsen hingegen befand sich in einem nicht enden wollenden Alptraum. Immer und immer wieder erschien Lissy vor seinem geistigen Auge – nackt, geschunden und mit einem Blick, der wie ein stummer Schrei um Hilfe anmutete. Es waren unerträgliche Bilder, die Madsen laut aufstöhnen ließen, während er sich schweißgebadet auf seinem Bett hin- und herwälzte, das Laken zerwühlt und die Überdecke beiseitegetreten hatte.

Dabei war es nicht alleine die Sorge um Lissys Schicksal, die ihm den Schlaf raubte – auch die Zweifel an seinem eigenen Urteilsvermögen schwirrten wie ein glühender Komet durch seinen Kopf. Er war sich seiner Sache so sicher gewesen, als er dem Täter in der Starnberger Bar die Falle gestellt hatte, doch dann hatte sich die ganze Aktion völlig unvermittelt zu einer Katastrophe entwickelt. Zu einem Fiasko, wie es schlimmer nicht hätte sein können – zumindest bis zu der Erstürmung des abgeschiedenen Anwesens in Tutzing. Dort hatte eine weitere Fehleinschätzung seinerseits die ganze Ermittlung auf einen noch extremeren Tiefpunkt gebracht, und die Erinnerung an sein Versagen zog Madsen dermaßen den Boden unter den Füßen weg, dass er sich am liebsten die Decke über den Kopf geworfen hätte und bis zu seinem Dahinscheiden in Embryonalhaltung im Bett liegen geblieben wäre.

Doch Lethargie war zum aktuellen Zeitpunkt keine Option, denn die hatte nur eines zur Folge.

Lissys Tod.

Mit einem gequälten Seufzen schälte sich Madsen aus dem Bett und taumelte schlaftrunken Richtung Bad, um den nächtlichen Harndrang zu befriedigen, der ihn zunehmend befiel. Anschließend ließ er sich langsam auf den Boden sinken, legte den Hinterkopf an die kühlen Fliesen und zwang sich zur Konzentration.

»Es gibt immer drei Möglichkeiten: aufgeben, nachgeben oder alles geben. Du hast erst verloren, wenn du aufhörst, es zu versuchen. Es ist immer zu früh, um aufzugeben.«

Mantraartig murmelte Madsen die Motivationssprüche vor sich hin, die sein Hamburger Psychologe Dr. Schwerdtner ihm während seiner Lebenskrise nach dem Tod des jungen Boxers auf Post-its überall in der Wohnung verteilt hatte. Zuerst hatte Madsen ihn angesichts dieser Maßnahme belächelt, doch der unorthodoxe Therapeut, der ob seines Kleidungsstils und seiner flächendeckenden Tätowierungen eher wie ein Hells Angel denn wie ein Mediziner anmutete, hatte darauf bestanden. Und tatsächlich war die auf den Notizzetteln propagierte Lebenseinstellung Madsen nach und nach in Fleisch und Blut übergegangen, und es hatte im Nachhinein zahlreiche Situationen gegeben, in denen die Erinnerung an einen der Sprüche Madsen den für das Lösen eines Problems erforderlichen psychischen Schub gegeben hatte.

Allerdings war es dabei zumeist um kleinere dienstliche Unwegsamkeiten gegangen, wohingegen sich die Sache diesmal deutlich komplexer darstellte.

Madsen warf einen Blick auf die große weiße Wanduhr.

Halb sechs.

Noch zwei Stunden, dann erwartete ihn Dr. Agasiotis zum Gespräch in seinem Münchner Büro – ein Termin, dessen Unterhaltungswert in etwa dem einer Darmspiegelung mit einen U-Boot-Periskop entsprechen dürfte. Ganz offensichtlich hatten Hauptmann von Steinäcker und Dr. Heidemann ihrer Drohung Taten folgen lassen und sich noch im Laufe der Nacht an höchster Stelle über Madsens Verhalten bei dem Zugriff in Tutzing beschwert.

Die Tatsache, dass man die beiden Verdächtigen zusammen

mit einer weiteren Person des unerlaubten Pokerns überführt hatte, durfte dabei kaum zu Madsens Gunsten ins Gewicht fallen. Vergehen dieser Art wurden in puncto strafrechtlicher Verfolgung in der Regel relativ großzügig beurteilt, und auch wenn in diesem Fall der Tatbestand eines illegalen Glücksspiels aufgrund der Regelmäßigkeit und des hohen finanziellen Einsatzes theoretisch gegeben war, würde jeder halbwegs zurechnungsfähige Rechtsanwalt mit Hinweis auf den nicht öffentlichen Veranstaltungsort sowie den Verzicht auf ein Buy-in die Einstellung des Verfahrens beantragen. Und das vermutlich erfolgreich, sodass die einzige Bestrafung, die die drei Männer zu befürchten hatten, in der Konfiszierung von Spielkarten, Chips und Geld bestand.

Gut, Salvatore, der Südeuropäer, verlor vermutlich zusätzlich seinen Job – schließlich hatten die Hausbesitzer, die sich auf einem mehrmonatigen Auslandsaufenthalt in der Karibik befanden, den Gärtner mit der Pflege des Anwesens beauftragt und dürften wenig erbaut darüber sein, dass ihre Immobilie während ihrer Abwesenheit zu einem Casino umfunktioniert worden war. Und auch Hauptmann von Steinäcker war sich der Tatsache sicherlich bewusst, dass die Teilnahme an illegalem Glücksspiel seiner Beförderung ins Verteidigungsministerium wenig dienlich war, aber da die ganze Angelegenheit aller Voraussicht nach nicht in sein polizeiliches Führungszeugnis eingetragen werden würde, waren auch solcherlei Folgen eher unwahrscheinlich. Egal, wie Madsen es auch drehte und wendete – er musste unumwunden zugeben, dass der Einsatz ein Griff in die Scheiße war.

Und zwar ein gewaltiger.

Allerdings war das nur der berufliche Aspekt.

Viel schlimmer wog die Tatsache, dass sie der Befreiung von Lissy damit kein Jota näher gekommen waren. Gut, die Liste der Verdächtigen hatte sich um zwei reduziert, da von Steinäcker und Dr. Heidemann ein wasserdichtes Alibi hatten. Allerdings half Madsen und seinen Kollegen das nicht wirklich weiter, wenn sich nicht gleichzeitig der Verdacht gegen jemand anderen verdichtete. Beispielsweise gegen Konny Oswald, doch auch der schien ja – wenn auch bis dato noch nicht offiziell bestätigt – ein verlässliches Alibi mit einer Vielzahl von Zeugen zu besitzen.

Es war zum Verzweifeln.

Wie ein verdammtes Labyrinth mit Hunderten von Eingängen. Aber keinem einzigen Ausgang.

Frustriert begab sich Madsen ins Wohnzimmer. Dort fischte er sich eine Zigarette aus seiner Jackentasche, zündete sie an und ließ sich der Länge nach auf seine schwarze Couch fallen. Nackt, wie Gott ihn schuf, und dabei kleine, perfekt geformte Qualmkringel ausstoßend, lag er auf dem kühlen Leder und zermarterte sich das Hirn.

Vielleicht sollte man den Kreis der Verdächtigen komplett neu definieren, sinnierte er vor sich hin und aschte sich in Ermangelung eines geeigneten Gefäßes in die Innenfläche seiner linken Hand. Jan-Hendrik Heidemann war definitiv ein Kandidat für den erweiterten Kreis. Seine gestrigen Aussagen klangen zwar glaubwürdig, und außerdem war er zur Tatzeit in Polizeigewahrsam, aber möglicherweise hatte ja auch ein Kumpel von ihm die Drecksarbeit übernommen. Geld dafür hatte die Familie ja genug, und außerdem hatte der Junge sich bei dem Gespräch mit von Werdenfels ziemlich kalt und gefühllos über den Mord an seiner Mutter geäußert.

Oder der Gefreite Ötzel! Vielleicht agierte er im Auftrag von jemand anderem, zum Beispiel auf Befehl von Hauptmann von Steinäcker. Das devote Verhalten Ötzels gegenüber seinem Vorgesetzten und das ständige Bemühen, alles hundertprozentig richtig zu machen, wirkte auf jeden Fall mehr als befremdlich.

Vielleicht musste man auch Dr. Heidemanns Sekretärin Chantal mal genauer unter die Lupe nehmen. Die war mit Sicherheit in ihren Chef verknallt – hatte sie sich durch die Morde einfach zwei Konkurrentinnen aus dem Weg geräumt? Oder den Obst- und Gemüsehändler Schreier. Der wirkte zwar auf den ersten Blick überhaupt nicht verdächtig, aber schließlich waren über neunzig Prozent aller Morde Beziehungstaten. Und dann waren da ja noch die anderen Chatverbindungen der beiden Opfer in dem Erotikportal …

Madsen setzte sich auf und wollte die Zigarette geistesabwesend in der Innenfläche seiner Hand ausdrücken, doch die Hitze der glühenden Spitze hielt ihn gerade noch rechtzeitig davon ab. Mit einem deftigen Fluch riss er die Kippe zurück, und da gerade kein Aschenbecher in greifbarer Nähe stand, drückte er sie kurzerhand auf der gläsernen Tischplatte aus. Besondere Umstände erforderten eben besondere Maßnahmen.

Wo war er gerade stehen geblieben? Madsen kratzte sich grübelnd am Kopf. Ach ja, das Erotikportal!

Er sprang auf und wanderte aufgeregt im Wohnzimmer umher.

Hätte ein Unbeteiligter Mads Madsen in diesem Moment nackt durch die Wohnung spazieren und dabei laut vor sich hin lamentieren sehen, hätte er sicherlich an der geistigen Zurechnungsfähigkeit des Kriminalrats gezweifelt. Aber Madsen war inzwischen tief in seine Überlegungen versunken, und da das Aussprechen seiner Gedanken der Konzentration diente, setzte er die Konversation mit seinem imaginären Alter Ego fort.

»Wenn wir herausfinden, wer dieser Giacomo6262 ist, wären wir schon mal einen großen Schritt weiter. Könnten wir sein Profil knacken und seine Identität aufdecken, wäre das schon mal die halbe Miete! Aber leider spielen die Kollegen ja nicht so mit, wie ich das gerne hätte.«

Madsen ballte verbittert die Fäuste. Die Erinnerung an das nächtliche Telefonat mit den Computerspezialisten des Landeskriminalamts ließ eine Welle der Wut in ihm aufsteigen. Eine genervte Polizeihauptkommissarin hatte ihm deutlich zu verstehen gegeben, dass sein Fall weder der einzige noch der dringlichste sei. Madsens Protest, dass es in dieser Angelegenheit um Leben und Tod ging, wurde mit der Aussage abgeschmettert, dass es bei jeder Aktivität dieser Abteilung um Menschenleben ging und angesichts der aktuellen Terrorgefahr sogar in der Regel um das von Hunderten, wenn nicht sogar Tausenden. Madsen möge also bitte von weiteren Anrufen und Nachfragen absehen. Außerdem hätte man ihn aufgrund seiner guten Beziehungen zur Staatsanwaltschaft ja sowieso bereits dazwischengeschoben, und wenn er weiterhin nerven würde, sähe man sich genötigt, die Fälle exakt nach Vorschrift abzuarbeiten, was in seiner Angelegenheit eine erhebliche zeitliche Verzögerung mit sich brächte.

»Pah! Vorschriften!«, zischte der nackte Madsen mit der Entschlossenheit eines Kriegers. »Ich pfeif auf die Vorschriften! Vorschriften sind da, um gebrochen zu werden. Ich hab die Schnauze gestrichen voll von diesem bürokratischen Eiertanz! Jetzt ist Schluss! Ab sofort spiele ich nach meinen eigenen Regeln!«

Mit diesen Worten griff Madsen nach seinem Handy und wählte eine zwölfstellige Nummer.

Dass er in dem Augenblick, in dem sein Gesprächspartner sich meldete, eine rote Linie überschritten hatte, war ihm nicht nur bewusst, sondern auch völlig egal.

* * *

Es klang wie das Klingeln eines uralten Telefons – dieses archaische Geräusch aus Zeiten, in denen die Geräte noch Gabeln und Wählscheiben hatten und in denen die gute Hausfrau zum Schutz vor Staub und Abnutzung eigens gehäkelte Häubchen auf dem Hörer platzierte. Doch dann verstummte der Ton sofort wieder, und Lissy war sich nicht mehr sicher, ob es sich bei ihrer Wahrnehmung tatsächlich um ein reales Geräusch oder lediglich um eine Sinnestäuschung gehandelt hatte. Vielleicht war sie ja entgegen ihrem Willen doch kurz eingenickt – ein unbequemer, unruhiger Sekundenschlaf, der jedoch lange genug gedauert hatte, um sie für ein paar Augenblicke in eine träumerische Parallelwelt zu entführen.

Verunsichert rieb sie sich die brennenden Augen und spürte die salzige Kruste unter den Lidern. Lissy war eine starke Frau, und es bedurfte schon so dramatischer Gründe wie des kürzlich erfolgten krebsbedingten Todes einer guten Freundin, um bei ihr Tränen fließen zu lassen. Wenige Stunden zuvor jedoch hatte sie ihre eiserne Selbstdisziplin über Bord geworfen und geweint.

Nein, nicht geweint.

Sie hatte sich emotional entsaftet.

Laut, ungehemmt und hysterisch wie ein orientalisches Klageweib. Doch im Gegensatz zu den gedungenen Totenklägerinnen war es nicht das Schicksal eines Verstorbenen, das sie betrauerte, sondern das ihre, und zu ihrer eigenen Überraschung hatte das Weinen, das sie bisher immer als einen Ausdruck von Schwäche und Selbstmitleid empfunden hatte, ihr gutgetan. Natürlich ließ sich auf diese Weise keines ihrer akuten Probleme lösen, und es half ihr auch nicht, aus dem trostlosen Verlies zu entkommen – dennoch war es ein seltsam befreiendes Gefühl gewesen, als ihr die Tränen wie zwei kleine salzige Sturzbäche über die Wangen gelaufen waren.

Ein wie auch immer geartetes positives Gefühl war indes auch dringend notwendig gewesen, nachdem sie die gedämpften Detonationen vernommen und sich anschließend erfolglos die Seele aus dem Leib geschrien hatte. Vermutlich hatte es sich um eine Jagd gehandelt – schließlich war der Spätsommer die Zeit, in der der Bestand an Rot- und Damwild ausgedünnt wurde. Schießend, treibend und mit ihren Hunden durch den Wald hetzend, tendierte die Chance, dass einer der Jäger ihre Hilferufe gehört hatte, bei sachlicher Betrachtung gen null, und so bestand das einzige Ergebnis ihrer Bemühungen in einem wunden Hals und einer Stimme, die klang, als hätte man Joe Cocker mit einem Nebelhorn gekreuzt.

Lissy stand auf, streckte ihre Glieder und trat zur Tür, um

die kleine Klappe am unteren Rand einer genaueren Betrachtung zu unterziehen. Sie schepperte leicht, wenn man mit dem Fuß dagegen stieß, war also weder rostig noch verkantet.

Nachdenklich legte Lissy den Finger auf den Mund. Ihren Entführer zu überwältigen, wenn er sich in dem Kellerraum befand, war vermutlich ein Ding der Unmöglichkeit. Der Mann war zwar kein Hüne, aber die Leichtigkeit, mit der er sie aus dem Kofferraum gehoben und auf dem Boden abgelegt hatte, ließ darauf schließen, dass er über beachtliche Kräfte verfügte. Einen direkten Zweikampf konnte sie also nur verlieren. Die einzige Möglichkeit, die ihr blieb, war ein Überraschungsangriff in dem Moment, in dem ihr Entführer gehandicapt war. In dem sein Bewegungsradius so eingeschränkt war, dass sie ihren gesamten Körper, er hingegen nur einzelne Gliedmaßen benutzen konnte.

Zum Beispiel, wenn er seine Hand durch die Klappe steckte.

∗∗∗

»Willst du eigentlich überhaupt nicht mehr schlafen?«

Yoel Goldenberg durchquerte die Küche, entnahm dem Kühlschrank einen Becher Buttermilch und leerte ihn in einem einzigen, langen Zug. Er trug lediglich schwarze Boxershorts, und obwohl sein tiefschwarzes Haar zerzaust und der Blick aus seinen stahlblauen Augen noch ein wenig verschlafen wirkte, hätte man ihn auf der Stelle und ohne jedes weitere Styling auf die Catwalks in Mailand, Paris oder New York beamen können. Sein Körper war athletisch und austrainiert, und seine leicht überhebliche Mimik, die er sich durch das intensive Studium alter Elvis-Presley-Filme angeeignet hatte, pflegte Frauenherzen regelmäßig dahinschmelzen zu lassen. Allerdings erwies sich dieser physisch-kardiologische Prozess stets als vergeblich, denn Yoels Liebe galt – neben sich und dem Schakschuka seiner Mutter – nur einem einzigen Menschen auf dieser Welt: Maximilian Konstantin von Werdenfels.

Der junge Kommissar saß am Küchentisch, bekleidet mit einem blauen Frotteebademantel, einer hellgrau gestreiften Pyjamahose und einem Paar bequemer Filzpantoffeln. Als sein Lebenspartner die Küche betreten hatte, war er gerade damit beschäftigt gewesen, auf sein Handy zu starren und gedankenverloren mit den Fingern an einer Tasse dampfenden Kaffees herumzuspielen.

»Guten Morgen, mein kleiner Adonis!«, sagte er erfreut und deutete neben sich. »Komm, setz dich! Tut mir leid, wenn ich dich geweckt habe, aber ich konnte einfach nicht mehr schlafen.«

»Was quält dich denn? Sorgen um deinen Vater?«

Yoel zog den Stuhl vom Tisch weg und nahm vorsichtig Platz. Das hölzerne Möbelstück war alt und wackelig, so wie die gesamte Einrichtung der Küche, und da ihr Vermieter sich weder bemüßigt sah, das Inventar der Wohnung zu erneuern, noch, das Gebäude an sich auf einen dem 21. Jahrhundert entsprechenden Stand zu bringen, suchten die beiden Männer seit geraumer Zeit nach einer alternativen Bleibe. Allerdings war bezahlbarer Wohnraum rar, und selbst wenn ein Objekt ihren Vorstellungen entsprach, reichte das Erscheinen zweier Männer zum Besichtigungstermin in der Regel, um den Eigentümer verschämt etwas von »unerwarteter Eigennutzung« murmeln zu lassen. Dass dieselbe Wohnung keine Woche später wieder annonciert wurde, war dann nur noch eine Randnotiz, die von Werdenfels und Yoel mit einer gewissen Frustration zur Kenntnis nahmen.

»Ja, du hast recht, es geht um meinen Vater. Unter anderem«, seufzte von Werdenfels, legte den Kopf in den Nacken und schloss frustriert die Augen. »Ich habe ihn gestern Abend auf dem Heimweg noch mal im Krankenhaus angerufen. Zum Vorbeifahren war es zu spät, aber ich weiß ja, dass er immer lange wach liegt. Und weißt du, was passiert ist? Er hat abgehoben, gehört, dass ich dran bin, und dann sofort wieder aufgelegt. Kannst du dir das vorstellen? Kein einziges Wort hat er gesagt.

So, als sei ich einer dieser Mobilfunkdrücker, die ständig anrufen. Ach nein, warte! Mit denen redet er wenigstens – auch wenn es sich dabei hauptsächlich um Beleidigungen handelt.«

Yoel warf seinem Partner einen mitfühlenden Blick zu und legte tröstend seine Hand auf dessen Arm. »Das mit deinem Vater tut mir echt leid. Also, ich meine, er tut mir nicht leid. Kein bisschen! Aber sein Verhalten tut mir für dich leid, Maxi. Erstens ist das total verletzend für einen Sohn, und zweitens weißt du jetzt gar nicht, wie es ihm aktuell geht, oder?«

»Doch, das weiß ich schon. Mama hat's mir gesagt.« Von Werdenfels erhob sich und ging zum Fenster, um es zu öffnen. Kühle Luft strömte in die Küche, begleitet vom Lärm des auf der Hauptstraße vorbeirollenden Berufsverkehrs.

»Und? Wie geht es ihm?« Yoel verdrehte genervt die Augen. »Nun komm schon, Maxi, lass dir doch nicht alles so aus der Nase ziehen!«

»Es geht ihm wohl von Tag zu Tag besser!«, erwiderte von Werdenfels und lehnte sich an den fleckigen Heizkörper. »Zumindest kann er schon wieder die Ärzte anmeckern, die Schwestern herumkommandieren und sich bei der Klinikleitung über das Essen beschweren. Ich würde sagen, er befindet sich auf dem Weg der Besserung.«

»Und warum wirkst du dann so bedrückt?«, hakte Yoel nach. »Liegt das an eurem aktuellen Fall?«

Von Werdenfels nickte und gab seinem Partner eine kurze Zusammenfassung der nächtlichen Ereignisse.

»Das heißt, du machst dir neben der Geschichte mit deinem Vater auch Sorgen um deinen Partner Mads?«, fragte Yoel nach.

»Ja, das mache ich. Ich hab ihn gestern Abend nach diesem missglückten Zugriff in Tutzing noch kurz auf dem Revier getroffen und war echt schockiert über seinen Zustand. Ich kenne ihn jetzt seit gut einem halben Jahr, und du weißt, dass ich extrem viel von ihm halte – auch wenn er manchmal eine echte Macke hat!« Von Werdenfels lächelte kurz, um dem letzten Satz die Schärfe zu nehmen. »Aber so wie gestern habe ich ihn noch nie erlebt. Ich glaube, Mads war kurz vor dem totalen Zusammenbruch. Erst die zwei Einsätze, die völlig in die Hose gegangen sind, und dann auch noch die Entführung von Lissy. Ausgerechnet Lissy! Du weißt, was er für sie empfindet?«

»Ich bin ja nicht blöd«, erwiderte Yoel und grinste. »Ich glaube, der einzige Mensch der Welt, der noch nicht weiß, dass er in Lissy verknallt ist, ist Mads selbst. Erinnerst du dich noch, wie er sie angeschaut hat, als wir zusammen im Biergarten waren? Da hätte selbst Stevie Wonder gesehen, dass Amor ihm einen Blattschuss verpasst hat!«

Ungeachtet seiner Sorgen musste von Werdenfels lachen. »Man kann es zwar auch etwas romantischer ausdrücken, aber in der Sache hast du recht. Mads liebt Lissy, auch wenn er ihr das meines Wissens noch nicht gesagt hat. Und sie ihn zweifelsohne auch – dafür lege ich meine Hand ins Wasser!«

»Sehr clever, da verbrennst du sie dir wenigstens nicht.« Yoel winkte ab, als von Werdenfels ihn fragend anblickte. »Vergiss es, Maxi, das war nur wegen der Hand. Und dem Wasser. Nicht wichtig. Also, was willst du denn jetzt machen? Hast du ihn schon angerufen? Du solltest mal mit ihm reden. So von Mann zu Männchen!«

Feixend boxte er von Werdenfels mit der Faust in die Seite, aber von Werdenfels dachte überhaupt nicht daran, sich zu wehren. Stattdessen griff er zum Handy und drückte die Kurzwahl, unter der er Madsens Nummer eingespeichert hatte. Als dieser trotz mehrfachen Klingelns nicht abhob, legte er das Telefon frustriert zur Seite.

»Ich versuche jetzt seit fast einer Stunde, Mads zu erreichen, und er geht nicht ans Telefon. Wenn du mich fragst, Yoel, dann stimmt da irgendwas nicht. Und zwar ganz und gar nicht. Ich hoffe nur, dass er in seiner Verzweiflung keinen Unsinn macht. Du kennst Mads ja auch. Wenn er was macht, dann macht er es richtig.«

»Stimmt, der Kerl ist ein absoluter Perfektionist.« Yoel ließ sich auf den Stuhl sinken und nickte von Werdenfels mit besorgter Miene zu. »Und ich fürchte, das gilt auch dann, wenn er Scheiße baut!«

***

Die Kleidung des Mannes sah aus, als hätte man sie aus den Sitzbezügen eines ausrangierten Nahverkehrszuges zusammengenäht. Die in verschiedenen Blautönen gestreifte Hose war oben zu weit und unten zu kurz, das grau melierte T-Shirt mit dem Aufdruck »DARF ICH IHNEN DAS TSCHÜSS AN-BIETEN?« harmonierte in Form und Länge nur bedingt mit dem tragenden Körper, und die Entscheidung für die Star-Wars-Sneakers mochte aus vielerlei Gründen erfolgt sein – aber definitiv nicht aus ästhetischen.

Im krassen Gegensatz zu der farbigen Kleidung stand die Haut des Mannes, die so weiß war, dass sie nahezu durchsichtig wirkte, und seine zartgliedrigen Hände ließen vermuten, dass das Schwerste, was er jemals in seinem Leben getragen hatte, ein verpackter Achtundzwanzig-Zoll-Monitor gewesen sein dürfte. Komplettiert wurde das unorthodoxe Erscheinungsbild durch eine Frisur, die sich irgendwo zwischen dem jungen Paul Breitner und einer Nistgelegenheit für Singvögel bewegte. Alles in allem entsprach sein Erscheinungsbild also exakt der Klischeevorstellung, die man gemeinhin von seinesgleichen hatte.

Denn Hannes Bokholt war ein Nerd.

»Schönen guten Tag!« Mads Madsen streckte seinem Gegenüber die Hand entgegen. »Mein Name ist Madsen. Ich hatte heute Morgen angerufen.«

»Heute Morgen?« Der Computerspezialist begrüßte Madsen mit einem schrägen Lächeln. »Es war kurz nach halb sechs – ich würde also eher sagen: heute Nacht!«

»Ja, ich weiß, es war verdammt früh. Tut mir auch wirklich leid!« Madsen bemühte sich mit überschaubarem Erfolg um einen zerknirschten Gesichtsausdruck. »Aber wenn ich Ihnen erkläre, warum ich so früh angerufen habe, dann werden Sie meine Beweggründe sicherlich verstehen.«

»Jetzt machen Sie mich aber neugierig! Kommen Sie rein. Kaffee?«

»Gerne! Am besten die Mike-Tyson-Variante!«

Bokholt blickte ihn verständnislos an.

»Na ja, schwarz und stark! Ich habe nämlich die ganze Nacht nicht geschlafen.«

»Willkommen im Club!«, erwiderte Bokholt ungerührt. »Ich muss heute Abend einen Onepager mit einer Unmenge von geliefertem Content online stellen. Aber natürlich wurden die Texte noch nicht formatiert, die Bilder sind noch im CMYK-Modus, und beim Layout gibt's auch alle fünf Minuten noch eine ›klitzekleine Optimierung‹ durch den Vertrieb. Und da ich das letzte Glied der gesamten Produktionskette bin, beißen mich dann zum Schluss die Hunde. Das heißt im Klartext: Nachtschicht – und zwar schon seit mehr als einer Woche. Aber wie hat mein alter Chef immer gesagt? Schlaf wird total überbewertet!«

»Richtig, genau wie Urlaub! Das sage ich meinen Mitarbeitern auch immer wieder, aber aus irgendwelchen Gründen glauben die mir das nicht«, erwiderte Madsen, während er dem Mann in sein Büro folgte. »Wow, ist das hier Ihr Office? Ziemlich beeindruckend!«

Fasziniert blickte er sich an Bokholts Arbeitsplatz um. Obwohl dieser auf den ersten Blick weltfremd und eigenbrötlerisch wirkte, überraschte sein Büro durch Größe und Stil. Die Zimmer hatten hohe, giebelförmige Decken, und die frei liegenden Metallstreben, die Wände und Stützpfeiler miteinander verbanden, erzeugten einen modernen Industriecharme. Gleichzeitig sorgte die komplette Verglasung der Fensterflächen nicht nur für helle, lichtdurchflutete Räume, sondern auch für freien Blick auf das Stadtzentrum von Starnberg und den See. Das Büro bestand aus zwei großen und einem kleinen Zimmer – allesamt vollgestellt mit Laptops, externen Festplatten,

Monitoren, Scannern, Druckern und diversen anderen elektronischen Gerätschaften, deren tiefere Bedeutung Madsen ebenso unklar war wie das Abwehrverhalten des Hamburger SV.

Mitarbeiter waren nirgendwo zu sehen, und während sich auf einem der Schreibtische leere Pizzaschachteln, Schokoladenpapiere und Energydrink-Dosen stapelten, wirkten sämtliche anderen Arbeitsplätze verwaist. Offensichtlich hatte der Computerspezialist das komplette Büro für sich alleine, was Madsen aus wirtschaftlicher Sicht befremdlich vorkam – bis ihm einfiel, dass Lissy irgendwann einmal das große Vermögen der Familie Bokholt erwähnt hatte.

»Na ja, für das, was hier an Rechnern und Ausrüstung rumsteht, müssen Sie schon eine ganze Menge Scheine hinblättern«, unterbrach Bokholt Madsens Gedanken, und der Stolz in seiner Stimme war unüberhörbar. »Das ganze Zeug hier vorne brauche ich für meine tägliche Arbeit als Programmierer, aber das wirklich spannende – und leider auch deutlich teurere – Equipment ist für mein Hobby: die Musik. Sehen Sie dahinten das große Mischpult? Zweiundsiebzig Mono- und acht Stereokanäle, zweiunddreißig Kanal- und zwei Master Fader und dazu komplett tastenfreie Bedienung per Touchscreen. Der heißeste Shit! Kostet dafür aber leider auch fünfundzwanzigtausend Steine.«

»Wahnsinn«, brummte Madsen, wobei sich seine Bemerkung ebenso auf die Qualität des Mischpults wie auf die Tatsache bezog, dass jemand den Wert eines Mittelklassewagens für ein schwarzes Kunststoffbrett mit bunten Knöpfchen investierte.

»Aber kommen wir jetzt mal zur Sache. Ich gehe nicht davon aus, dass Sie mich in aller Herrgottsfrühe ins Büro bestellen, um meine Ausrüstung zu bewundern.« Bokholt lehnte sich an seinen Computertisch und versuchte, hinter seinem Rücken unauffällig einen überquellenden Aschenbecher zur Seite zu schieben.

Madsen musste innerlich grinsen. Glaubte dieser PC-Freak wirklich, ein erfahrener Polizist wie er hätte nicht längst die tütenförmigen Zigarettenstummel und den süßlichen Geruch in der Luft bemerkt? Dass Bokholt im Verlauf der letzten Nacht Gras in Heuballenmenge konsumiert haben musste, war nur allzu offensichtlich. Allerdings lag es Madsen fern, Bokholt darauf anzusprechen. Schließlich brauchte er dessen Hilfe – und damit idealerweise seine uneingeschränkte Sympathie.

»Sie haben absolut recht, Herr Bokholt. Ich bin natürlich nicht wegen Ihrer Ausrüstung gekommen, sondern weil ich Ihre fachliche Unterstützung in einer Internetangelegenheit brauche.« Madsen blickte ihn mit ernster Miene an. »Vorher möchte ich Sie aber um Ihr Wort bitten, dass alles, was wir beide besprechen, unter uns bleibt. Zumindest bis auf Weiteres. Ich werde Ihnen nämlich gleich ein paar Details zu einem aktuellen Fall verraten, die eigentlich topsecret sind. Damit bewege ich mich verdammt weit außerhalb jeder polizeilicher Regeln, und wenn die ganze Sache schiefgeht, dann bin ich definitiv meinen Job los. Aber ich mache es trotzdem, und zwar deswegen, weil die Chance, die sich durch Ihre Mitarbeit bietet, es aus meiner Sicht wert ist.«

»Donnerwetter!« Hannes Bokholt rieb sich die Hände. »Jetzt bin ich aber echt gespannt, was kommt. Und klar: What happens in my office, stays in my office!«

Madsen nickte, ohne zu lächeln. Dafür war sein Anliegen zu ernst.

»Sie kennen ja Lissy Berghammer.«

»Klar!« Bokholt nickte. »Lissy ist eine alte Schulkameradin von mir. Wir sehen uns manchmal, wenn sie irgendwelche PC-Unterstützung braucht. Das letzte Mal war sie vor zwei Tagen hier und hat mir den Laptop eines Bekannten zur Reparatur gebracht.«

»Der Bekannte bin ich«, erklärte Madsen. »Ich habe ihr beziehungsweise Ihnen meinen Laptop anvertraut, weil Lissy mir erzählt hat, dass Sie ein digitales Genie sind.«

»Na ja, ›Genie‹ ist jetzt vielleicht ein bisschen übertrieben!« Bokholt winkte bescheiden ab, wenngleich das stolze Funkeln seiner Augen die Geste Lügen strafte. »Aber ich bin sicherlich nicht der Allerschlechteste am Rechner – das behaupten zumindest auch meine Kumpels vom Chaos Computer Club.«

Madsen blickte Bokholt überrascht an. Dass er Mitglied in der größten Hackervereinigung Europas war, hatte Lissy ihm überhaupt nicht erzählt. Aber es passte perfekt.

»Also, Herr Bokholt, vergessen Sie mal meinen Laptop. Um den geht es nämlich nicht. Ich bin bei Ihnen, weil Lissy Berghammer gestern Abend entführt worden ist.«

»Wie bitte?« Bokholts Gesichtsfarbe war schlagartig verblasst – wenngleich das angesichts seiner eh schon kalkweißen Haut schwerlich möglich war. »Wie … ich meine … wer …?«

»Das wissen wir leider noch nicht«, antwortete Madsen und musterte Bokholt mit gerunzelter Stirn. Die emotionale Reaktion des Mannes irritierte ihn. Doch dann erinnerte er sich an Lissys beiläufige Bemerkung, dass Hannes Bokholt während ihrer gemeinsamen Schulzeit für sie geschwärmt hatte.

Der Gedanke versetzte Madsen einen Stich. Gleichzeitig schimpfte er sich einen Idioten. Auf jemanden eifersüchtig zu sein, der vor über einem Vierteljahrhundert mal auf die eigene Freundin gestanden hatte, zeugte nicht gerade von geistiger Reife. Und außerdem war es ja vielleicht sogar vorteilhaft, dass Bokholt nach wie vor Sympathien für Lissy zu hegen schien – schließlich erforderte das, was er für Madsen tun sollte, besondere Motivation.

»Passen Sie auf, Herr Bokholt, ich erkläre Ihnen jetzt, wofür ich Sie brauche. Und ich sage bewusst ›ich‹ und nicht ›wir‹, weil niemand von meinen Kollegen oder Vorgesetzten weiß, dass ich hier bin. Ich brauche Informationen und persönliche Daten einer Person, die sich – natürlich unter einem Pseudonym – bei einem Erotikforum angemeldet hat und von der wir vermuten, dass sie für Lissys Entführung verantwortlich ist. Wir kennen den Usernamen dieser Person und die E-Mail-Adresse, mit der sie sich angemeldet hat. Das Problem ist, dass uns die Zeit davonläuft. Deswegen hatte ich auf Ihre Hilfe und einen – wie soll ich sagen? – etwas ›unorthodoxeren‹ Weg der Datenermittlung gehofft.«

Hannes Bokholt antwortete nicht.

Stattdessen öffnete er seine Schreibtischschublade, griff unter ein paar DVD-Rohlinge und fingerte völlig ungeniert einen Joint aus einer Tabakpackung. Offensichtlich hatte Madsens Geständnis, sich jenseits aller gesetzlichen Regeln zu bewegen, dem kiffenden Nerd jegliche Furcht vor polizeilichen Repressalien genommen.

»Auch einen?« Er streckte Madsen die spitz zulaufende Zigarette entgegen.

»Danke. Rauche lieber mein eigenes Kraut.« Madsen zog seine American Spirits hervor.

Schweigend inhalierten die beiden Männer ein paar Züge, bis Bokholt schließlich fragte: »Sagen Sie, Herr Madsen, verstehe ich das richtig, dass ich persönliche Daten ohne irgendeinen richterlichen Beschluss besorgen soll?«

Madsen nickte.

»Sie wissen aber schon, dass das illegal ist, oder? Ich meine, wenn man mich dabei erwischt, dann haben sie mich an den Eiern. Und zwar richtig! Wir reden hier nicht über ein Bagatelldelikt. Bei so was sind die Richter inzwischen richtig biestig!«

Abermals nickte Madsen.

Als er keinerlei Anstalten machte, etwas zu sagen, fuhr Bokholt fort: »Also, Lissy ist entführt worden, und Sie glauben, dass jemand aus einem Erotikforum damit zu tun hat. Ich schätze, der Verdacht ist relativ vage, sonst säßen schon längst Ihre Kollegen von der Netzwerkfahndung mit allen verfügbaren Kapazitäten an diesem Fall. Und ich weiß aus eigener leidvoller Erfahrung, dass diese Cybercops es echt draufhaben. Die drehen das Netz komplett auf links, wenn's sein muss.«

»Ich weiß«, brummte Madsen unwillig. »Die Jungs und Mädels sind auch bereits auf den Fall angesetzt, denn der Verdacht ist keineswegs vage, sondern ausgesprochen fundiert!«

Bokholt wollte etwas sagen, doch Madsen gebot ihm mit ausgestreckter Hand zu schweigen.

»Das Problem ist, dass die Spezialisten vom LKA gerade absolut Land unter haben – da muss ich mich mit meinem Fall leider ganz hinten anstellen.«

»Ach kommen Sie! Das ist doch Scheiße!« Bokholt war aufgesprungen und lief erregt im Zimmer auf und ab. Dass er dabei wild an seinem Joint paffte, ließ ihn wie eine Dampflok zwischen zwei Rammböcken wirken. »Sie wollen mir doch nicht wirklich erzählen, dass eine solche Entführung nicht allerhöchste Priorität hätte. Da gibt's doch bei euch so eine Formulierung: ›Gefahr im Anmarsch‹ oder so ähnlich.«

»Gefahr im Verzug«, korrigierte Madsen. »Sie haben absolut recht, und interessanterweise habe ich genau so argumentiert wie Sie. Aber wissen Sie, was man mir geantwortet hat? Es gäbe andere Brandherde, bei denen Hunderte, vielleicht sogar Tausende von Menschenleben auf dem Spiel stehen. Ich sag nur: Reichsbürger und IS. Diese ganzen Fanatiker rüsten gerade alle auf zum großen Paukenschlag – und in Kürze beginnt in München das Oktoberfest. Das heißt, bei der Polizei stapeln sich Attentatsdrohungen und Hinweise, und sämtliche Spezialisten arbeiten rund um die Uhr mit Volldampf daran, tatsächliche Gefährder von den schwachsinnigen Trittbrettfahrern zu selektieren. Es geht hier um das weltgrößte Volksfest mit sechs Millionen Besuchern aus aller Welt – da muss dann so ein einzelner Entführungsfall wie der von Lissy im Interesse der Allgemeinheit schon mal warten. Zumindest beim LKA. Aber nicht bei mir!« Madsen schlug mit der Faust so heftig auf die Tischplatte, dass die Jointstummel im Aschenbecher synchron in die Luft flogen. »Ich werde keine Sekunde ruhen, bis ich den Wichser gefunden habe, der Lissy entführt hat! Und gnade ihm Gott, wenn ich ihn erwische!«

Die Entschlossenheit in seiner Stimme war furchteinflößend. Bokholt blickte ihn einen Moment lang eingeschüchtert an, dann erhellte sich sein Gesicht.

»Oh Scheiße, jetzt kapier ich Trottel es auch! Sie sind in Lissy verknallt!« Er schlug sich mit der flachen Hand vor die Stirn. »Damit erklärt sich auch, warum Sie sich so weit aus dem Fenster lehnen und Ihren Job riskieren.«

»Na und? Und wenn dem so wäre? Macht das einen Unterschied?«, knurrte Madsen, den Bokholts Erkenntnis aus irgendeinem undefinierbaren Grund ärgerte. »Helfen Sie mir jetzt, das Profil zu knacken, oder nicht?«

»Nun, das ist zwar hoch illegal, aber irgendwie auch extrem spannend und herausfordernd.« Bokholt knabberte grübelnd an seinen Fingernägeln. »Was würde denn bei der ganzen Sache für mich rausspringen? Schließlich bin ich derjenige, der sich in Systeme einhackt, in denen ich eigentlich nichts verloren habe. Können wir uns zumindest darauf einigen, dass Sie mich – falls ich erfolgreich bin und Ihnen brauchbare Daten liefern kann – im Nachhinein aus der ganzen Sache raushalten? Ich meine, muss denn mein Name im Zusammenhang mit möglichen Ergebnissen überhaupt auftauchen? Sie könnten doch sagen, die Informationen wären …«

»… mir zugeflogen? Sehr glaubwürdig! Nee, damit kommt die Staatsanwaltschaft vor Gericht nicht durch. Das würde jeder Anwalt sofort zerpflücken. Ich fürchte, Sie werden so oder so mit ins Kreuzfeuer geraten. Aber wenn wir Lissy aufgrund Ihrer Hilfe – so Gott will: lebend – finden, dann werde ich Sie nicht nur aus eigener Tasche fürstlich dafür entlohnen, sondern auch mit allem, was ich habe, bei den Ermittlungsbehörden für Sie kämpfen. Und glauben Sie mir: Ich kann nicht viel – aber kämpfen, das kann ich!«

»Wissen Sie was, Herr Madsen? Drauf geschissen. Yolo! Man lebt schließlich nur ein Mal! Ich mach's!« Bokholt klatschte entschlossen in die Hände, setzte sich schwungvoll an seinen Arbeitsplatz und deutet auf einen Drehstuhl am Nachbartisch. »Nehmen Sie sich einfach einen Stuhl und setzen Sie sich. Möchten Sie vorher noch einen Kaffee? Die Maschine steht vorne beim Eingang auf der Theke. Aber passen Sie auf, wo Sie hintreten. Hier liegt so viel Gerümpel auf dem Boden rum, dass man sich die Haxen bricht, wenn man nicht vorsichtig ist. Ich komme gerade nicht dazu, aufzuräumen. Erst ein Todesfall in der Familie, dann dieses Internet-Mammutprojekt und jetzt Ihre Geschichte. Ich fürchte, irgendwann werde ich in meinem eigenen Müll ersticken – es sei denn, ich programmiere vorher eine Aufräum-App!«

Madsen nickte grinsend und schlängelte sich vorsichtig durch ein paar leere Druckerpatronenkartons, einen alten, schmutzigen Tennisball, einen mit Tape geflickten Playstation-Controller sowie ein paar Keksstücke, die weit verstreut auf dem anthrazitfarbenen Teppich lagen. Alles in allem sah der gesamte Boden rund um den Arbeitsplatz des Computerspezialisten aus wie ein kleines Schlachtfeld, und Madsen war froh, dass sich Bokholt nachts nicht noch von Chicken Wings oder Döner zu ernähren pflegte. Denn in diesem Fall wäre der Zustand des Teppichs vermutlich nicht mehr zu retten gewesen.

Mit einer Tasse dampfendem schwarzen Kaffee in der Hand kehrte Madsen kurz darauf zurück und setzte sich neben Bokholt.

»So, wie gehen wir denn jetzt am besten vor?«

Bokholt kratzte sich nachdenklich an seinen zerzausten Haaren. »Mhmm, zuerst einmal muss ich mich bei diesem Erotikportal anmelden. Dann kann ich nach dem User suchen, mit dem Lissy sich dort verabredet hat, und versuchen, das System so weit zu knacken, dass wir seine Korrespondenz einsehen können. Vielleicht finden wir da ja irgendeinen Hinweis auf seine reale Existenz oder Lissys Aufenthaltsort. Danach kümmern wir uns um den Account hinter seinem Profil. Die Mailadresse haben Sie ja, das heißt, wir müssen uns beim entsprechenden Provider einhacken in der Hoffnung, dass dort irgendwelche realen Daten hinterlegt sind. Sollten diese Daten aber nur ein Fake sein, dann müssen wir uns intensiver mit seiner IP-Adresse beschäftigen. Wäre schön, wenn uns das erspart bliebe, denn das ist eine echte Sisyphusarbeit. Grundsätzlich kann man zwar jede Sicherung und jede Firewall hacken – ein Kumpel von mir war sogar schon mal beim Pentagon drin –, aber das ist tricky und kostet verdammt viel Zeit.«

»Und genau die haben wir nicht!«

Madsen legte Bokholt die Hand auf die Schulter. Trotz aller Anspannung war er äußerst erleichtert darüber, dass der Computerspezialist sich auf sein verwegenes Unterfangen einließ.

»Also gut, mein Freund, legen wir los! Und nicht vergessen: Wenn es dank Ihrer Unterstützung gelingt, Lissy zu befreien, dann werde ich mir irgendein spektakuläres Dankeschön ausdenken. Irgendwas total Wahnsinniges! Wie wäre es zum Beispiel mit einer Reise zur Apple-Zentrale ins Silicon Valley inklusive einer Führung durch deren Denkfabrik? Wäre das etwas, was Sie noch ein wenig mehr motivieren würde?«

Bokholt antwortete nicht. Aber die Geschwindigkeit, mit der er in die Tastatur hämmerte, ließ unschwer erkennen, dass er gedanklich bereits durch Kalifornien wandelte.

***

»Wo zum Teufel ist dieser Madsen?«

Die Stimme von Dr. Agasiotis schallte durch den Konferenzraum des Starnberger Polizeireviers wie das Kreischen einer Kettensäge. Dabei war die erhöhte Lautstärke im Grunde völlig unnötig, denn der Jurist hatte lediglich einen einzigen Zuhörer – und der saß unmittelbar vor ihm. Es war Kommissar von Werdenfels, dem als Partner von Madsen die undankbare Aufgabe zufiel, sich den Fragen des wutentbrannten Oberstaatsanwaltes zu stellen.

»Ich mag den Kriminalrat, das wissen Sie. Ich schätze seine Erfahrung, seine Intelligenz, sein Engagement und seine unorthodoxe Arbeitsweise. Zumindest normalerweise. Aber im Moment hat der Kerl mehr Störungen als die Münchner S-Bahn!«

Von Werdenfels verzog keine Miene. Angesichts von Dr. Agasiotis' Gemütszustand erschien ihm jedes Zeichen von Erheiterung so unpassend wie ein »Carpe diem«-Tattoo auf einem Nonnensteiß.

»Hören Sie, von Werdenfels, Sie haben ihn doch gestern am späten Abend noch getroffen. Hat er gesagt, was er vorhatte? Wo er hinwollte? Ich hatte heute Morgen einen Termin mit ihm, aber Madsen ist einfach nicht gekommen. Und das ohne in irgendeiner Form Bescheid zu sagen! Es kann doch nicht sein, dass er weder telefonisch erreichbar noch hier oder bei sich zu Hause anzutreffen ist. Sein Motorrad steht auch nirgendwo – Kollege Zirngibl war extra in Percha nachschauen. Also, von Werdenfels, helfen Sie mir und damit auch Ihrem Chef: Wo ist Madsen?«

»Wenn ich das nur wüsste!« Von Werdenfels zuckte hilflos mit den Schultern. »Aber ich hab leider auch nicht den geringsten Schimmer, wo er sich rumtreibt. Ich versuche bereits seit Stunden, ihn telefonisch zu erreichen, weil ich mir Sorgen mache, aber er geht nicht dran.«

»Ach, Sie machen sich Sorgen?« Dr. Agasiotis beugte sich zu ihm hinunter und sah ihn durchdringend an. »Warum machen Sie sich Sorgen, von Werdenfels? Hat Madsen irgendwas gesagt, was einen Grund zur Besorgnis darstellt?«

»Nein, nein, direkt gesagt hat er nichts. Es war vielmehr sein Benehmen im Ganzen, das mich verunsichert hat. Die beiden erfolglosen Zugriffe haben ihm ganz schön zugesetzt, aber noch schlimmer war die Entführung von Lissy Berghammer für ihn. Wie Sie ja wissen, stehen die beiden sich ziemlich nahe. Madsen macht sich fürchterliche Vorwürfe, wie ich übrigens auch! Immerhin hatte ich ja die Aufgabe, sie wohlbehalten nach Hause zu bringen. Aber wer konnte denn ahnen, dass sie nach der Polizeiaktion zum Parkhaus rennt, ohne auf mich zu warten …«

»Keiner konnte das wissen. Trotzdem hätten wir auch für einen solchen Fall Vorkehrungen treffen müssen. Die Schuld liegt hier ganz klar bei uns – uns zwar bei uns als Team. Wir haben die ganze Situation nicht ausreichend abgesichert.« Zerknirscht rieb sich Dr. Agasiotis mit der Hand über das Gesicht, und zum ersten Mal, seit von Werdenfels den Oberstaatsanwalt kannte, wirkte dieser erschöpft. »Aber Jammern bringt jetzt nichts. Wenn wir überhaupt noch eine Chance haben wollen, Lissy Berghammer lebend zu finden, dann müssen wir alle zur Verfügung stehenden Kräfte bündeln. Und damit meine ich auch die von Kriminalrat Madsen!«

Von Werdenfels nickte dienstbeflissen. »Alles klar, Herr Oberstaatsanwalt! Ich versuche weiterhin, ihn zu erreichen. Außerdem werde ich mal zu Lissys Wohnung fahren. Vielleicht sucht Madsen ja dort nach irgendwelchen Spuren.«

»Gute Idee! Sagen Sie mir sofort Bescheid, wenn Sie was von ihm hören.« Dr. Agasiotis entledigte sich seines Jacketts und warf es über eine Stuhllehne. »Ich werde bis auf Weiteres hier in Starnberg bleiben, damit ich schnell vor Ort bin, wenn sich etwas Neues ergibt – und zwar sowohl im Hinblick auf Lissy Berghammer als auch auf Madsen. Mit Verlaub – es ist echt zum Kotzen! Anstatt dass wir uns mit aller Energie auf die Suche nach der Entführten konzentrieren, müssen wir parallel jetzt auch noch den verantwortlichen Ermittlungsleiter aufspüren. Das kostet uns Zeit und Kapazitäten, die wir definitiv nicht haben. Ganz ehrlich, von Werdenfels: Was auch immer Madsen da gerade für ein Egoding durchzieht – er hat uns allen damit einen verdammten Bärendienst erwiesen! Das ist das eine, das Sie ihm schon mal ausrichten können, wenn Sie ihn erwischen.«

Von Werdenfels runzelte die Stirn. »Jawohl, Herr Oberstaatsanwalt, das mache ich. Und was ist das andere?«

»Ganz einfach.« Dr. Agasiotis ließ sich seufzend auf einen Stuhl fallen, senkte seine Stimme und schaute in Richtung des Kommissars, ohne ihn dabei wirklich anzusehen. »Sagen Sie ihm, dass er bloß keinen Scheiß machen soll! Wenn er sich jetzt auch nur noch den kleinsten Fehler erlaubt, dann ist er in Zukunft vieles. Nur nicht mehr Polizist!«

FÜNFZEHN

Es gab für einen Menschen kaum etwas Intimeres, als seine Notdurft zu verrichten. Ob es an dem zumeist verkrampften Gesichtsausdruck und der breitbeinigen Haltung lag oder vielmehr der Tatsache geschuldet war, dass das Klo in einer zunehmend gläsernen Welt einen der letzten ungestörten Rückzugsorte darstellte, vermochte Lissy nicht zu beurteilen. Fakt war, dass es ihr zutiefst widerstrebte, sich mit heruntergelassener Hose über den silberfarbenen Metalleimer zu hocken und inmitten des Raumes zu urinieren. Wer wusste schon, ob der Entführer sie nicht doch vielleicht durch ein Loch in der Wand beobachtete oder just in dem Moment, in dem sie sich erleichterte, die Klappe aufriss und sich am Anblick ihres entblößten Genitals ergötzte?

Doch der Harndrang war von Minute zu Minute unerträglicher geworden, sodass Lissy schließlich alle Vorbehalte über Bord warf, sich mit dem Eimer so weit wie möglich in eine Ecke drückte und dort ihren Rock hoch- und die Strumpfhose herunterzog. Für einen kurzen Moment entspannte sich ihr Körper – und dann konnte sie ihre Blase endlich entleeren.

Mit dem befreienden Gefühl der Erleichterung widmete sich Lissy anschließend wieder dem Eruieren von Fluchtmöglichkeiten. Den Entführer vorher zu überwältigen schien dabei unerlässlich, denn die schwere Stahltür ließ sich ohne Schlüssel unmöglich öffnen.

Aber wie und womit sollte sie sich gegen ihren Peiniger zur Wehr setzen?

Mit suchendem Blick schritt sie zum wiederholten Male die Wände ab. Dabei ließ sie ihre Finger über die steinerne Oberfläche gleiten, und jedes Mal, wenn sie eine Unebenheit ertastete, versuchte sie diese dazu zu nutzen, um ein Stück Material aus der Wand zu brechen.

Allerdings vergeblich.

Die Wand war – angesichts ihres Baustoffes wenig verwunderlich – hart wie Beton. Doch Lissy Berghammer ließ sich davon nicht frustrieren. Der Entschluss, ihrem Schicksal zu trotzen, hatte auf unerklärliche Art und Weise neue Kräfte bei ihr geweckt, und so setzte sie voller Konzentration ihre kleine Inspektionsrunde fort.

An der langen Seitenwand angekommen, ging sie in die Knie und zog vorsichtig an dem Kabel, das an der Kante zum Boden verlief und zu einer mehrfach überstrichenen Steckdose führte, die sich kaum von dem gleichfarbigen Beton der Wand abhob.

Mit einem tiefen Seufzen ließ sie sich zu Boden sinken und zählte zusammen, was ihr zur Verfügung stand.

Ein Kabel, ein Eimer sowie die Kleidung, die sie am Leibe trug.

Das war alles.

Und damit so gut wie nichts.

***

»So, das war das kleinste Problem!«

Hannes Bokholt lehnte sich mit hinter dem Kopf verschränkten Armen zurück und gewährte Madsen damit freien Blick auf die zwei Flachbildschirme. Während der rechte Monitor mit diversen Werkzeugpaletten, Statusanzeigen und Programmicons überfüllt war, zeigte der frontal zu Bokholt stehende ein flächenfüllendes Browserfenster. Das Motiv der Website war Madsen vertraut – er hatte den schwarzen Hintergrund mit dem Aktbild der Frau und dem roten Schriftzug »LakeLove« bereits bei Konny Oswald gesehen.

»Ich bin jetzt als Standardmitglied angemeldet«, erklärte Bokholt Madsen mit zufriedenem Blick. »Es gäbe auch eine Premiummitgliedschaft, die aber für unsere Zwecke nicht notwendig sein sollte. Jetzt bräuchte ich den Namen Ihres Verdächtigen.«

»Giacomo6262. Das ist der Kontakt, den alle Opfer gemeinsam hatten.« Madsen rieb sich nervös die Hände. Er wusste, dass das, was er gerade tat, das Ende seiner Polizeikarriere bedeuten konnte. Allerdings konnte es ebenso gut auch helfen, Lissy aus den Fängen des Entführers zu befreien – eine Option, die jedes Risiko wert war.

»Et voilà! Das ist der Knabe!« Bokholt deutete auf den Bildschirm, auf dem sich das Profil von Giacomo6262 geöffnet hatte. »Das ist jetzt die normale Seite, die jeder sehen kann, der sich bei LakeLove angemeldet hat.«

Madsen starrte auf den Monitor. Im Gegensatz zu den Kollegen des LKA hatte er das Profil bisher noch nicht gesehen. Interessiert begutachtete er nun das schwarz-weiße Foto des unbekleideten Mannes, das einen muskulösen, glatt rasierten Körper, aber keinen Kopf zeigte und damit auch keine Identifizierungsmöglichkeit bot. Auch die Eigenbeschreibung war kurz, knapp und sagte alles und gleichzeitig nichts aus – das allerdings in wohlformulierter Art und Weise. Sein Alter gab Giacomo6262 mit dreiundvierzig Jahren an, ferner behauptete er, einen Meter achtundachtzig groß zu sein und dunkelblondes Haar zu haben. Sein Gewicht lag laut Profil bei knapp neunzig Kilogramm, und sein Aussehen sei als sportlich-elegant zu bezeichnen. Es war eine völlige Allerweltsbeschreibung, und hätte Madsen daraufhin eine Personenfahndung herausgegeben, wäre vermutlich jeder zweite männliche Einwohner des Landkreises automatisch auf die Verdächtigenliste geraten.

Etwas mehr Aussagekraft besaß hingegen die Schilderung seiner sexuellen Ausrichtungen und Vorlieben. Wie von Werdenfels bereits eruiert hatte, schien Giacomo6262 Gefallen an Sadomaso-Praktiken und Fetischsex zu finden – zumindest führte er das unter ›Vorlieben‹ auf. Dass er angegeben hatte, nicht an erotischen Fotoshootings interessiert zu sein, war angesichts seiner wahren Absichten wenig überraschend.

»Ich glaube, auf dieser Seite erfahren wir nichts wirklich Neues«, brummte Madsen und blickte Bokholt fragend an.

»Kann man sich denn jetzt auch in die Chats dieses Typen einwählen?«

Bokholt lächelte triumphierend. »›Man‹ kann das nicht. Ich aber schon!«

Mit diesen Worten hämmerte er auf der Computertastatur herum wie Jerry Lee Lewis in seinen besten Zeiten auf den Tasten seines Flügels. Madsen beobachtete fasziniert, wie ein kryptischer Quellcode nach dem anderen auf dem Monitor erschien. In dem Moment, in dem auf dem Bildschirm plötzlich wieder das bekannte Logo von LakeLove am oberen Bildschirmrand erschien, breitete Bokholt die Arme aus wie ein Teleshopping-Verkäufer bei der Präsentation einer Pedikürpantolette.

»Bitte schön: die Chatprotokolle von Giacomo6262! Mann, ich bin so genial – wenn ich nicht mit mir verwandt wäre, würd ich mich glatt heiraten.«

Madsen verkniff sich einen Kommentar und rieb sich stattdessen den Schweiß von der Stirn.

Sowohl die Sonne, die inzwischen grell durch die vollverglaste Fensterfront schien, als auch die Ausdünstungen der zahlreichen elektrischen Geräte sorgten für eine deutliche Erhöhung der Raumtemperatur, was Bokholt nicht im Geringsten zu stören schien, während Madsen der Schweiß aus allen Poren rann.

Allerdings war es nicht nur die zunehmende Wärme, die diese körperliche Reaktion verursachte, sondern vielmehr die Aufregung. Schließlich schickte Madsen sich an, Einblick in die erotische Korrespondenz seiner Freundin zu nehmen, und auch wenn sie diesen Chat nur in ihrer Funktion als Lockvogel durchgeführt hatte, erschien es ihm dennoch wie ein Einbruch in Lissys Intimsphäre. Immerhin hatte sie explizit darauf bestanden, jegliche Kommunikation mit dem Verdächtigen alleine und eigenständig zu führen – ein Wunsch, den Madsen nun komplett ignorierte, indem er sich zusammen mit Hannes Bokholt durch die Chats von Giacomo6262 wühlte wie die NSA durch Merkels Handykontakte.

»Wie hat sich Lissy in diesem Forum genannt?« Bokholt ließ den Cursor über diverse Reiter gleiten.

»Miss Obedience«, antwortet Madsen leise.

»Wie bitte?«

»Miss Obedience!«, wiederholte Madsen, diesmal etwas lauter und mit hörbarem Unwillen in seiner Stimme. »Lissy war der Meinung, wenn schon der Name eine gewisse Devotion ausdrückt, springt unser Mann vielleicht noch schneller darauf an.«

»Was er ja offensichtlich auch getan hat«, erwiderte Bokholt und klickte auf das Briefumschlag-Icon mit der Beschriftung »Miss Obedience«.

Die beiden Männer beugten sich näher an den Bildschirm und überflogen die Konversation mit raschem Blick.

»Holla, die Waldfee!«, bemerkte Bokholt nach ein paar Sekunden und grinste anzüglich. »Unsere kleine Lissy hat es ja faustdick hinter den Ohren. Wusste gar nicht, dass sie auf so extremes Zeug steht. Dann stimmt es tatsächlich, was man immer wieder hört – dass die meisten Frauen am liebsten etwas härter angefasst werden wollen.«

»So ein Schwachsinn!« Madsens Stimme klang scharf und schneidend. »Ich erinnere noch mal daran, dass diese Kommunikation ausschließlich mit dem Ziel geführt wurde, den Verdächtigen zu einem Treffen zu bewegen – und somit nichts, aber auch gar nichts über Lissys tatsächliche Vorlieben aussagt. Außerdem verbitte ich mir, dass Sie so über Lissy sprechen! Sie haben die Aufgabe, den Chatverlauf sichtbar zu machen – mehr nicht! Keiner hat Sie gebeten, Ihren Senf zum Inhalt der Unterhaltung dazuzugeben. Also halten Sie sich gefälligst geschlossen, sonst werde ich ungemütlich! Ist das klar?«

Bokholt nickte eingeschüchtert und druckte schweigend den Chatverlauf zwischen Lissy und Giacomo6262 aus.

Anschließend fragte er mit unsicherer Stimme: »Soll ich jetzt mal versuchen, an die wahre Identität hinter Giacomos E-Mail-Account zu kommen? Sich bei einem großen Provider einzuhacken ist eine verdammt knifflige Aufgabe, aber vielleicht finde ich ja irgendwo eine Schwachstelle im System.«

Madsen nickte abwesend und starrte auf die Ausdrucke. Auch wenn er Bokholt noch vor wenigen Augenblicken darüber belehrt hatte, dass Lissys Äußerungen lediglich ermittlungstaktische Zielsetzungen zugrunde lagen, irritierten ihn ihre Texte mehr, als er es sich eingestehen wollte. Die Formulierungen rund um das Thema »Führung und Unterwerfung« waren so eindeutig, so gekonnt und so phantasiereich, dass es Madsen schwerfiel, Lissy lediglich außergewöhnliche Empathie und Flexibilität zu attestieren. Vielmehr befiel ihn zunehmend der Verdacht, dass sie tatsächlich sexuelle Vorlieben hegte, die ihm bis dato nicht nur völlig unbekannt, sondern auch höchst suspekt waren.

Für ihn basierte Partnerschaft auf gegenseitigem Respekt und wertschätzender Kommunikation auf Augenhöhe – auch im erotischen Bereich. Mit dem Gedanken, eine Frau im Bett zu erniedrigen, ihren Gehorsam zu erzwingen oder sie mittels Züchtigung gefügig zu machen, hatte er sich nie beschäftigt. Schließlich verstand er sich selbst als Kavalier der alten Schule und pflegte sich in jederlei Hinsicht entsprechend zu verhalten.

Aber vielleicht war das gar nicht das, was Frauen wirklich wollten.

Verunsichert las Madsen den Chatverlauf noch einmal von vorne bis hinten, diesmal bemüht, die Äußerungen nicht persönlich und emotional zu interpretieren, sondern sich voll und ganz auf fallrelevante Informationen zu konzentrieren.

Gerade als er mit dem Gefühl tiefer Resignation zu dem Schluss kam, dass der Chatverlauf ihnen keinerlei weiterführende Hinweise zu bieten hatte, schrie Bokholt plötzlich laut auf.

Madsen zuckte zusammen. »Mann, haben Sie sie noch alle? Was plärren Sie denn so rum?«

Bokholt ignorierte Madsens Zurechtweisung und tippte

aufgeregt mit dem Zeigefinger auf seinen Bildschirm.. »Hier. Schauen Sie mal! Sehen Sie, was das ist?«

Madsen beugte sich näher und kniff die Augen zusammen. Anschließend zuckte er mit den Schultern. »Eine Reihe von Zahlen. Na und?«

»Richtig! Und was für Zahlen?«

»Nullen und Einser.«

»Und was sind solche Zahlenreihen aus Nullen und Einsern?«

»Verdammt, was weiß ich!«, erwiderte Madsen ungehalten. »Sind wir hier bei Günther Jauch, oder was? Woher soll ich wissen, wofür diese Scheiß-Zahlen stehen? Ich bin Polizist, kein Mathematiker.«

»Das hat auch weniger mit Mathematik als mit Informationstechnik zu tun«, erklärte Bokholt geduldig und markierte mit dem Cursor eine der Zahlenreihen. »Das ist ein klassischer Binärcode, wobei die Zahlen selbst eigentlich weniger wichtig sind. Entscheidend sind die zwei unterschiedlichen Symbole – das könnten genauso gut auch ein Kreis und ein Quadrat oder von mir aus auch eine Karotte und ein Stück Sellerie sein. Auf jeden Fall kann man mit Hilfe dieser beiden Symbole Informationen darstellen, weshalb Binärcodes auch die Grundlage für die Verarbeitung sämtlicher digitalen Inhalte sind. Durch die Umrechnung mittels komplexer Algorithmen –«

»Stopp!« Madsen schnitt Bokholt mit einer energischen Geste das Wort ab. »Entweder Sie erklären mir jetzt auf verständliche Art und Weise, was Sie da gerade gefunden haben, oder wir brechen die Sache hier und jetzt ab. Ich habe weder Zeit noch Lust, mir diese PC-Scheiße anzuhören. Erstens verstehe ich nur Bahnhof, und zweitens habe ich verdammt noch mal Wichtigeres tun – nämlich den Entführer von Lissy zu fassen!«

»Nun, genau das wollte ich Ihnen ja gerade erklären.« Bokholt öffnete mit triumphierendem Blick ein neues Fenster. »Diese Zahlenfolge, die ich Ihnen gerade gezeigt habe, ist eine codierte digitale Information – und zwar in diesem Fall ein Name.«

»Ein Name?« Madsen riss verblüfft die Augen auf. »Was denn für ein Name? Doch nicht etwa der richtige Name der Person …«

»… die sich hinter der E-Mail-Adresse giacomo6262@gmail.com verbirgt. Doch, genau der!« Bokholt blickte Madsen voller Stolz an. »Ich könnte jetzt behaupten, es sei für einen Profi wie mich ein Klacks, bei Google ins System einzubrechen. Aber ich möchte mich nicht mit fremden Federn schmücken. In Wirklichkeit hab ich einen Kumpel beim CCC, der das kürzlich schon mal geschafft und mir ein paar hilfreiche Tipps gegeben hat. Manchmal ist es wirklich –«

»Verdammt noch mal, Bokholt! Wollen Sie mich eigentlich umbringen?« Madsen stützte sich mit beiden Armen auf den Schreibtisch, worauf sein errötetes Gesicht nur noch Zentimeter von dem des Computerspezialisten entfernt war. »Wenn Sie mir nicht augenblicklich sagen, welcher Name das ist, dann kriege ich hier auf der Stelle einen Herzinfarkt. Aber eins schwöre ich Ihnen: Bevor ich auf dem Boden aufkomme, hab ich Ihnen mit meiner Dienstwaffe noch eine Kugel in den Kopf gejagt!«

Bokholt zuckte erschrocken zusammen. Dieser durchgeknallte Polizist mit seinen plötzlichen Stimmungswandeln machte ihm Angst.

»Kein Grund, hektisch zu werden, Herr Madsen! Eine Sekunde!« Hastig markierte Bokholt die Zahlenfolge und kopierte sie in ein anderes Fenster. »Ich kann Ihnen sofort sagen, wer sich hinter diesem Code verbirgt. Ich muss ihn nur noch über einen Binary Code Translator laufen lassen. Dann haben Sie den Namen Ihres Entführers – und ich eine Reise nach Kalifornien!«

»Nur wenn Lissy noch lebt! Das war der Deal!«, brummte Madsen und starrte wie paralysiert auf den Monitor.

Bokholt betätigte den ›Decode‹-Button.

Als Madsen den Namen las, der daraufhin in dem Textfeld sichtbar wurde, fluchte er laut auf.

Lissy Berghammer hätte nicht entführt werden müssen.

Nicht, wenn er direkt auf sein Bauchgefühl gehört hätte.

***

»Ach, Sie schon wie–«

Konny Oswald kam nicht dazu, den Satz zu Ende zu sprechen.

Wie ein wild gewordener Stier stieß Madsen den alternden Gigolo – kaum dass dieser die Wohnungstür auch nur einen Spalt geöffnet hatte – zur Seite und stürmte mit hochrotem Kopf an ihm vorbei in dessen Hausflur. Der mit einem weißen Frotteebademantel bekleidete Oswald folgte Madsen und stellte ihn wütend zur Rede.

»Hören Sie, Herr Kriminalrat, ich weiß nicht, was ich jetzt schon wieder ausgefressen haben soll, aber Ihre Art geht mir langsam auf die Nerven. Und zufällig weiß ich, dass Sie mich nicht in dieser Form angreifen dürfen. Ich werde –«

»Am besten die Fresse halten, du Arschloch. Und zwar ganz schnell!« Madsen baute sich drohend vor Oswald auf. »Ich weiß, dass du derjenige bist, der hinter dem Giacomo-Profil bei LakeLove steckt. Du hast mit den Frauen gechattet, dich mit ihnen verabredet und sie anschließend entführt, vergewaltigt und getötet. Und jetzt will ich wissen, wo Lissy Berghammer ist. Und wehe, du Wichser hast ihr auch nur ein Haar gekrümmt! Dann werde ich dich so zurichten, dass du mit deinem Gesicht Reklame für Mettbrötchen machen kannst!«

»Aber … aber … das dürfen Sie –«

»Was ich darf und was nicht, ist mir scheißegal!«, zischte Madsen, und seine Worte klangen wie Schwerthiebe. »Ich habe in den letzten paar Stunden so viele Vorschriften gebrochen, dass meine Karriere eh am Arsch ist. Das heißt, ich kann mit dir machen, was ich will, und wenn du mir jetzt nicht augenblicklich sagst, wo Lissy ist, dann prügel ich dich windelweich! Ist das klar?«

Oswalds Gesichtsfarbe entsprach inzwischen der seines Bademantels. Mit zitternder Stimme wimmerte er: »Ich habe keine Ahnung, wo Lissy Berghammer ist! Wirklich nicht! Ich schwöre, Herr Kriminalrat! Ich habe weder mit der Entführung noch mit diesem Giacomo-Profil irgendwas zu tun. Ja, natürlich bin ich auch bei LakeLove – das hatte ich Ihnen bei Ihrem letzten Besuch ja schon gesagt. Aber ich habe einen ganz anderen Usernamen. Ich kann Ihnen meine Kontakte und Chatverläufe gerne zeigen. Und was gestern Abend angeht: Ich hatte Ihrem jungen Kollegen am Telefon schon gesagt, dass ich –«

»Dass Sie angeblich auf so einem schwindeligen Handy-Kick-off-Event waren«, unterbrach Madsen ihn ungehalten. »Nur gibt es dafür dummerweise keine Zeugen!«

»Oh doch, Herr Kriminalrat!«, ertönte plötzlich eine rauchige Stimme hinter Madsen. »Dafür gibt es eine ganze Menge Zeugen. Mich zum Beispiel!«

Madsen fuhr herum.

Im Rahmen der Schlafzimmertür stand eine schwarzhaarige Dame reiferen Alters, umgeben von einem intensiven Duft nach blühenden Rosen, herzhafter Ambra und schmutzigem Sex. Ihre Kleidung bestand lediglich aus einem kurzen, transparenten Negligé, dazu trug sie rosa High-Heel-Pantöffelchen, die aussahen, als hätte man einen gefärbten Chihuahua auf die Schnalle getackert. Die laszive Haltung der Frau und ihre gekünstelte Schmollmundmimik ließen darauf schließen, dass sie selbst sich als außerordentlich erotisch empfand – Madsen hingegen erinnerte sie an ein liebevoll hergerichtetes Präparat aus einem Völkerkunde-Museum.

»Verzeihung, darf ich fragen, wer Sie sind?«, erkundigte sich Madsen irritiert. »Und wieso können Sie bezeugen, dass Oswald gestern Abend auf diesem Event war?«

»Mein Name ist Matilde Horn. Oder – wie ich manchmal

sage – Horny Matilde!« Sie kicherte über ihren eigenen Scherz, verstummte aber umgehend, als sie Madsens drohenden Blick bemerkte. »Na ja, auf jeden Fall war ich gestern auch auf dieser Veranstaltung in Nürnberg. Konny und ich haben uns dann auf der Rückfahrt zufällig an einer Raststätte wiedergetroffen. Wir haben ein bisschen geplaudert, uns noch auf einen Absacker verabredet – und irgendwie sind wir dann statt wie geplant in einer Bar in München hier in Konnys Schlafzimmer gelandet.«

Abermals gluckste sie amüsiert und warf Oswald dabei dermaßen infantile Blicke zu, dass Madsen sich des Gefühls nicht erwehren konnte, dass Textiltourette bei Weitem nicht das einzige Handicap war, unter dem die Dame zu leiden schien.

»Sie wollen mir also weismachen, dass Sie sowohl gestern Abend als auch während der Heimfahrt und der anschließenden Nacht mit Herrn Oswald zusammen waren?« Madsen blickte das betagte Kleopatra-Double prüfend an. »Bitte überlegen Sie jetzt genau, was Sie sagen, Frau Horn, denn Ihre Aussage ist von extremer Wichtigkeit. Waren Sie von gestern Abend bis heute Morgen ununterbrochen mit Herrn Oswald zusammen?«

»Nun, wie ich bereits sagte: Wir waren gemeinsam auf dem Kick-off – davon gibt es übrigens auch schon eine ganze Reihe von Fotos auf Facebook. Danach sind wir uns an dieser Raststätte begegnet und dann weiter zu Konnys Wohnung gefahren. Zwar jeder für sich in seinem eigenen Auto, aber ich habe mich an Konnys BMW gehängt und war quasi die ganze Zeit in seinem Windschatten.«

Madsens Körper hatte während Matilde Horns Worten jegliche Spannung verloren. Die Arme hingen schlaff herab, die Schultern waren nach vorne gebeugt, und seine ansonsten so markanten, energischen Gesichtszüge ähnelten plötzlich denen eines desillusionierten Kriegsveteranen.

»Das heißt, dieser Mann …«, er deutete kraftlos auf Konny Oswald, der ihn triumphierend angrinste, »… kann unmöglich zwischen zwanzig und vierundzwanzig Uhr in Starnberg gewesen sein?«

»Absolut!« Die Frau nickte dermaßen entschlossen, dass in einigen ihrer entblößten Körperregionen Alt und Jung mit lautem Klatschen aufeinanderprallten. »Das Einzige, wo Konny gestern Nacht definitiv drin war, ist das hier.«

Sie deutete mit langen, rot lackierten Fingernägeln auf ihre anatomische Mitte, worauf Konny Oswald in lautes Lachen ausbrach. Ob seiner Erheiterung ihr Scherz zugrunde lag oder sein eigener Stolz auf die in der vergangenen Nacht erbrachte Leistung, war für Madsen in diesem Augenblick nicht mehr relevant. Ihn beschäftigte ausschließlich, dass Konny Oswald nicht der gesuchte Mörder und Entführer war.

Und Lissy Berghammer somit nur noch durch ein Wunder gerettet werden konnte.

∗∗∗

Das Singledasein hatte viele Nachteile.

Kein verbaler Austausch. Keine Schulter zum Anlehnen. Kein Sex.

Zumindest keiner mit lebenden Objekten.

Aber es gab auch durchaus positive Aspekte. Zumindest empfand Lissy es so, während sie ihr Werk zufrieden begutachtete. Wäre sie aufgrund ihrer Lebensumstände nicht dazu gezwungen gewesen, kleinere Reparaturen zu Hause selbst vorzunehmen und sich mit Ursache und Wirkung bestimmter technischer Begebenheiten zu beschäftigen, hätte sie eine Vorrichtung wie die von ihr in den letzten Stunden erschaffene niemals zustande gebracht. So aber war es ihr gelungen, nur mit Hilfe der wenigen in ihrem Verlies verfügbaren Materialien eine Konstruktion zu bauen, die ihr bei optimaler Funktionsweise die Flucht ermöglichen sollte. Natürlich gab es tausend verschiedene Hemmnisse, von denen jedes einzelne ihren Plan zunichtemachen konnte, aber Lissy Berghammer war nicht der Typ, der an das Negative dachte. Für sie war das Glas stets halb voll.

Und wenn nicht, dann musste man eben nachschenken.

Mit kritischem Blick überprüfte sie noch einmal die Platzierung aller Elemente. Das Kabel, das sie aus der Steckdose gerissen hatte, lag unmittelbar neben der Tür auf dem Boden. Der gelb-grüne Schutzleiter war abgeknickt und die braun ummantelte Phasenleitung möglichst weit entfernt von dem blauen Nullkabel gebogen, damit die per Fingernagel freigekratzten Kupferkabelenden sich unter keinen Umständen berühren und dadurch einen Kurzschluss auslösen konnten.

Um die Ausgabeklappe in der Stahltür hatte sie anschließend ihre Strumpfhose schlingenförmig drapiert, eine Arbeit, die sie zwischenzeitlich fast zur Verzweiflung gebracht hatte, weil der Nylonstoff an der glatten Metalloberfläche einfach nicht hatte halten wollen. Da es in dem kargen Raum nichts gab, was man als eine Art Klebstoffersatz hätte nutzen können, hatte sich Lissy schließlich gezwungen gesehen, jegliches Schamgefühl über Bord zu werfen und notgedrungen auf körpereigene Substanzen zurückzugreifen. Damit sah die Vorrichtung nun zwar im wahrsten Sinne des Wortes scheiße aus und stank auch entsprechend, aber ungewöhnliche Situationen erforderten eben ungewöhnliche Maßnahmen. Und als wäre die Verwendung ihres eigenen Kots nicht schon olfaktorische Katastrophe genug, befand sich unmittelbar neben dem Kabelende auch noch der Eimer mit Lissys Urin.

»Wenn mir vor zwei Wochen jemand erzählt hätte, dass Kacke und Pisse meine letzte Chance zum Überleben sind, hätte ich denjenigen für verrückt erklärt!«, murmelte sie mit einem freudlosen Grinsen. Sie bemühte sich, ausschließlich durch den Mund zu atmen, und hoffte, dass ihr Entführer bald käme – allzu lange ließ sich der unerträgliche Gestank weder verbergen noch aushalten.

Vielleicht konnte man die ganze Sache ja etwas beschleunigen.

Sie trat an die Tür und hämmerte mit den Fäusten mehrmals kraftvoll dagegen.

»Hey, ich habe Durst! Und Hunger!«

Keine Antwort.

Doch dann waren plötzlich Schritte zu vernehmen.

Lissy erstarrte.

Nun gab es kein Zurück mehr.

Entweder ihr verwegener Plan ging auf, oder die nächsten Minuten würden die letzten – und vermutlich auch die qualvollsten – ihres gesamten Lebens werden.

Mit einem quietschenden Geräusch öffnete sich die kleine Metallklappe am Fuße der Tür. Lissy näherte sich mit ihrer Hand vorsichtig dem oberen Ende der Strumpfhose und hielt die Luft an. Spätestens jetzt musste der Entführer den Gestank bemerken – und in der Tat schien der Mann auf der anderen Seite der Tür kurz zu verharren.

Aber dann erschien auf einmal ein Arm in der Türöffnung.

Das Erste, was Lissy sah, war nicht der weiße Handschuh.

Es war auch nicht das hautenge Latexmaterial, das den Ärmel ansatzlos bedeckte.

Es war vielmehr die Perlenkette, die der Mann durch die Klappe reichte.

»Anziehen!«

Die Stimme klang heiser und unnatürlich – zweifelsohne war sie verstellt.

Lissy reagierte nicht.

»Anziehen!«, wiederholte der Mann und streckte den Arm etwas weiter in den Raum.

Lissy holte tief Luft.

Genau das war der Moment, auf den sie gewartet hatte.

Ruckartig und mit aller Kraft riss sie an der Strumpfhose, worauf die Nylonschlinge sich von der Tür löste und den Arm des Mannes umschloss. Der schrie überrascht auf und wollte die Hand mit der Kette zurückziehen, doch der geschmeidige Stoff hatte sich fest um das Handgelenk gelegt und wurde von Lissy mit aller ihr zur Verfügung stehenden Kraft ins Rauminnere gezerrt. Dazu hatte sie sich rückwärts auf den Boden fallen lassen, beide Beine fest gegen die Stahltür gestemmt und das Ende der Strumpfhose hastig um den Oberarm gewickelt, sodass sie nicht nur die Kraft ihres gesamten Körpers einsetzen konnte, sondern auch beide Hände zur freien Verfügung hatte.

Wie ein Berserker riss der Mann an der Strumpfhose, die Hand zur Faust geballt und die Perlenkette fest umklammert. Doch anstatt seinen Arm wieder freizubekommen, zog sich die Schlinge durch sein ungestümes Zerren immer fester zu.

»Lass mich los, du Schlampe!«, brüllte er wutentbrannt, wobei er das Verstellen seiner Stimme völlig außer Acht ließ. »Mach sofort meine Hand los oder ich bringe dich um!«

Die Stimme des Mannes ließ im Kopf der Maklerin sämtliche Alarmglocken schrillen.

Der Klang kam ihr bekannt vor.

Sie konnte ihn nur nicht zuordnen.

Allerdings war für weitere Überlegungen keine Zeit, denn Lissy spürte, dass ihre Kräfte nachzulassen drohten. Lange konnte sie den Arm des Mannes nicht mehr festhalten.

Mit einer ruckartigen Bewegung beugte sie sich zur Seite. Der Stoff der Strumpfhose schnitt in ihren Oberarm, und Lissy stöhnte auf. Mit zusammengebissenen Zähnen griff sie nach dem Metalleimer mit ihrem Urin, packte ihn und schüttete den gesamten Inhalt schwungvoll über den Arm des Mannes.

»Was zur Hölle …?«

Die Stimme klang irritiert, und für den Bruchteil einer Sekunde ließ der Zug an der Strumpfhose nach.

Entschlossen nutzte Lissy diesen kurzen Moment und ergriff das Stromkabel.

»Verreck, du Drecksau!«

Mit diesen Worten rammte sie das Kabel in die Hand des Entführers.

Als die frei liegenden Enden des Kupferkabels sich durch das Latex in die Haut des Mannes bohrten, schrie er laut auf, und im selben Moment begann sein Körper unkontrolliert zu zucken. Während die nackte Glühbirne an der Decke wild flackerte und der durchdringende Geruch von verbranntem Fleisch den Fäkalgestank überdeckte, wurde das Röcheln, das durch die Öffnung der Metalltür erklang, immer hysterischer.

Plötzlich ertönte ein dumpfer Knall.

Der Arm des Mannes zuckte ein letztes Mal. Dann sackte er in sich zusammen und fiel kraftlos auf die Kante der Türöffnung, während der Leuchtfaden der Deckenlampe mit einem gleißenden Lichtblitz verglühte und der Raum schlagartig in tiefem Dunkel versank.

Das Letzte, was Lissy Berghammer erkennen konnte, war eine Handvoll weißer Perlen, die sich über den Boden ihres Verlieses ergossen.

∗∗∗

»Sind Sie eigentlich noch ganz bei Trost?«

Der Blick, mit dem Dr. Agasiotis Madsen bedachte, war kalt wie Eis, und von all der Sympathie und dem Respekt, den der Jurist dem Kriminalrat üblicherweise entgegenbrachte, war nicht mehr das Geringste zu verspüren. Im Gegenteil – sein Gesicht war hochrot, die schneeweißen Haare standen ihm sprichwörtlich zu Berge, und die Augen waren zu schmalen Schlitzen verengt. Es war nur allzu offensichtlich, dass der sonst stets rational und souverän agierende Oberstaatsanwalt ganz kurz davor war, die Contenance zu verlieren.

»Ich weiß, dass ich Scheiße gebaut hab«, murmelte Madsen zerknirscht. »Aber ich war mir so sicher, dass –«

»Dass was? Die Informationen irgendeines dahergelaufenen PC-Freaks verlässlicher sind als die Ermittlungen des LKA? Vielleicht sollten wir einfach die gesamte Polizeibehörde schließen und zukünftig nur noch mit Ihren Kumpels ermitteln – das würde ja dann auch den Staatshaushalt entlasten.«

Dr. Agasiotis' Stimme troff vor Sarkasmus, und Madsen musste kein Psychologiestudium absolviert haben, um zu erkennen, dass sein Vorgehen den Oberstaatsanwalt nicht nur erzürnt, sondern auch persönlich enttäuscht hatte. Immerhin hatte dieser sich in der Vergangenheit mehrfach für seinen unorthodox agierenden Untergebenen eingesetzt, und selbst als beim Polizeipräsidenten höchstpersönlich Beschwerden über Madsens mitunter fragwürdiges Verhalten eingegangen waren, hatte Dr. Agasiotis diese stets mit Hinweis auf Madsens außergewöhnliche Ermittlungskompetenz erfolgreich abgeschmettert. Doch mit solcherlei Rückendeckung war es nun offensichtlich vorbei.

»Ihnen ist hoffentlich klar, dass Ihr Verhalten Folgen haben wird.«

Madsen nickte schluckend.

»Ab sofort leiten nicht mehr Sie die Ermittlungen in diesem Fall.« Die Stimme des Oberstaatsanwaltes ließ keinerlei Zweifel an der Endgültigkeit seines Entschlusses aufkommen. »Die Leitung wird ab jetzt Kommissar von Werdenfels übernehmen. Eigentlich müsste ich Sie komplett suspendieren, Madsen, aber ich will – genauso wie Sie –, dass Lissy Berghammer möglichst schnell und möglichst lebend gefunden wird. Insofern kann ich es mir in der aktuellen Situation leider nicht erlauben, auf einen erfahrenen Polizisten wie Sie zu verzichten. Aber glauben Sie mir: Wäre die Lage eine andere, dann säßen Sie jetzt schon zu Hause auf der Couch und würden in der Zeitung die Stellenanzeigen durchblättern!«

Madsen schloss für einen kurzen Moment die Augen, dann warf er einen Blick auf von Werdenfels, der zusammen mit Schmidthuber und Zirngibl im hinteren Bereich des Besprechungszimmers saß. Als der Oberstaatsanwalt seinen Namen erwähnte und ihn zum Leiter der Ermittlungen ernannt hatte, war von Werdenfels kurzzeitig erblasst. Anschließend hatte er unsicher zwischen Dr. Agasiotis und Madsen hin- und hergeschaut und schien krampfhaft zu überlegen, wie er dem Oberstaatsanwalt seine Bereitschaft signalisieren sollte, ohne dabei seinen degradierten Vorgesetzten zu düpieren. Allerdings gedachte Madsen nicht, es seinem Partner schwer zu machen.

Schließlich hatte er bewusst hoch gepokert.

Und verloren.

Nun musste er auch Manns genug sein, mit den Konsequenzen zu leben.

»Alles klar, Herr Oberstaatsanwalt. Ich bin mir sicher, Max bekommt das hervorragend hin.« Er nickte von Werdenfels aufmunternd zu, während Polizeihauptmeister Schmidthubers abfälliges Schnauben unschwer erkennen ließ, dass er die Sache gänzlich anders beurteilte. »Ich weiß, dass ich Mist gebaut habe, und es tut mir leid. Ich hoffe, ich kann Ihnen und euch irgendwann einmal meine Beweggründe erläutern – vielleicht versteht ihr dann, warum ich so gehandelt habe. Aber jetzt gilt es erst mal, Lissy zu finden. Alles andere können wir anschließend in Ruhe klären.«

»Ich bin sicher, das können wir.« Dr. Agasiotis nickte angesichts der kooperativen Haltung Madsens erleichtert. »Dann schlage ich vor, wir stürzen uns jetzt wieder alle gemeinsam auf den Fall. Madsen, Sie haben ja von diesem Bokholt die Auskunft erhalten, hinter dem Profil Giacomo6262 stecke Konny Oswald. Der wiederum behauptet, das sei Quatsch. Mal abgesehen von der Sache mit dem Alibi, die seine Täterschaft nahezu unmöglich macht: Glauben Sie ihm in Bezug auf die Profilgeschichte?«

Madsen rieb sich nachdenklich über seinen Haarschopf. »Ja, eigentlich schon. Ich hatte den Eindruck, dass seine Überraschung und sein Dementi echt waren.«

»Aber wie kommt Bokholt dann auf Oswalds Namen? Von Werdenfels, Sie kennen sich doch gut mit Computern aus. Können Sie sich da einen Reim drauf machen?«

Der junge Kommissar zuckte mit den Schultern. »Ohne entsprechende Onlinerecherche oder ein Gespräch mit Bokholt nicht. Vielleicht hat er sich einfach vertan. Schließlich ist niemand unfehlbar – und diese Hackerei ist eine ganz schwierige Kiste. Da es im Grunde illegal ist, gibt es dafür auch keine Handbücher oder Tutorials. Da kann man sich schon mal schnell vergaloppieren und in eine Sackgasse geraten.«

»Oder jemand hat ganz bewusst eine falsche Fährte gelegt – und Bokholt ist prompt drauf reingefallen«, meldete sich Zirngibl zu Wort. Seine Stimme klang etwas unsicher, doch als Dr. Agasiotis ihm aufmunternd zunickte, wurde er von Wort zu Wort selbstbewusster. »Ich meine, wir hatten Oswald eh als Verdächtigen auf dem Kieker. Da reicht doch schon die Platzierung seines Namens in irgendwelchen Quellcodes. Das LKA – oder in unserem Fall Bokholt – findet sie, und wir stürzen uns auf Oswald wie die Wildecker Herzbuben auf einen Picknickkorb.«

»Oder aber …«, Dr. Agasiotis rieb sich nachdenklich sein markantes Kinn, »… irgendjemand hat Oswalds Profil gehackt und agiert jetzt ganz ungeniert in seinem Namen. Man kennt das doch von Facebook, wo immer wieder Fake-Profile erstellt werden und die User dann anschließend hektisch ihre Bekannten anschreiben, man möge bloß keine Kontaktanfrage von diesen Trittbrettfahrern annehmen. Vielleicht gibt es so was ja auch bei LakeLove.«

»Achtung!« Madsen hob warnend den Zeigefinger. »Oswalds Namen hat Bokholt im System des Mailproviders gefunden – das hat mit LakeLove nichts zu tun. Und wenn ich das richtig verstanden habe, ist die Manipulation von Daten bei einem weltweit agierenden Provider wie Google eine ganz andere Hausnummer als bei einer lokalen Plattform. Laut Bokholt braucht man dafür schon profunde Hackerkenntnisse, und sogar er hat sich in dem Fall Hilfe von einem Kumpel beim CCC holen müssen.«

Von Werdenfels nickte zustimmend. »Ich gebe Bokholt recht: So mir nichts, dir nichts kommt man bei einem globalen Webprovider garantiert nicht ins System. Außerdem verfolgen deren Administratoren Angriffe von außen sehr gewissenhaft, und irgendwelche Spuren hinterlässt man immer, wenn man sich irgendwo einhackt. Das ist in der virtuellen Welt nicht anders als im richtigen Leben: Wo gehobelt wird, da fällt Holz vor die Hütte.«

Einen Moment lang herrschte perplexes Schweigen. Dann prustete Madsen plötzlich los, und kurz darauf brachen alle anderen Anwesenden – bis auf von Werdenfels, der sich irritiert umschaute – ebenfalls in schallendes Gelächter aus. Es erinnerte fast schon an eine kleine Explosion, als sich die Anspannung der letzten Tage für einen kurzen Moment löste und in einen fast schon irrsinnigen Anflug von Erheiterung verwandelte.

Schließlich war es Dr. Agasiotis, der sich als Erster wieder fasste und die nächsten Ermittlungsschritte festlegte.

»Also gut, wir sehen, es ist zwingend notwendig, dass das LKA die Spur mit dem falschen Namen im Quellcode überprüft. Wenn wir wissen, wer versucht hat, Oswald den Schwarzen Peter zuzuschieben, sind wir schon mal einen großen Schritt weiter. Außerdem –«

Ein lautes Klopfen unterbrach seine Äußerungen. Ein junger Streifenbeamter trat ins Zimmer und nickte mit hochrotem Kopf in die Runde. »Bitte entschuldigen Sie die Störung. Mir ist schon klar, dass Sie gerade eine wichtige Besprechung haben. Aber ich habe hier eine Meldung, die vor einer Minute über die Leistelle reingekommen ist. Und ich bin mir ziemlich sicher: Wenn Sie gehört haben, was man uns gerade aus dem Kerschlacher Forst gemeldet hat, werden Sie mich fragen, warum zum Teufel ich die verdammte Tür nicht direkt eingetreten habe!«

SECHZEHN

Der kleine Zufahrtsweg zu den Aukio-Ateliers im Kerschlacher Forst war unter normalen Umständen eine Waldstraße wie tausend andere auch. Üppiger Baumbewuchs rechts und links, ein unbefestigter Seitenstreifen aus Kies und Mulch und dazu eine asphaltierte Oberfläche, die hier und da aufgrund von Wurzeln oder nachlässig ausgeführten Reparaturarbeiten wellig und ausgebeult war.

Allerdings waren die Umstände diesmal alles andere als normal.

Überall standen Streifenwagen und Rettungsfahrzeuge, und die auffällig unauffälligen schwarzen Limousinen des Spezialeinsatzkommandos mit den zuckenden Blaulichtern verliehen der Szenerie einen surrealen, fast schon hollywoodähnlichen Charakter, der durch die verzerrten Sprachfetzen, die aus den Funkgeräten der Rettungskräfte ertönten, akustisch untermalt wurde.

Madsen saß etwas abseits auf einer Streugutkiste, und was um ihn herum passierte, interessierte ihn nicht im Geringsten. Er sah weder die bewaffneten Beamten, die hektisch auf dem benachbarten Grundstück hin und her rannten, noch seinen Partner von Werdenfels, der sich vergeblich bemühte, dem Chaos Herr zu werden. Er sah auch nicht die sichtlich irritierten Zivilpersonen, die nahe der Grundstücksumzäunung von Schmidthuber und Zirngibl befragt wurden, oder die Kollegen der Spurensicherung, die mit weißen Overalls und schweren Equipmentkoffern in Richtung des zweistöckigen Gebäudes eilten.

Das Einzige, wofür Madsen in diesem Moment Augen hatte, war eine blutüberströmte Lissy Berghammer, die zitternd und schluchzend in seinen Armen lag.

»Strecken Sie mir bitte mal Ihre Hand entgegen!« Ein Rettungssanitäter deutete auf die klaffende Fleischwunde an Lissys Unterarm. »Bevor Sie noch mehr Blut verlieren, werde ich Ihnen einen Druckverband anlegen. Die Weiterversorgung und eine gründliche Untersuchung erfolgen dann später im Krankenhaus. Dort wird man sicherlich auch Ihren Kopf röntgen müssen. Die Platzwunde blutet zwar nicht mehr, aber eine Gehirnerschütterung dürften Sie vermutlich trotzdem haben.«

»Ja, es wäre gut, wenn Sie den Arm verbinden würden«, stimmte Madsen dankbar zu und ignorierte Lissys Protest, dass es sich bei ihrer Verletzung doch lediglich um einen kleinen Kratzer handelte. »Keine Widerrede, Lissy, das muss versorgt werden. Der junge Mann weiß schon, was zu tun ist. Und währenddessen musst du mir noch erklären, wie du aus diesem Kellerraum rausgekommen bist, nachdem du den Entführer mit dem Stromschlag außer Gefecht gesetzt hast. Ich finde es unglaublich, dass du in so einer Situation überhaupt noch so klar denken und planen konntest. Allein der Urin zur Verstärkung der Leitfähigkeit – auf so was wäre ich im Leben nicht gekommen! Aber noch mal: Was hast du gemacht, nachdem der Typ ausgeknockt war? Du hattest doch immer noch keinen Schlüssel.«

Lissys schluchzte ein letztes Mal laut auf, dann zog sie geräuschvoll die Nase hoch und setzte sich aufrecht hin. Während der Sanitäter mit gekonnten Griffen die Erstversorgung ihrer Verletzung durchführte, schilderte sie Madsen den Ablauf ihrer Flucht.

»Na ja, ich hatte von Anfang an immer im Kopf, dass ich irgendwie an den Schlüssel rankommen muss. Wenn es den Kerl zwei Meter entfernt von der Tür zu Boden gehauen hätte, wäre die ganze Aktion für die Katz gewesen. Aber genau deshalb hatte ich ihn ja an der Angel – oder vielmehr in der Schlinge.«

Trotz der schmerzhaften Erinnerung schlich sich zum ersten Mal seit ihrer Befreiung ein zaghaftes Lächeln in Lissys Gesicht, und das nicht nur, weil sie zunehmend realisierte, dass ihr Martyrium endlich ein Ende hatte, sondern auch, weil Madsens zärtliche Umarmung ihre Anspannung nach und nach vergehen ließ. Mit einem glücklichen Seufzen schmiegte sie sich noch enger an ihn und legte ihren Kopf auf seine Schulter.

»Und dann? Wie war das dann mit der Schlinge?«, hakte Madsen nach. Auch er hätte am liebsten einfach nur schweigend Lissys Nähe und das Glücksgefühl, sie mehr oder weniger unversehrt wiedergefunden zu haben, genossen, aber ihm war bewusst, dass es für ihn und seine Kollegen noch einen Fall abzuschließen gab.

»Die Schlinge habe ich verwendet, um seine Hand zu fixieren, während ich mit dem Stromkabel zugestochen habe«, erklärte Lissy und stöhnte kurz auf, als der Sanitäter ihr die Kompresse auf die offene Wunde legte. »Aber ich hab sie anschließend auch dazu genutzt, um den Körper ganz nah an die Tür zu ziehen, sodass ich durch die Klappe mit meiner anderen Hand an seine Hosentasche kam. Mann, ich hab mir dabei echt fast den Arm ausgerenkt, vor allem, weil er so einen Scheiß-Latexanzug trug. Weißt du, wie eng dieses Zeug ist? Bis ich da mal die kleine Tasche mit dem Schlüssel gefunden hatte, war mein gesamter Arm taub.«

»Du bist so tapfer gewesen, du Prachtweib. Ich bin echt stolz auf dich!«

Madsen drückte Lissy einen zärtlichen Kuss auf den Mund, während der Sanitäter verstohlen vor sich hin grinste.

»Und dann? Wie bist du dann aus dem Gebäude rausgekommen?«

»So ganz genau weiß ich das ehrlich gesagt auch nicht mehr. Ich habe die Tür aufgeschlossen, bin über den Kerl gesprungen und einfach nur losgerannt. Keine Ahnung, ob der tot oder nur bewusstlos war – das war mir in dem Moment auch völlig egal. Ich wollte einfach nur raus. Allerdings ist der gesamte Keller ein verdammtes Labyrinth. Zum Glück brannte in den Fluren ein Notlicht, denn durch meine Aktion ist ja die Sicherung rausgeflogen.« Aller Anspannung zum Trotz bemächtigte sich ein Anflug von Stolz ihrer Mimik. »Irgendwann bin ich dann auf eine Treppe gestoßen, und weil ich mich noch erinnert habe, dass der Typ mich auf dem Hinweg irgendwelche Stufen runtergetragen hat, bin ich die hochgerannt.«

»Und dann?« Madsen hing so gebannt an Lissys Lippen wie die Traumtänzer von »Let's Dance« an denen von Joachim Llambi.

»Dann habe ich irgendwo Tageslicht gesehen und bin sofort in diese Richtung gelaufen. Ich hatte totale Panik, dass die Tür nach draußen abgeschlossen ist, aber zum Glück war nur der Keller gesichert.«

»Und dann warst du plötzlich hier auf diesem Hof?« Madsen deutete auf das umzäunte Grundstück auf der gegenüberliegenden Straßenseite.

»Genau! Ich war unendlich erleichtert, endlich wieder frische Luft zu atmen, aber ich hatte Angst, dass der Irre mir jeden Moment hinterherkommt. Deshalb wollte ich raus aus dem umzäunten Garten und auf eine öffentliche Straße. Aber der Zaun hat überall Stacheldraht. Unmöglich, da drüberzuklettern, ohne sich zu verletzen. Also bin ich weiter zum Haupttor gerannt, weil ich dachte, da gibt's vielleicht irgendeinen Knopf oder Hebel, der das Tor öffnet. Aber da gab's nix! Absolut nix! Also blieb mir nur eins ...«

»Drüberklettern?«

»Genau! Und dabei ist dann das da passiert.« Sie hob den Arm, der mittlerweile mit einem dicken weißen Verband versehen war. »Siehst du die Zacken oben auf dem Tor? An denen bin ich beim Runterspringen hängen geblieben. Und der Witz ist: Ich hab das zuerst überhaupt nicht gemerkt. Erst als ich ein paar vorbeikommende Spaziergänger um Hilfe gebeten habe und die ganz schockiert auf meinen Arm gestarrt haben, habe ich gesehen, dass mir da das Blut in Strömen runterlief.«

Madsen drückte Lissy mitfühlend. »Du Arme! Du musst dich ja schrecklich gefürchtet haben. Vor allem, wenn du endlich aus diesem Kellerloch rauskommst und dann siehst, dass der Garten auch noch mal eingezäunt ist. Was zum Teufel ist das hier überhaupt für eine Anlage? Ich habe an der Hauptstraße was von Ateliers gelesen, aber das kann ja nicht sein. Wer schützt denn Ateliers mit Stacheldraht, zackenbesetztem Metalltor und Kameras? Oder werden hier Picassos gefälscht?«

Lissy grinste. Es war unschwer zu erkennen, dass ihre Lebensgeister langsam wieder zurückkehrten.

»Nee, Picassos entstehen hier nicht. Und die Ateliers sind auch erst nachträglich entstanden. Ich kenne die Anlage, weil hier manchmal Vernissagen stattfinden. Das ist das alte Warnamt X, eine ehemalige staatliche Einrichtung zur Alarmierung der Bevölkerung im Kriegsfall. Ich habe mich in dem Keller die ganze Zeit gefragt, woran mich der Raum erinnert. Jetzt ist es mir klar: an einen Bunker! Und als ich gestern Abend hier reingefahren wurde, habe ich durch einen Schlitz in der Augenbinde ein Stück von der Fahne und einem Schild gesehen. Ich hab überlegt, ob das vielleicht eine Kaserne oder eine offizielle Behörde war, aber auf das Warnamt hier mitten im Niemandsland bin ich natürlich nicht gekommen. Jetzt im Nachhinein erscheint es mir völlig logisch – einen besseren Ort, um jemanden zu verstecken, gibt's ja überhaupt nicht! Außerdem ist das Ding gesichert wie Fort Knox – auch wenn ich keine Ahnung habe, warum. Schließlich ist der Kalte Krieg längst vorbei.«

»Ich hab den Begriff ›Warnamt‹ ehrlich gesagt noch nie gehört«, gestand Madsen und musterte die Hofeinfahrt, von der eine geschwungene Straße zu einem weißen, trutzigen Gebäude führte. Eine bayerische Fahne wehte über dem grünen Stahltor, und ein Metallschild auf dem Seitenpfeiler wies darauf hin, dass es sich bei der Anlage um eine Dienststelle des Zivilschutzes handelte, die unter dem besonderen Schutz des vierten Genfer Abkommens von 1949 stand. »Egal! Jetzt schauen wir erst mal, dass wir dich in ein Krankenhaus bringen, damit du komplett durchgecheckt wirst.«

Lissy wollte protestieren, aber Madsen erstickte ihren Widerspruch, indem er ihr einen herzhaften Kuss auf den Mund gab. »Keine Widerrede, das ist eine polizeiliche Anordnung!

Du lässt dich jetzt von diesem netten jungen Mann zum Rettungswagen eskortieren, und ich kümmere mich mit den Kollegen darum, die ganze Sache hier zu Ende zu bringen. Wir haben ja schließlich noch einen Mörder zu verhaften – auch wenn du uns den Hauptteil der Arbeit bereits abgenommen hast!«

Er zwinkerte Lissy zu und bat den Sanitäter, sie in medizinische Obhut zu nehmen. Nachdem seine Freundin außer Sicht- und Hörweite war, wurde Madsens Mimik wieder ernst, und er winkte von Werdenfels zu sich.

»Und? Wie sieht's aus, Max? Ist der Kerl tot, oder wird er den Stromschlag überleben? Ich weiß, dass Lissy eine starke Frau ist, aber sollte sie tatsächlich einen Menschen getötet haben – egal, ob in Notwehr oder nicht –, ist das psychisch noch mal eine ganz andere Hausnummer. Niemand kann das besser beurteilen als ich.«

Von Werdenfels nickte mitfühlend. »Ich weiß. Aber keine Sorge, Mads, ich bin mir ziemlich sicher, dass Lissy dieses Problem nicht haben wird. Nein, falsch ausgedrückt: Ich bin mir hundertprozentig sicher, dass Lissy dieses Problem nicht haben wird.«

»Das heißt, der Kerl ist nicht tot? Gott sei Dank! Das freut mich für Lissy.« Madsen lehnte sich erleichtert zurück und verschränkte die Arme vor der Brust. »Und es freut mich für uns, denn dann erfahren wir vielleicht auch die Beweggründe für die Morde. Ist er schwer verletzt, oder können wir ihn heute noch verhören?«

Von Werdenfels antwortet nicht sofort. Erst als Madsen sich ungeduldig räusperte, schaute er seinem Vorgesetzten direkt in die Augen und sagte mit fester Stimme: »Nein, ich fürchte, wir können ihn heute nicht verhören. Es ist so: Wir haben den Bunkerraum gefunden, wir haben Lissys geniale Konstruktion gefunden, und wir haben das hier gefunden.«

Er öffnete seine rechte Hand und zeigte Madsen einen Spurenbeutel mit ein paar weißen Perlen.

»Das Einzige, was wir leider nicht gefunden haben, ist der

Entführer. So leid es mir tut, das sagen zu müssen, Mads …«, er senkte den Kopf, »… aber ich fürchte, der Alptraum ist noch nicht vorbei!«

* * *

»Wie zum Teufel kann das gehen?« Dr. Agasiotis knetete seinen sündhaft teuren Panamahut wie einen mürben Hefeteig. »Frau Berghammer jagt dem Drecksskerl zweihundertdreißig Volt durch den Körper, und der verschwindet anschließend, als sei nichts gewesen? Ist der Typ ein verdammter Mutant?«

»Bei allem Respekt, Herr Oberstaatsanwalt, aber dass er verschwunden ist, als sei nichts gewesen, bezweifle ich.« Von Werdenfels saß neben Madsen auf der Streugutkiste gegenüber dem Warnamtgelände, und während Madsen eine Zigarette nach der anderen rauchte, kaute von Werdenfels angespannt Kaugummi. »Ich habe den Notarzt zu den Folgen von Stromschlägen befragt. Es gibt da sehr viele unterschiedliche Faktoren, die deren Wirkung auf den menschlichen Organismus beeinflussen.«

»Als da wären?« Madsen blickte ihn fragend an.

»Zum Beispiel die Dauer des Stromschlags. Je länger die Einwirkung des Stroms, desto größer die Schäden. Oder auch die Art der Berührung. Fließt der Strom über die Körperoberfläche durch die intakte Haut, reduziert der Hautwiderstand die Spannung. Findet der Stromfluss im Körperinneren statt, ist die Wirkung erheblich stärker. In dem Fall spricht man laut Notarzt von einem ›Mikroschock‹.«

»Aber Lissy sagt, sie hätte dem Typ das Kabel in die Hand gebohrt, noch dazu mit erhöhter Leitfähigkeit durch den Urin, den sie vorher draufgeschüttet hat«, erwiderte Madsen. »Damit hat sie doch eigentlich alle Kriterien für einen tödlichen Schlag erfüllt.«

»Theoretisch schon, und ihre Idee mit der Flüssigkeit war an sich auch sehr gut. Allerdings hat der Täter Latexhandschuhe getragen, wodurch die Flüssigkeit größtenteils abgeperlt sein düfte. Und es stellt sich die Frage, ob die Kabel wirklich richtig tief im Gewebe waren oder ob nicht doch der Handschuh einiges abgefangen hat und die Haut nur minimal verletzt wurde. Was wir auch nicht vergessen dürfen, ist, dass sofort der FI-Schutzschalter rausgeflogen ist. Wie auch immer – der Mann scheint den Stromschlag auf jeden Fall überlebt zu haben, sonst wäre er ja nicht verschwunden. Wir können jedoch durchaus davon ausgehen, dass sich an seiner Hand Brandwunden befinden. Außerdem wird er vermutlich Kammerflimmern haben, und je nachdem, wie viel Strom er tatsächlich abbekommen hat, ist es laut Notarzt nicht unmöglich, dass er auch sogenannte Verkochungen hat, also innere Verbrennungen des Gewebes.«

»Ich wünsch's ihm von Herzen!«, knurrte Madsen.

»Wir werden jedenfalls alle Krankenhäuser und niedergelassenen Ärzte informieren, damit sie sich sofort bei der Polizei melden, wenn ein Patient mit solchen Symptomen erscheint«, überging von Werdenfels Madsens Einwurf souverän und warf einen Blick auf sein elektronisches Notizbuch. »Außerdem befragen wir sämtliche Mieter der Ateliers sowie den Hausverwalter, ob sie uns irgendwas über den Kerl sagen können. Die Kollegen von der Spurensicherung suchen gerade im Keller nach Fingerabdrücken. Der Typ hatte zwar Latexhandschuhe an, aber vielleicht hat er vor dem Anziehen mal ein Treppengeländer oder eine Türklinke mit bloßer Hand angefasst. Ein ganz wichtiges Teil ist das da.«

Von Werdenfels deutete auf die Kamera neben der Toreinfahrt. »Leider haben wir keine Ahnung, wo die Aufnahmen gespeichert werden, weil der Hausverwalter noch nicht hier ist. Aber da müsste ja dann eigentlich das Auto des Täters drauf zu sehen sein.«

»Das Problem ist: So lange können wir nicht warten!«, wandte Dr. Agasiotis ein. »Wenn's dumm läuft, dauert das noch Stunden, und bis dahin ist der Kerl längst über alle Berge. Oder zumindest über die Alpen. Madsen, was meinen Sie dazu? Madsen? Hallo? Hören Sie uns überhaupt zu?«

Aber Kriminalrat Madsen antwortete nicht. Stattdessen starrte er wie gebannt auf einen Tennisball, der wie in Zeitlupe auf seine Füße zurollte und dessen hellgrüner, ausgefranster Filz schmutzig und stellenweise mit weißem Schleim benetzt war.

Im selben Augenblick schallte eine weibliche Stimme von dem Absperrband am Rande der Straße herüber. »Entschuldigen Sie, wären Sie bitte so freundlich, mir den Ball zurückzuwerfen? Ella gibt sonst keine Ruhe.«

Madsen hob den Kopf und erblickte eine attraktive blonde Frau mit einem dunkel gestromten Boxer an der Leine. Der Hund gebärdete sich wie verrückt, und in die Kekse, die ihm die Besitzerin zur Ablenkung reichte, biss er nur einmal kurz hinein, bevor er sie desinteressiert zu Boden fallen ließ und sich wieder so ins Geschirr warf, dass die Frau ihn kaum halten konnte.

»Nun wirf ihr den Ball schon wieder zurück, Mads!«, forderte von Werdenfels Madsen unwirsch auf. »Erstens zieht der Köter die Arme gleich quer durch die Absperrung, und zweitens sollten wir uns auf unseren Fall konzentrieren.«

Doch Madsen verharrte weiterhin wie paralysiert.

»Hey, alles okay?« Dr. Agasiotis tippte Madsen irritiert auf die Schulter. »Was ist denn los mit Ihnen?«

Es dauerte einen Moment, dann drehte Madsen ganz langsam den Kopf, und als er leise zu sprechen begann, klang seine Stimme wie aus einem Grab. »Wir können die Ermittlung an dieser Stelle abbrechen. Ich weiß jetzt, wer die Frauen ermordet und Lissy entführt hat.«

Madsen griff langsam nach dem verdreckten Tennisball zu seinen Füßen und drehte ihn mit einem gequälten Gesichtsausdruck in seiner Hand. »Und wisst ihr, was das Schlimmste ist? Ich habe dem Täter auch noch dabei geholfen!«

***

»Hannes Bokholt?« Dr. Agasiotis schüttelte sein ebenso weises wie weißes Haupt. »Unglaublich! Ich kann es immer noch nicht fassen, dass dieser PC-Freak tatsächlich der Mörder von Barbara Heidemann und Vroni Schreier sein soll.«

»Ich hätte verdammt noch mal früher merken müssen, dass er unser Mann ist.« Madsen schlug in seiner Verzweiflung beide Hände vors Gesicht. »Und dann beziehe ich ihn auch noch mit in die Ermittlungen ein. Ich bin der größte Trottel, der auf der Welt rumläuft!«

»So, jetzt ist's aber gut mit dem Selbstmitleid, Madsen.« Dr. Agasiotis schlug ihm aufmunternd auf die Schulter. Zusammen mit von Werdenfels und Stefan Bertram, dem Leiter der Spurensicherung aus München, saßen sie in Madsens Büro.

»Das Gute ist: Wir wissen jetzt, wer der Mörder ist, und wenn alles glattläuft, dann wird das SEK Bokholt in ein paar Minuten in seinem Büro oder seiner Wohnung überwältigt und festgenommen haben«, fuhr Dr. Agasiotis fort. »Ich weiß, dass Sie gerne dabei gewesen wären, aber Hauptkommissar Rick und seine Jungs bekommen das ebenso gut alleine hin. Mir ist es jetzt wichtiger, dass wir die Beweise gegen ihn festzurren. Und zwar bombenfest! Ich habe keine Lust, dass irgend so ein windiger Rechtsverdreher ihn postwendend wieder auf freiem Fuß hat, nur weil wir unsere Hausaufgaben nicht gemacht haben.«

Mit entschlossener Miene setzte sich der Oberstaatsanwalt gegenüber von Madsen an dessen Schreibtisch, zog einen wertig anmutenden Füller aus einer ebenso wertig anmutenden Lederaktentasche und griff nach einem Blatt Papier.

»Also, was haben wir, das Bokholts Täterschaft beweist? Wollen Sie anfangen, Bertram?«

Der Leiter der Spurensicherung nickte. »Gerne! Mein Team ist zwar sicherlich noch die ganze Nacht auf dem Aukio-Gelände zugange, aber wir haben trotzdem schon eine ganze Menge gefunden. In einem der Gänge gibt es zum Beispiel einen kleinen Aufenthaltsraum, keine acht Quadratmeter groß und mit einer dicken Stahltür gesichert. Den passenden Schlüssel haben wir an dem Bund gefunden, den Frau Berghammer Bokholt abgenommen hat, also darf man getrost davon ausgehen, dass er ihn für seine Zwecke benutzt hat. Der Raum scheint so eine Art Notquartier und Umkleidezimmer zu sein. Er ist spartanisch, aber dennoch mit dem Nötigsten ausgestattet. Bett, Waschgelegenheit, ein kleiner Tisch, ein altes Wandtelefon und ein Stahlschrank, in dem wir zwei Latexanzüge und eine Box mit Handschuhen gefunden haben. Bokholt war offensichtlich extrem vorsichtig, was Fingerabdrücke angeht, allerdings lässt es sich auch bei aller Vorsicht nicht vermeiden, dass bei der Nutzung eines Raums irgendwo Partikel von Kleidung, Haut oder Haaren hängen bleiben. Wir werden diese Partikel finden und können dann einen genetischen Fingerabdruck erstellen, der Bokholt eindeutig überführt.«

»Zumindest insofern überführt, als er den Raum benutzt hat. Das alleine ist ja noch keine Straftat«, erwiderte Dr. Agasiotis mit einem Anflug von Frustration in der Stimme. »Wie sieht es mit dem Bunker aus, in dem die Frauen gefangen gehalten und vielleicht auch getötet wurden?«

»Ein Eldorado an Spuren!«, antwortete Bertram und warf einen Blick in seine Aufzeichnungen. »Allerdings bisher nur an Spuren der Opfer. Wir haben einen Fingernagel gefunden, Blutspuren, Reste von Exkrementen und so weiter. Es scheint, dass unsere beiden Frauen nicht die ersten Opfer waren – genauer werden wir das nach den DNA-Auswertungen wissen. Sollten wir in diesem Keller auch Hinterlassenschaften von Bokholt finden, ließe sich unzweifelhaft ein direkter Zusammenhang zwischen ihm und den Opfern nachweisen.«

»Na also, das sind doch schon mal positive Nachrichten.« Dr. Agasiotis nickte zufrieden und notierte sich ein paar Stichworte. »Vielen Dank, Herr Bertram, und ein dickes Kompliment an Sie und Ihr Team!«

»Danke, werde ich ausrichten«, erwiderte Bertram und wandte sich an Madsen. »Aber wenn ich bei der Gelegenheit auch mal eine Frage stellen dürfte: Mads, wie zum Teufel bist du da draußen im Wald so plötzlich auf Bokholt als Täter gekommen? Als ich dich das letzte Mal gesehen habe, hast du auf einer Streugutkiste gesessen und einen Tennisball in der Hand gehabt. Habe ich danach irgendwas verpasst?«

»Nein, haben Sie nicht«, antwortete Dr. Agasiotis anstelle des Angesprochenen. »Der Ball war tatsächlich das Ausschlaggebende.«

Bertram blickte den Oberstaatsanwalt verwirrt an. »Entschuldigen Sie bitte, aber das verstehe ich jetzt nicht.«

»Klingt zugegebenermaßen auch etwas kryptisch«, gestand Dr. Agasiotis mit einem verschmitzten Lächeln. »Los, Madsen, erklären Sie dem Kollegen Bertram Ihr kriminalistisches Meisterstück.«

»Na ja, eigentlich war es mehr ein Déjà-vu«, begann Madsen und kaute in Ermangelung einer Zigarette auf dem Schaft eines Kugelschreibers herum. »In dem Moment, in dem ich den verschleimten Ball gesehen und mitbekommen hab, wie der Boxer die Hundekekse von seinem Frauchen nur angefressen und dann fallen gelassen hat, ist mir schlagartig eingefallen, dass ich genau das – einen versifften Tennisball und angefressene Kekse – schon mal gesehen hatte. Und zwar in Bokholts Büro. Das heißt, er hat auch einen Hund und vielleicht ja sogar einen Schäferhund. Daraufhin hab ich mein Treffen mit ihm noch mal gedanklich Revue passieren lassen, und dabei fiel mir dann plötzlich ein Detail aus unserem Gespräch ein, das für die Lösung des Falles entscheidend war – und das ich bis dahin überhaupt nicht beachtet hatte. Dafür könnte ich mir jetzt noch in den Arsch beißen!«

»Und was war das für ein Detail?«, erkundigte sich Bertram gebannt.

»Bokholt fragte mich, wie Lissy sich in diesem Erotikforum genannt hat.«

»Ja und?« Der Leiter der Spurensicherung zuckte irritiert mit den Schultern. »Das muss er doch wissen! Wie soll er denn sonst den richtigen Chat zwischen ihr und diesem Giacomo6262 hacken?«

»Na, siehst du, Mads!«, mischte sich von Werdenfels in den Dialog ein. »Die Sache ist nicht so offensichtlich, dass man es gleich bemerken müsste – also kein Grund, dich die ganze Zeit selbst zu zerfleischen.«

»Oh doch, das ist es!« Madsen stützte seinen Kopf auf die Hände und seufzte tief. »Stefan muss das auch nicht sofort auffallen. Erstens war er bei dem Gespräch nicht dabei, und zweitens ist er Spurensicherer – er hat ganz andere Aufgaben und Kompetenzen. Aber ich als Ermittlungsleiter hätte das sofort merken müssen!«

»Ja was denn, in drei Teufels Namen?« Bertram schlug verärgert mit der flachen Hand auf die Fensterbank. »Kann mir jetzt endlich mal jemand sagen, was daran so verdächtig ist?«

»Dass Bokholt bereits wusste, das Lissy ebenfalls in diesem LakeLove-Forum ist.« Dr. Agasiotis' Stimme klang ruhig und gelassen. Sollte er der Meinung sein, dass Madsen sich eine entscheidende Nachlässigkeit hatte zuschulden kommen lassen, verbarg er dies geschickt – zumindest zum aktuellen Zeitpunkt. »Der Kollege Madsen hatte Bokholt zu Beginn des Gesprächs lediglich mitgeteilt, dass es um die Überprüfung eines Mordverdächtigen mit dem Nickname Giacomo6262 in einem Erotikforum ging und dass Lissy Berghammer entführt worden sei. Dass Frau Berghammer ebenfalls in diesem Forum war und dort per Chat Kontakt mit dem Entführer aufgenommen hatte, hat er Bokholt gegenüber nie erwähnt – der konnte das also überhaupt nicht wissen.«

»Es sei denn, er selbst war der Täter, was mir aber in meiner Erregung und dem unbändigen Willen, Lissy lebend zu finden, nicht aufgefallen ist!« Madsens Stimme war der Verzweiflung nah. »Ich war so darauf fixiert, Informationen über diesen Giacomo6262 zu bekommen, dass ich diesen Riesenfehler von Bokholt überhaupt nicht registriert habe. Hätte ich ihn früher bemerkt, hätten wir Lissy deutlich schneller – und vor allem unverletzt – befreien können.«

»Hätte der Hund nicht geschissen, hätte er den frühen Vogel gefangen!«, kommentierte von Werdenfels Madsens Selbstvorwurf mit der ihm eigenen linguistischen Kreativität. »Hauptsache ist, dass du überhaupt noch drauf gekommen bist, denn sonst säßen wir immer noch ohne einen konkreten Verdacht da.«

»Sehr anständig von Ihnen, Ihren Chef zu verteidigen, Kommissar von Werdenfels«, ergriff Dr. Agasiotis nun wieder das Wort und blickte Madsen dabei streng an. »Ich gebe Ihnen diesbezüglich bis zu einem gewissen Grad auch recht. Allerdings ist da ja noch ein ganz anderes Thema, über das man leider nicht so einfach hinwegsehen kann. Nicht nur, dass Sie eigenmächtig und ohne vorherige Absprache auf Bokholts Unterstützung zurückgegriffen haben – Sie haben ihm dadurch auch noch wichtige Informationen zum Stand unserer Ermittlungen mitgeteilt.«

»Bitte entschuldigen Sie, dass ich widerspreche«, meldete sich Bertram zu Wort. »Ich kenne Mads zwar erst seit einem guten halben Jahr, Herr Oberstaatsanwalt, aber ich glaube, wir beide sind uns einig, dass er ein außerordentlich guter Polizist ist. Ich kann mir beim besten Willen nicht vorstellen, dass er so blöd war, Bokholt über unsere Ermittlungen zu informieren. Er kriegt doch hier schon kaum die Zähne auseinander!«

»Danke für deine Unterstützung.« Madsen nickte ihm mit einem freudlosen Lächeln zu. »Aber Dr. Agasiotis hat leider recht. Ich habe Bokholt in meiner Naivität mit allen Informationen versorgt, die er brauchte. Zwar nicht mündlich, dafür aber virtuell.«

»Lissy Berghammer hat Mads' Laptop vor Kurzem zu Bokholt gebracht, damit der ihn fit macht«, beeilte sich von Werdenfels zu erklären, als er Bertrams ratlosen Blick bemerkte. »Und während der Ermittlungen haben Mads und Lissy per Smartphone kommuniziert. Sie hat ihm zum Beispiel ein Bild von Konny Oswald für unsere Zeugenbefragungen gemailt, und er hat ihr per Mail vor dem Einsatz in der ›LagoLounge‹ viel Glück gewünscht.«

»Ich werd verrückt!« Bertram schlug sich mit der flachen Hand vor die Stirn. »Bitte, Mads, sag mir jetzt nicht, dass du deine Mails per IMAP abrufst!«

»Mensch, ich hab doch keine Ahnung von Computertechnik!«, fuhr Madsen ihn an. »Den Rechner hat mir damals ein Hamburger Kollege eingerichtet. Ich habe von diesem IMAP-Scheiß noch nie im Leben gehört!«

»Es verlangt auch weiß Gott keiner von Ihnen, dass Sie profunde Kenntnisse über die verschiedenen E-Mail-Nutzungssysteme haben!«, wies Dr. Agasiotis den erregten Madsen zurecht. »Aber selbst als Laie müssen Sie doch wissen, dass jede Nachricht, die Sie auf Ihrem Smartphone erhalten, auch auf dem Mailaccount Ihres PCs aufläuft. Und wenn der sich in den Händen eines Außenstehenden oder – wie in unserem Fall – sogar in denen des Täters befindet …«

»… dann wird der ganz bequem via Mail über unsere Ermittlungen informiert und kann entsprechend agieren. Zum Beispiel dir mit ganz viel Quellcode-Simsalabim Oswald als vermeintlichen Täter präsentieren.« Bertram schüttelte ungläubig den Kopf. »In dem Fall, Mads, muss ich Dr. Agasiotis leider recht geben: Die Nummer hast du verkackt! Und zwar mit Glanz und Gloria!«

Madsen nickte gequält. Ihm war durchaus bewusst, dass die Vorwürfe absolut berechtigt waren, und auch wenn von Werdenfels ihn mit partnerschaftlicher Loyalität verteidigte, musste selbst ihm bei differenzierter Betrachtung klar sein, dass Madsen eine Reihe von Fehlern unterlaufen waren, die in dieser Form für einen Polizisten seines Ranges und seiner Erfahrung völlig inakzeptabel waren.

»Wie gesagt: Um Ursache und Wirkung kümmern wir uns später in Ruhe.« Die energische Stimme des Oberstaatsanwalts unterbrach Madsens selbstkritische Gedankengänge. »Was haben wir noch, womit wir die Täterschaft Bokholts beweisen können? Ich meine, außer der Tatsache, dass Lissy Berghammer glaubt, seine Stimme erkannt zu haben. Von Werdenfels, Sie haben sich doch gerade mit seiner Historie beschäftigt. Ist dabei etwas Interessantes herausgekommen?«

Von Werdenfels nickte, während er seine Aufzeichnungen zurate zog und diese anschließend vortrug wie ein Lateinlehrer das Plusquamperfekt von »vincere«.

»Ich hatte natürlich nur wenig Zeit, deshalb ist das jetzt auch nur eine oberflächliche Kurzrecherche. Trotzdem dürfte das Ergebnis im Hinblick auf die Taten schon mal vieles erklären.«

Von Werdenfels legte eine kurze dramaturgische Pause ein, doch Dr. Agasiotis fehlte jede Geduld für solche didaktischen Spielereien. Mit einer energischen Handbewegung forderte er von Werdenfels zum Weitersprechen auf, worauf dieser umgehend wieder das Wort ergriff.

»Entschuldigung! Also, Hannes Bokholt stammt aus einer wohlhabenden Starnberger Familie. Seine Eltern haben in den achtziger Jahren ein Modelabel gegründet, es mit viel Gewinn verkauft und sich anschließend auf die Förderung von Startups im Modeumfeld konzentriert. In der Starnberger Gesellschaft war das Ehepaar Bokholt eine relativ große Nummer, und entsprechend groß war auch das Aufsehen, als das Paar sich vor etwa einem halben Jahr getrennt hat. Wobei ›sich getrennt hat‹ vielleicht der falsche Ausdruck ist, weil es eine gewisse Einvernehmlichkeit suggeriert – in Wirklichkeit war es Bokholts Vater, der sich eine Münchner Schauspielerin geangelt und seine Frau verlassen hat. Ging damals wochenlang durch die Presse und war ein gefundenes Fressen für die hiesige High Society.«

»Ich erinnere mich vage«, brummte Dr. Agasiotis. »Aber ich bilde mir ein, vor gar nicht allzu langer Zeit noch mal irgendetwas über die Familie gelesen zu haben.«

»›Irgendetwas‹ ist gut«, erwiderte von Werdenfels ironisch. »Die Mutter von Hannes Bokholt hat sich vor rund vier Wochen in einem Waldstück in der Nähe von Weilheim aufgehängt. Offensichtlich hat sie die Trennung von ihrem Mann nicht verkraftet.«

»Stimmt! Bokholt hat während meines Besuches was von einem familiären Todesfall erzählt.« Madsen knabberte nervös an seinem Daumennagel. »Ich habe allerdings nicht weiter nachgefragt, weil ich ihn nicht von seiner Computerarbeit ablenken wollte.«

»Okay, das war ohne Zweifel tragisch für die arme Frau. Aber was hat das jetzt mit Hannes Bokholt zu tun?«, erkundigte sich Bertram. »Ich dachte, wir suchen Schuldbeweise in unserem aktuellen Fall – und kümmern uns nicht um vergangene Selbstmorde.«

»Sollten wir aber, denn ich bin mir sicher, dass beides viel miteinander zu tun hat«, widersprach von Werdenfels. »Bokholt ist ein Einzelkind, und er hatte immer eine extrem enge Beziehung zu seiner Mutter. Aus diesem Grund hat es ihn auch ziemlich aus der Bahn geworfen, als sie sich umgebracht hat. Offensichtlich hat er einen Schuldigen für den Suizid gesucht, und –«

»Aber der Schuldige ist doch ganz eindeutig der Vater!«, unterbrach Madsen irritiert. »Dann hätte er den entführen und töten müssen.«

»Hat er aber nicht – warum auch immer.« Von Werdenfels zuckte mit den Schultern. »Vielleicht war der ihm zu stark, zu dominant oder auch zu nahe. Das müssen die Psychologen später in Ruhe eruieren. Fakt ist, dass er sich einen adäquaten Ersatz für seine Rache gesucht hat. Schaut euch mal dieses Zeitungsfoto von Bokholt senior und seiner neuen Geliebten an!«

Von Werdenfels tippte auf sein Smartphone und präsentierte den Kollegen die vergrößerte Abbildung eines Paares, aufgenommen auf irgendeiner der unzähligen Münchner roten Teppiche.

»Ich werd verrückt!«, entfuhr es Madsen, und auch Bertram und Dr. Agasiotis rissen erstaunt die Augen auf.

Die Frau an der Seite von Hannes Bokholts Vater war groß, blond und hatte weibliche Formen. Hätten die Anwesenden es nicht besser gewusst, hätte man die Dame aufgrund ihrer optischen Ähnlichkeit für eine Schwester von Barbara Heidemann, Vroni Schreier oder Lissy Berghammer halten können.

»Ja, leck mich doch am Arsch! Bokholt hat sich also in übertragener Form an der Freundin seines Vaters gerächt!« Bertram schüttelte ungläubig den Kopf. »Wie armselig ist das denn? Anstatt seinem Vater ordentlich die Fresse zu polieren oder dessen Freundin den Arsch zu versohlen, schnappt der kleine feige Scheißer sich irgendwelche unschuldige Frauen, die das Pech haben, so auszusehen wie die Gespielin seines Vaters, und bringt die um. So was Beklopptes habe ich auch noch nie gehört!«

»Und der Irrsinn geht noch weiter.« Von Werdenfels scrollte ein paar Bilder weiter. »Seht euch mal das Bild seiner Mutter an! Fällt euch etwas an ihr auf?«

Madsen, Bertram und Dr. Agasiotis begutachteten interessiert die Aufnahme der schlanken dunkelhaarigen Frau. Sie war etwa Anfang fünfzig, trug ein anthrazitfarbenes, perfekt sitzendes Kostüm und hatte die Haare zu einem Zopf nach hinten gebunden. Ihre Mimik war ernst, aber dennoch sympathisch, und ihr gesamter Habitus strahlte Eleganz und Würde aus. Ein Eindruck, der noch unterstrichen wurde durch das unauffällige, aber hochwertige Schmuckstück, das die Frau um den Hals trug.

»Die Perlenkette!«, riefen Madsen und Bertram fast zeitgleich.

Von Werdenfels nickte anerkennend. »Exakt! Ich habe auf die Schnelle ungefähr zwanzig Fotos von Bokholts Mutter gefunden – und auf allen trägt sie diese Perlenkette. Wir können also davon ausgehen, dass es eine Art Huldigung seiner Mutter war, den Opfern die Kette umzulegen.«

»Oder ein makabrer Gruß an sie«, ergänzte Dr. Agasiotis grübelnd. »Auf jeden Fall erklärt das die ständige Verwendung dieses Schmuckstücks während der Taten. Der Kerl war offenbar wirklich krankhaft auf seine Mutter fixiert.«

»Wofür im Nachhinein auch sein Nickname Giacomo6262 steht!« Trotz seiner sonst so zurückhaltenden Art schien von Werdenfels vor Stolz fast zu platzen, als er abermals auf seinem Smartphone herumtippte und eine Website aufrief. »Mir hat die ›6262‹ keine Ruhe gelassen. Nachdem ich von seiner Mutterfixierung wusste, hatte ich plötzlich die Idee, mir den Namen noch mal unter Vanity-Gesichtspunkten anzuschauen.«

»Unter was bitte?« Madsen warf den inzwischen komplett zerkauten Kugelschreiber genervt auf den Tisch. »Was zum Teufel bedeutet denn jetzt schon wieder ›Vanity‹? Sag mal, gibt es eigentlich noch irgendeinen aktuellen Begriff, der auf Deutsch ist? Und den ich vielleicht auch mal verstehe?«

»Vanity-Rufnummern sind Telefonnummern, bei denen die Zahlen durch sinnhafte Buchstabenfolgen dargestellt werden«, erklärte von Werdenfels geduldig. »Man kennt das zum Beispiel von Service- oder Hotlinenummern. Damit die Kunden sich keine komplizierten Zahlenkombinationen merken müssen, wird statt einer Nummer ein Wort genannt. So kann man sich zum Beispiel 0800 SERVICE viel besser merken als 0800 7378423.«

»So ein Quatsch!«, protestierte Madsen aufgebracht. »Und wie bitte soll ich ›SERVICE‹ tippen? Ich weiß nicht, was du für ein Handy hast, aber mein Telefon hat zum Glück immer noch Zahlen zum Wählen!«

»Da liegst du leider falsch, lieber Mads!« Von Werdenfels grinste amüsiert. »Es sei denn, du hättest ein Handy mit Wählscheibe. Ansonsten findest du auch auf deiner Tastatur drei Buchstaben unter jeder Zahl – außer der ›1‹ und der ›0‹.«

»Und was hat Ihre Vanity-Untersuchung nun ergeben?«, erkundigte sich Dr. Agasiotis ungeduldig, während Madsen ungläubig den Ziffernblock auf seinem Handy beäugte.

»Nun, die Zahlenfolge ›6262‹ erklärt sich recht eindeutig, wenn man sie in einen Vanity-Konverter eingibt.« Von Werdenfels streckte seinen Kollegen zum dritten Mal sein Smartphone entgegen. Als die Anwesenden die Buchstabenkombination auf dem Display sahen, stöhnten sie laut auf.

Bokholt hatte seine Mutterliebe in aller Konsequenz durchgezogen.

6262.

MAMA.

***

Hannes Bokholt hasste es, wenn sich die Dinge überschlugen.

Sein Verhalten war üblicherweise wohlüberlegt, jedem seiner Schritte ging eine gründliche Planung voraus, und mögliche Komplikationen wurden im Vorfeld gewissenhaft analysiert und durch entsprechende Alternativpläne abgesichert. Es war wie bei einem Computer – in kürzester Zeit spielte sein Gehirn eine Unmenge alternativer Szenarien durch und pflegte anschließend eine Lösung auszuspucken, mit der sich die jeweilige Situation optimal bewältigen ließ.

Allerdings benötigte er dafür Ruhe, und genau die hatte er nun definitiv nicht mehr – ein Zustand, der ihm ganz entschieden missfiel.

Natürlich war er sich dessen stets bewusst gewesen, dass die Polizei ihm früher oder später auf die Schliche kommen musste – im Grunde entsprach das und die anschließend zu erwartende mediale Berichterstattung ja auch seiner ursprünglichen Intention. Doch dass die Schlinge sich nun so schnell zuzog, hatte er nicht erwartet. Allerdings galt es auch zu konstatieren, dass er sich inzwischen einer beachtlichen Anzahl von Gegnern gegenübersah.

Das war ihm spätestens in dem Moment klar geworden, in dem er auf seiner Flucht im Kerschlacher Forst die entgegenkommende Fahrzeugkolonne passiert hatte. Obwohl seine Wahrnehmungsfähigkeit immer noch durch die Folgen des schmerzhaften Stromschlags beeinträchtigt war, hatte er

Madsen sofort erkannt. Der Kriminalrat war mit animalisch verzerrter Miene und lebensverachtender Geschwindigkeit auf seinem chromblitzenden Motorrad vorneweg gefahren, gefolgt von mehreren Streifenwagen mit Blaulicht sowie einer Armada schwarzer Fahrzeuge, die vermutlich mit irgendwelchen Sondereinheiten besetzt gewesen waren.

Eine brenzlige Situation – schließlich hätte er bei einer Fahrzeugkontrolle nur schwerlich Latexanzug, Brandverletzung oder die zerrissene Perlenkette in seiner Tasche erklären können. Doch Gott sei Dank schien die Polizei einfach nur schnellstmöglich zum Aukio-Gelände gelangen zu wollen. Wahrscheinlich hatte Lissy Berghammer es nach ihrer Flucht aus dem Keller irgendwie geschafft, ein Telefon zu finden und die Polizei zu verständigen.

Bei dem Gedanken an Lissy ballte er wutentbrannt die Fäuste.

Diese verdammte Schlampe.

Hatte mehr Glück als Verstand gehabt.

Eigentlich hätte sie längst tot sein sollen, schließlich war er schon in aller Herrgottsfrühe im Keller des alten Warnamtes gewesen, um die entsprechenden Vorkehrungen zu treffen. Doch dann hatte ihn – dank seiner technisch ausgeklügelten Rufumleitung – auf einem der alten Wandtelefone der Anruf von Kriminalrat Madsen erreicht, in dem er ihn händeringend um fachliche Unterstützung gebeten hatte. Eine Chance, die er sich einfach nicht hatte entgehen lassen können, bot sie ihm doch die unerwartete Gelegenheit, sowohl den aktuellen Ermittlungsstand aus erster Hand zu erfahren als auch diesen Konny Oswald als Verdächtigen ins Fadenkreuz der Ermittler zu platzieren.

Und ursprünglich war ja auch alles nach Plan gelaufen.

Madsen war nach der Nennung von Oswalds Namen wie von der Tarantel gestochen Richtung Seeshaupt gerast, wohingegen er selbst nun alle Zeit der Welt hatte, sich mit der entsprechenden Muße seiner Gefangenen zu widmen.

Doch dann hatten sich die Ereignisse plötzlich überschlagen, und der verdammten Lissy war es irgendwie gelungen, ihn vorübergehend außer Gefecht zu setzen und zu fliehen. Da ihr in dem verzweigten Ganggeflecht des Kellers eine Unmenge von Versteckmöglichkeiten zur Verfügung standen, hatte er es als wenig zielführend erachtet, sie zu suchen. Stattdessen war er zu seinem Auto geeilt und hatte das Warnamtsareal so schnell wie möglich verlassen – ein Entschluss, der sich als goldrichtig erwiesen hatte, denn keine fünf Minuten später wäre er der gesamten Polizeitruppe in die Arme gelaufen.

Die Frage war nur: Wie ging es jetzt weiter?

Wussten die Ermittler über seine Täterschaft Bescheid? Hatte Lissy seine Stimme erkannt, als er in seinem Schmerz vergessen hatte, sie zu verstellen? Oder war Madsen bereits dahintergekommen, dass er ihn mit der Nennung von Oswalds Namen bewusst auf eine falsche Fährte gelockt hatte? Und was war mit seiner DNA in dem Kellerraum? Er war zwar polizeilich noch nicht erfasst, aber es dürfte nur eine Frage der Zeit sein, wann auch er im Rahmen eines DNA-Abgleichs zur Abgabe einer Speichelprobe aufgefordert würde.

Mit einer fahrigen Bewegung wischte er sich den Schweiß von der Stirn und verzog das Gesicht, als die salzige Flüssigkeit in seine Brandwunde geriet.

Diese verdammte Verletzung!

Dieses verdammte Miststück!

Dieser verdammte Kriminalrat!

Fluchend und ungeachtet der schmerzenden Wunde fischte Bokholt aus dem Handschuhfach seines Wagens eine Packung Tabak, öffnete sie während der Fahrt mit einer Hand und entnahm ihr einen vorgedrehten Joint, den er sich eigentlich als postmortale Belohnung hatte gönnen wollen. Nach ein paar tiefen, genussvollen Zügen legte sich seine Anspannung, und er sah sich wieder in der Lage, klare Gedanken zu fassen.

Die Gefahr, dass die Polizei ihn in seinem Büro oder seiner Wohnung bereits erwartete, war zu groß, um dorthin zurückzukehren. Das bedeutete zwar, dass er seinen Schäferhund zurücklassen musste, aber ein Bekannter im Tierheim Starnberg hatte versprochen, sich des Tieres bei einem wie auch immer gearteten Notfall anzunehmen, bis Bokholt seinen vierbeinigen Liebling wieder zu sich zurückholen konnte.

Zunächst einmal galt es aber, sich des Zugriffs der Polizei zu entziehen. Eine Flucht ins Ausland war zum jetzigen Zeitpunkt keine Option, denn sollten die Ermittler wissen, dass er der Täter war, dürfte sein Name bereits in jedem Computer von Flughafen-, Bahn- und Grenzpolizei gespeichert sein. Ihm blieb demnach nur die Möglichkeit, sich irgendwo zu verstecken, bis der erste Staub sich gelegt und er genauere Informationen über den aktuellen Ermittlungsstand hatte.

Zum Glück war er ein Mensch mit Weitblick.

Und hatte für diesen Fall vorgesorgt.

✳✳✳

»Dieser Hurensohn!« Madsen schlug mit der Faust so fest auf den Tisch, dass die Haut aufplatzte. »Bokholt muss geahnt haben, dass wir wissen, dass er der Täter ist. Dieser verdammte Dreckskerl ist uns immer einen Schritt voraus!«

»Das liegt vielleicht daran, dass –«

»Nein! Diesmal hat's definitiv nichts mit meinen Mails zu tun!« Madsen funkelte von Werdenfels wütend an. Dass er sich dabei das Blut vom Finger leckte, verlieh seinem Auftreten eine gewisse Bedrohlichkeit. »Ich habe kein einziges Wort über einen Verdacht gegen ihn geschrieben. Und weißt du auch, warum? Weil ich keine einzige Sekunde über ihn als Täter nachgedacht habe!«

Von Werdenfels hob beschwichtigend die Hände. »Ganz ruhig, Mads. Das meinte ich doch gar nicht. Ich wollte sagen, dass es vielleicht daran liegt, dass er ein extrem analytisch denkender Mensch ist. Vergiss nicht: Er ist ein Computer-Nerd, und diese Typen ticken in der Regel etwas anders als der gemeine

Durchschnittsbürger. Ich wette, Bokholt hatte nicht nur einen Plan B, sondern auch einen Plan C und D.«

»Nun, dann wird es höchste Zeit, dass wir endlich auch einen Alternativplan entwickeln«, sagte Dr. Agasiotis.

Die drei Männer saßen im Konferenzraum des Polizeireviers, vor ihnen auf dem Tisch eine Unmenge von Fotos, Ausdrucken, Landkarten und Notizen, dazu drei aufgeweichte Schachteln mit Pizzaresten und halb volle Colaflaschen. Nachdem Hauptkommissar Rick sie darüber informiert hatte, dass Bokholts Büro verwaist war und in seiner Wohnung lediglich dessen Schäferhund aufgefunden worden war, waren sie noch einmal sämtliche bisher vorliegenden Ermittlungsergebnisse durchgegangen in der Hoffnung, dass sich daraus irgendwelche Hinweise auf einen möglichen Aufenthaltsort des Flüchtigen ergaben.

Doch das Ergebnis war niederschmetternd.

Sosehr sich Madsen, von Werdenfels und Dr. Agasiotis auch bemühten – es ließ sich einfach keine Spur zu einem potenziellen Versteck finden, und auch die parallel durchgeführte Computerrecherche der LKA-Kollegen hatte bis dato keinerlei neue Erkenntnisse gebracht. Der Verdacht, es könne Bokholt eventuell zu seinem Vater ziehen, um sich nun doch an ihm persönlich für den Suizid seiner Mutter zu rächen, hatte sich rasch zerschlagen: Bokholt senior befand sich mit seiner Geliebten auf einer mehrmonatigen Karibikkreuzfahrt. Auch das Haus der Mutter war eine der angedachten Optionen – zumindest, bis sich herausstellte, dass es unmittelbar nach deren Tod abgerissen und das Grundstück für den Bau eines Mehrfamilienhauses verkauft worden war. Eine Partnerin oder einen Partner hatte Bokholt nach aktuellem Kenntnisstand nicht, und weitere Büroräume seiner Computerfirma schien es ebenfalls nicht zu geben. So frustrierend es auch war: Die Ermittler mussten sich eingestehen, dass sie, was Bokholts Aufenthaltsort anging, völlig im Dunkeln tappten.

»Madsen, Sie sind der Einzige, der persönlich mit Bokholt

gesprochen hat – außer Frau Berghammer, die ihn ja zudem auch noch von früher kennt. Allerdings wird die gerade im Krankenhaus durchgecheckt, sodass wir sie erst später befragen können. Denken Sie noch mal ganz gründlich nach. Hat er vielleicht nicht doch irgendwas Zielführendes erwähnt, als Sie bei ihm waren?« Dr. Agasiotis blickte Madsen auffordernd an. »Einen Platz, an dem er gerne ist. Einen Urlaubsort. Ein Hobby. Oder hat in seinem Büro irgendwas an den Wänden gehangen, was uns weiterhelfen könnte? Eine Postkarte, irgendwelche Tickets, Fotos von Berghütten, Poster, Katalo–«

»Stopp!« Kriminalrat Madsen war aufgesprungen, als hätte man ihm eine stricknadelgroße Injektion verpasst. »Kein einziges Wort mehr!«

Dr. Agasiotis verstummte und warf von Werdenfels einen verdatterten Blick zu. Der zuckte ebenfalls ratlos mit den Schultern und beobachtete irritiert, wie Madsen im Zimmer hin und her wanderte, mit beiden Händen die Schläfen knetend und dabei halblaut irgendwelche wirren Satzfragmente vor sich hin murmelnd. Es hatte den Anschein, als wäre Madsen plötzlich von einem Dämon besessen. Während von Werdenfels bereits mit dem Gedanken spielte, statt nach dem Täter vielleicht besser nach einem Exorzisten zu suchen, riss Madsen plötzlich mit einem triumphierenden Schrei die Arme in die Luft.

»Ich werd verrückt! Ich glaub, ich weiß, wo Bokholt ist!«

Dr. Agasiotis schüttelte verwirrt den Kopf. »Wie … ich meine, woher …?«

»Sie haben gerade selbst das Stichwort genannt!« Madsen stürmte auf Dr. Agasiotis zu und schlug dem verdutzten Oberstaatsanwalt ungestüm auf die Schulter. »Sie sind ein verdammtes Genie, Doktor! Wenn's nach mir ginge, müsste der gesamte Planet Hymnen auf Sie singen!«

»Um Himmels willen, bloß nicht.« Dr. Agasiotis rieb sich die schmerzende Schulter. »Aber wären Sie vielleicht so freundlich, Kommissar von Werdenfels und mich aufzuklären, wo Bokholt sich nun Ihrer Meinung nach befindet?«

»Natürlich!« Madsen griff nach einer Flasche Cola, setzte sie an den Hals und leerte sie in einem Zug. Anschließend stieß er laut und vernehmlich auf. »Verzeihung, das ist die Aufregung. Also, Sie erwähnten gerade Fotos von Berghütten. So was hatte Bokholt nicht in seinem Büro hängen, aber bei dem Begriff ›Hütte‹ hat's irgendwo in meinem Hinterstübchen geklingelt. Und dann fiel's mir auf einmal wieder ein: Lissy hat mir vor ein paar Tagen beim morgendlichen Joggen erzählt, dass Bokholt eine Bootshütte hat, in der er zu Schulzeiten regelmäßig Partys veranstaltet hat. Irgendwo in Feldafing. Max, könntest du bitte …?«

»Schon unterwegs!« Von Werdenfels sprang auf und eilte zur Tür. »Gib mir zwei Minuten, dann haben wir die Adresse.«

Madsen klatschte zufrieden in die Hände. »Perfekt! Und wenn du die Adresse hast, funk bitte Schmidthuber und Zirngibl an! Die beiden sind doch noch im Kerschlacher Forst?«

Von Werdenfels nickte.

»Sehr gut! Dann sind die schneller in Feldafing als wir und Hauptkommissar Rick mit seinen Männern. Sag ihnen, sie sollen schon mal die Lage sondieren und schauen, ob sie irgendeinen Hinweis auf Bokholt entdecken. Aber Max …«, Madsen hob warnend den Finger, »… sag ihnen bitte auch, dass sie um Himmels willen noch nichts unternehmen sollen. Sie sollen einfach nur in Deckung bleiben, beobachten und auf uns warten. Und jetzt schwirr ab! Du hast genau hundertzwanzig Sekunden – dann will ich die Adresse der Bootshütte auf dem Tisch liegen haben, verstanden?«

Von Werdenfels deutete einen militärischen Gruß an und verschwand durch die Tür. Die Tatsache, dass eigentlich er derjenige war, der die Ermittlungen hätte leiten sollen, kam ihm dabei gar nicht in den Sinn.

Es gab einfach Menschen, die strahlten eine natürliche Autorität aus. Und Kriminalrat Madsen war einer von ihnen.

SIEBZEHN

Polizeimeister Zirngibl schlug sich genervt mit der flachen Hand auf den Nacken. Diese verdammten Mücken saugten ihm bei lebendigem Leibe das Blut aus dem Körper. Außerdem liefen ihm ständig kleine Spinnen über den Hals und versuchten, unter den Kragen seiner Uniform zu gelangen. Und als wäre all das noch nicht ärgerlich genug, war die aufgeweichte Semmel, die er sich als Notproviant an einer Tankstelle gekauft hatte, auch noch vegetarisch belegt.

»Gott, schmeckt das scheiße!«, brummte Zirngibl, nachdem er mit angewiderter Miene abgebissen hatte. »Jetzt kapier ich auch, warum es ›dahinvegetieren‹ heißt und nicht ›dahinschnitzeln‹!«

Missmutig fluchend bewegte Zirngibl sich in seinem Versteck hin und her und versuchte, seinen verspannten Körper in eine ansatzweise erträgliche Position zu manövrieren. Eine Objektüberwachung mitten im verwachsenen Dickicht des Starnberger-See-Ufers war aus orthopädischer Sicht wahrlich kein Vergnügen, wenngleich sein Versteck den großen Vorteil hatte, freien Blick auf den Hauptweg sowie den davon abzweigenden Trampelpfad zu Bokholts Hütte zu bieten.

Wenn nur diese Krabbelviecher nicht so nerven würden!

Er spielte kurzzeitig mit dem Gedanken, seinen Partner Schmidthuber zu fragen, ob der sich mit den gleichen Problemen konfrontiert sah, doch um ihre Tarnung nicht durch knarzende Übertragungsgeräusche zu verraten, hatten sie im Vorfeld absolute Funkstille vereinbart.

Schmidthuber hatte für den Fall, dass Bokholt sich aus Richtung Possenhofen nähern sollte, irgendwo auf der anderen Seite der Hütte Stellung bezogen. Zirngibl selbst überwachte den Weg aus und in Richtung Feldafing, und da sich keine hundert Meter südlich von ihm eine Bootswerft mit Zufahrtsmöglichkeit und Parkgelegenheiten befand, hielt er eine Annäherung Bokholts von dieser Seite aus auch für wesentlich wahrscheinlicher.

Die Hütte lag etwa dreißig Meter vor ihm, und wie sämtliche benachbarte Bootshäuser konnte auch dieses nur über einen Holzsteg erreicht werden. Die meisten dieser Stege waren mit Gittertüren versehen, um das Betreten durch Unbefugte zu verhindern, und auch Bokholts Hütte war auf diese Art gesichert – nur mit dem Unterschied, dass der das Metalltor an den Rändern zusätzlich mit mehreren Lagen Stacheldraht verstärkt hatte. Dieses Hindernis machte es ohne den entsprechenden Schlüssel unmöglich, die auf Stelzen stehende Holzhütte trockenen Fußes zu erreichen. Lediglich durchs Wasser watend oder schwimmend hätte man sich ihr nähern können.

Allerdings verspürte Zirngibl dazu nicht die geringste Lust, und weil von Werdenfels ihn am Telefon ausdrücklich dazu aufgefordert hatte, nichts zu unternehmen, bis Verstärkung vor Ort war, hatte er beschlossen, auf eine nähere Untersuchung des Bootshauses zu verzichten und es stattdessen einfach nur im Auge zu behalten. Wenn Hauptkommissar Rick und seine Jungs vom SEK die Lorbeeren ernten wollten, dann sollten sie sich gefälligst auch die Klamotten nass machen.

Abermals schlug Zirngibl nach einer Mücke, und just in dem Moment, in dem er sich angesichts des zermatschten Insekts über seinen Jagderfolg freute, ertönte in der Nähe plötzlich ein kurzes Rascheln.

Unmittelbar danach erfolgte ein dumpfer Aufschlag.

Zirngibl zuckte erschrocken zusammen und griff nach seiner Waffe.

Keine zehn Meter von ihm entfernt befand sich ein Haufen abgeschnittener Äste. Das Gehölz war etwa einen Meter hoch und bot damit selbst für einen ausgewachsenen Mann ausreichend Platz, um sich dahinter zu verstecken. Zirngibl verharrte bewegungslos, um kein Geräusch zu verursachen, und unterzog den Holzhaufen einer genauen Betrachtung. Vielleicht bestand die Ursache des Raschelns ja auch nur in einem Vogel, der im trockenen Laub nach Nahrung suchte.

Im selben Augenblick ertönte abermals ein Geräusch, diesmal auf seiner rechten Seite.

Er fuhr herum.

Mehr durch Zufall als durch bewusste Absicht fiel sein Blick dabei auf den vor ihm liegenden Geländeabschnitt, als es wieder einen dumpfen Schlag gab und ein faustgroßer Stein keine zwei Meter vor seinem Versteck auf dem Laubboden aufschlug.

»Was zum Teufel …?«

Es dauerte einen kurzen Moment, bis Zirngibl die Bedeutung der ins Laub geworfenen Steine klar wurde. Erst als er unmittelbar hinter sich plötzlich schnelle Schritte und brechende Zweige vernahm, setzten sich die einzelnen Gedankenfragmente schlagartig zu einem großen, verstehenden Ganzen zusammen. Doch das damit einhergehende Gefühl der Befriedigung vermochte Zirngibl nicht mehr zu genießen. Die scharfe Klinge, die sich im selben Augenblick mit einem knirschenden Geräusch durch seinen Brustkorb bohrte, beendete seinen Gedankengang jäh.

Und katapultierte den jungen Polizeimeister in eine Welt des Schmerzes und der Dunkelheit.

∗∗∗

»Sehr intelligent, den Streifenwagen so auffällig zu parken!«, schimpfte Dr. Agasiotis, als er von der Seestraße Richtung Bootswerft abbog.

Während ein Teil des Spezialeinsatzkommandos sich der Hütte von Possenhofen aus näherte, um mögliche Fluchtwege zur anderen Seite abzuschneiden, hatten der Oberstaatsanwalt, Kommissar von Werdenfels sowie Hauptkommissar Rick und sein restliches Team beschlossen, aus südlicher Richtung anzurücken – wie üblich gefolgt von Kriminalrat Madsen auf seiner chromblitzenden Harley. Dabei hatte der Fahrzeugkonvoi den Streifenwagen von Schmidthuber und Zirngibl passiert, und obwohl die beiden Beamten das Polizeiauto ein ganzes Stück vom See entfernt abgestellt hatten, war es dennoch für jeden, der den steilen Berg hinunter zur Bootswerft fuhr, unschwer zu entdecken.

»Warum haben die zwei Helden nicht gleich einen neonfarbenen Leuchtpfeil auf den Wagen gerichtet? Von Werdenfels, sorgen Sie bitte dafür, dass irgendjemand den Streifenwagen unverzüglich entfernt. Sollte Bokholt hier vorbeikommen, weiß er ansonsten sofort, dass die Polizei schon vor Ort ist.«

»Tut mir leid, Herr Oberstaatsanwalt – das dürfte wohl nicht mehr nötig sein.« Von Werdenfels deutete frustriert auf einen dunkelblauen BMW Kombi mit dem Logo von Bokholts Computerfirma. »Ich fürchte, unser Mann ist schon da.«

Er griff nach dem Funkgerät und versuchte, Schmidthuber und Zirngibl zu kontaktieren. Doch keiner der beiden antwortete.

»Die ganze Situation gefällt mir überhaupt nicht«, meldete sich Hauptkommissar Rick zu Wort. »Ich würde sagen, wir schlagen sofort zu! Die Hütte muss direkt um die Ecke sein. Tarnung können wir uns sparen, denn Bokholt weiß sowieso, dass wir hier sind. Meine Männer gehen vor, dann folgen Madsen, von Werdenfels und der Oberstaatsanwalt. Zwei Mann durchforsten das umliegende Gebüsch. Die Waffen bleiben dabei permanent im Anschlag – ich wette, der Typ greift sofort an, wenn er einen von uns sieht. Bisher hat er zwar noch keine Schusswaffe benutzt, aber wir sollten mit dem Schlimmsten rechnen.«

Mit grimmiger Miene entsicherte Rick seine Pistole.

Hannes Bokholt mochte einen zeitlichen Vorsprung haben. Aber in puncto Entschlossenheit stand ihm der Leiter des SEK in nichts nach.

Das stacheldrahtumwobene Metalltor zum Steg stand sperrangelweit offen. Als die Einsatzkräfte den feuchten und glitschigen Übergang betraten, war aus dem Inneren des Holzschuppens das blubbernde Geräusch eines PS-starken Bootsmotors zu vernehmen. Madsen deutete auf die geschlossene Tür der Hütte und winkte Rick zu sich heran.

»In unsere Richtung gibt es kein Fenster. Wenn er auf uns schießen wollte, dann kann er das nur, wenn wir die Tür öffnen. Wollen Sie trotzdem stürmen?«

Rick nickte. »Definitiv! Ich möchte ihm jetzt keine Zeit mehr geben, einen Plan B zu schmieden. Ich lasse einen Mann auf dem Boden liegen, die Waffe im Anschlag. Ein anderer rammt die Tür auf und springt dann sofort seitlich vom Steg ins Wasser, damit er aus der Schusslinie ist. Der liegende Mann gibt Feuerschutz, während die anderen von hinten nachrücken.«

Madsens Funkgerät machte ein knarrendes Geräusch, kurz darauf ertönte die Stimme eines der SEK-Beamten, dessen Auftrag lautete, die nähere Umgebung abzusuchen.

»Wir haben den Kollegen Zirngibl im Gebüsch gefunden! Er wurde niedergestochen und ist schwer verletzt. Wir brauchen sofort einen Rettungswagen. Und wenn Sie mir eine persönliche Bemerkung erlauben …«, die Stimme des Mannes wurde kalt, »… schnappen Sie sich das verdammte Schwein und machen Sie es fertig!«

Madsen nickte grimmig, und Hauptkommissar Rick erteilte einige kurze, energische Befehle, worauf seine Männer in tausendfach trainierten Bewegungsabläufen schnell und geräuschlos ihre Positionen einnahmen.

Plötzlich heulte in der Hütte ein Motor auf.

Dann überschlugen sich die Ereignisse.

Ein bulliger SEK-Mann trat mit voller Wucht die altersschwache Holztür ein, um sich anschließend sofort zur Seite zu werfen. Während er mit einem gewaltigen Platschen neben dem Steg im Wasser aufschlug, schwenkte der Beamte, der auf dem Boden vor der Tür lag, seine mit Laserzielgerät bestückte Waffe in alle Richtungen, und als kein Schuss erfolgte, stürmte der Rest der Einheit mit gezückten Pistolen in das dunkle Bootshaus.

Es dauerte einen kurzen Moment, bis sich die Augen der Einsatzkräfte an die Lichtverhältnisse im Inneren des Gebäudes gewöhnt hatten, doch dann erkannten sie ein kleines Motorboot, das durch ein geöffnetes Tor auf der gegenüberliegenden Hüttenseite Richtung Seemitte schoss. Der Fahrer saß tief zusammengekauert hinter dem großen Außenbordmotor, die massive Metallverkleidung als Deckung benutzend.

Sofort eröffneten die Beamten des SEK das Feuer.

Einige der Schüsse verfehlten ihr Ziel und trafen ins Wasser, worauf kleine Gischtfontänen aufstoben. Zweimal zuckte der Körper des Flüchtigen jedoch sichtbar zusammen, allerdings ohne dass dieser seine geduckte Haltung veränderte. Auch seine Geschwindigkeit blieb unverändert hoch – der Mann schien ausgesprochen hart im Nehmen zu sein.

»Wir brauchen ein Boot!«, bellte Madsen in sein Funkgerät. »Ein Boot und einen Hubschrauber! Und zwar sofort, bevor der Typ das andere Seeufer erreicht! Schickt auch gleich Streifenwagen auf die andere Seeseite! Die müssen unbedingt vor ihm dort sein! Lasst ihn auf keinen Fall an Land kommen! Solange er auf dem Wasser ist, haben wir ihn sicher. Und beeilt euch verdammt noch mal mit dem Boot und dem Hubschrauber!«

Währenddessen hatten die SEK-Beamten die komplette Hütte gesichert. Da sämtliche Fenster von innen mit Brettern vernagelt waren, lag der gesamte Raum trotz des offenen Tores in einem schummrigen Halbdunkel. Erst als von Werdenfels einen Lichtschalter betätigte, wurde es so hell, dass alle Details zutage traten.

Das Bootshaus hatte keinen durchgehenden Boden. U-förmig verlief ein etwa zwei Meter breiter Steg, ähnlich einer Balustrade, an den Wänden entlang vom Eingang bis zur Seeseite. Diese wurde dominiert durch das große, offen stehende Portal, durch das man nach wie vor den Flüchtigen auf seinem Weg Richtung Seemitte erkennen konnte. An den Wänden der Hütte hingen diverse Werkzeuge, Kajak- und Tauchzubehör, ein paar Angeln sowie eine alte, rostige Fischreuse. Das einzige Möbelstück in der gesamten Hütte bestand aus einem dunklen massiven Holztisch voller Verfärbungen und Gebrauchsspuren. An der Wand darüber befanden sich zahlreiche Fotoabzüge, die mit Nadeln an die verwitterten Bretter geheftet waren.

Als von Werdenfels einen Blick auf die Bilder warf, stöhnte er gequält auf.

Anschließend erbrach er sich über die Brüstung ins Wasser des Starnberger Sees.

Die Fotosammlung war eine Galerie des Grauens.

Bokholt hatte die Torturen, die nicht nur Barbara Heidemann und Vroni Schreier, sondern offensichtlich auch noch zwei andere Frauen in seiner Gewalt zu ertragen gehabt hatten, akribisch dokumentiert – von der Entkleidung über den Missbrauch bis zum Erwürgen. Gestochen scharfe, in ihrer Farbintensität nahezu unerträgliche Manifestationen menschlicher Perversität.

Und doch waren es trotz all ihrer Brutalität nicht die Detailaufnahmen der Verletzungen oder die blutüberströmten Genitalbereiche, die die Ermittler erschaudern ließen.

Sondern die Porträts.

Ganz offensichtlich hatte Bokholt seine spezielle Erregung aus dem Anblick der schmerzerfüllten, von Todesangst gezeichneten Gesichter seiner Opfer gezogen. Wirres, blutverklebtes Haar, weit aufgerissene Augen mit schreckensgeweiteten Pupillen und verzerrte Münder im verzweifelten Schrei nach Gnade, die ihnen nicht zuteilwerden sollte.

Madsen schüttelte angewidert den Kopf und blickte auf den See, wo sich der Flüchtige immer noch völlig unbehelligt auf dem Weg zum gegenüberliegenden Ufer befand.

»Wo zum Teufel bleibt dieser beschissene Hubschrauber?«,

brüllte er ins Funkgerät. »Bokholt ist fast schon in der Seemitte, und wir stehen hier wie die Deppen, weil wir kein Boot haben. Sind wenigstens die verdammten Streifenwagen inzwischen in Position?«

Die fast schon provozierend ruhig klingende, tiefbayrisch gefärbte Stimme des Beamten aus der Leitstelle erklang knarzend aus dem Funkgerät und erklärte, dass der Hubschrauber bereits unterwegs sei und auch die Wasserschutzpolizei jeden Augenblick eintreffen müsse.

Tatsächlich näherte sich im selben Moment ein blau-weißes Polizeiboot aus nördlicher Richtung. Die beachtliche Bugwelle war trotz der großen Entfernung deutlich erkennbar und ließ auf eine hohe Geschwindigkeit schließen. Kurz darauf schallten laute, unverständliche Rufe über den See. Madsen vermutete, dass die Besatzung dem Fahrer des Motorbootes per Megafon den Befehl zum Anhalten erteilte.

»Hoffentlich sind die Kollegen vorsichtiger als Zirngibl! Ich möchte ungern noch mehr verletzte Beamte haben«, murmelte Madsen und wischte sich zum wiederholten Mal den Schweiß von der Stirn. »Apropos Beamte – wo zum Teufel ist eigentlich Kollege Schmidthuber?«

***

Als Kommandant des Polizeibootes hatte Polizeihauptkommissar Dietrich vom wasserschutzpolizeilichen Dienst der Inspektion Starnberg bereits alle wichtigen Informationen zu dem aktuellen Einsatz erhalten – und war sich der Gefahr des anstehenden Zugriffs voll bewusst. Bekleidet mit ballistischen Schutzwesten, kniete oder stand die Crew seines Bootes hinter schützender Deckung, und selbst der Kopf des Beamten, der das Steuer bediente, lugte nur ganz leicht über den unteren Fensterrand hinaus, damit er weiterhin Kurs auf das kleine, mit unvermindert hoher Geschwindigkeit fahrende Motorboot halten konnte.

Dietrich hob das Megafon und rief dem Flüchtigen abermals zu: »Hier spricht die Polizei. Drosseln Sie sofort den Motor! Wenn Sie nicht umgehend anhalten, werden wir von der Schusswaffe Gebrauch machen!«

Doch anstatt die Anweisung zu befolgen, blieb der Angesprochene weiterhin zusammengekauert an dem Außenbordmotor sitzen. Sein Gesicht war nicht zu erkennen, aber auf dem weißen T-Shirt des Mannes zeichneten sich zwei tiefrote Blutflecken ab.

»Der Kerl reagiert nicht!«, rief Dietrich in sein Funkgerät. »Entweder er verarscht uns und versucht weiterhin zu flüchten, oder er ist verletzt und nicht mehr in der Lage, zu reagieren. Der hängt auch ganz komisch auf der Bank.«

Madsen hörte nachdenklich zu. »Was haben Sie für Möglichkeiten, ihn zu stoppen?«

»Wenn ich ehrlich bin: keine.« Dietrichs Antwort kam postwendend. »Wir könnten natürlich auf ihn schießen, aber wenn er bereits jetzt handlungsunfähig sein sollte, dann wird das an seiner Fahrt nichts ändern. Und rammen können wir ihn auch nicht, ohne unser eigenes Boot in Gefahr zu bringen. Eigentlich bleibt nur, ihn mit Volldampf ans Ufer rauschen zu lassen. So wie es aussieht, wird er dabei in einem Bereich landen, an dem außer ein paar Bäumen und Kiesstrand nichts weiter ist.«

»Sind denn Streifenwagen vor Ort, die ihn in Empfang nehmen können?«

»Positiv! Sehe unsere Kollegen dort bereits stehen. Drei, nein vier Streifenwagen. Und die Beamten haben die Waffen schon im Anschlag. In zwei, drei Minuten müsste er das Ufer erreicht haben.«

»Verstanden«, entgegnete Madsen. »Dann bleiben Sie dicht bei ihm, damit er nicht doch plötzlich noch die Richtung wechselt und irgendwo anders anlandet. Der Hubschrauber sollte eigentlich auch schon längst da sein. Keine Ahnung, wo der so lange bleibt!«

Madsen hängte das Funkgerät an seinen Gürtel und trat ein paar Schritte zur Seite, während die restlichen Beamten gebannt durch das offen stehende Tor starrten und die Verfolgungsjagd beobachteten.

Madsen verspürte ein unangenehmes Gefühl in der Magengegend. Irgendetwas stimmte bei dieser ganzen Angelegenheit nicht. Der Typ im Boot war mit ziemlicher Sicherheit von den Schüssen der SEK-Beamten getroffen worden – das hatte er selbst beobachtet. Jeder normale Mensch hätte sich daraufhin schmerzhaft gekrümmt oder versucht, tiefer in Deckung zu gehen.

Der Flüchtende aber hatte sich kaum bewegt.

Außerdem irritierte es Madsen, dass Polizeihauptmeister Schmidthuber, der die Hütte überwachen sollte, sich bisher weder gemeldet hatte noch gefunden worden war. Angesichts der Kaltblütigkeit Bokholts, die durch den Angriff auf Zirngibl nachhaltig belegt worden war, quälten Madsen im Hinblick auf Schmidthubers Verbleib allergrößte Sorgen. War es möglich, dass der Kerl in dem Boot in Wirklichkeit gar nicht Bokholt, sondern der Polizeihauptmeister war? Ermordet und an dem Außenborder drapiert, als sei er der flüchtige Täter?

Aber wenn dem tatsächlich so wäre – wo sollte sich Bokholt dann aufhalten? Der Fluchtweg in die andere Richtung war durch die von dort anrückenden Beamten verbaut, und den Wald zur Hauptstraße hin hatten die Kollegen auf der Suche nach den zwei vermissten Streifenpolizisten ebenfalls gründlich durchkämmt. Bliebe eigentlich nur das Bootshaus selbst, aber das war ja komplett gesichert worden.

Oder etwa nicht?

Sein Blick wanderte durch den Raum.

Sollten er und seine Leute bei ihrem dynamischen Zugriff etwas Entscheidendes übersehen haben? Zum Beispiel eine kleine Nische, in der sich Bokholt unbemerkt verstecken konnte? Oder einen Hohlraum in der Wand? Oder eine Zwischendecke im Dachgebälk?

Gehetzt suchte Madsen den dunklen Giebel mit den Augen ab.

Nein, oberhalb des umlaufenden Holzstegs gab es definitiv keine Versteckmöglichkeit, und auch der Tisch bot keinerlei Deckung. Blieb nur der Bereich zwischen Steg und Wasseroberfläche. Vorsichtig ging Madsen auf die Knie und ließ den Blick unterhalb des Holzbodens schweifen. Zwischen Wasser und Holzbalustrade war etwa ein halber Meter Platz, unterbrochen von einem eisernen Poller mit gelber Nylonschnur, an dem vermutlich bis vor Kurzem das hochmotorisierte Boot vertäut gewesen war. Madsen leuchtete mit seiner Taschenlampe in jeden Winkel des Zwischenraums, doch außer Algenbewuchs an den feuchten sowie Spinnenweben an den trockenen Holzlatten war nichts zu entdecken.

Er richtete sich auf und ging Schritt für Schritt die Wände ab.

Vor der Tauchausrüstung verharrte er nachdenklich.

Eine komplette Garnitur, bestehend aus Neoprenanzug, Tarierweste, Lungenautomat, Bleigurt, Maske und Flossen, hing an einem altmodischen Garderobenhaken. Darunter stand eine Sauerstoffflasche. Neben diesem ganzen Ensemble befand sich ein zweiter Haken, an dem jedoch lediglich ein einzelner Neoprenanzug hing.

Die anderen Utensilien fehlten.

Ebenso wie eine zweite Sauerstoffflasche.

Madsen richtete den Strahl seiner Taschenlampe ins Wasser. Man konnte wegen der zunehmenden Abenddämmerung zwar nicht bis auf den Seeboden blicken, doch bei genauerer Betrachtung ließ sich erahnen, dass die Wände des Bootshauses nicht ganz bis auf den Grund des Sees reichten. Das bedeutete, dass Bokholt mit entsprechendem Equipment theoretisch die Möglichkeit gehabt hätte, im Schutz der Dunkelheit durch den schmalen Spalt zwischen Hüttenwand und Seegrund zu tauchen, während oben die große Schießerei auf das von ihm gestartete Motorboot mit dem toten Polizisten an Bord stattfand.

Madsen fuhr sich verzweifelt durchs Haar.

Angesichts dieser neuen Erkenntnis hegte er plötzlich keine Zweifel mehr daran, dass der Passagier, dem in diesem Moment in dem kleinen Boot der Wind um die Ohren pfiff, davon nicht mehr das Geringste mitbekam.

Ohne die Bestätigung seiner Kollegen von der Wasserschutzpolizei abzuwarten, verließ Madsen das Bootshaus und zündete sich auf dem Steg eine Zigarette an. Sein Hirn arbeitete auf Hochtouren, und seine Gedanken überschlugen sich, während er krampfhaft versuchte, trotz allen inneren Aufruhrs logische Schlussfolgerungen zu ziehen.

Wohin könnte Bokholt geflohen sein?

Sicherlich nicht raus auf den See, denn sowohl der Hubschrauber, der inzwischen mit einem starken Suchscheinwerfer über dem gegenüberliegenden Ufer kreiste, als auch das Polizeiboot hatten einen perfekten Überblick über alles, was sich im und auf dem Wasser abspielte. Außerdem ließ sich mit der Luft aus einer einzigen Sauerstoffflasche vermutlich kaum die komplette Strecke quer durch den See tauchen. Demnach blieb Bokholt gar nichts anderes übrig, als das Wasser irgendwo auf der Uferseite zu verlassen, auf der sich auch das Bootshaus befand.

Die Frage war nur: wo?

In den Hallen der benachbarten Bootswerft herrschte trotz des frühen Abends immer noch reges Treiben, und ein plötzlich auftauchender Froschmann würde deshalb sicherlich für viel zu großes Aufsehen sorgen. Außerdem parkten davor die deutlich erkennbaren Einsatzfahrzeuge der Polizei. Auf der anderen Seite, in Richtung Possenhofen, sah es nicht viel besser aus. Zwar befanden sich dort diverse flache, ausstiegsfreundliche Kiesbuchten, aber die waren von den Hütten und vor allem aus der Luft viel zu gut einsehbar, um unbemerkt mit einer Tauchausrüstung das Wasser zu verlassen.

Madsen rieb sich verzweifelt die Augen.

Irgendein gedankliches Detail hatte sich plötzlich in seinem

Unterbewusstsein festgesetzt, doch es gelang ihm nicht, seiner habhaft zu werden. Er wusste lediglich, dass es etwas Wichtiges war.

Und zwar etwas verdammt Wichtiges!

Um sein kognitives Chaos zu sortieren, setzte er sich am Rand des Weges auf einen sandigen Hügel, legte die Stirn auf seine Unterarme und ließ die letzten Tage noch einmal vor seinem geistigen Auge Revue passieren. Er dachte an Lissys erfolgreiche Flucht aus dem alten Warnamt, die missglückte Festnahme von Konny Oswald, das Gespräch mit Hannes Bokholt in dessen Büro, den missratenen Zugriff bei der Tutzinger Pokerrunde, die Polizeiaktion in der »LagoLounge«, den Besuch in der Großmarkthalle und den bei Professor Polt in der Rechtsmedizin, das morgendliche Joggen mit Lissy, den Leichenfund an der General-Fellgiebel-Kaserne, den …

Plötzlich zuckte Madsen zusammen.

Das morgendliche Joggen mit Lissy!

Das war es!

Hektisch nestelte er sein Handy aus der Tasche und wählte Lissys Nummer. Bevor diese auch nur ihren Namen nennen konnte, stieß Madsen bereits atemlos sein Anliegen hervor.

»Lissy, Gott sei Dank bist du erreichbar. Du musst mir unbedingt bei einer extrem wichtigen Sache helfen. Und zwar ganz schnell!«

Lissy wollte irgendetwas erwidern, doch Madsen schnitt ihr energisch das Wort ab. »Bitte, Lissy, keine Fragen! Jetzt nicht, wir können später reden! Erinnerst du dich an unsere Joggingrunde vor ein paar Tagen? Als du mir von Hannes Bokholts Hütte erzählt hast? Da hast du auch so ganz nebenbei was von einer zweiten Hütte gesagt. Kannst du das noch mal wiederholen?«

Als Lissy antwortete, klang ihre Stimme schläfrig und matt. »Was soll ich da gesagt haben? Was meinst du mit einer zweiten Hütte, Mads?«

»Lissy, bitte denk nach! Ich weiß, dass du vollgepumpt bist

mit Schmerzmitteln, aber es ist wirklich wichtig! Du hast irgendwas von einer zweiten Hütte am See erzählt. Von einem Freund von Bokholt.«

»Ach so, ja, jetzt weiß ich, was du meinst«, erwiderte Lissy, und ihr Bemühen, sich verständlich zu artikulieren, war unüberhörbar. »Stefan Bollmann, ein ehemaliger Klassenkamerad von Hannes und mir, hat auch ein Bootshaus, ganz in der Nähe von Bokholts Hütte, direkt neben dem Feldafinger Strandbad. Soweit ich weiß, ist Stefan allerdings seit ein paar Monaten im Ausland tätig. Aber warum fragst du danach? Hallo? Mads? Hallooooo?«

Die Verbindung war tot. Madsen hatte das Gespräch bereits beendet.

※ ※ ※

Das Bootshaus von Stefan Bollmann lag etwa fünfhundert Meter südlich, unmittelbar neben dem Strandbad der Gemeinde Feldafing, und war um einiges kleiner als das von Hannes Bokholt.

Allerdings ebenso gut gesichert.

Das auf dem Steg befindliche Eisentor mit den umlaufenden Stahlspitzen visualisierte unverkennbar, dass Bollmann dem Zutritt Unbefugter grundsätzlich ablehnend gegenüberstand, und auch das massive Vorhängeschloss an der Hüttentür spiegelte nur ein bedingtes Maß an Willkommenskultur wider. Madsen liebäugelte kurz mit dem Versuch, das Gitter kletternd zu überwinden, doch als ihm einfiel, dass er spätestens zum Betreten des Innenraums der Hütte sowieso unter der Seitenwand durchtauchen musste, entledigte er sich seiner Lederjacke, sprang in den See und stakste durch das hüfthohe und unerwartet kalte Wasser Richtung Bootshaus. Schritt für Schritt wurde der See tiefer und der Grund morastiger, sodass Madsen zu schwimmen begann, um schneller vorwärtszukommen.

Etwa zwanzig Kraulzüge später hatte er das Bootshaus

erreicht. Er atmete ein paarmal tief durch und tauchte dann kraftvoll ab, um durch den Spalt zwischen Seeboden und Wand ins Innere der Hütte zu gelangen. Doch als er das untere Ende der Holzlatten erreichte, stellte er mit Entsetzen fest, dass der Zwischenraum – im Gegensatz zu Bokholts Hütte – mit einem dicken Drahtgeflecht vergittert war. Offensichtlich war der Besitzer dieses Gebäudes wesentlich umsichtiger, was die Abwehr potenzieller Eindringlinge anging.

Madsen kehrte zur Wasseroberfläche zurück und füllte seine Lunge noch einmal mit Luft. Anschließend tauchte er abermals zum Grund des Sees und hangelte sich dort an dem Gitter entlang in der Hoffnung, dass die Absperrung zumindest unterhalb des großen Tores, durch welches Boote die Hütte befahren konnten, unterbrochen war. Als er die Vorderfront endlich erreicht hatte, schmerzte seine Lunge ob des langen Sauerstoffmangels, doch kurz bevor er sich gezwungen sah, zum Atmen aufzutauchen, griffen seine Hände plötzlich ins Leere.

Das Gitter hörte tatsächlich an der seezugewandten Seite auf.

Die allerletzten Luftreserven mobilisierend, zog sich der Kriminalrat ins Innere des Gebäudes und tauchte bedächtig auf, um möglichst keine Geräusche zu verursachen.

Anschließend verharrte er lauschend.

Nichts war zu hören.

Es herrschte gespenstische Stille.

Ein paar Sekunden später hatten sich Madsens Augen an die Dunkelheit in der Hütte gewöhnt, und er konnte sein Umfeld schemenhaft erkennen. Der Grundaufbau des Holzschuppens war identisch mit dem von Bokholt, auch wenn die umlaufende Balustrade wesentlich schmaler zu sein schien. In der Mitte des Raumes dümpelte, gesichert mit einer rostigen Kette, ein kleines Boot im Wasser. Der vormals weiße Rumpf war fleckig und algenbedeckt, und der dazugehörige Motor war nirgendwo zu entdecken.

Mittels eines Klimmzugs enterte Madsen den Steg. Dass er dabei alle Kräfte mobilisieren musste, war – neben seiner Erschöpfung – vor allem seiner nassen Kleidung geschuldet, und so blieb er für einen Moment auf dem hölzernen Untergrund liegen, um tief und gleichmäßig durchzuatmen und Puls und Kreislauf wieder zu stabilisieren.

Plötzlich unterbrach ein leichtes Gluckern die Stille.

Madsen blickte sich hektisch in dem abgedunkelten Raum um.

Auf der anderen Seite des umlaufenden Steges waren trotz der schlechten Lichtverhältnisse die Umrisse einer ins Wasser führenden Treppe zu erkennen. Sollte Bokholt tatsächlich hier auftauchen – und bei der Doppeldeutigkeit des Wortes musste Madsen ungeachtet der brisanten Situation für einen Sekundenbruchteil grinsen –, dann konnte er das Wasser mit seiner schweren Ausrüstung eigentlich nur dort verlassen.

Hastig begab er sich über die Balustrade zur gegenüberliegenden Gebäudeseite, krampfhaft darum bemüht, durch möglichst geschmeidige Bewegungen das schmatzende Geräusch seiner nassen Kleidung auf ein Minimum zu reduzieren. Das Blubbern, das er vor wenigen Augenblicken vernommen hatte, war erstorben.

Angestrengt suchte Madsen die Wasseroberfläche ab. Der See war wegen des aufkommenden Windes inzwischen deutlich bewegter, und überall dort, wo die Wellen gegen das Holz schlugen, bildeten sich kleine weiße Gischtkronen. Das machte es Madsen nahezu unmöglich, aus dem Vorhandensein von Luftblasen auf die Position eines sich nähernden Tauchers zu schließen – vorausgesetzt, dass Bokholt überhaupt auf diese Art und Weise geflüchtet war. Schließlich war das, was Madsen sich zusammengereimt hatte, nichts als bloße Theorie. Vielleicht war Bokholt ja doch in dem Motorboot gewesen, und die Kollegen feierten inzwischen längst die erfolgreiche Festnahme des Mörders.

Madsen schalt sich selbst einen dämlichen Trottel.

Wie hatte er nur einen solch riskanten Alleingang starten können? Getrieben von einer spontanen Eingebung und sämtliche grundlegenden Ermittlungsvorschriften über Bord werfend, war er, ohne jedweden Gedanken an mögliche Folgen und ohne jemanden davon in Kenntnis gesetzt zu haben, seinem Instinkt gefolgt.

Wie ein Anfänger.

Wie ein Idiot.

Und angesichts der unmissverständlichen Anweisungen des Oberstaatsanwalts vermutlich auch wie ein Ex-Polizist.

Madsen warf einen resignierten Blick auf sein Handy und das Funkgerät. Aus beiden Gehäusen tropfte Wasser, die Displays waren tot, und als er testweise ein paar Tasten drückte, gab keines der beiden Teile auch nur den geringsten Ton von sich.

Für einen kurzen Moment erwog er, seine eigenmächtige Aktion abzubrechen und zu den Kollegen zurückzukehren. Vermutlich suchten die sowieso bereits nach ihm, und es war davon auszugehen, dass sie aufgrund der beschränkten Auswahl an Alternativen früher oder später auch in die Nähe des Bootshauses kamen, in dem er sich gerade aufhielt.

Er hob den Kopf, kniff die Augen zusammen und lauschte konzentriert, ob sich außerhalb der Hütte schon Stimmen vernehmen ließen.

Dass das Schließen der Augen bei drohender Annäherung eines kaltblütigen Mörders einen fatalen Fehler darstellte, merkte Madsen in dem Moment, in dem der kalte Stahl eines Tauchermessers in einer Gischtfontäne aus dem Wasser schoss und sich tief in seinen Unterschenkel bohrte.

***

Den unerfahrenen Polizisten im Gebüsch unschädlich zu machen war für Hannes Bokholt eine der leichtesten Übungen gewesen. Ein paar zur Ablenkung geworfene Steine, ein schneller, entschlossener Angriff mit dem Messer, und der junge Beamte bedeutete keine Gefahr mehr für ihn. Und auch der zweite Uniformierte, der seinen massigen Körper nur unzureichend auf der seeseitigen Holzterrasse der benachbarten Hütte versteckt hatte, hatte sich durch einen kraftvollen Faustschlag und das anschließende Untertauchen seines Kopfes im Wasser schnell und erfreulich lautlos ausschalten lassen.

Bokholts spontan gefasster Entschluss, den leblosen Körper mit in seine Hütte zu schleifen, hatte sich kurz darauf als geradezu genial erwiesen, denn kaum hatte er die schwere Holztür verriegelt, waren draußen die gedämpften Stimmen mehrerer Männer zu vernehmen gewesen. Da sich um diese Zeit mit Ausnahme einzelner Jogger und Hundespaziergänger kaum noch jemand am Seeufer aufhielt, war es relativ offensichtlich, dass es sich um weitere Polizisten handelte. Vermutlich sogar genau um die Einsatzkräfte, denen er kurz zuvor so knapp entkommen war. Keine schlechte Leistung, ihn so schnell aufzuspüren – das hatte er neidlos anerkennen müssen, auch wenn die dadurch entstandene Notwendigkeit der Improvisation seinem sonstigen Streben nach Perfektion höchst abträglich war.

Einer plötzlichen Eingebung folgend hatte er den toten Streifenbeamten ins Boot gewuchtet, ihm Uniformjacke und Hemd ausgezogen und ihn so an dem massiven Außenbordmotor drapiert, dass es aussah, als würde er diesen steuern. Dann hatte er die Tauchausrüstung vom Haken gerissen, Brille, Weste und Flasche übergestreift und das große Tor auf der Seeseite geöffnet. Nachdem er den Motor gestartet und den Gashebel auf höchster Stufe mit einem Stück Draht fixiert hatte, hatte das Boot einen gigantischen Satz nach vorne gemacht, wurde jedoch von der gelben Nylonschnur, mit der es am Poller befestigt war, an der Weiterfahrt gehindert. Wie ein bissiger Kettenhund hatte der Kahn mit heulendem Motor an der Schnur gezerrt, und der komplette Raum hatte sich in Sekundenschnelle mit übel riechenden Abgasen gefüllt.

Währenddessen war Bokholt blitzschnell in die Flossen

geschlüpft und ins Wasser gesprungen, wo er sich unterhalb der Holzbalustrade in Deckung gebracht hatte – ein höchst riskantes Unterfangen angesichts der auf Hochtouren rotierenden Schraube des Motorbootes. Sekundenbruchteile bevor die Tür des Bootshauses mit einem lauten Krachen zertrümmert wurde, hatte er dann mit seinem großen Tauchermesser das Nylonseil durchtrennt, und das Boot war mit einer gewaltigen Gischtfontäne in Richtung Seemitte geschossen. Während die hereinstürzenden Polizisten erwartungsgemäß das Feuer auf den vermeintlich Flüchtigen eröffnet hatten, hatte er still und heimlich abtauchen und sein Versteck unter der seitlichen Hüttenwand unbemerkt verlassen können.

Teil eins seines Vorhabens hatte damit schon einmal perfekt geklappt.

Bedächtig und unter Vermeidung größerer Luftblasen, die ihn an der Oberfläche hätten verraten können, Richtung Süden tauchend, hatte er gedanklich dann bereits die nächsten Schritte geplant.

Zuerst einmal galt es, sich im Bootshaus seines besten Freundes der Tauchausrüstung zu entledigen und dort so lange zu verstecken, bis die Polizei die Suche nach ihm auf andere Gebiete verlagern würde. Anschließend beabsichtigte er auf schnellstem Wege Richtung Süditalien zu verschwinden. Das dafür notwendige Kapital hatte er in weiser Voraussicht bereits beiseitegeschafft, und die Höhe des Betrages sollte ausreichen, ihm nicht nur eine Zeit lang finanzielle Unabhängigkeit zu garantieren, sondern auch eine sichere Unterkunft. Schließlich war Sizilien eine Region, in der zwischen den Begriffen »Bargeld« und »Verschwiegenheit« traditionell eine enge Beziehung bestand.

Dass Hannes Bokholt Kriminalrat Madsen im Wasser neben dem Bootshaus entdeckt hatte, war reiner Zufall gewesen.

Eigentlich hatte er nur ganz kurz auftauchen wollen, um mit einem raschen Blick auf das Seeufer noch einmal seine Zielrichtung zu überprüfen. Doch just in diesem Augenblick hatte er den Kopf Madsens wahrgenommen, der nach einem tiefen Atemzug sofort wieder unter der Wasseroberfläche verschwunden war.

Eine Welle unterschiedlichster Empfindungen war über ihm zusammengebrochen.

Entsetzen.

Panik.

Wut.

Aber auch Respekt.

Wie zum Teufel war es diesem verdammten Mistkerl gelungen, das Ziel seiner Flucht so schnell zu erraten? Und wie hatte er es geschafft, vor ihm an der Hütte zu sein? Dieser Madsen erwies sich zunehmend als ebenbürtiger Gegner – und sollte er tatsächlich ins Innere der Hütte gelangen, in der er selbst sich zu verstecken gedachte, war ein direktes Aufeinandertreffen unvermeidbar.

Und damit ein Kampf, den nur einer von beiden überleben würde.

⁂

Als die scharfe Messerklinge seinen Wadenmuskel durchtrennte, schrie Madsen schmerzerfüllt auf und warf seinen Körper reflexartig nach hinten. Dabei prallte er heftig gegen die Rückwand des Bootshauses, und ein sperriger Gegenstand stürzte krachend auf seine Schulter. Als Madsen erkannte, dass es sich dabei um ein hölzernes Stechpaddel handelte, ergriff er es blitzschnell und begann, damit blindlings auf Bokholt einzuschlagen. Der hatte inzwischen die Leiter erreicht und versuchte fieberhaft, sich seiner Tarierweste mit der daran befestigten Sauerstoffflasche zu entledigen. Dass das nicht sofort klappte, erwies sich für ihn als unerwarteter Vorteil, denn so wurde er von den wuchtigen Schlägen des Polizisten nicht am Körper getroffen. Stattdessen zerbrach das Paddel mit einem berstenden Geräusch an dem Metallgehäuse der Tauchflasche.

Madsen fluchte laut auf, presste eine Hand auf die klaffende

Wunde am Bein und tastete mit der anderen hastig nach seiner Waffe. Doch Bokholt hatte die Holzplattform inzwischen ebenfalls erreicht und ließ sich, die schwere Tauchausrüstung immer noch am Körper, mit den Unterarmen voran auf seinen Gegner fallen. Die Spitzen seiner Ellbogen verfehlten Madsens Kehlkopf nur um Zentimeter, trafen aber dafür mit voller Wucht auf sein linkes Schlüsselbein.

Das Geräusch des brechenden Knochens erschien Madsen ohrenbetäubend laut, und der mit kurzer Verzögerung einsetzende Schmerz raubte ihm fast das Bewusstsein. Unfähig, seinen Körper bewusst zu steuern, reagierte er nur noch instinktiv, indem er die Arme um seinen Gegner schlang und dessen Oberkörper mit aller Kraft zusammenpresste – zumindest so fest das mit seiner Schulterverletzung möglich war.

Bokholt keuchte und rang nach Luft. Gleichzeitig versuchte er verbissen, nach seinem Tauchermesser zu greifen, das ihm bei dem Sprung auf den Polizisten zu Boden gefallen war. Doch Madsens Griff war unnachgiebig. In letzter Verzweiflung ließ Bokholt sein Kinn auf die Brust sinken und riss den Kopf dann ruckartig nach hinten. Madsen schrie auf, als Bokholts Hinterkopf auf seinen Wangenknochen krachte, und lockerte für den Bruchteil einer Sekunde seine Umklammerung.

Genau auf diese Reaktion hatte Bokholt gehofft.

Blitzschnell wand er sich aus dem eisernen Griff, schnappte nach dem Messer und drückte es Madsen mit kalter Entschlossenheit an die Kehle.

»Tja, Bulle, das war's dann wohl!« Er riss sich die Taucherbrille herunter und beugte sein Gesicht so nah an das von Madsen, dass dieser die geplatzten Adern in Bokholts Augen sehen konnte. »Dir ist doch hoffentlich klar, dass du hier nicht lebend rauskommst?«

Madsen antwortete nicht.

Stattdessen ballte er die rechte Hand zur Faust, drehte seine Hüfte, so weit es ihm möglich war, und spannte seinen gesamten Körper an. Ihm war bewusst, dass er nur einen einzigen

Schlag hatte. Es musste ein perfekter rechter Haken werden, exakt auf den Kinnwinkel. Als Boxer wusste er, dass genau dort Nervenbahnen verliefen, die durch einen gezielten Hieb blockiert werden konnten. Das sollte Bokholt für einen kurzen Moment außer Gefecht setzen – und ihm selbst die nötige Zeit geben, sich aus der ungünstigen Position zu befreien und seinem Gegner das Messer zu entwenden.

Madsen nahm Maß.

Und zuckte im selben Augenblick entsetzt zurück, denn Bokholts Gesicht hatte sich wie von Geisterhand verwandelt. Statt der hassverzerrten Fratze des Computer-Nerds erblickte Madsen plötzlich das Antlitz des jungen Boxers, den er seinerzeit beim Sparring unabsichtlich getötet hatte. Die Augen des Heranwachsenden waren weit aufgerissen, der Mund mit dem blutigen Zahnschutz leicht geöffnet und sein Blick so hilflos und fragend wie in dem Moment, in dem er in Madsens Armen auf dem verschmutzten Boden eines Boxrings seinen letzten Atemzug getätigt hatte.

Madsen schüttelte den Kopf, um die quälende Erinnerung zu vertreiben, doch das leidvolle Gesicht des Jungen hatte sich vor seinen Augen festgebrannt.

Er stöhnte in seiner Verzweiflung laut auf.

Ein mehrfacher Mörder kniete über ihm, hielt ihm ein Messer an die Kehle, und es war nur eine Frage der Zeit, wann er ihm den kalten Stahl in den Kehlkopf rammen würde – und trotzdem weigerten sich Kopf und Körper, seinem Gegenüber die Faust ins Gesicht zu rammen.

Er wollte es.

Er musste es.

Aber er konnte es nicht.

Resigniert öffnete Madsen seine Faust.

Und ergab sich wehrlos seinem Schicksal.

Mit einem triumphierenden Grinsen verstärkte Bokholt den Druck auf Madsens Kehle. Die scharfe Klinge des Taucher-

messers drückte sich in die Haut, und ein dunkelroter Bluts-
tropfen lief mit quälender Langsamkeit über das glänzende
Metall, bevor er mit einem leisen, ploppenden Geräusch auf
die hölzernen Planken tropfte.

»Was ist denn plötzlich los mit dir, Bulle?« Bokholts Augen
hatten sich zu Schlitzen verengt. »Du wehrst dich ja gar nicht
mehr. Hast du keine Eier in der Hose, du Lusche? Ich muss
gestehen, dass ich fast ein wenig enttäuscht bin. Vielleicht solltest du dir mal ein Beispiel an deiner kleinen Freundin nehmen!
Die hat im Gegensatz zu dir bis zur letzten Sekunde gekämpft.
Schade, ich hätte sie wirklich gern gefickt. Und weißt du was?
Ich glaube, ihr hätte das sogar gefallen. Lissy ist so eine typische
Arschfickschlampe. Eine, die –«

Der Schlag kam wie aus dem Nichts.

Mit der Härte eines Vorschlaghammers traf Madsens Faust
Bokholts Kinnwinkel. Dessen Kopf schnellte nach hinten, sein
Blick wurde glasig, und der Druck des Messers auf Madsens
Hals ließ nach. Unter Aufbietung letzter Kräfte umklammerte
Madsen abermals Bokholts Oberkörper und ließ sich zusammen mit ihm über den Rand des Holzstegs ins Wasser rollen.
Laut zischend und Blasen werfend entwich die Luft aus Bokholts Lungenautomaten, als beide Männer eng umschlungen
im See versanken. Während Madsen vor dem Abtauchen einen
tiefen Atemzug genommen hatte, traf Bokholt die Aktion völlig unerwartet. Durch das kalte Wasser schlagartig wieder zu
Bewusstsein gekommen, schlug er in panischer Luftnot wild
um sich und stieß das Tauchermesser mit aller Kraft nach seinem Gegner.

Die Klinge verfehlte Madsens Gesicht um Haaresbreite.

Stattdessen bohrte sie sich tief in seine bereits verletzte
Schulter.

Madsen heulte unter Wasser auf wie ein Wolf. Hustend,
spuckend und blind vor Schmerz griff er nach Bokholts Infla-
torschlauch und schlang ihn um den Hals seines Gegners. Der
versuchte verzweifelt, seine Hände zwischen Gummischlauch

und Kehle zu schieben. Das Messer hatte er längst fallen gelassen, sein ganzes Bestreben bestand nur noch darin, den Kopf irgendwie über Wasser zu bekommen und gleichzeitig den unerträglichen Druck auf seinen Kehlkopf zu verringern.

Doch Madsen lockerte seinen Griff keinen Millimeter.

Zumindest nicht, bis er völlig sicher war, dass Bokholt keine Gefahr mehr für ihn darstellte.

Und für den Rest der Welt auch nicht mehr.

ACHTZEHN

»Wieso zum Teufel konntest du plötzlich zuschlagen?«, erkundigte sich Maximilian von Werdenfels, während er einem jungen Paar auswich, das mit Champagnerkübel und Salattellern bepackt über den hölzernen Steg des Tutzinger Nordbads zu seinem Segelboot balancierte. »Ich dachte, du hättest seit diesem unsäglichen Todesfall im Boxring eine psychische Blockade, die dir das unmöglich macht?«

»Hab ich auch! Oder besser: hatte ich auch«, erwiderte Madsen und nestelte mit dem nicht verbundenen Arm umständlich seine Zigaretten aus der Jackentasche. »Aber in dem Moment, in dem Bokholt mir beschrieb, was er mit Lissy machen wollte, hat sich diese Blockade schlagartig aufgelöst. Einfach so, von einem Moment auf den anderen. Plötzlich hat es klick gemacht, mein Kopf war frei – und ich konnte zuschlagen. Und soll ich dir mal was verraten? Es war ein verdammt geiles Gefühl, dem Typ eine zu verpassen! Darf ich als Polizist vielleicht nicht sagen, aber es war so!«

»Kann ich absolut nachvollziehen, schließlich hat Bokholt nicht nur vier Frauen getötet, sondern auch Schmidthuber!« Von Werdenfels' Stimme stockte, und auch wenn sein Verhältnis zu dem alten Polizeihauptmeister alles andere als freundschaftlich gewesen war, schien ihm der Tod seines Kollegen dennoch mehr zuzusetzen, als er sich eingestehen wollte. »Außerdem hat dir die Aktion das Leben gerettet. Es ist dir doch wohl klar, dass der Typ dich, ohne mit der Wimper zu zucken, abgestochen hätte, oder?«

»Natürlich ist mir das klar!«, erwiderte Madsen. »Trotzdem hatte ich anfangs echt Muffe, dass mich die ganze Geschichte psychisch wieder komplett zurückwirft. Jemanden zu töten ist schließlich nichts, was man einfach so wegsteckt. Aber auch wenn sich das jetzt vielleicht kalt oder herzlos anhört: Der Tod von Bokholt belastet mich nicht annähernd so sehr wie der des Jungen im Boxring.«

»Das überrascht mich nicht.« Von Werdenfels nahm dem einarmig überforderten Madsen seufzend das Feuerzeug aus der Hand und zündete ihm die Zigarette an. »Erstens sprechen wir hier von klarer Notwehr und zweitens von einem Perversen, der – wenn wir ihn nicht erwischt hätten – vermutlich weiterhin eine Frau nach der anderen entführt und ermordet hätte. Das ist was komplett anderes als der unglückliche Tod eines unschuldigen Jungen. Nichtsdestotrotz musst du dich dem Vorwurf stellen, dass die ganze Situation vermeidbar gewesen wäre. Und zwar dann, wenn du uns nicht erst nach Bokholts Tod, sondern direkt am Anfang zu Hilfe gerufen hättest. Dafür wirst du garantiert noch einen ordentlichen Einlauf von Dr. Agasiotis bekommen.«

»Das hab ich auch gedacht, aber inzwischen bin ich mir da nicht mehr ganz so sicher. Ich glaube, Lissy glättet gerade mit einer Charmeoffensive die Wogen.«

Madsen deutete grinsend auf die benachbarte Sitzgruppe, in der es sich Dr. Agasiotis, Lissy Berghammer und Yoel Goldenberg bequem gemacht hatten. Während er mit von Werdenfels auf dem seitlichen Bootsanlegesteg stand, saß der Rest der kleinen Festgemeinschaft auf dem Hauptsteg des gastronomischen Betriebs, der sich neben einer umwerfenden Aussicht vor allem durch sein illustres Publikum auszeichnete. Von Werdenfels' Lebenspartner war voller Konzentration mit dem Verzehr eines intensiv duftenden Bergkäses beschäftigt, Lissy und der Oberstaatsanwalt schienen hingegen in ein angeregtes Gespräch vertieft zu sein. Immer wieder ertönte Lissys glockenhelles Lachen über das Wasser, und auch die gelöste Mimik von Dr. Agasiotis ließ auf ein Höchstmaß an guter Laune schließen. Ob deren Ursache in der Konversation mit seiner charmanten Tischnachbarin oder vielleicht doch eher in dem in Mengen konsumierten Rosé bestand, vermochte Madsen aus der Entfernung nicht zu beurteilen.

»Übrigens sehr schön hier!«, bemerkte Madsen mit Blick auf die Segelboote, die im Schein der untergehenden Sonne an dem hölzernen Steg vertäut lagen und synchron in der leichten Brandung schaukelten. »War ein guter Tipp von dir. Erinnert mich ein kleines bisschen an meine alte hanseatische Heimat.«

»Na ja, vielleicht bis auf die Berge.« Von Werdenfels wies lächelnd auf das südliche Ende des Sees, wo die massiven Alpengipfel vor dem glutroten Abendhimmel ein postkartentaugliches Motiv abgaben. »Yoel und ich sind oft hier. Der Blick über den See, die vielen Boote, der beleuchtete Steg, ein kühler Weißwein, der Geruch von frischem Fisch – das ist für uns immer ein bisschen wie Urlaub. Außerdem hatten meine Eltern hier früher ihr Segelboot liegen, ich kenne die Ecke also schon seit meiner Kindheit.«

»Apropos Eltern«, hakte Madsen nach. »Wie geht es denn eigentlich deinem Vater?«

»Ach, bei dem sind die Karten inzwischen wieder ganz neu gewürfelt. Das Herz ist dank der Bypässe topfit, und meine Eltern sind just in diesem Moment auf dem Weg zum Gardasee, um Vaters neue Gesundheit mit einem Kurzurlaub zu feiern. Aber glaubst du, der sture Bock würde inzwischen wieder mit mir reden?« Von Werdenfels zuckte resigniert mit den Schultern. »Ich muss mich wohl damit abfinden, dass er –«

Das Klingeln seines Handys unterbrach seine Ausführungen. Mit entschuldigendem Blick zog er das Telefon aus der Tasche und nahm das Gespräch an, während Madsen sich diskret entfernte und zurück zu Dr. Agasiotis, Lissy und Yoel humpelte.

»Ah, Madsen, gut, dass Sie da sind!« Dr. Agasiotis breitete die Arme aus. »Wir haben gerade über Sie gesprochen.«

»Dann war es vermutlich ein medizinisches Gespräch«, stöhnte Madsen, während er sich vorsichtig auf einen Stuhl sinken ließ und dabei bemüht war, weder mit seinem bandagierten Bein noch mit seiner fixierten Schulter irgendwo dagegenzustoßen.

»Nein. Das heißt, vielleicht doch. Zumindest im übertragenen Sinne. Ich habe nämlich gerade mit Ihrer entzückenden Freundin …«, er prostete Lissy mit seinem frisch gefüllten Weinglas zu, »… beschlossen, dass Sie sich ein paar Wochen freinehmen, um sich vollständig zu erholen. Außerdem haben sich bis dahin vielleicht die Wogen, die der Fall geschlagen hat, ein wenig geglättet.«

»Aber ich habe –«

»Sie haben sich meinen expliziten Anweisungen widersetzt!«, schnitt Dr. Agasiotis Madsen streng das Wort ab. »Auch wenn Sie den Täter überführt und letztendlich auch überwältigt haben – Ihre Solonummer wird Konsequenzen haben. Wenn dem nicht so wäre, würde ich mich innerhalb der Justizbehörde völlig unglaubwürdig machen. Ich denke, dafür werden Sie Verständnis haben, oder?«

Madsen nickte zerknirscht.

»Nun, ich habe mir auch bereits über entsprechende disziplinarische Maßnahmen Gedanken gemacht, und Frau Berghammer war so freundlich, mich bei der Festlegung des Strafmaßes zu unterstützen.« Er zwinkerte Lissy verschwörerisch zu. »Gemeinsam sind wir zu dem Entschluss gelangt –«

»Gemeinsam?«, unterbrach Madsen irritiert, und auch Yoel Goldenberg hatte Käse inzwischen Käse sein lassen und folgte dem Gespräch mit allergrößtem Interesse.

»Jawohl, gemeinsam!«, bestätigte Dr. Agasiotis und schien Madsens Verwirrung außerordentlich zu genießen. »Betrachten Sie es einfach als eine Art Tribunal. Auf jeden Fall haben wir beschlossen, dass Sie für Ihre Verfehlung bezahlen müssen. Und zwar einen Hawaii-Urlaub für zwei Personen.«

»Ich verstehe nicht –«

»Mensch, Mads, sei doch nicht so begriffsstutzig!« Lissy legte ihren Arm um Madsens Schulter, worauf dieser schmerzerfüllt aufstöhnte. »Wir zwei machen einen Hawaii-Urlaub – und du zahlst. Im Gegenzug hat Dr. Agasiotis versprochen, dass er die Sache mit deinem Alleingang irgendwie regelt, bis du wieder im Dienst bist. Das ist die eine gute Nachricht!«

»Soso! Und was ist die andere?«

»Dass die Reise nicht so teuer wird, wie du denkst. Ich habe nämlich eine Idee, wie wir eine Menge Geld sparen können.«

Madsen blickte Lissy verständnislos an, während sich Dr. Agasiotis und Yoel ob seiner verwirrten Mimik prächtig zu amüsieren schienen.

»Also wirklich, Madsen, manchmal stehen Sie wirklich auf dem Schlauch. Es ist doch ganz offensichtlich, wovon Frau Berghammer spricht!«

»Ich geb dir einen kleinen Tipp«, mischte sich nun auch Yoel feixend ein. »Es fängt mit ›D‹ an und hört mit ›oppelzimmer‹ auf.«

»Mann, ich bin ja so ein Trottel!«, stöhnte Madsen, während Lissy, Dr. Agasiotis und Yoel nahezu synchron in schallendes Gelächter ausbrachen.

In diesem Moment trat von Werdenfels an den Tisch. »Entschuldigt bitte ...«

»Maxi, komm, setz dich!« Yoel deutete, immer noch amüsiert über Madsens libidinöse Begriffsstutzigkeit, auf den freien Platz neben sich. »Wenn ich dir erzähle, was Mads gerade passiert ist, lachst du dich tot.«

»Das bezweifle ich«, entgegnete von Werdenfels mit versteinerter Miene. »Ich hatte gerade einen Anruf von der italienischen Polizei. Meine Eltern hatten einen Autounfall, kurz hinter der italienischen Grenze.«

»Oh Scheiße!« Madsen schaute ihn besorgt an. »Sind sie verletzt?«

»Nein, sie sind nicht verletzt!« Von Werdenfels senkte den Blick, dann holte er tief Luft und fügte leise hinzu: »Sie sind tot. Alle beide.«

Als er den Kopf wieder hob, spiegelte sich das goldfarbene Licht der untergehenden Sonne in seinen tränennassen Augen.

Danksagung

In dem Augenblick, in dem der letzte Buchstabe eines Manuskripts getippt ist, empfindet man als Autor das Gefühl unendlicher Befriedigung.

Und tiefer Dankbarkeit.

Schließlich ist das Verfassen eines Kriminalromans mitnichten das Werk eines Einzelnen, sondern es bedarf einer Vielzahl von Beteiligten, um aus einer ersten Handlungsidee im Laufe vieler Monate ein fertiges – und im Idealfall erfolgreiches – Buch entstehen zu lassen.

In diesem Sinne gilt mein besonderer Dank
– meiner Frau Nicole und meinen Kindern Kim und Paul für ihre uneingeschränkte Unterstützung und ihre unendliche Geduld, die zukünftig weniger zu strapazieren ich hiermit feierlich gelobe;
– meiner Tochter Kim, die dank ihres großen Sprachgefühls und ihres immensen literarischen Wissens auch diesmal wieder Erstleserin und konstruktive Kritikerin war;
– Franz von Hunoltstein für … er weiß schon, wofür!
– Professor Dr. Malte Ludwig, Chefarzt für Innere Medizin, Angiologie und Phlebologie im Benedictus Krankenhaus Tutzing, von dessen beeindruckender medizinischer Kompetenz ich bei der Darstellung der Krankenhausszenen profitieren durfte;
– Stefan Meinecke, CEO der greenSec GmbH – sein inhaltlicher und sprachlicher Support war aufgrund des computerspezifischen Leitthemas ein unglaublich wertvoller und willkommener;
– Alfred Riepertinger, Oberpräparator in der Pathologie des Schwabinger Klinikums, der nicht nur selbst begeisternde Lesungen hält, sondern mich als Autor auch »von Kollege

zu Kollege« in allen rechtsmedizinischen Belangen beraten und unterstützt hat;

– dem Emons Verlag in Köln (wo ich mich stellvertretend für das gesamte Team besonders bei der Art Directorin Nina Schäfer für die tolle Covergestaltung bedanken möchte), der Literaturagentur Beate Riess in Freiburg sowie dem Berliner Lektor Carlos Westerkamp;

– Sabine Thomas und Andreas Hoh, Veranstalter des Krimifestivals München, deren regelmäßige Einladungen zur Teilnahme an diesem weltbekannten Literaturfestival mir nicht nur phantastische Lesungen, sondern darüber hinaus auch eine erfreuliche Popularität beschert haben;

– den vielen Verlagsvertretern und Buchhändlern wie beispielsweise der Buchhandlung Held in Tutzing, deren Engagement und Kompetenz es zu verdanken ist, dass Sie dieses Buch in Händen halten;

– meinen engsten Freunden Guido, Markus und Nick, deren moralische Unterstützung mir weit mehr bedeutet, als sie selbst ahnen.

Abschließend möchte ich mich ganz herzlich bei Ihnen bedanken, liebe Leser. Sie haben sich aus einer Unmenge von im Handel erhältlichen Kriminalromanen für mein Buch entschieden, und ich würde mich glücklich schätzen, dieses Vertrauen gerechtfertigt und Ihnen mit »Champagnertod« ein paar Stunden »mörderische« Spannung und Unterhaltung geboten zu haben.

Herzlichst
Guido Buettgen

Guido Buettgen
CHAMPAGNERBLUT
Broschur, 400 Seiten
ISBN 978-3-95451-793-0

»Bayrische Regionalkrimis gibt es zwar wie Sand am Meer, trotzdem kommt immer mal wieder ein Autor dazu, der das Genre bereichert … Gutes Thema, gute Geschichte, gute Ermittler, gutes Buch!« B5 Kulturnachrichten

»Nachwuchsautoren wie der Münchner Guido Buettgen sind gesucht.« Die Welt

»Ein Kriminalroman so kompromisslos und schnell wie eine rechte Gerade.« Blauer Kurier

»Ein ganz starkes Krimi-Debüt.« Krimifestival München

www.emons-verlag.de